ANOCHE SOÑÉ MARIPOSAS

ANOCHE SOÑÉ MARIPOSAS

Estrella Correa

VERGARA

Papel certificado por el Forest Stewardship Council®

MIXTO
Papel procedente de
fuentes responsables
FSC
www.fsc.org   FSC® C117695

Penguin
Random House
Grupo Editorial

Primera edición: mayo de 2021

© 2021, Estrella Correa
© 2021, Penguin Random House Grupo Editorial, S. A. U.
Travessera de Gràcia, 47-49. 08021 Barcelona

Printed in Spain – Impreso en España

ISBN: 978-84-18045-78-3
Depósito legal: B-4.767-2021

Compuesto en Llibresimes, S. L.

Impreso en Romanyà Valls, S. A.
Capellades (Barcelona)

VE 4 5 7 8 3

A mi hijo,
la persona más valiente que conozco

ÍNDICE

Introducción 15

1. Mi vida en Manhattan 19
2. Piel morena 24
3. Motas verdes 30
4. Antiguos demonios 36
5. No somos amigos 39
6. Tal vez lo necesite 47
7. ¿Apetece fiesta? 55
8. Podría ser 62
9. Si tú quisieras enseñarme 66
10. Una lección 73
11. Dichoso destino 78
12. ¿Quieres matarme? 83
13. Enredada entre sus brazos 89
14. Esto no es una cita 96
15. Solo quería asegurarme 102
16. Éramos uno 107
17. Quiero vivirte cada día 113
18. Reinicio 119
19. El apartamento más bonito de Malibú 125
20. No hay vuelta atrás 130
21. Desayuno con *bagels* 137
22. A mi ritmo 139

23. Una sorpresa 144
24. Respira 151
25. Despierta, mariposa 157
26. El viaje 163
27. Esto es la felicidad 169
28. Nuestro rincón del universo 174
29. Siempre 179
30. Todo se detuvo 183
31. La decisión 189
32. Respira de nuevo 195
33. Cuando todo se congela 201
34. Cerrar el círculo 209
35. Voy a hacerlo 215
36. Todo es demasiado 220
37. Murmullos 226
38. Furia 231
39. Una locura 237
40. Inevitable 243
41. Con Madison todo es mejor 250
42. ¿Qué es esto? 254
43. El tequila y las decisiones 259
44. Esto sí que no me lo esperaba 263
45. Caprichoso destino 268
46. Contigo todo sería más fácil 273
47. Cuéntamelo todo 278
48. Cuando te asustas 284
49. Merece sonreír 289
50. Segundo árbol, tercera rama a la derecha 295
51. Amar en cuerpo y alma 302
52. Enfrentar la realidad 306
53. Alargar la vuelta 312
54. Solo fue un beso 318
55. Cuando mis labios rozan los suyos 323
56. Tú eres la luz 329

57. Sueño o pesadilla 335
58. Un detalle 340
59. Milésimas de segundo 345
60. Mil maneras de hacerlo mal 350
61. Esta noche vamos a divertirnos 358
62. Esto no es asunto tuyo 363
63. Ninguno de los dos 368
64. De frente 373
65. Merece más 378
66. Algo tira de mí 381
67. Lo primero 386
68. Llámame cuando vuelvas 390
69. ¿Acaso importa? 395
70. Muy oportuno 400
71. Reencuentros 405
72. No puedo respirar 412
73. Después 417
74. Forastero 421
75. Visitas inesperadas 426
76. Superación 432
77. Verte me recordó por lo que luchaba 434
78. Un anillo y una tabla 439
79. Tú me haces volar 445

Epílogo 449
Especial 455
Agradecimientos 487

Escoge una persona que te mire como si fueras magia.

FRIDA KAHLO

INTRODUCCIÓN

Estaba nerviosa. Una mezcla de sensaciones se había apoderado de todo mi ser desde que Madison, mi mejor amiga, y yo decidimos hacer aquella locura. Miedo, ganas, incertidumbre... Llevábamos pensándolo meses, y esa noche, tumbadas en la playa y mirando las estrellas, como tantas otras, habíamos tomado la firme decisión de hacerla realidad. Estábamos convencidas. Se nos podía caer el pelo por llevarla a cabo, y con caerse el pelo me refiero a estar castigadas durante semanas. Reíamos suponiendo todo lo que podíamos perder si nos hacíamos aquellos tatuajes que tanto nos gustaban. Que no podía ser poco.

—Tenemos que falsificar bien las firmas de la autorización —dije, pensando en que éramos menores de edad—. Podemos meternos en un buen lío.

—¿Con lío te refieres a que nos metan en la cárcel y tengamos que pasar las noches encerradas en una celda minúscula con una ladrona de gasolineras tatuada y con el pelo rapado?

—Por ejemplo.

Nos reímos y el pecho nos convulsionaba sobre la arena.

—Mis padres son abogados. No permitirían que pasáramos la noche en el calabozo.

—¿Tú crees? Tal vez piensen que sería una buena lección.

—Ahora no te eches atrás —manifestó, a sabiendas de que no cabía esa posibilidad.

—Claro que no.

—¿Crees que dolerá?

Lo pensé durante unos segundos.

—Un poco...

—¿Un poco? —Se incorporó y me señaló con el dedo—. ¡Seguro que duele!

—¡No seas miedica! —La imité—. Solo será un ratito. Brandon se hizo uno el verano pasado y me ha dicho que no es para tanto.

—Brandon. ¡Pero si lloró mientras se lo hacían! —Alzó las manos.

Volvimos a reírnos.

El sábado nos encontramos junto a su coche a las nueve de la mañana. Se acababa de sacar el carnet y sus padres le habían comprado un Mazda descapotable color azul eléctrico que nos encantaba a las dos.

—Creo que estoy demasiado nerviosa para conducir —expresó, con las llaves en la mano.

—Podemos ir caminando.

—¿Cinco kilómetros?

—No es tanto.

—Tengo que volver temprano. He quedado con mi madre para ayudarla con la comida. Vienen los Davis a cenar.

—¿Brandon?

—No me lo recuerdes. —Bufó.

Solté una sonrisilla, a la que ella contestó:

—No te rías tanto que tu familia también está invitada.

—¿Qué?

—Que vas a tener que aguantarlo.

Madi levantó las cejas y yo hice un puchero.

—Como intente tocarme por debajo de la mesa, le corto los dedos con el cuchillo de la carne —advertí.

—Yo te ayudo, hermana.

Chocamos las manos y volví a notarla nerviosa.

—¿Quieres que lo lleve yo? —propuse, mirando el coche.

—No, no. Estoy bien. Anda, sube. Iremos despacio.

Eso esperaba porque estaba segura de que vomitaría de un momento a otro.

Parecíamos dos perritos perdidos cuando nos detuvimos en la puerta del estudio de tatuajes. Ninguna de las dos daba el primer paso para abrir la puerta y entrar en el mundo de los grabados en la piel por siempre jamás, pero ni ella ni yo queríamos echarnos atrás a esas alturas. Fui yo la que, después de respirar un par de veces y recordar cómo me sentía sobre las olas, agarré el pomo y tiré de la hoja de hierro y cristal.

Sonaba una música muy melódica que nos sorprendió y, al mismo tiempo, nos relajó. Supuse que estaba estudiada y que pretendía que los clientes asustadizos como nosotras pasaran el rato con menos ansiedad. No es que Madi y yo fuéramos unas miedicas; todo lo contrario. No nos daba miedo nada, hasta rozábamos la temeridad en muchas ocasiones, sin embargo, las consecuencias de lo que estábamos a punto de hacer podían ser catastróficas. ¿Y si nos prohibían surfear? ¿Qué iba a ser de nuestras vidas?

Dimos los buenos días a un chico que nos miraba con una sonrisa y le enseñamos la autorización con las firmas falsificadas de nuestros padres. Las manos nos temblaban tanto que bien podía haber supuesto que padecíamos de Parkinson. Se presentó como Josh y nos miraba saltando de una a la otra como esperando que confesáramos un asesinato. Casi nos ponemos a llorar y a revelar que hace diez años matamos (por error) un escarabajo que nos encontramos en la playa. Hasta le hicimos un entierro digno de un presidente.

—¿Quién va a ser la primera? —preguntó.

Madison ni parpadeaba, así que me presenté voluntaria.

—Yo.

—Pasad dentro.

Me preguntó dónde lo quería exactamente y sacó el diseño que le había enseñado en mi móvil.

—Te lo voy a marcar en la espalda y me dices si está todo correcto. Si no te gusta, dilo.

—Vale.

Me miré en un espejo y casi me pongo a llorar. Cinco mariposas sobrevolaban mi espalda en dirección ascendente hasta llegar a la parte trasera de mi hombro izquierdo. ¡Me encantaban! ¡Y aún no tenían color! Cuando volví a ver mi reflejo en el espejo y pude observarlas terminadas, algo en mi corazón se conmovió, comenzó a latir con más fuerza, con más entusiasmo, con más brío. Fue como una inyección de vida, porque eso es lo que parecía, que estaban vivas sobre mi piel.

Mis cinco mariposas azules volaban.

Madi optó por algo más pequeño y específico. Una ola, también en azul, dibujaba el interior de su muñeca. Diseños muy diferentes, pero con el mismo significado: el amor por el surf, el mar y el sentimiento de libertad que todo ello nos regalaba.

Nunca jamás hubiera llegado a pensar en todo lo que aquel tatuaje iba a marcar mi vida, su rumbo y la forma de ver el día a día. Ese tatuaje fue una brújula que guio nuestro camino.

El suyo.

Y el mío.

1

MI VIDA EN MANHATTAN

Hace tiempo me propuse seguir unas rutinas. Tenía que hacerlo y me obligué a ello. Años atrás me envolvió un huracán y me mantuvo durante meses girando en su ojo a cien metros del suelo. Acabó golpeándome sobre el duro asfalto y todavía trato de sobreponerme del amargo trance que me provocó. A tal fin me planteé ordenar mi vida dando pasitos cortos que me han llevado a conseguir una cierta tranquilidad, como la que ahora me rodea. Trato de que los lunes sean iguales que los martes, los martes idénticos a los miércoles, y así sucesivamente, pero no siempre lo consigo. Es más, mi vida es un caos; un caos ordenado en el que intento buscar mi propio equilibrio.

Me dedico a la abogacía. En realidad, estudio para obtener la maestría en Derecho a la vez que trabajo, con un contrato de prácticas, en uno de los mejores bufetes de abogados de Manhattan. Así que trabajo por las mañanas y estudio por las tardes, o por las noches; busco tiempo de donde sea para poder terminar el doctorado en pocos meses. Mi vida ha variado de una manera radical en los últimos años, y, aunque tuve que cambiar mis planes de futuro de forma brutal y dramática, me gusta lo que hago.

Mis frenéticos días afectan a mi círculo más cercano: mi familia. Mi madre se queja de que no voy a verles desde hace dos años, y mi hermana pequeña rumia las penas y se desahoga gritándome por teléfono que ella ya no tiene una hermana. Tal vez la falta de tiempo no sea la principal razón por la que no he vuelto a casa desde entonces, pero me sirve como excusa que, además, todo el mundo acepta sin presionarme demasiado. A mi chico también lo veo poco, pero sus constantes viajes son la razón por la que hay semanas que casi ni coincidimos. Yo vivo en casa, y sí, hay días que yo tampoco duermo en nuestra cama, pero es él el que pasa semanas enteras fuera. No le reprocho en absoluto que se forje un futuro prometedor. Ha luchado tanto como yo para conseguir llegar donde está, y se ha ganado a pulso ser asesor sénior de una empresa que exporta productos de toda índole al extranjero. No obstante, a veces no puedo evitar pensar que me mudé aquí para estar con él y paso la mayor parte del tiempo sola. Pero ¿volver? Ni se me pasa por la cabeza. En Los Ángeles no solo tengo malos recuerdos, sino un montón de personas, lugares y olores de los que huyo como si de la peste se tratara. Sé que no podré evitarlo siempre y que algún día tendré que, por lo menos, hacer una visita; pero lo seguiré retrasando hasta que no tenga más remedio que enfrentarme a todo lo que dejé atrás y que me aterra.

El miedo, esa emoción primaria difícil de controlar, se ha convertido en una prisión en la que he encerrado parte de mí y de mi corazón. Parece cruel admitir que ese lugar, que guarda tantos sentimientos, no sea libre, pero el músculo que bombea sin parar cerró sus puertas con llave y con un sofisticado sistema de seguridad cuando todo ocurrió, y, en contra de lo que puedas pensar, hay cosas que están mejor guardadas y congeladas, a dejarlas salir y que enturbien lo que ahora sí tengo. Mi libertad se basa en la decisión que tomé. Encarcelé mi corazón, sí, pero conseguí dejarlo todo atrás y seguir adelante, que, al fin y al cabo, es lo que importa. Fíjate un objetivo y lucha por él, y todas esas memeces.

El despertador digital suena a las cinco en punto de la mañana. Lo apago con la mano y me incorporo en un acto reflejo. Poso los pies descalzos sobre el suelo, cálido gracias a la calefacción subterránea, y respiro hondo. La oscuridad envuelve la habitación y solo la luz azul de los números del reloj digital me dejan comprobar que vuelvo a levantarme sola. Camino hasta la cocina y enciendo la cafetera que dejé programada la noche anterior. Abro el frigorífico en busca de la leche y, al cerrarlo, leo la nota dejada por mi chico, escrita de su puño y letra, colgada con un imán que me trajo de Londres hace dos meses.

> No he querido despertarte. Nos vemos en cuatro días. Te echaré de menos. Te quiero.

La cojo y sonrío. Yo también lo echaré de menos. No me acostumbro a pasar tanto tiempo separados. Él dice que soy demasiado sentimental y yo respondo que él es demasiado frío. No lo es. Es detallista, amable, cariñoso y cuida de mí tanto como puede. Mucho, pero a veces está demasiado lejos para poder agarrarme de la mano las madrugadas que me ahogo. Suelo tener pesadillas en las que mi mayor miedo me atrapa y no me deja respirar. Aún no estoy preparada para contarte de qué se trata, pero lo haré en cuanto esté lista y no me tiemble la voz y se me acelere el pulso al hablar de él. Sé que lo conseguiré. No solo hablar de él, sino enfrentarme cara a cara al ogro que me turba a cualquier hora del día o de la noche.

Zapatillas de deporte amarillas, mallas negras, sujetador deportivo, camiseta estrecha negra y sudadera gris. Este es mi atuendo para salir a correr. Vierto el café en una taza, le doy dos sorbos (ni uno más ni uno menos), conecto los auriculares que llevo en las orejas mediante bluetooth y *Where The Strets Have No Name*, de U2, comienza a sonar con fuerza en mis oídos.

Salgo del ascensor, y Sam, el portero del edificio, ya me aguarda con la puerta abierta y una amable sonrisa en los labios.

—Buenos días, señorita Campbell.

—Buenos días, me gusta tu uniforme —le informo sin detenerme.

—Lo sé. Lo hizo mi mujer. —La cierra detrás de mí.

—¡Llámame Ash! —grito ya a unos metros de distancia. Pero de sobra sé que mañana volveremos a mantener la misma conversación. Lo hacemos cada vez, forma parte de nuestro ritual antes de esprintar hacia la zona sur de Central Park.

Tardo diez minutos en llegar y adentrarme en sus jardines durante otros cuarenta, que, sumados a los diez de vuelta, hacen un total de una hora. Sesenta minutos que me dedico a mí misma y en los que me permito soltar todo el estrés que me causan los acontecimientos de cada día. Trabajar en W&W supone un desgaste de energía mental muy grande y, en muchos momentos, llegan a ser estresantes y agobiantes las situaciones que se crean. A veces no me gusta las decisiones que se toman, o que tengo que tomar, o estoy en contra en muchos aspectos de la política de la empresa. Pero por eso son los mejores, porque en cada juicio, en cada negociación y en cada reunión apuestan sin miedo todo lo que tienen. Claro que para ellos perder no está permitido, y nunca lo hacen. Quien contrata a Watson & Wood sabe que va a ganar, sin lugar a dudas. Por esta razón, cobran lo que cobran.

Miro el reloj de mi muñeca y me doy cuenta de que aún

puedo correr quince minutos más. Decido rodear la zona norte antes de bajar y volver a casa y aprovechar, aunque una llovizna muy fina caiga sobre mi cabeza. Suelo hacer esto cada día. Sentir cada segundo el viento frío en la cara es una necesidad. Mi cuerpo se acostumbró de muy joven a hacer ejercicio al amanecer y, aunque este no tiene nada que ver con el de entonces, activarme desde bien temprano se convirtió, desde que tengo recuerdos, en algo imprescindible. Solo he estado sin hacer ningún tipo de ejercicio físico durante un año. El año más difícil y duro de mi corta vida.

Perdóname, no me he presentado, me llamo Ashley, Ashley Campbell, pero todos mis amigos me llaman Ash. Tengo veinticuatro años, vivo en Nueva York, aunque soy de Los Ángeles, California. Y sí, echo de menos el sol, el calor y la playa, sin embargo, desde el día que llegué, la magia de esta ciudad me atrapó y supe hacerla mía. Nada es comparable a abrir los ojos con los primeros rayos de sol, que el azul del mar se refleje en la mirada y la brisa salada impregne tu piel con su olor; no obstante, la vida de esta urbe me mantiene despierta y activa; Nueva York nunca duerme y siempre hay alguien con quien hablar. Mis características físicas no me parecen importantes, pero supongo que así te puedes formar una idea más concreta de mí. Tengo el pelo muy rubio y bastante largo, en varias ocasiones he pensado cortarlo, y siempre termino por arrepentirme antes de entrar en el salón de belleza. Mi piel, que solía estar muy morena, ahora luce un poco más clara, aún sin perder su color original y combinar con mis ojos marrones. De estatura media, poseo complexión delgada y atlética, consecuencia de hacer surf desde que aprendí a caminar.

2

PIEL MORENA

Los Ángeles. Unos años antes

Cerré los ojos y aspiré con fuerza. Me gustaba sentir los destellos de los nacientes rayos de sol sobre mi morena piel. El olor a sal me cautivaba desde pequeña, desde esos primeros recuerdos en los que corría por la arena y daba mis primeros pasos hacia la libertad, esa que me daba vivir en una gran casa de madera con enormes ventanas sobre la playa junto a Pacific Coast Highway. Escuchar las olas romper contra la orilla y percibir la suavidad de la arenisca acariciar mis pies descalzos eran algunos de los privilegios de crecer allí. Siempre me creí y supe afortunada.

Con una mano agarré mi tabla de surf y, como cada mañana, me dispuse a inyectarme adrenalina durante, al menos, una hora. No podía negar que estaba nerviosa, y no eran las olas de más de tres metros que tenía delante las que provocaban en mí tal desazón, sino el hecho de que ese día empezaba una nueva etapa de mi vida. Llevaba años soñando con ir a la universidad, asistir a fiestas, conocer a gente nueva y disfrutar, amén de estudiar, aprender y convertirme en una gran profesional. Pero en esto me sabía una privilegiada. Los genes de mi padre, un reconocido cirujano plástico, me dotaron de una memoria muy poco común que, a veces (y aún no sabía cuánto), me jugaba muy malas pasadas. Muchas universidades me habían aceptado en todo el país; sin duda, las mejores. No obstante, decidí quedarme en Los Ángeles y estudiar en la UCLA. Lo soñaba desde pequeñita. Quería quedarme en casa, en mi playa, y seguir surfeando cada amanecer.

Inspiré y solté el aire a la vez que dejé que mis pupilas se deleitaran con el paisaje durante unos segundos más, y me permití meditar sobre la decisión de Madison, mi mejor amiga, que había resuelto quedarse conmigo y rechazar una beca para ir a Harvard. Crecimos juntas, nos conocimos justo el día que sus padres se instalaron en la casa de al lado cuando solo contábamos con un año de edad, y, desde entonces, jamás nos habíamos separado. Todo lo hacíamos juntas y al mismo tiempo. Hasta nuestro primer beso sucedió la misma noche. Besamos a dos hermanos gemelos en la fiesta de Halloween de un compañero de clase. Ninguna de las dos llegamos a más con ninguno de ellos. Besaban de pena, y eso que no teníamos con quién compararlos, pero no nos hizo falta experiencia para adivinar que los chicos dejaban mucho que desear en ese tema. Volvimos a casa riendo a carcajadas y corriendo, empapadas por el chaparrón que caía sobre el asfalto.

—Nunca podría abandonar este lugar —aseguró Madison, a mi lado, mirando el mar.

—Yo tampoco —contesté, sin saber todo lo que vendría después y lo lejos que me iría.

—¿Estás nerviosa?

—No me da miedo el mar. —Levanté la comisura derecha de mi labio, deseando meterme y sentir el agua resbalar sobre mi piel.

—Me refiero...

—Sé a qué te refieres, Madison Evans —la corté, asintiendo con la cabeza.

—¡Vamos, chicas! ¿A qué estáis esperando? ¿Os dan miedo unas pequeñas olitas? —Connor pasó por nuestro lado a toda velocidad con su tabla debajo del brazo. Mi hermana pequeña, Payton, lo seguía.

Ambas sonreímos y la miré con urgencia.

—¿Preparada?

Asintió con la cabeza un par de veces y comenzamos a correr hacia la orilla.

La playa junto a Pacific Coast Highway, una de las mejores de Malibú, era nuestra, o así la sentíamos. Nuestro sitio, nuestro hogar, nuestro confidente. Ese lugar en el que deseábamos pasar el resto de nuestra existencia. Allí reíamos, en ella llorábamos, al viento que surcaba la arena le contábamos entre susurros nuestros miedos e inseguridades. Y nos entendía, nos escuchaba y nos aconsejaba. Era nuestra amiga, nuestra familia. Ella era nosotros y nosotros éramos ella. Formábamos dos partes de un todo que no necesitaba más.

Entramos en el agua detrás de mi hermano mayor y no me pasó desapercibida la mirada que mi amiga le dedicó. Hasta el momento, nunca había admitido que le gustaba, pero lo sabía desde mi décimo cumpleaños, cuando se chocó con una farola porque no pudo dejar de mirarlo.

Para los cuatro, surfear era como volar, como tocar el cielo con las manos. No podía explicarlo, pero todos los problemas desaparecían allí, dentro del agua, con la tabla bajo nuestros pies y deslizándonos sobre las olas. El mar diluía cualquier malestar y, por esto, pasamos la siguiente hora disfrutando el momento, riendo y soñando con la utópica idea de poder hacerlo siempre.

Pasara lo que pasase, nosotras nos prometimos, una mañana de hace muchos años, que el surf no lo cambiaríamos por nada.

Le di el último sorbo a mi zumo de pomelo y lo dejé en el fregadero en el momento justo en el que escuché el claxon del coche de Madison a lo lejos; así que despedí a mi madre con un beso en la mejilla y me alejé mientras me deseaba mucha suerte en mi primer día.

—Recuerda, ¡sonríe y todo irá bien! —gritó tras de mí.

—Sí, mamá —contesté, a la par que salía por la puerta con una radiante sonrisa en los labios y el bolso del ordenador colgado del hombro derecho.

Entré en el descapotable de mi vecina de un salto y me clavé en el asiento. Le cambié la música a la radio y *Don't Call Me Angel* comenzó a sonar y cantamos envolviéndonos con las voces de Ariana Grande, Miley Cyrus y Lana del Rey.

Dejamos el coche en un hueco que localizamos y miramos hacia todos lados asombradas por el gentío y el bullicio creado. Un par de semanas antes visitamos la universidad para familiarizarnos con ella y parecía casi desierta, muy diferente a como la encontramos ahora.

—Dicen que estos serán los mejores años de nuestra vida —comentó, parando a mi lado.

—Confío en que sea así. —Sonreí—. ¿Estás preparada?

—Nací preparada —afirmó.

—Te veo muy segura.

—Porque tú estás a mi lado.

—Prometimos no ponernos sentimentales.

—Hola, chicas. —Un joven con unos *flyers* en la mano se acercó hasta nosotras y nos dio uno a cada una—. No os perdáis la fiesta de bienvenida que dan las animadoras junto al campo de fútbol. ¡Se recordará durante años! —Se alejó tal y como llegó y siguió repartiendo la información.

—Invitadas a nuestra primera fiesta y aún no hemos pisado las clases. Esto va a ser genial —dije, animada.

—Nuestra primera borrachera como universitarias. —Se lo llevó delante de la cara y leyó el papel amarillo con trazos negros—. ¡Cerveza gratis! ¡Y nadie nos pedirá el carnet!

—Yo no estaría tan segura. —Reí.

—Un poco de fe, hermana de olas. —Levantó las cejas y puso mala cara—. Prometiste que no lo recordarías —refunfuñó.

—Yo no he dicho nada. —Solté una carcajada y me tapé la boca—. Será mejor que me vaya. Voy a llegar tarde. —Traté de huir antes de que me obligara de nuevo a prometer con mi sangre que no sacaría a la luz nunca la noche en la que la descubrieron con un carnet falso y llamaron a la policía. Yo también me vi implicada, por cierto. Aún la recuerdo lloriqueando y suplicando que no la esposaran.

—Eres una mala amiga, pero aun así me da pena. Aquí nos separamos. —Hizo un exagerado puchero.

—Nos veremos a la hora de comer, no seas drama. —Agarré mi bolso y me dispuse a alejarme.

—Te echaré de menos. —Me dio un corto pero fuerte abrazo y se fue gritando que no la dejara tirada por un chico guapo el primer día de clase.

Caminé sobre el empedrado rumbo a mi facultad, con ganas de comerme el mundo y disfrutar al máximo mi vida estudiantil. Todo el recinto lo ocupaba una multitud de jóvenes. Algunos leyendo, otros tomando café sobre el césped, jugando al fútbol y riendo... Detuve el barrido ocular sobre uno de estos últimos. Un joven rubio, de piel morena y bastante alto, le pedía a otro que le lanzara el balón. Vi a este levantar el brazo y todo sucedió demasiado rápido. Una bicicleta pasaba por mi lado derecho y me aparté lo justo para evitar el atropello, escuché a alguien gritar: «¡Cuidado!», miré en esa dirección y vi, a cámara muy lenta, cómo la pelota en cuestión, venía hacia mí, más concretamente hacia mi cara.

«Pum», escuché y sentí un golpe seco contra mi nariz y todo se volvió borroso, la parte baja de mi espalda dio contra el suelo y, por unos segundos, perdí la noción del tiempo.

3

MOTAS VERDES

Me doy una ducha, me pongo una chaqueta negra con falda de tubo del mismo tono, blusa blanca y abrigo granate; me recojo el pelo en un moño elegante y sencillo y me maquillo de una forma muy leve. Todo esto siguiendo el protocolo de la empresa, en la que destacar por tu vestuario, una forma de hablar inadecuada, o una reacción fuera de lugar, son motivos inmediatos de despido, además de desterrarte de esta profesión en dos mil kilómetros a la redonda.

Paro un taxi y en menos de quince minutos entro por las inmensas puertas del One World Trade Center. El trasiego de personas es constante y masivo, y tengo que esperar varios minutos para poder subir en el ascensor. Bajo en la planta noventa, sobrada de tiempo, y me dirijo a Dylan, mi secretario, para desearle buenos días y pedirle los informes actualizados que tengo que estudiar para asistir a un juicio dentro de una hora. Supe anoche, por las noticias, que el caso que nos parecía un paseo por las nubes, se acababa de convertir, al conseguir la otra parte que compareciera en juicio y declarara la hija de Caden Donovan, en una guerra en la que habrá que sacar toda la artillería. Recuerda: aquí nunca se pierde. Si metes la pata, te vas a tu casa a pudrirte en la miseria. Así de duras están las cosas en esta planta. No me da tiempo a revisar el dossier entero, cuando la secretaria del señor Watson, uno de los socios fundadores, interrumpe mi concentración y me informa de que hemos conseguido que el juicio se posponga dos semanas, pero que volamos a Chicago en una hora para asistir a una reunión con la empresa que llevamos negociando la construcción de tres submarinos cuatro meses: C.O.K. No los vamos a construir nosotros, no nos dedicamos a eso, pero nuestro cliente más importante sí, y conseguiremos que se haga con el contrato.

Me paso por su mesa a recoger la documentación que necesitamos, como me ha pedido, y me repito como un mantra que no debo ponerme nerviosa porque tendré para estudiarlos a la perfección durante las dos horas y media que dura el vuelo. En realidad me los sé de cabo a rabo. Llevo trabajando con tesón en este tema desde que me pusieron al tanto de ello y depositaron en mí un poco de responsabilidad, además de la confianza plena que tengo en mí misma, en mi memoria, en mi capacidad de reacción y de amoldarme a los cambios (en cuanto a mi trabajo se refiere), a mi aptitud para ser una profesional y actitud para enfrentarme a los contratiempos de este tipo.

Los recojo, les echo un vistazo para comprobar que todo está en orden y los cierro. Me sobran veinte minutos antes de que el coche me recoja y me lleve al aeropuerto. Aprovecho cinco de ellos para redactar una demanda y pedirle a Dylan que la presente en el juzgado a lo largo de la mañana.

Me pongo el abrigo, agarro el café que me ofrece mi secretario con una mano, mi maleta de viaje para estas emergencias (previsibles) en la otra, mi maletín de cuero negro colgado del hombro y desaparezco en el pasillo que va hasta una de las salidas.

El chófer me espera con la limusina aparcada muy cerca, me saluda con un golpe de cabeza y me abre la puerta. Cuando tomo asiento, me encuentro con mi mayor enemigo en esta empresa, Caleb Bailey, un chico de mi edad que lucha conmigo por la única plaza que oferta actualmente este imperio. Nos saludamos cordialmente y en ese momento, nuestro mentor, Owen Watson, entra y se sienta junto a mí. Caleb lo saluda como si tuviera al presidente de Estados Unidos enfrente y le informa de que ha tenido la osadía de reservar en un restaurante muy bueno para cenar esta noche. No me entero del nombre porque, mientras hablan, me estoy repitiendo lo pelota que puede llegar a ser y las cosas que hace para convertirse en el elegido.

—Tienes un gusto exquisito, Bailey.

—Gracias, señor. Mi madre es de River North.

Pongo los ojos en blanco y abro la carpeta para comprobar un detalle que se me viene a la cabeza como si fuera una fotografía, nítida y a todo color. Tener una memoria privilegiada y fuera de lo común es una gran arma en mi trabajo, pero en lo que respecta a mi pasado, se convierte en el azote de mi cordura. Es complicado obviar algunos hechos que se marcaron a fuego y de los que recuerdas hasta el más ínfimo detalle: como las gotas de agua flotando, las motas verdes de su pupila, el color de la madera que nos hacía volar...

—Campbell, ¿aún preparándote? —pregunta Caleb, en un tono muy sarcástico y relajándose sobre el cuero marrón, aprovechando que nuestro jefe atiende una llamada y no está pendiente de nosotros.

—Revisando las últimas modificaciones de Carla Manson —replico, y en mi cara se dibuja una sonrisa pérfida en cuanto se remueve en el asiento, nervioso; coge su maletín, lo abre y busca como un loco lo que acabo de comentar.

Nuestras conversaciones, la mayor parte del tiempo, trascurren entre disputas sibilinas y ocultas para ojos que no sean los nuestros, mas siempre están ahí. Trabajamos con una tensión que, en el fondo, agradezco, porque no me deja despistarme ni pensar en otra cosa que no sea lo que tengo entre manos, o el largo orden del día de cada jornada. Me mantiene despierta y alerta ante lo que pueda ocurrir en todo momento y me obliga a prever cualquier situación para no equivocarme y provocar que me echen antes de que se me acabe el contrato y termine, por fin, mis estudios.

Por fortuna, esta tarde no tengo que asistir a mis clases en la universidad y no faltaré como sucede tantas otras veces. Aun así, la mayoría de mis profesores del doctorado lo entienden y me reciben fuera del horario lectivo. Detalle que les agradezco desde el fondo de mi corazón, y con alguna que otra investigación que realizo y que se publica en importantes revistas legales y que le dan publicidad gratuita a la facultad. No es que la necesite, pero el reconocimiento nunca está de más, para ellos y para mí. Todo suma puntos a la hora de escalar puestos para conseguir el trabajo por el que me dejo la piel a diario.

La reunión sale exactamente como esperábamos, con la otra parte entre la espada y la pared, y retirándose a tiempo sin arrastrar la dignidad por los suelos delante de los medios de todo el país. Me disculpo y me retiro a mi habitación del hotel, mientras quedamos para cenar en media hora en el hall. Me doy una ducha, me cambio de ropa y me miro en el espejo. Mi melena rubia cae sobre los hombros y contrasta con el negro del vestido y mi morena piel, más blanquecina desde que vivo aquí y el sol no la tuesta cada día. No soy la misma, pero no le doy demasiadas vueltas al hecho de que a veces no me reconozco, y asumo que los traumas cambian a las personas, no solo por dentro, sino también por fuera. El sonido de mi teléfono desdibuja mi imagen frente al espejo y camino hasta el filo de la cama donde lo dejé. Es la cuarta llamada de mi madre desde ayer y, por consiguiente, la cuarta que ignoro. Sé lo que va a decir y no me apetece tener que volver a negarme a su proposición y explicarle las razones por las que no me parece buena idea. Razones que le enumero en cada conversación, las mismas que ella desecha y a las que hace caso omiso, volviendo a insistir tras un tiempo prudencial, que para ella suele ser dos o tres semanas.

Paso la mayor parte de la cena viendo cómo Caleb le dora la píldora a Watson de una manera muy poco ortodoxa y tratando de mantener la calma y no ponerlo en evidencia, cosa que ya hace él solito. Es vergonzoso, solo le falta bajarse los pantalones y pedir que le dé cachetadas en el culo (siempre y cuando a nuestro jefe le vaya ese rollo, cosa que dudo).

Volvemos a Nueva York el jueves por la mañana temprano y no tengo tiempo de pasarme por casa, ataviarme con ropa deportiva y salir a correr. Hoy tendré que buscar otra manera de desestresarme, no obstante, a las tres de la tarde asumo que no voy a tener libre ni siquiera cinco minutos para comer un sándwich. Dylan me deja un café sobre mi mesa pasadas las siete y me informa de que todo el mundo se ha marchado y que él, si no necesito nada más, se va también.

—Gracias, Dylan. —Cojo el vaso y le doy un sorbo. Es lo único que trago desde las cinco de la mañana y desayuné en el hotel—. Vete a casa y saluda a Kris de mi parte.

—Está bien. Le he dicho a Bruno que te quedas. Él te acompañará a la salida y te abrirá.

Salgo del edificio acompañada por el vigilante de seguridad y cojo un taxi que me lleve a casa. En muchas ocasiones hago el trayecto andando, pero el cansancio acumulado de la última semana me hace tomar la decisión.

El teléfono fijo suena sobre la encimera de la cocina justo cuando abro la puerta y me quito el abrigo. Es mi madre, y decido enfrentarme a ella y a lo que sé que va a decir.

4

ANTIGUOS DEMONIOS

—¡Ashley! ¡Por fin consigo hablar contigo!

—Hola, mamá —respondo cansada, sentándome sobre uno de los taburetes altos de acero, en los que solemos comer.

—¿Va todo bien? ¿Vuelves a estar sola?

—No estoy sola. Me llevo todo el día rodeada de gente en la oficina. Acabo de llegar.

—¿Qué hora es allí? ¿No es un poco tarde? Trabajas demasiado.

—He parado a cenar con una compañera —miento, para que se relaje y no empiece a explicarme el listado de cosas que me puede pasar en una ciudad tan grande como esta. Entre los primeros puestos está que me atraquen, que me acuchillen o que me rapten y me lleven a otro país y me enreden en una trama de trata de blancas, seguido de que me asesinen con una pistola o me atropelle un coche. Exagera, y de una manera descomunal. No digo que aquí nunca pase nada, pero hasta ahora esta ciudad me ha demostrado que es bastante segura. Al menos, por los sitios en los que me muevo.

—¿Y te ha acompañado a casa? No habrás caminado por ahí sola.

—He venido en taxi. No tienes de qué preocuparte.

—Hace un año que no veo a mi hija, creo que es mi deber y mi derecho preocuparme porque esté bien.

Dramatiza. Vinieron hace unos meses de visita, ella y mi padre. En principio mi hermana también iba a venir, sin embargo, le surgió un imprevisto de última hora y no pudo hacerlo. Me hubiese encantado verla, la echo muchísimo de menos, mucho más de lo que ella cree.

—Estoy bien. El trabajo va bien. El doctorado va bien. Todo va bien —repito la palabra a conciencia para que quede clara mi situación actual.

—Te he llamado para hablar contigo de algo. —Lo sé—. Pronto será el Cuatro de Julio. Y, como sabes, coincide con el cumpleaños de tu hermano. El año pasado notamos tu ausencia. Este año tienes que venir.

—No puedo, mamá. Tengo mucho trabajo.

—A Connor le encantaría que estuvieras aquí.

Sé que a mi hermano mayor le agradaría que fuera y celebrara su cumpleaños, pero también sé de primera mano que prefiere que no vaya hasta que no esté completamente preparada. Es con el pariente que hablo más a menudo. Sobre todo porque trabajó en Nueva York durante algunos meses. Dice que le salió una oferta que no pudo rechazar, pero yo sé que lo hizo para estar cerca de mí y poder cuidarme hasta que me manejara por mí misma.

—He hablado con él. No le importa que no esté. —Además, intuyo que algo le ocurre con mis padres porque cada vez que le pregunto por ellos me responde que no los ve demasiado. Se excusa con eso de que tiene mucho trabajo, pero a Connor le encanta ir a casa, coger su vieja tabla y surfear en su playa de siempre. Algo ocurre y no quiere decirme qué es.

—Necesito ver a mi familia reunida después de dos años. Hazlo por mí y por tu padre.

—No puedo, mamá. Tengo la agenda muy apretada durante el próximo mes.

—Ash, te lo pido por favor, hazlo también por ti. Tienes que pasar página.

—Ya lo hice. Me vine a Nueva York, ¿recuerdas? Dejé atrás mi vida en contra de mi voluntad —objeto, a la defensiva.

—Fue la mejor decisión. Todos lo sabemos y tú deberías saberlo también. Pero venir de visita no te va a matar, solo te ayudará a superarlo. Tómalo como una terapia.

«De choque», me dan ganas de contestar.

—Lo siento. Es imposible. Tal vez para Acción de Gracias. —Este es mi *modus operandi*, aplazar mi visita a Los Ángeles una y otra vez.

Escucho a mi madre suspirar tras la línea.

—Prométeme que lo pensarás. —Se da por vencida, por ahora.

—Lo haré. Da un beso a papá.

Cuelgo con dos sentimientos aflorando por encima de todos los demás. La culpabilidad, una compañera muy común desde hace varios años, vuelve a hacer acto de presencia, esta vez por mentir a mi madre como tantas otras veces he hecho. Las dos sabemos que no voy a ir a Los Ángeles, pero ella no pierde la esperanza y sigue intentando convencerme. Por otro lado, la añoranza de todo lo que formaba parte de mí y de lo que me hacía ser como era. Sí, era. Hace mucho que dejé de ser la chica risueña a la que todos adoraban e invitaban a fiestas porque sabía beber cerveza y hacer el pino a la vez.

5

NO SOMOS AMIGOS

Sonidos en la lejanía.

Diferentes ecos de voces.

Oscuridad.

Estoy desorientada.

—Pero ¿qué has hecho? ¡Te he dicho que tuvieras cuidado! —Escuché una voz masculina a un par de metros de mí.

—No... Yo no... —respondí, aturdida.

—¡Has sido tú! ¡Tienes muy mala puntería! —sonó otra voz, más cerca. Tan cerca que sentí que me agarraba de la cintura y me apartaba unos mechones de la frente.

—Está abriendo los ojos.

Parpadeé varias veces hasta que logré enfocar y encontré unos ojos color miel que me observaban, preocupados.

—¿Qué... qué ha pasado? —Procuré tragar, aún atolondrada.

—Aquí «El Barri Sanders» te ha golpeado con el balón —explicó el dueño de los ojos bonitos.

—Has sido tú, que no has sabido cazarla —le rebatió el otro.

—¿Te puedes levantar? —El chico rubio captó toda mi atención.

—Me... Me duele... —Llevé las manos a mi cara y me asusté cuando vi el color rojo de la sangre. No me daba miedo, me había pasado de todo sobre la tabla de surf, sin embargo, la cantidad me preocupaba—. ¡Oh, Dios mío! —repetí un par de veces con un alto y estrangulado tono de voz.

—Tranquilízate. No es nada —me pidió, con sus dedos rodeando mis muñecas.

—Me has... Me has... —Me desmayé en ese mismo instante porque no recuerdo lo que ocurrió a continuación.

Desperté en el centro médico de la universidad, tumbada sobre una camilla, sola y confundida. Traté de levantarme, pero un dolor agudo, muy intenso, instalado en mi nariz, subió hasta mi frente y explotó en el centro de mi cabeza. Solté un pequeño quejido y me obligué a reposar de nuevo sobre la almohada.

—Señorita Campbell, me alegra verla despierta. —Un hombre con bata blanca me sonrió—. Voy a llamar a la doctora. Vendrá enseguida.

No me dio tiempo a preguntarle qué había ocurrido. Unos segundos más tarde, apareció acompañado por la susodicha.

—¿Qué ha ocurrido? —la interrogué, después de que se presentara.

—Un balón le ha golpeado en la cara y casi le rompe la nariz. Pero no se preocupe, no hay fractura de ningún tipo.

—Duele...

—Le dolerá durante unas semanas. Le he recetado analgésicos. —Me entregó un papel y me observó de cerca—. Si se encuentra bien, puede marcharse. No tiene hematomas, aunque le saldrán durante los próximos días.

«Genial... Tendré la cara morada.»

—¿Puede venir alguien a recogerla? —siguió.

Llamé cuatro veces a Madison sin conseguir contactar con ella. Debía de tener el teléfono en silencio y estaría concentrada en alguna clase; de otra forma, no me explicaba que pasara de mí. También traté de contactar con Connor, sin embargo, tampoco acudió a mi llamada de auxilio; debía de estar pasando el rato con alguna chica.

Le dije al enfermero que me dejara marchar, pero insistió sobre el hecho de que las normas del centro médico eran muy estrictas al respecto y no me podía entregar el alta si me encontraba sola después de haber estado inconsciente durante media hora.

—Lo siento, es el protocolo.

—Yo me ocuparé de ella —afirmó alguien desde la puerta.

Miré hacia allí, extrañada porque mi oído y mi mente no reconocieran aquella voz, y vi al culpable de que estuviera en el hospital.

—De eso nada —respondí, no sé si en voz alta.

—No se preocupe. Somos amigos. Yo la llevaré a casa —le manifestó el desconocido al enfermero.

—No nos conocemos —rebatí.

—¿Os conocéis o no? —preguntó el sanitario, aturdido.

—¡Sí! —afirmó, rotundo, él.

—¡No! —declaré, a la vez, yo.

Nos dedicó una mirada reprobatoria y terminó dejándola sobre mí.

—Señorita Campbell, si no lo conoce, no la puedo dejar marchar. —Se dirigió a él—. Por favor, váyase.

Lo pensé dos o tres segundos y me di por vencida. No me apetecía seguir en esa habitación hasta que a Madison o a Connor les diera por mirar el móvil. ¡Podrían pasar horas!

—Está bien. Somos... amigos —acepté.

—Aquí tiene el parte de alta. Vuelva si se siente mareada o tiene náuseas.

El chico misterioso y yo nos quedamos a solas y ninguno supo qué hacer, hasta que desbarató los pasos que nos separaban y trató de ayudarme a bajar de la cama.

—Puedo sola —anuncié, no de muy buenas maneras.

Me incorporé y anduve hasta la puerta.

Cruzamos varios pasillos, bajamos en el ascensor y salimos a la calle. Recorrimos todo el trayecto sin dirigirnos la palabra. ¿Qué podían decirse dos completos desconocidos en ese momento?

—Tengo el coche aparcado ahí. —Señaló un Ford de color gris plata.

—No voy a subir contigo en tu pick up. —Levanté las cejas, como si fuera obvio que la idea de subir con un desconocido a su coche nunca hubiera sido buena.

—Ya lo has hecho. ¿Cómo crees que has venido? —Elevó las comisuras de los labios en una sonrisa satisfecha. Sí, le complacía que nos encontráramos en aquella situación y yo no hallaba una lógica plausible.

—¿Cómo te has atrevido? Puedo denunciarte por eso.

—¿Vas a denunciarme por ayudarte?

—Yo diría que eres el culpable de romperme la nariz.

—No está rota.

—¡Pues duele como si lo estuviera! —Cerré los ojos por la presión—. Arggg.

—¿Duele mucho? —Dio un paso hasta mí.

—¿Tú qué crees? —Los abrí y lo vi demasiado cerca.

—Venga, te llevo a casa.

—Tengo clases. Ya he perdido bastantes por tu culpa.

—No he sido yo quien lanzó el balón. Fue Jacob.

—Me da igual. —Lo rodeé y comencé a caminar.

—Ashley, espera. He prometido que cuidaría de ti.

Me detuve en seco en cuanto escuché mi nombre. Giré mi cuerpo y me enfrenté a él.

—¿Cómo sabes mi nombre? —Puse un brazo en jarra.

—Me lo dijiste tú.

—Eso es mentira.

—Que no lo recuerdes, no significa que no sea cierto. Ocurrió.

—¿Cuándo?

—Déjame que te acompañe a clase y te lo cuento.

Inspiré con fuerza y llené los pulmones. Expulsé el aire, levanté el mentón y me fui. Vi cómo bufaba y se tocaba el pelo. Hasta me dio cierta pena, se le veía realmente preocupado y no tenía por qué. Yo estaba bien, pero, además, no nos conocíamos y el campus era tan grande que dudaba de que volviéramos a vernos.

Me dio tiempo de entrar en dos clases, aunque el dolor de cabeza casi no me dejó concentrarme en la explicación del profesor. Me pareció que me había metido en el aula de Chino Mandarín. A mediodía me dirigí a la cafetería principal, donde había quedado con Madison, y busqué un lugar apartado en el que el bullicio no fuera ensordecedor. Tomé asiento en una de las sillas de madera clara y dejé el bolso del ordenador sobre la mesa.

—¿Qué te ha pasado? —Mi amiga me miró con los ojos abiertos y sin parpadear.

—¿Se nota mucho?

—Me has llamado cuatro veces, y sí, tienes la cara muy colorada. —Se sentó frente a mí.

—Un gracioso me ha dado un balonazo y me he desmayado. Me ha llevado al centro médico.

—¿Has estado en el centro médico? —Las cejas casi le llegaron al techo, y tenía varios metros de alto—. Lo siento. No me he enterado.

—Estoy bien, no te preocupes, parece más de lo que es. —Le resté importancia para no hacerla sentir culpable y mal por incumplir la promesa que nos hicimos a los seis años, cuando juramos que nos cuidaríamos y acudiríamos a la llamada de la otra siempre que lo necesitáramos—. ¿Cómo ha ido tu mañana?

—Mejor que la tuya, estoy segura.

Nos levantamos a por la comida y hablamos durante la media hora siguiente de todo lo ocurrido. Descarté lo que no recordaba y rellené los huecos como pude, hasta que me di cuenta de que Madison miraba fijamente hacia un lado.

—Te estoy hablando —la increpé.

—Ese chico no deja de mirarte —murmuró, y señaló a mi izquierda.

Giré la cabeza en esa dirección y mis ojos chocaron de frente con los de color miel que había despedido unas horas antes.

—Es el culpable de esto. —Señalé mi nariz y volví a centrarme en mi amiga, aunque ella siguió sin hacerme el más mínimo caso.

—Es muy guapo.

—No me he fijado —solté una mentira bestial. Era imposible no darse cuenta de su atractivo natural.

—No te lo crees ni tú... —Me miró, por fin—. Viene hacia aquí. Disimula.

¿Que disimulara? ¿Ahora? Ella llevaba observándolo más de diez minutos.

—Hola. ¿Estás mejor? —Se detuvo a mi lado.

—Sí. Gracias —respondí sin mirarlo.

—Él no ha tenido la culpa. —Otro chico habló a su lado. Las dos lo miramos—. Fui yo. Lo siento. —Lamentó su amigo, el que debía ser Jacob.

—Estáis perdonados —zanjé el tema para que se largaran, pero no lo logré, aún.

—Me llamo Ethan. Él es Jacob. —El rubio guapo se presentó formalmente.

—Me gustaría decir que es un placer, pero mentiría. Adiós.

Por el rabillo del ojo vi que el moreno se iba con las cejas y las palmas de las manos levantadas y que el rubio se llevaba las manos tras el cuello en un movimiento nervioso. Meditó si decirme algo más o marcharse, al final, optó por esto último y desapareció detrás de su compañero, que reía por mi contestación.

Madison me miraba con los ojos abiertos de par en par.

—¿Por qué los tratas así?

—¿Has visto cómo tengo la nariz?

Achinó los ojos y los posó sobre mi cara, que observó con detenimiento.

—¿Estás segura de que no está rota?

Cogí mi teléfono e inspeccioné mi reflejo en la pantalla del modo foto. Cada vez estaba más hinchada y amoratada. Respiré varias veces para tranquilizarme y bebí de mi botella de agua.

—Será mejor que me vaya. Mi próxima clase empieza dentro de quince minutos.

—Te acompaño. La mía también.

Recogimos la bandeja con los restos de comida, nos colgamos los bolsos y salimos del local. Ignoré la mirada que me echaba el chico al que ya odiaba con todas mis ganas. No la apartó hasta que cruzamos el patio y desaparecimos.

Mis padres me regañaron despachándose a gusto en cuanto me vieron cruzar la puerta de casa. No se explicaban por qué no los había llamado a ellos en cuanto todo sucedió. Les expuse que ya era mayorcita para cuidarme sola, pero esto solo consiguió que la situación empeorara, con la consecuencia (más que sopesada) de una charla en la que el discurso principal fue que siempre seré una de sus hijitas.

Connor primero se rio de mí, después se enfadó con él mismo por no ayudarme, y con los chicos por golpearme. Me pidió disculpas y admitió que su ocupación se basaba en besar a una chica en las gradas del estadio de fútbol. Como compensación, me invitó a merendar en el muelle de Santa Mónica y consiguió que se me olvidara que mi cara cada vez estaba más deformada.

A finales de la tarde, pasamos a recoger a mi hermana que estudiaba en casa de una amiga y volvimos a Malibú en el jeep descapotable, mientras Payton y yo cantábamos *La isla bonita*, de Madonna, a voz en grito y nuestro hermano mayor se quejaba por nuestros berridos.

Connor avisó a mi madre de que no cenaría con nosotros porque iría al cine con una chica a ver una comedia romántica.

—¡A ti no te gustan esas películas! —clamé al ver que subía por las escaleras a grandes zancadas, directo a darse una ducha y perfumarse.

Yo hice lo mismo. Me di una ducha y me asusté al verme en el espejo y comprobar el cariz que estaba tomando mi cara. Me eché la crema que me habían recetado y bajé a cenar y a tomar más analgésicos.

«Voy a matar a ese cretino», es lo último que pensé antes de cerrar los ojos y caer rendida tras el primer día de universidad.

6

TAL VEZ LO NECESITE

—Vuelva pronto, señorita Campbell. —Sam me abre la puerta del edificio y me saluda con una sonrisa.

—Te he traído café. Doble de azúcar. —Se lo doy e imito su gesto de la cara.

—Gracias. Es usted el diamante más brillante de este edificio.

—Ash. —Le recuerdo, y desaparezco en el ascensor.

Apoyo la espalda en la pared e hincho el pecho un par de veces. He acortado la distancia de la carrera de hoy porque no me sentía al cien por cien y, por un momento, he sentido que cabía la posibilidad de caer redonda al suelo. Juraría que los árboles que tenía delante de mí han comenzado a bailar al mismo compás la danza del vientre. En ese momento me he dado por vencida y he detenido mi marcha.

Me doy una ducha, me pongo un pantalón caramelo con blusa beis, me recojo el pelo y cojo un taxi hasta la oficina. Dylan me espera en el pasillo de entrada cargado con una pila de documentos y me relata en modo automático toda la agenda del día de hoy.

—El señor Bailey y tú acompañaréis al señor Watson a una rueda de prensa a las tres de la tarde.

—¿A las tres de la tarde? —Lo miro, sin parar de caminar.

—Eso he dicho.

—Hoy tengo tutoría. No puedo faltar. Te lo anoté en la agenda electrónica la semana pasada.

—Lo sé. Ha sido un cambio de última hora. No he podido hacer nada. Lo siento.

Bufo.

Entro en mi despacho con mi secretario detrás. El teléfono está sonando. Dylan descuelga.

—Despacho de la señorita Campbell. ¿En qué puedo ayudarle? —No sé qué le dicen, pero abre los ojos, asustado—. Sí, señora. —Silencio de dos segundos—. Disculpe, señorita. —...—. De acuerdo, señorita. Ahora mismo le paso. —Me da el teléfono—. Tu hermana... de olas.

Se va y cierra la puerta detrás de él.

—¿No querías hablar conmigo? —Madison me grita en la oreja en cuanto me pego el teléfono a ella—. Tu secretario me ha llamado señora. Te pido encarecidamente que le bajes el sueldo.

—No estoy autorizada para ello.

—Pues es una pena. ¿Cuándo van a contratarte en serio?

—Dentro de un par de meses. Si todo va bien.

—Pues espero que lo sustituyas por otro que reconozca mi voz como la de una joven de veinticuatro años.

Sonrío.

—¿Para qué llamas? —Soy directa, porque, además, sé la respuesta.

—Estoy bien, gracias —contesta, sardónica—. ¿Qué tal estás tú?

—Bastante bien. —Me gustaría decirle que deje de preocuparse, como todos los demás—. ¿Cómo va todo por Chicago?

—Podría ir mejor.

—¿Y cómo sería eso?

—Es largo de contar. ¿Tienes cinco minutos?

—Lo cierto es que no.

—Lo suponía. Por eso vamos a pasar juntas el Cuatro de Julio. Necesitamos hablar y ponernos al día.

—¡¿Vienes a Nueva York?!

—No.

—¿Entonces...? —No la entiendo.

—Entonces tú y yo vamos a ir a casa.

—Yo no...

—Ashley Campbell, se acabaron las excusas. Busca un vuelo a Los Ángeles y respira un poco de aire fresco. Todo el estado de California te echa de menos.

—No puedo, tengo...

—Ya. Tienes mucho trabajo —me corta—. No me digas —manifiesta, condescendiente.

—¡¿Has hablado con mi madre?! ¿Ha sido ella la que te ha dicho que me llames y me convenzas de que vaya?

—Sí, he hablado con tu madre. Pero no, no me ha convencido de nada. Tengo ganas de verte y, si no paso el Cuatro de Julio en casa, mis padres no me lo perdonarán nunca. Venga, haz un esfuerzo. Ya es hora de pasar página. —Otra con la cantinela de la página. Si les hiciera caso, habría llegado al final del libro.

Me quedo muda. Madison nunca es tan dura conmigo. Es más, es casi de las únicas personas que entienden que aún no me haya recuperado del todo. Mi silencio la hace sentirse mal y se lamenta.

—Lo siento, hermana, no debería haber dicho eso. Es solo... Quiero estar contigo, recordar buenos momentos, incluso los malos si eso te sirve para superarlos. Quiero estar a tu lado aunque sean solo unos días. Me lo debes. Te echo de menos. —La imagino haciendo un puchero.

—Lo siento, Madi... Pero no estoy preparada.

—No lo sabrás hasta que estés allí.

—Tal vez dentro de unos meses.

—Ash. ¿Cuándo te has convertido en una esnob a la que solo le importa ganar dinero?

—¡Eso no es verdad!

—Pues demuéstramelo. Vuelve conmigo, Ashley Campbell. Bebamos cerveza con los pies descalzos en una hoguera en la playa.

El fuego de todas las hogueras que hicimos juntas arde justo delante de mí y me asusto.

—Tengo que dejarte. Te llamo pronto. Te quiero. —Cuelgo sin esperar siquiera su contestación. Sé que seguirá insistiendo y me niego a explicarle lo que ya sabe. Además, que me hable de cómo era nuestra vida allí, me abre en canal. Lo echo de menos. El fuego me quema.

Después de estar toda la mañana buscando jurisprudencia y estudiando cada caso al detalle, salgo del despacho a por un café. Dylan se ha ofrecido a traérmelo, pero tengo que estirar las piernas y activar la circulación. Aprovecho para pasarme y hablar con el señor Watson. Le pido, de una manera muy profesional, que entienda que tengo una reunión con el tutor del doctorado a la que no puedo faltar y, por supuesto, su respuesta es clara:

—Si quiere trabajar aquí, olvídese de la vida fuera de estas paredes.

Me gustaría decirle que si no apruebo el doctorado con una nota igual o superior a matrícula de honor los socios no se decantarán por mi contratación, pero como sé la respuesta que me daría, cierro la puerta y vuelvo a mi despacho que, por cierto, tiene unas vistas espléndidas de la ciudad; hecho que me recuerda por qué quiero trabajar aquí, entre otras muchas cosas.

—¿Problemas?

Levanto el mentón y veo a mi compañero delante de mi mesa.

Arrugo el entrecejo muy levemente, lo suficiente como para que se dé cuenta de que no sé de lo que habla.

—Puedo cubrirte en la reunión de esta tarde. No te preocupes.

—No estoy preocupada, Bailey —aclaro.

—El derecho penal no es tu especialidad —comenta, a sabiendas de que quizá él esté más preparado que yo para llevar este caso. Y no quiere que lo olvide, por cierto.

—A lo mejor te sorprendo.

Mi secretario da dos toques en la puerta abierta y entra.

—Perdonad. —Me mira—. La teleconferencia comienza en cinco minutos.

—Gracias, Dylan. —Me dirijo ahora a Bailey—. Si me disculpas.

Fuerza una sonrisa y se va, cerrando al salir.

Cuando termino, una hora más tarde, llamo al señor Reyes, mi tutor del doctorado, y le pregunto si podemos reunirnos a la una. Utilizaré la hora de comer para acercarme a la universidad y que me revise la parte de la tesis que le envié hace una semana. Por suerte acepta mi propuesta y puedo escaparme a tiempo de coger un taxi e ir y volver en dos horas. Dylan me envía un mensaje con la dirección de la reunión y me dirijo allí directamente. Llego justo a tiempo y no me pasa desapercibida la mirada de represalia del señor Watson y la de satisfacción de Bailey. Le devuelvo una sonrisa que entiende a la perfección: quien ríe el último, ríe mejor. Una hora después le demuestro que yo llevaba razón; y al salir, nuestro jefe me da la enhorabuena por dar con las claves para ganar de manera rotunda este complicado caso.

—Ha sido una jugada maestra conseguir la anulación de esas pruebas por la ruptura en la cadena de custodia. ¿Cómo supiste que el agente se había alejado de ellas?

—Hubo un accidente a esa misma hora en la autopista. Pensé que, como buen agente de la autoridad, iría a comprobar que todo iba bien. No me equivoqué.

—Bien hecho, señorita Campbell.

Punto para la señorita.

«Trágate esa, Caleb Bailey.»

Vuelvo a la universidad a última hora de la tarde. La clase de hoy me interesa en demasía porque está directamente relacionada con mi tesis. Cuando llego a casa son más de las ocho de la tarde. Sam me pregunta si me encuentro bien con la sonrisa de siempre dibujada en la cara, pero esta vez la sombra de la preocupación la oscurece.

—Un poco cansada.

—¿Ha comido hoy? Está famélica.

Lo cierto es que no me he llevado a la boca absolutamente nada sólido, ni siquiera líquido, solo un café a media mañana.

Me doy una ducha y la tensión acumulada hace estragos en mi cuerpo durante un momento. Casi caigo en redondo al ponerme de puntillas y tratar de coger una toalla limpia. Tengo que agarrarme al lavamanos para no hincar las rodillas en las bonitas baldosas grises que adornan el suelo. Cuando consigo recomponerme, voy hasta la cocina y caliento un poco de sopa. El teléfono suena sobre la encimera antes de llevarme la primera cucharada a la boca.

Sonrío cuando leo su nombre en la pantalla.

—Hola.

—Hola, Ash. ¿Qué tal el día?

—Completo, como siempre. He tenido una tutoría con el señor Reyes. Ha dicho que voy por muy buen camino.

—Eso es muy buena señal. Ya te lo dije. Eres brillante.

Nunca he llevado muy bien los halagos, así que cambio de tema.

—¿Qué tal tu día?

—Asfixiante. Tengo ganas de volver a casa. Por cierto, ¿has hablado con tu madre?

Pongo los ojos en blanco. ¿Mi progenitora ha llamado a todas las personas de mi círculo más cercano para que me convenzan de que vaya a Los Ángeles a pasar el Cuatro de Julio?

—Sí. Quiere que vaya a casa unos días.

—¿Por qué no te lo piensas? —pregunta, a sabiendas de que he dicho que no.

—No tengo nada que pensar. Tengo mucho trabajo. Debo dar todo de mí para que W&W me elija.

—Ash, si W&W no te escoge es que son idiotas. Estoy seguro de que te darán unos días de vacaciones. —Recibe un silencio absoluto como respuesta—. Ashley, he hablado con Peter. —Es su jefe, al que trata como a un amigo—. Puede darme algunos días. Viajaremos los dos a casa. Yo iré contigo.

—No...

—Ash, no te dejaré sola en ningún momento. Nada ni nadie podrá hacerte daño. Lo superaremos juntos.

No me dan miedo los lugares ni las personas, me aterra más enfrentarme a los fantasmas.

—Lo pensaré... —miento descaradamente.

—¿Lo prometes?

—Lo prometo. —Bostezo.

—Anda, vete a la cama. Te estás durmiendo.

—No, no. Estoy bien. Habla conmigo.

Charlamos mientras me lavo los dientes y me acuesto. Él sigue contándome cosas intrascendentes hasta que cierro los ojos y me quedo completamente dormida.

Sueño con olas, con volar sobre ellas. El sol tuesta mi

piel mientras la sal se introduce en mis venas y me inyecta energía como si de una droga muy potente se tratara. Todo es paz y buena energía hasta que me despierto sobresaltada, sudando y con el corazón a punto de salírseme por la boca. No veo nada. Solo las motas verdes de sus ojos y las pecas de su cara.

7

¿APETECE FIESTA?

Tuve que acostumbrarme, durante los siguientes días, a que todo el campus se me quedara mirando. Normal, parecía que me había pasado por encima algún tipo de maquinaria pesada. Al principio me molestaba, pero me acostumbré y llegó el momento que respondía con una sonrisa. Así pasaban los días, yendo de edificio en edificio, de clase en clase, con los iPod en las orejas y Lana del Rey a todo volumen. Era habitual encontrarme con Madison en el césped y tirarnos sobre él mientras nos contábamos qué habíamos hecho durante esa mañana. Empezábamos a conocer a gente y poco a poco fuimos haciendo algunos amigos.

—¿No has vuelto a verlo?

—¿A quién? —contesté, haciéndome la loca, tirada bajo la sombra de un árbol.

—Ya lo sabes.

—No, no lo sé.

Me la imaginé poniendo los ojos en blanco.

—A Ethan, ¿a quién va a ser? —Se sentó con las piernas cruzadas y, viendo que no le contestaba, me arrancó el único auricular que llevaba puesto y me dio con el extremo en la frente.

Suspiré e imité su postura corporal.

—No... —dudé, y mi atenta amiga se dio cuenta.

—No suenas muy convencida.

—Ha tratado de acercarse alguna vez, pero lo he ignorado.

Madison abrió la boca como si le hubiera dicho que no volveríamos a surfear.

—¡¿Estás loca?!

—¿Por qué?

—¿Un chico guapo y amable trata de hablar contigo y pasas?

—No me interesa. —Busqué otra canción que escuchar.

Ella volvió a darme un latigazo con el auricular en la frente.

—¡Ay! —me quejé—. ¿Sabes qué? Si tanto te gusta, habla tú con él. —La señalé.

—No se ha fijado en mí, lela, sino en ti.

—No se ha fijado en mí. Se siente culpable porque casi me rompe la nariz.

—No fue él.

Me encogí de hombros, miré el reloj y le sugerí que nos levantásemos, o iba a llegar tarde a mi próxima clase.

—Cambia de tema cuantas veces quieras, pero seguiré insistiendo. A Ethan le gustas.

—Pues qué bien —musité con ironía.

Yo lo odiaba por cómo estaba pasando las primeras semanas de clase en la UCLA. Él era el único culpable de que llevara días sin poder surfear.

Comenzamos a caminar entre todo tipo de estudiantes que también lo hacían en un sentido y en otro.

—Mierda —masculé al ver a Ethan hablando con Jacob y un par de chicas a nuestra derecha.

Agaché la cabeza y supliqué que no nos divisaran, pero

mis plegarias no fueron escuchadas. Observé cómo se despedían de sus amigas y corrieron hacia nosotras.

—¡Hola, chicas! ¿Podemos acompañaros? —preguntó Ethan, seguido por su amigo Jacob.

—Hola —le respondió Madison, con una gran sonrisa.

Yo los ignoré y seguimos caminando.

—Venga, ¿cuándo piensas perdonarme? Fue un accidente. Nunca quise dejarte la cara como un melón.

Frené en seco, agarré con fuerza las asas de mi mochila, apreté la mandíbula, giré sobre mis zapatillas de deporte y me enfrenté a él. Por la cara que puso, supo que acababa de meter la pata. Y mucho.

—¿Qué has dicho? —casi le ladré a menos de un metro de distancia.

—Eh... —Se tocó el cabello con una mano, mientras que sostenía una pelota, igualita a la que me dejó la nariz hecha un cristo, en la otra—. No he querido decir eso... Cada vez que intento arreglar las cosas contigo, solo consigo empeorarlas.

—¡Pues no intentes arreglarlas!

—Pero...

—Déjame en paz —le solté, y volví a caminar, alejándome de él.

—¿Cuántas veces tengo que disculparme? —gritó, ya a unos metros.

—¡Tantas como pecas tienes en la cara!

Jacob comenzó a reír a carcajadas y el amonestado le dio un puñetazo en el pecho. Vi lo bien que se lo pasaban a mi costa y me largué.

Me miré en el espejo y sonreí. La hinchazón de la nariz casi había desaparecido y había hecho varios amigos nuevos en clase, entre los que no se encontraban Ethan ni Jacob, por supuesto. Dentro de dos días podría volver a surfear y se acercaba el fin de semana. Todo era perfecto. Nos habían invitado a una fiesta en la playa el viernes por la noche y estábamos deseando bailar alrededor de una buena hoguera.

—¡Ash! ¡Bajas o te vas en bicicleta! —Connor me gritó desde el salón.

Me aparté el pelo de la cara, cargué la mochila en los hombros y bajé las escaleras a toda velocidad.

—¿Por qué tienes tanta prisa? Aún es pronto.

—Tengo que hacer una parada.

Subimos en su Jeep y me obligó, en contra de mi voluntad, a sentarme en la parte de atrás. Pronto descubrí la razón: pasamos a recoger a la que parecía su nueva novia.

Puse los ojos en blanco cuando la besó. La chica fue educada y me dio los buenos días. Le respondí y le envié un mensaje a Madison para vernos a mediodía en la cafetería de siempre. Hoy había salido más temprano de casa y por eso no me fui con ella en su descapotable. Necesitaba un coche con urgencia.

Despedí a Connor y a Sali en los aparcamientos y salí corriendo en dirección a mi clase de Sociología Orientativa. Pero algo llamó mi atención. Entre dos coches, vi a Ethan demasiado cerca de una chica. Me sonó la cara de ella. La había visto con él y Jacob en alguna ocasión. Ella sonreía mientras él le apartaba el pelo de la frente. No sé por qué ese ínfimo gesto me dio mucha rabia y me marché sin detenerme, cabreada conmigo misma, por advertir un sentimiento, fuera el que fuese, que tuviera que ver con el maldito Ethan Parker.

—Estoy agotada, necesito unas vacaciones. —Madison tiró la mochila sobre la mesa de la cafetería en la que la esperaba y cayó a plomo en una de las sillas frente a mí.

—El fin de semana ya está aquí.

—Tengo un examen la semana que viene. Tendré que estudiar —protestó.

—¿No vas a ir a la fiesta el viernes? —me extrañé. ¿Se lo iba a perder? Antes se congelaba el infierno.

—¿Estás loca? Antes se congela el infierno.

Reí por su respuesta. Nos conocíamos a la perfección. No entendía cómo podía pensar que Parker pudiera gustarme. Lo odiaba y ella debía saberlo.

—Últimamente me llamas loca demasiadas veces.

—Será porque lo estás.

—Hola, chicas. —Ethan llegó sin avisar y tomó asiento a mi lado—. ¿Vais a ir a la fiesta de la playa?

—¿Quién te ha invitado a sentarte? —Me giré lo suficiente para mirarlo de frente.

—Ella. —Señaló a Madison, que me miró con la culpabilidad sombreando su rostro.

—Animaros, lo pasaremos genial —argumentó Jacob, ya acomodado frente a su amigo.

—Tenemos otros planes —indiqué.

—¿Cuáles? ¿Ir al centro comercial? —siguió el mismo chico.

—¿Eres imbécil? —Madison le reprendió.

—Llevaremos las tablas. —Ethan me habló ahora solo a mí.

—¡Qué bien! —contesté, con tono muy irónico.

—¿Cuándo vas a...?

—Estás perdonado, pero eso no significa que vayamos a ser amigos.

—Vaya...

—Entonces ¿estáis preparadas para hacer surf? —comentó Jacob.

—No es nuestro estilo —respondí, con dejadez.

—¿No hacéis surf? —Se sorprendió.

Observé cómo Madison tenía la intención de contestar con un rotundo sí, pero la corté a tiempo.

—No nos va ese rollo.

—¿De dónde sois? —Arrugó el ceño.

—De Malibú —reveló Madison, en contra de mi voluntad, pues me hubiera inventado cualquier lugar lejano.

—Unas chicas californianas que no surfean... ¡Sois dos bichos raros! —gritó Jacob.

Ethan le dio una patada por debajo de la mesa para que se callara, pero no lo consiguió.

—¿Qué quieres, tío? Es la verdad.

Estuve a punto de levantarme e irme. Madison, que conoce mis reacciones, cambió de tema al instante.

—¿Dónde es la fiesta?

La miré con los ojos abiertos de par en par.

—¿Qué estás haciendo? —masculle.

—Si queréis, podemos recogeros —se ofreció Ethan.

—No hace falta. Sabemos llegar solas. —Dejé mi bebida sobre la mesa.

—Pero Madison ha preguntado por el lugar exacto —advirtió, mirándome de nuevo solo a mí.

Me quedé observándolo sin saber qué contestar y fue la primera vez que me fijé en las motas verdes que coloreaban sus iris color miel.

—¿Qué dices? —insistió.

—¿Qué? —Me percaté de que llevaba demasiados segundos sin contestar, perdida en la belleza de sus ojos.

—Es en casa de Hudson Ramos —respondió a mi lado—. ¿Sabéis dónde es?

—Sí, sabemos dónde vive Ramos —hablé de él como si fuera mi amigo, y solo lo conocía porque su hermana estaba en una de mis clases.

—Está bien. Nos vemos allí —terminó, al ver que no quería que me recogiera.

—¡Parker! ¡Stewart! ¿Un partido? —gritó un chico muy alto en nuestra dirección y alzando un balón con la mano.

Se despidieron de nosotras y los vimos desaparecer por la puerta de la cafetería.

—¿Nos vemos allí? —lo parafraseó Madison.

—¿Qué pasa?

Levantó las manos y puso los ojos en blanco.

—¿No te has dado cuenta?

Negué reiteradamente.

—¡Ahsley Campbell, eso ha sonado a cita!

—¿Qué? —La voz me salió muy aguda—. ¡Eso no es así!

—Pero ¿tú dónde vives?

—En una casita junto a la playa.

—¿Y por qué les has dicho que no sabemos hacer surf? —siguió—. Aprendimos a coger olas antes que a caminar.

—Quiero darle una lección a ese engreído.

—¿Qué se te ha ocurrido?

8

PODRÍA SER

No sé qué me ocurre, llevo un par de días muy débil, quizá Sam lleve razón y necesite comer un poco más. Bueno, con comer un poco bastaría. Me levanto con la firme disposición de hacer las cinco comidas del día, sin embargo, el ritmo frenético de la mañana me obliga a prescindir del almuerzo y reemplazarlo por una reunión al otro lado de la ciudad.

El coche del bufete me deja junto al Wold Trade Center y me encuentro con Dylan en la calle. Se ofrece a llevarme la cartera con los documentos y se lo agradezco. Pesa como si llevara piedras.

—Toma. —Me ofrece un sándwich—. Seguro que no has comido.

Lo cojo y lo miro. Tiene buena pinta, pero algo se me revuelve en el estómago y la boca me saliva en demasía.

Me detengo en seco cuando todo comienza a girar a mi alrededor.

—¿Te encuentras bien? —me pregunta Dylan.

—Estoy... mareada —atino a explicar.

—Ven. Siéntate aquí. —Me agarra de la mano y me guía

hasta un banco de madera y hierro—. Bebe un poco de agua.
—Abre una botella y me la acerca a la mano. La cojo y le doy un trago. Está fresca.

—Gracias.

—Es mi trabajo. Cuidar de ti.

—Sabes que no.

—Pero lo hago con mucho gusto. —Sonríe amable—. Ashley —me llama por mi nombre de pila y capta toda mi atención—. Últimamente estás muy decaída. No es mi intención meterme, pero... ¿puedes estar embarazada? Kris se mareaba muy a menudo en los primeros meses de embarazo.

Frunzo el ceño y lo pienso. Sí, por cuestiones técnicas, podría estarlo, pero las emocionales no son muy estables y, por supuesto, no sería un buen momento. Tengo una carrera profesional por delante por la que luchar, casi estoy comenzando a labrarme un futuro; y, lo más importante, ¿cómo voy a cuidar de un bebé si casi no sé cuidar de mí misma? ¿Cómo voy a recordar darle de comer si no me acuerdo de comer yo? No, no es el momento adecuado ni mucho menos. Ni siquiera tengo claro si quiero ser madre. Antes era uno de los sueños de mi vida, pero desde que mi mundo se derrumbó y el sufrimiento se pegó a mi piel, dudo si traer un niño a este mundo puede ser un regalo para él.

—Ashley, ¿puede ser?

—Supongo que sí... —musito.

—Te sugiero que lo averigües pronto y comiences a cuidarte. Un embarazo es algo muy serio.

De vuelta a casa me paso por una farmacia y compro una prueba de embarazo. La guardo en el bolso, temblando, y con la firme convicción de que me la haré y saldré de dudas esta misma noche. No pienso pasar ni un minuto más con esta incertidumbre que me devora desde que Dylan dio la voz de alarma.

El día se me ha hecho larguísimo y casi me pongo en evidencia yo solita en la puesta en común semanal de esta tarde. Darle a Caleb motivos para creer que mi inseguridad es por él, no me ayuda a ganarme su respeto.

Dejo una bolsa con comida para llevar que he comprado en el restaurante de la esquina sobre la encimera, junto al bolso que contiene el test, que sale disparado sobre el mármol, escapándose del interior. Tomo asiento en un taburete de acero y me quedo mirándolo como si fuera un descubrimiento desconcertante. Y lo es, tengo que admitirlo. Toda mi vida, nuestra vida, podría cambiar de una forma drástica si diese positivo. Ni siquiera hemos hablado de la posibilidad de ser padres algún día. No tenemos ni planes de boda.

Me como la cena, una ensalada con frutos secos, delante de la televisión. Retransmiten un programa de entrevistas a famosos y no para de escucharse la risa del público presente en el plató. Es lo único que capto de lo que dicen, mi mente sigue perdida en un maremágnum de opciones ante la posibilidad de estar embarazada. Recojo la bandeja con las sobras y la llevo hasta la cocina, donde me espera la cajita que he comprado en la farmacia aún sobre la encimera. La miro durante un minuto antes de cogerla y echar a caminar hasta el baño dispuesta a salir de dudas. Me miro en el espejo sin poder evitarlo y no me gusta lo que veo. Todos llevan razón, estoy demasiado delgada, mi piel ha perdido todo vestigio de color y unas prominentes ojeras dibujan de un color grisáceo el surco de mis ojos. Voy a tener que tapar los espejos de esta casa.

Abro el paquete y saco el palito. Es más pequeñito de lo que recordaba. No es la primera vez que paso por este trance. Hace varios años pensé que estaba embarazada. Me llama la atención darme cuenta de que entonces no me encontraba tan asustada como ahora. ¿Por qué si en este momento debería estar más preparada?

—Ash, Ash. —Mi chico entra en el baño y me da un susto de muerte. El test se me escapa de las manos y sale volando hasta caer en el lavabo. Me doy la vuelta y lo miro, ocultándolo con mi cuerpo—. Estás aquí. —Me sonríe.

—¿Qué haces en Nueva York? —Me sorprendo. No llegaba hasta mañana.

—Pude adelantar el vuelo. Todo se solucionó antes de lo esperado. —Se acerca, me rodea la cintura con las manos y me da un beso—. No me acostumbro a viajar tanto. Te echaba de menos.

—¿Tienes hambre? —Trato de alejarlo del aseo y del test de embarazo—. Vamos, te preparo algo rápido.

Lo agarro de la mano y tiro de él, pero mi chico es más fuerte y consigue arrastrarme hasta nuestro dormitorio. Nos detenemos junto a la cama y nos miramos.

Trago con dificultad esperando que no se percate del tono blanquecino de mi piel y de los surcos en mis ojos. No lo hace. Él solo se pierde en mi mirada y me transmite lo enamorado que está de mí.

—Eres preciosa —musita sobre mi boca.

Me aparta el pelo de las mejillas y coloca un mechón detrás de mi oreja, acariciando mi piel durante todo el recorrido. Cierro los ojos y ladeo la cara, pegándome más a su mano, que me acoge, dándome el calor y el cariño que necesito.

9

SI TÚ QUISIERAS ENSEÑARME

—¿Vas a ir así? —Madison me miraba como si hubiera visto un fantasma. Un fantasma desaliñado.

Estábamos en la puerta de mi casa. Yo le acababa de abrir y ella viajaba con su mirada por todo mi cuerpo, más concretamente sobre mi indumentaria.

—Es una fiesta en la playa. ¿Qué quieres que me ponga?

—Ethan va a estar allí.

—¿Y qué?

Puso los ojos en blanco y los brazos en jarra.

Llevaba unos vaqueros cortos, una camiseta, una sudadera con cremallera atada a la cintura y unas Vans negras. No lo veía inadecuado en absoluto.

—¿Y tú? ¿Por qué te has puesto ese vestido? No creo que Connor vaya a esa fiesta.

Me echó una mirada de reprimenda y bufó.

Ignoré que no negó lo mucho que le gustaba mi hermano y salí a la calle, dispuesta a pasarlo bien.

La casa de Hudson Ramos se ubicaba en Big Rock Beach y no tardamos demasiado en llegar. Había más de veinte coches delante de la casa y la música comenzó a escucharse desde que mi amiga apagó el motor. El sol aún lucía en lo alto y las voces y risas llegaban hasta nosotras amortiguadas por la casa y algunos árboles.

—Parece que somos las últimas en llegar —comentó Madison.

—Las últimas serán las primeras.

—Espero que sea en beber cerveza. Me muero de sed. —Cogió una docena de latas del asiento trasero y me las enseñó.

—¿De dónde ha salido eso?

—Del supermercado.

—¿Cómo las has conseguido?

—Me va a costar ir al cine con el dependiente el viernes que viene. Así que saboréalas bien.

Cruzamos la casa por el jardín lateral y una amplia y maravillosa playa se abrió ante nosotros. Estaba acostumbrada a ese paisaje, pero seguía sorprendiéndome la inmensidad del océano y la fuerza que puede tener. Había estudiantes por todas partes. Algunos bailaban junto a la hoguera, epicentro de toda la fiesta, otros hablaban en el porche trasero, otros jugaban al fútbol, otros hablaban aquí y allá; los más atrevidos hacían surf y aprovechaban las últimas olas de la tarde.

—¡Ashley! ¡Has venido! —Dana, la hermana de Hudson Ramos, se acercó a mí con una sonrisa de bienvenida.

—Sí, hola. Hemos traído cervezas. —Señalé la mano de Madison.

—¡Gracias! Podéis dejarlas en la cocina. Coged lo que os apetezca. Hay pizza en algún sitio. —Terminó de hablar caminando de espaldas hasta que se perdió dentro de la casa.

—¡¿Hemos traído cervezas?! ¡Tú no has traído nada!

Me reí y le expliqué que éramos hermanas de olas y que lo suyo era mío y lo mío suyo.

No muy convencida, dejamos las latas sobre la encimera y cogimos una cada una.

—Por las olas —dije, y brindamos antes de dar un sorbo que me llenó de satisfacción.

Bajamos a la playa y bailamos durante un rato largo mientras hablamos con varios compañeros de facultad. Ella me presentó a un par de conocidos y yo le presenté a otros tantos, incluso coincidimos con viejos amigos del instituto y con alguna cita que no salió del todo bien. Reímos recordando la vez que Sanders se atragantó con una palomita en el cine y me vomitó sobre el regazo. Casualidades de la vida, se encontraba allí y se acercó a saludarnos.

—Ash, me alegro de verte. —Me dio un cariñoso abrazo y yo se lo devolví.

—Creí que estabas en Columbia.

—He venido a pasar el fin de semana. Echaba de menos esto. —Me sonrió, y recordé por qué me gustaba tanto y salí con él en segundo curso. Era muy agradable.

—¿Cómo estás?

—Agobiado. El nivel es muy alto y la universidad muy exigente. ¿Fuiste a Standford?

—Me quedé en la UCLA.

—¿En serio? —Se sorprendió, pero no manifestaba desprecio ni mucho menos, sino más bien admiración—. Ojalá mis padres me hubieran dejado elegir. Tampoco me hubiera alejado de esto. —No me pasó desapercibida la mirada que me echó. Juraría que yo era una de las razones por las que barajaba la opción de quedarse. Lo cierto es que quedaba con chicas cuando lo dejamos, después de salir durante tres meses, pero nunca le conocí nadie especial. No digo que yo lo fuera, pero lo pasábamos bien juntos.

—Sé a qué te refieres.

—Estás igual de guapa que siempre. —Me acarició la mejilla y me ruboricé.

«Por Dios, Campbell, que ya no estás en el instituto», me regañé.

Cuando miré a mi lado, Madison había desaparecido.

—¿Quieres tomar algo? —Observó mi vaso vacío.

—Un poco de refresco estaría bien.

—Ahora mismo te lo traigo. Espera aquí.

Como si fuera a marcharme a alguna parte.

De pronto, mis ojos se encontraron con los suyos, con su color miel y sus motas verdes que, aunque imposibles de distinguir desde la distancia a la que me encontraba, mi mente no podía obviarlas desde que las descubrió. Traté de apartar la vista, pero antes me entretuve en repasarlo de arriba abajo. Llevaba un bañador de colores y una camiseta, iba descalzo y el pelo rubio alborotado por la brisa que cruzaba la playa se movía en su frente. Parecía enfadado y no entendía por qué. Levanté el mentón y miré hacia otro lado, encontrándome con Sanders a un metro de mí con un par de vasos en las manos.

—Gracias.

—¿Damos un paseo? —propuso.

—Vale.

Al girarme, me percaté de que Ethan no dejaba de observarme. Lo ignoré y caminamos hasta la orilla, en la que nos detuvimos a admirar cómo algunos jóvenes hacían surf.

—¿Aún surfeas cada mañana?

—Es el mejor desayuno.

—Ni que lo digas. Brindo por eso. —Alzó su vaso y lo hizo chocar contra el mío, que ya viajaba a su encuentro.

—Ash. —Una voz conocida me llamó a nuestras espaldas. Me giré y me quedé noqueada.

Ethan me clavó la mirada con dureza.

—¿Qué quieres? —Ladeé la cabeza.

—¿Qué quieres, Parker? —le preguntó Sanders.

—¿Lo conoces?

—Hemos peleado por alguna ola alguna vez. —Por su tono, hubiera apostado mi tabla a que no eran amigos.

—Y siempre la he ganado yo —respondió Ethan, alzando la comisura de los labios.

«Vale, pelea de gallos, y yo en medio del corral.»

—¿Qué quieres, Ethan? —repetí e intenté terminar con la tensión que habían creado en un segundo.

—Madison te necesita.

—¿Le ha ocurrido algo? —Di un paso hacia delante, acortando la distancia con él.

—Quiere hablar contigo.

—¿Ahora?

Se encogió de hombros como contestación.

Bufé y le pedí disculpas a Sanders por mi repentina marcha.

—¿Nos vemos luego? —Fue más una invitación que una pregunta.

—Claro. —Le sonreí.

Pasé junto a Ethan con paso decidido y los dejé atrás. Unos segundos más tarde, este llegó hasta mí y me llamó.

—Ash. —Traté de ignorarlo y seguí andando—. Ash —insistió.

Me detuve y lo fulminé con la mirada.

—¿Qué quieres, Parker?

—Me gustaría hablar contigo un momento.

—Ahora no puedo. Madison está esperándome.

Me volví y me dispuse a seguir, pero él me agarró de la muñeca y me frenó.

—Eso... Eso no es del todo así. —Leí en sus ojos que estaba divirtiéndose.

—¿No es del todo así? ¿Puedes explicarte?

—Madison no te está buscando. —Señaló a un lado, y la vimos jugando al fútbol con un grupo de chicos. Se lo pasaba pipa.

—¿Por qué has dicho...? —Estaba confusa.

Sus dedos aún rodeaban mi muñeca y tuvieron la osadía de acercarme un poco más a él. Solo un palmo nos separaba.

Pasaron unos segundos hasta que habló de nuevo.

—Quería disculparme de verdad.

—¿Las veces anteriores fueron de mentira?

—No quería decir eso.

—Lo estás empeorando. —Me solté y traté de alejarme, sin embargo, volvió a detenerme, agarrándome esta vez de la mano, haciendo el gesto mucho más íntimo.

Tiró de mí y mis labios se detuvieron a escasos centímetros de los suyos. Noté que subía por mi brazo, acariciándolo con delicadeza.

—Ash. —Pude sentir su aliento sobre mi boca.

—No me llames Ash. Solo mis amigos me llaman así —susurré, tratando de mantenerme firme, pero sin poder apartar mis ojos de los suyos, que observaban el movimiento de mis labios.

Subió unos centímetros y se encontró conmigo, con mi yo más desnuda, figuradamente hablando. Una electricidad recorrió mi mano en el punto exacto donde se unía a la de él y subió por mi hombro hasta extenderse por todo el cuerpo a través de la columna vertebral.

¿Qué era aquello?

—Vengo con una ofrenda de paz. —Se explicó a continuación—. ¿Quieres aprender a hacer surf? Una chica de Malibú debe saber hacer surf.

—No sé...

—Yo puedo enseñarte.

Me solté al no aguantar más todas las extrañas sensaciones

que me recorrían entera al tenerlo tan cerca y di un paso hacia atrás.

—¿No te atreves? —Tradujo mi gesto como una negativa.

—¿Ahora?

—Traigo las tablas en la pick up.

No pensaba darle una lección delante de tanta gente, pero él solito se lo estaba buscando.

—Bueno... Pero no me dejarás sola, ¿verdad? El mar es muy peligroso. —Parpadeé varias veces, haciéndome la ingenua.

—Tranquila, estaré a tu lado en todo momento.

—Si es así... Vale. Podemos saltarnos la primera clase. Sé entrar en el agua con una tabla.

—¿Estás segura? Saber posicionarse y ponerse de pie es lo más complicado.

—Déjame intentarlo.

10

UNA LECCIÓN

Fuimos hasta su Ford a coger las tablas, aparcado en la parte delantera de la casa, cerca del coche de Madison. Él las bajó y las apoyó en la carrocería. Se quitó la camiseta y la tiró dentro de la parte trasera. Me quedé embobada en su pecho torneado, sus abdominales perfilados y la forma en uve que se perdía dentro de su bañador de palmeras.

—¿Vas a meterte en el agua así? —Me señaló, con una sonrisa en los labios—. ¿No traes bañador?

Me quité la camiseta y el pantalón sin ningún tipo de vergüenza y lo dejé en el mismo lugar en el que él había tirado su ropa antes. Me pasaba la vida en biquini, estaba acostumbrada a ir medio desnuda todo el día, no tuve pudor en hacerlo delante de él; además, me gustaba mi cuerpo atlético y tostado por el sol.

—Ethan. —Tuve que llamar su atención. Parecía perdido en mi ombligo.

—Eh... Sí. Elige una tabla. —Las señaló, tratando de disimular.

—¿Esta? —Caminé hasta la que tenía más cerca y la cogí,

como si no supiera qué estaba haciendo—. Ay, no sé. No entiendo de esto.

—Espera. —La capturó por un extremo, acercándose demasiado a mi cuerpo y rozando su pecho con el mío—. Llévala así.

Juraría que bufó cuando se alejó a coger la suya.

Pasamos muy cerca de Madison y se acercó a preguntarme adónde iba.

—Ethan va a enseñarme a hacer surf —aclaré, con una sonrisa pérfida.

—¿Estás segura de lo que haces?

—No te preocupes. Yo cuidaré de ella —le contestó él.

—No estoy preocupada por ella, Parker —manifestó.

Entramos en el agua con cuidado, al menos yo iba fingiendo que estaba muerta de miedo. Cuando el agua llegó a cubrirme por la cintura me sugirió que tratara de subirme a la tabla.

—Haz lo mismo que yo.

Lo imité un par de veces y me caí, o, más bien, me tiré.

—Es más difícil de lo que yo pensaba.

—Ya te lo dije. No te pongas nerviosa. Aún queda una hora para que se ponga el sol. Tenemos tiempo.

«No demasiado, Parker. Pienso darte una lección en menos de diez minutos.»

—Inténtalo otra vez —me apremió.

Diez veces después de tratar de subirme y caerme dentro del agua, parecía que había perdido la paciencia. Tuve que sumergirme hasta el fondo para reírme con tranquilidad.

—Esto no se me da bien.

—Tal vez lleves razón y no ha sido buena idea.

—Déjame intentarlo una última vez.

—No sé... —Dudó.

Un segundo más tarde, estaba de pie sobre la tabla. Oía cómo me animaba y me aplaudía.

—¡Bien hecho, Campbell! —gritó.

Vi una gran ola venir hacia nosotros. Él también la vio.

—Bájate de la tabla, Ash. Viene una ola de varios metros y puedes hacerte daño.

—¿No crees que pueda surfearla?

—Es pronto para eso. Acabas de ponerte de pie por primera vez.

Volví a tumbarme sobre ella con una agilidad que debió de sorprenderle, sin embargo, no dijo nada; estaba más preocupado que otra cosa. Pobrecillo. Empezó a darme pena.

—Agarra el rocker. Es la parte curvada de delante, y trata de pasar por debajo de la ola. Debemos dejar que nos pase por encima. Es demasiado grande y viene con fuerza. Puede hacernos daño.

«Mira y aprende, Ethan Parker.»

Esperé el momento justo para introducirme en su corriente y coger velocidad empujándome a nado con las manos. Estaba acostumbrada a una tabla unos centímetros más pequeña que me daba más maniobrabilidad, aun así no tenía duda de que podría moverme con ella y hacer lo que me propusiera. Remé con el torso sobre la tabla hasta que me levanté de un salto y bajé por la pared de la ola que debía tener más de tres metros. Giré varias veces para escapar de la parte que va rompiendo y conseguir mantenerme en su trayectoria. Esperé a que se creara un tubo y desplazarme dentro del rizo que formó. Solo duró unos segundos, pero fueron muy excitantes. Salí de ella y volé durante unos instantes, sintiéndome viva y libre, como siempre, pero a sabiendas de que acababa de dar una lección al que se creía más listo que yo. Dejé de luchar contra la marea y me dejé empujar hasta la orilla, tumbada sobre la tabla, hasta que la ola se deshizo bajo mi cuerpo. Ethan me esperaba de pie, sin poder ocultar la cara de desconcierto.

—Conque no sabías surfear.

Clavé la tabla en la arena y me sacudí el pelo.

—No lo habría conseguido sin ti —bromeé.

—¿Por qué me has mentido?

—¿Por qué no paraste ese balón? —No contestó—. Hay cosas que no tienen explicación.

—Lo haces muy bien. ¿Compites?

—Lo hago por placer.

Nos quedamos en silencio unos segundos.

Lo rompí yo.

—Mira, Ethan, no somos amigos. Ni siquiera me caes bien. He pasado el primer mes de universidad con la cara desfigurada por tu culpa. Solo quería ver la tuya ahora.

—¿Mi cara?

—Sí, esa cara. ¿Te ha molestado que me ría de ti? A mí me molestó que casi me rompieras la nariz. Estamos en paz. Esto termina aquí.

Pasé por su lado y, como si de un *déjà vu* se tratara, volvió a detenerme como hacía una hora.

No podía ser. Otra vez ese escalofrío.

—No te desfiguré la cara. Seguías siendo la chica más guapa del campus. Como ahora. No hay nadie que se te parezca en toda la playa —musitó, con sus labios demasiado cerca de los míos.

Me dejó sin palabras. No es que tuviera ganas de decir algo, pero, si iba a contestarle otra fresca cuando me agarró de la mano y me paró, me la tragué entre tanta saliva acumulada en mi garganta por lo que acababa de oír.

—¡Guau, eso ha sido una pasada! ¿No dijiste que no sabías hacer surf? —Jacob llegó a nuestro lado e interrumpió el momento íntimo.

Ambos carraspeamos y nos separamos, fingiendo que no habíamos sentido nada.

—¡Ash! ¡Has estado genial! —gritó Madison, y me abrazó—. Estás mojada. —Se arrepintió de haberlo hecho—. Ven, te mereces una cerveza. Yo invito.

Me agarró de la mano y me dejé llevar. Todos comenzaron a vitorear mi hazaña, a aplaudirme y a darme la enhorabuena. Entrar en un tubo no es algo que suceda muy a menudo. Busqué a Ethan entre las decenas de personas que se aproximaron a mí y me rodearon junto a la hoguera. Él me observaba desde la distancia y no volvió a acercarse a mí en toda la noche. Quizá me hizo caso y entendió que lo nuestro, fuera lo que fuese, terminaba allí.

11

DICHOSO DESTINO

Estudiaba la licenciatura de Humanidades con especialidad en Leyes y Sociedad y tenía que pasar muchas horas con los codos hincados sobre la mesa y la mente concentrada en todas las lecturas que nos aconsejaban si quería obtener una buena nota media a final de curso. Invertía gran parte de mi tiempo en formarme para llegar a ser una buena abogada, sueño al que aspiraba desde pequeñita y que contrastaba rotundamente, según mi hermano, con la forma en la que había crecido: surfeando olas y de una manera despreocupada. Esto no era del todo cierto y él lo sabía, pero le encantaba meterse conmigo. Era por todos sabido que el pasatiempo preferido de Connor se basaba en hacernos rabiar a mí y a Payton. Podía parecer que actuaba de forma superficial y que lo único que me importaba era volar sobre las olas, pero siempre me tomé muy en serio mi educación y sacaba las mejores notas en el colegio y el instituto. Poder defender buenas causas y ganarlas podía compaginarse con hacer surf y viajar, un sueño al que no quería renunciar.

Así pasé las siguientes semanas en la UCLA: de clase a la

biblioteca y de la biblioteca a clase. Por supuesto, Madison me acompañaba la mayoría de las veces, y nos habíamos hecho muy amigas de Dana Hudson, que compartía conmigo muchas de las horas de la mañana. Los únicos descansos que hacíamos eran para ir a comer a la cafetería y no caer famélicas sobre nuestros cuadernos. En ese lapso de tiempo y unos cuantos metros de recorrido cabía la posibilidad de encontrarme con Ethan alguna que otra vez. Tenía la sospecha de que él y su amigo Jacob trataban de acercarse a nosotras, que a Madison ya se la habían ganado y que yo era la única que aún no veía con buenos ojos aquella nueva amistad de grupo.

—Por Dios, que lleguen ya las vacaciones de invierno —se quejó Dana, abriendo la puerta de la cafetería.

—¿Tienes pensado hacer algo? —le preguntó Madison.

—Viajaré a Europa con mis padres. ¿Y vosotras?

Mad y yo nos miramos y sonreímos.

—Volar —contestamos al unísono, refiriéndonos a que lo único en lo que íbamos a invertir el tiempo esta Navidad se traducía en surfear.

Relevé a Dana y aguanté la hoja de cristal para que pasaran ellas dos al interior y, por último, lo hice yo. Casualidad que Ethan salía en ese momento exacto y nuestros brazos se rozaron durante un segundo, suficiente para que esa maldita electricidad volviera a recorrer mi cuerpo y mis ojos viajaran en busca de los suyos, ya fijos en mis pupilas. No duró demasiado, pero sentí que algo me apretaba dentro del pecho, tanto que, aunque traté de saludarlo con un correcto «hola», mi boca se atoró, dejándome muda.

Durante la siguiente media hora mis ojos volaban hasta la puerta principal, negándome a mí misma que lo que hacía no tenía nada que ver con las ganas que sentía de volver a verlo ese día. El hecho que esperaba sin aceptarlo sucedió un poco después, pero no de la manera que a mí me hubiera gustado. Ethan entraba en la cafetería sonriendo y hablando de una manera muy íntima con la misma chica con la que ya lo había visto demasiadas veces, y me cabreé, tanto que tuve que aferrarme a la silla con las dos manos para no ir y gritarle a la cara que por qué flirteaba conmigo si también lo hacía con otras. ¿Tú me entiendes? Porque yo no.

—¿Ocurre algo? —Madison me miraba con los ojos achinados.

—Nada. —Alcé el mentón y volví a dirigir mi vista hacia mi plato.

Mad se percató de lo que sucedía y soltó una risita. Acto que le reproché con la mirada.

Cuando terminé, me levanté a dejar la bandeja con los restos del almuerzo en la pila en la que se recogían sin ver a un chico que se cruzó en mi camino sin avisar. El estruendo que hicieron los trastos al chocar contra el suelo consiguió que me asustara y que todos los estudiantes que estaban a nuestro alrededor nos prestaran toda su atención, al menos durante unos segundos.

—Lo siento —se lamentó, cómo no, Ethan.

—¿Otra vez tú? —manifesté, cansada.

Me arrodillé sobre las baldosas y me puse a recoger los trozos de platos y vasos rotos. Él reprodujo mi gesto y se puso a ayudarme. Cuando lo hubimos puesto todo sobre la bandeja, él la cogió y la llevó hasta uno de los cubos de basura en el que tiró los restos.

Ya me iba sin despedirme cuando me detuvo.

—¿No vas a darme las gracias?

—¿Por qué? ¿Por tirar la bandeja y romper parte de la vajilla de la universidad? ¡Mira cómo me has puesto! —Me señalé la camiseta. Acababa de darme cuenta de que una gran mancha de salsa cubría parte de ella.

Caminé hasta el baño más próximo y me detuve frente al lavamanos y el espejo que cubría toda la pared frontal. Me había dejado hecha un desastre. Bufé y abrí el grifo, con la idea de refregar y que desapareciera. Me la quité y la puse bajo el grifo.

—No hagas eso. —Su voz retumbó en mi espalda. Levanté la mirada y me encontré con la suya reflejada en el cristal—. Solo extenderás la mancha. Se hará más grande, créeme.

—¿Qué haces aquí? Es el aseo de chicas.

—¡Parker! ¡Vete o llamaré a seguridad! —gritó alguien que salía de uno de los cubículos antes de dejarnos solos.

Se posicionó a mi lado y se quitó la sudadera por encima de la cabeza, dejando parte de su vientre desnudo mientras lo hacía.

—Toma. Ponte la mía.

—No pienso ponerme nada tuyo.

—Vamos, no puedes salir en mangas cortas. Hoy hace frío.

—Tendré que aguantarme.

Unas chicas entraron en el baño comentando el viento que se había levantado en la calle. Por supuesto, amonestaron a Ethan por ocupar un lugar exclusivo del sexo femenino.

—¿Quieres enfermarte? —inquirió.

—Prefiero estar en cama varios días que ponerme tu sudadera.

Di un paso hacia la puerta, pero él lo dio hacia un lado y se interpuso en mi camino.

—No sé por qué te caigo tan mal.

—¿De verdad lo preguntas? —Levantó una ceja—. Siempre que te acercas a mí ocurre una desgracia.

—Yo no lo veo así.

—Ah, ¿no? ¿Y cómo lo ves tú? Porque yo siento que me traes muy mala suerte.

Apretó la mandíbula y respiró. Parecía fatigado, harto o enfadado. Tal vez todo junto. ¿Le había sentado mal lo que acababa de decirle?

—Apártate —le pedí.

Él negó con la cabeza y dio un paso hacia mí. ¿Qué estaba haciendo? Comencé a ponerme nerviosa.

—Ethan...

—Lo que hiciste el otro día en la playa me dejó sin palabras.

—No fue para tanto.

—Yo creo que sí. —Sus ojos observaban mi boca con detenimiento.

Algo cargó el ambiente de la habitación de una electricidad muy elevada y todos los vellos de mi piel se erizaron.

Alzó una mano y me acarició la mejilla. Sin poder detenerlos, mis párpados bajaron para sumirme en una oscuridad en la que sentir sin estorbos todo lo que su tacto me producía. Un millar de sensaciones inéditas para mí. Fue como descubrir un lugar inexplorado de mi interior.

—Parker. —El revisor de la cafetería entró en el baño—. Fuera de aquí. ¡Ya! Estoy harto de que persigas a tus novias hasta en los aseos.

¿Qué? Abrí los ojos de un golpe y lo fulminé con la mirada. ¿Acostumbraba a seguir a chicas a los lavabos y a flirtear con ellas a solas?

Resoplé mientras él se lamentaba. Le di un empujón y lo aparté de mi camino. Ethan Parker se acababa de convertir en el mayor imbécil de toda la historia.

12

¿QUIERES MATARME?

El destino, esa fuerza muy superior a nosotros mismos que nos empuja hacia una serie de hechos sucesivos imposibles de evitar.

Maldito destino.

Cuando me levanté el viernes antes de las vacaciones de invierno, no imaginé que esta afirmación, con la que había estado soñando durante toda la semana, iba a tener tanto sentido a final del día. Las clases terminaban y dejaríamos de ver a nuestros compañeros durante tres semanas. Estudiar se convertiría en una anécdota y disfrutaríamos de nuestras familias y el tiempo libre. ¿Qué más podíamos pedir? Madison y yo lo único que deseábamos era poder surcar olas durante más de una hora, sin prisas, ver atardecer subidas en nuestras tablas y desayunar *bagels* tumbadas en el porche trasero mientras escuchábamos algo de música.

Esperé a mi amiga en los aparcamientos, junto a su coche. Deseaba volver a casa y olvidarme durante unos días de Ethan y su bonita sonrisa; lo necesitaba. Comenzaba a volverme loca. Desde ese día en los aseos, no podía quitarme de la cabeza la imagen de sus dedos acariciando mi mejilla y todas las emociones que revolotearon en mí.

Vi a mi amiga hablando con un chico al otro lado de la calle y sonreí. Tenía ganas de verla salir con alguien que le gustara de verdad y de que olvidara a Connor. Mi hermano mayor no se iba a dar cuenta nunca de lo preciosa y maravillosa que era Madison, y ella necesitaba a alguien que viera todo lo bueno que tenía dentro y lo que podía dar.

«Connor Campbell, eres un maldito gilipollas», pensé, justo antes de que todo se volviera un caos.

Oí las ruedas de un patinete, un par de gritos y un coche derrapar y levanté la vista en esa dirección. Una especie de furgoneta venía hacia mí sin control y a una velocidad considerable. Lo único que se me ocurrió y de lo que me dio tiempo fue a agacharme y a intentar cubrirme con los brazos. Oí una mezcla de sonidos agudos: rechinar de frenos, chillidos de pánico, la goma quemándose sobre el asfalto... Y pensé que todo se acababa para mí. Que mi cuerpo iba a terminar espachurrado contra el descapotable de Madison y que tendrían que reconocerme con pruebas de ADN.

—¡¿Estás bien?! ¡¿Estás bien?! —gritaron sobre mí.

Quería moverme, pero no podía.

Se agachó y me agarró de los brazos, apartándolos y descubriendo mi aterrorizado rostro.

—Ashley... ¿Estás bien?

Lo miré, asustada.

—Creo... Creo que sí.

Me puse de pie con su ayuda y miré el coche que había estado a punto de atropellarme. Fue entonces cuando me di cuenta de que era el Ford de Ethan. Abrí los ojos al meditar lo que había pasado y los posé sobre los de él, todavía preocupados por mi estado.

—¡No me lo puedo creer! —vociferé, angustiada y nerviosa—. ¡Has estado a punto de atropellarme! —Le clavé el dedo en el pecho.

—Ha sido un accidente. Se me ha cruzado un patinete —trató de explicarse.

—¡¡No me vengas con excusas!! ¡¡Casi me matas!! —seguí gritándole a la cara—. ¡¿Quieres hacerme el favor de dejarme en paz?! ¡¿Qué te propones?!

—¡¡Nada!! —chilló, perdiendo los nervios también.

—¡¿Nada?! ¡¡Pues parece que quieras matarme desde aquel maldito día en que nos conocimos!! —Le di un empujón.

Él gruñó y se revolvió el cabello.

—Cálmate —pidió, tomando las riendas de la situación.

—¡No me digas que me calme! ¡Has estado a punto de atropellarme! —repetía en bucle.

—Jamás... —intentaba hablar.

—¿Estás loco? ¿Eh? ¿Estás loco!

Me agarró por los brazos, los pegó a mis costados y me inmovilizó contra la carrocería del coche y su cuerpo. Me quedé paralizada, y no solo físicamente; mi mente se bloqueó cuando su nariz casi rozó la mía. Podía sentir su respiración sobre mis labios.

—Ashley... Lo siento. Ha sido un accidente. Jamás haría nada que pudiera hacerte daño, al menos conscientemente. ¿Lo entiendes?

Asentí con la cabeza muy despacio varias veces, totalmente perdida en el mar que se mecía a escasos centímetros de mí, dentro de sus ojos.

—¿Lo entiendes? —Sonó a súplica.

—Sí...

—Ahora vas a subir a mi coche y te voy a llevar a casa.

—No. Yo...

—¿Lo entiendes? —insistió.

—Vale...

—Voy a asegurarme de que llegas sana y salva.

—¡Ash! ¿Estás bien? ¿Qué ha ocurrido? —Madison llegó hasta nosotros.

—Nada, está bien. Yo la acompaño a casa —manifestó Ethan.

—¿Estás seguro? —Me miró a mí—. Ash. —Esperó mi respuesta, que tardó unos segundos en llegar.

—Sí, está bien.

Ethan ya recogía mi bolso del suelo y lo metía en el coche. Le di un beso en la mejilla a mi amiga.

—Te llamo luego —le aseguré.

Subí a la pick up gris y Ethan cerró la puerta cuando me acomodé en el asiento del copiloto. Él se posicionó tras el volante y arrancó. Nos mantuvimos en silencio durante unos minutos.

—¿Dónde vives? —preguntó, antes de salir a la autopista.

—En Malibú, en una playa junto a Pacific Coast Highway.

—Sé dónde está. Una playa impresionante.

Los dos tratábamos de obviar lo que había sucedido hacía un momento y cómo casi habíamos perdido los nervios. Yo más que él.

—Lo sé.

—No sé... —No sabía si decirlo—. No sé cómo pude tragarme que no sabías surfear.

—Supongo que no te di motivos para no hacerlo. —Miraba a través de la ventanilla, observando los coches circular a nuestro lado. Tal vez huía de él sin saberlo, aún no había admitido todo lo que me gustaba.

No dijimos nada más en todo el trayecto. Solo le indiqué el camino exacto y mis palabras se ciñeron a cosas explícitas como «a la izquierda», «la segunda a la derecha» y «es esa casa de ahí».

Detuvo el Ford delante del Jeep de mi hermano y le di las gracias por traerme.

—Has cumplido tu promesa —susurré. Él me miró con el ceño fruncido y yo me expliqué—. Me has traído sana y salva. —Sonreí.

Bajé del coche, cerré la puerta y caminé en dirección al porche.

—Escucha, Ash. —Corrió detrás de mí—. Déjame demostrarte que no soy el monstruo que crees. Soy un chico normal, lo prometo.

Ethan podía ser muchas cosas, pero no era normal en absoluto. Lo tenía delante de mí y podía darme perfecta cuenta de que su presencia ya irradiaba algo especial, y quizá eso fue lo que más miedo me dio al principio.

—¿Qué te parece si te invito a comer? Podemos ir al cine, ver una peli, comer palomitas.

—No creo que sea buena idea.

—Dame una oportunidad. Haremos cosas normales. Prometo no intentar romperte la nariz, cargarme tu ropa o atropellarte.

Escucharlo todo de golpe y de su boca, allí de pie junto a mi casa, me pareció surrealista y me hizo mucha gracia. Comencé a reírme.

—¿Ahora te ríes? —Él también fijó una sonrisa en su rostro.

Me encogí de hombros, que se movían con mi risa.

—Vas a volverme loco —susurró.

Y me clavó la mirada, envuelta en un brillo especial.

—¿Eso es un sí? ¿Sales conmigo mañana?

—Solo si juras no matarme de alguna forma extraña.

Levantó la mano y me enseñó la palma.

—Lo juro.

Dio un salto y volvió a su coche dando grandes zancadas hacia atrás, sin dejar de mirarme.

—No te arrepentirás, Ashley Campbell. Puedes estar segura —gritó, alegre.

¿No me arrepentiría? Si hubiera sabido entonces todo lo que aconteció después, ¿hubiera acudido a aquella cita?, ¿hubiera seguido adelante? Sí, seguro, sin excusas, sin ninguna duda. Porque lo que Ethan y yo vivimos no lo habría cambiado nunca por nada del mundo. Los momentos buenos merecen siempre la pena.

13

ENREDADA ENTRE SUS BRAZOS

Me despierto de madrugada enredada entre sus brazos. Aún estamos los dos desnudos y el olor a sexo entra por mis fosas nasales cuando me revuelvo entre las sábanas para soltarme de su agarre. Él gruñe cuando me separo y me levanto. Me dirijo directamente al baño y guardo la prueba de embarazo dentro del bolso que dejé en la cocina. Vuelvo a la cama y, por fortuna, me quedo dormida con rapidez. Mi mente agradece que el sueño se apodere de mí con facilidad; a veces, pienso demasiado en todo lo que ocurrió y me pregunto si quizá pude haber hecho algo para evitarlo.

Me lavo los dientes mientras mi chico se da una ducha. Nos hemos levantado demasiado tarde y los dos vamos con prisas para no llegar a deshora al trabajo. Hoy he cambiado mi sprint por Central Park por sexo en la bañera. Ha sido rápido, pero no me quejo. Me pongo un vestido color pastel y un abrigo marrón.

—El café está preparado sobre la encimera —le informo en el salón.

—Gracias. Tengo una reunión dentro de veinte minutos. —Mira su reloj, a juego con el traje de dos piezas que lleva. Se pelea con la corbata y le ayudo a colocarla—. No sé qué haría sin ti.

—Aprenderías a ponértela. —Sonrío.

Me da un corto beso y se despide.

—Recuerda que esta noche cenamos en Le Bernardin. La reserva es a las siete y media.

—Allí estaré.

—Siento no poder pasar a recogerte.

—No te preocupes. Cogeré un taxi.

El ajetreo del día consigue que no recuerde que en uno de los compartimentos de mi bolso me espera el test de embarazo. La guerra sibilina con Caleb me tiene agotada, pero acepto que es parte del juego en el que me encuentro inmersa. Es mi compañero, pero ninguno de los dos olvidamos que competimos por el mismo premio. Ambos hemos luchado mucho estos años para conseguir trabajar en uno de los mejores bufetes de Nueva York.

A finales de la tarde, me acerco a la mesa de Dylan a pedirle la documentación de C.O.K. Quiero repasarla antes de que la próxima semana juguemos nuestra última carta. No puede haber ningún error y menos de mi parte. Vuelvo a marearme justo cuando llego a su lado. Me agarro al archivo de madera y cierro los ojos.

—Supongo que no te has hecho el test.

—No he tenido tiempo. —Respiro.

—Vete a casa y descansa. —Se levanta.

—Tengo que ver esto. Me iré en cuanto pueda. —Cojo la carpeta y vuelvo a mi despacho con su mirada reprobatoria clavada en mi espalda.

—Tengo una reserva.

—Su nombre, por favor.

—Campbell. Ashley Campbell.

Mira el libro que tiene delante sobre un atril y luego se dirige de nuevo a mí.

—Por aquí, señorita Campbell.

Me guía hasta una mesa justo en medio de la sala principal. Mi chico me espera con una sonrisa y se levanta para recibirme. Me da un beso y me retira la silla para que tome asiento.

—Siento el retraso.

—No te preocupes. He pedido vino.

Uno de los camareros, ataviados con un uniforme que se compone de un traje negro y una camisa roja, abre la botella a nuestro lado, nos la da a probar y, tras confirmar su calidad, nos rellena las copas un par de centímetros.

Cenamos hablando de trabajo y le agradezco que no me presione sobre la posibilidad de pasar el Cuatro de Julio en Los Ángeles. Me parece extraño que no saque el tema, pero pronto averiguo por qué ha optado por no tocarlo. Tiene otros planes para esta noche y no quiere estropearlos.

De pronto, la música comienza a sonar y observamos cómo una cantante canta en directo una canción de Roxette, *It Must Have Been Love*. Sonrío, a mis padres les encanta esta melodía. Puedo afirmar que es la banda sonora de mi casa.

—Ash. —Mi chico llama mi atención.

Llevo mis ojos hasta él y veo algo diferente en su mirada. ¿Ilusión?

—Sé que estamos muy ocupados con nuestros trabajos. Sé que tal vez no sea el momento, quizá sea demasiado pronto. Pero también sé que quiero pasar el resto de mi vida a tu lado. —Abro los ojos imperceptiblemente y me doy cuenta de lo que lleva en su mano. Es un anillo precioso dentro de una caja de terciopelo negro. Se levanta y se arrodilla a mi lado. Toda la sala enmudece ante el gesto y siento decenas de pares de ojos encima de nosotros—. Ashley Campbell, ¿me harías el hombre más feliz del mundo? ¿Te casarás conmigo?

Me quedo sin respiración. Todo mi cuerpo se tensa y siento que levito. Como si saliera de mí y pudiera verme desde fuera. Mi novio me está pidiendo que me case con él, que me comprometa y yo no soy capaz de articular palabra. Vuelvo a mí de golpe y un torbellino de emociones se agolpan en mi pecho. Trato de insuflar aire a mis pulmones, pero todos los recuerdos, todo lo vivido, hasta los pequeños sucesos que creía superados, se agarran a mi garganta y me aprietan.

Como un resorte, me levanto.

—Yo... Yo...

—Di que sí. —Él sigue con la sonrisa dibujada a pincel en su rostro.

Me retiro unos pasos y trato de salir corriendo, pero algo me lo impide. Unos segundos después, todo se vuelve gris, gris oscuro y negro. Lo último que mi retina capta es su cara de preocupación ante la mía y una lámpara en el techo.

Parpadeo varias veces y aprieto los ojos porque una intensa luz se abre paso delante de mí. ¿Dónde estoy? ¿Estoy muerta? Parece que floto, no siento las extremidades, pero al mismo tiempo un peso enorme me aprieta el pecho. Es una sensación muy familiar que hacía que no sentía... Hasta hoy, hasta hace unas horas, o unos días... ¿Qué ha pasado?

Oigo una voz conocida que llega en eco hasta mí y me encojo. Me duele la cabeza. Tardo unos segundos hasta que logro abrir los párpados y enfocar a mi chico de pie a un metro.

—Ashley —susurra y se acerca a mí.

Me acaricia el cabello y me da un beso en la frente.

—¿Qué... qué ha pasado? ¿Dónde estoy?

—Estás en el hospital. Te desmayaste durante la cena. ¡Qué susto me has dado!

—¿Cuánto...? ¿Cuándo ha ocurrido eso? —Estoy confundida.

—Hace unas horas. No te preocupes. Ahora vendrá el médico y te lo explicará todo.

Toma asiento a mi lado y me aprieta la mano, animándome, dándome seguridad. No me gustan los hospitales, los odio; y él lo sabe. Me acompañó muchas horas en una sala que me parecía de lo más inhóspita cuando tuvimos que visitar uno demasiadas veces hace unos años, y todo lo que relaciono con él me da escalofríos. Sus olores, sus sonidos, sus colores. Cierro los ojos cuando el corazón comienza a bombear con fuerza y noto que la ansiedad se apodera de mí. Trago con dificultad y cuento hasta cien. Hacía mucho que no tenía que utilizar la técnica de los números para no perder el control.

Uno.

Dos.

Tres.

Cuatro.

Cinco.

Seis.

—Señorita Campbell, me alegra saber que ha despertado. —El que supongo como mi médico se coloca a un lado de la cama—. Ha sufrido un síncope vasovagal. Su cuerpo ha reaccionado a una situación de estrés extremo y ha sufrido una bajada de tensión. Nada importante, por ahora —apunta—. Pero debe tomarse unas vacaciones. Los análisis de sangre han resultado negativos, sin embargo, tiene una anemia alarmante. ¿Cuida su alimentación?

—Yo... Lo intento. —La voz me sale rasgada.

—Pues deberá intentarlo con más ahínco. Eso es todo. Le daremos el alta por la mañana. ¿Puedo hablar con usted? —le pregunta a mi chico.

—Ahora vuelvo. —Me da un beso en la mejilla y sale de la habitación con el médico.

Entra unos minutos más tarde, llena un vaso de plástico de agua y me lo ofrece.

—Bebe.

No me había dado cuenta de la sed que tenía hasta que el agua moja mis labios, mi boca y corre por mi garganta.

—Ash, tenemos que hablar. —No me gusta su tono. Duro y categórico—. No puedes seguir así. Tienes que comer, tienes que cuidarte.

—Lo haré. Comeré.

—No es suficiente con eso. Tienes que frenar un poco, descansar, tomarte unas vacaciones.

—Ya sabes que no puedo.

—Sí puedes, es más, tienes que hacerlo —exhorta.

—¿A qué te refieres?

—No te estoy preguntando. El doctor ha sido claro al respecto. Vas a tomarte unas vacaciones.

—Descansaré, lo prometo.

—No me estás entendiendo.

Me recuesto sobre el respaldo de la cama, respiro y pierdo la mirada en la lejanía que se asoma a través de la ventana de la habitación.

—Tenías una prueba de embarazo en el bolso. —Pone los brazos en jarra—. ¿Pensabas que podías estar embarazada?

No contesto y él sigue.

—No lo estás, pero... ¡por Dios, Ashley! ¿En qué pensabas?

Cierro los ojos y suspiro.

—Oye. —Se acerca a mí y me agarra de la mano—. No estoy enfadado, ni siquiera molesto, solo estoy preocupado por ti. Estás muy delgada, casi no duermes y Dylan me ha dicho que llevas varios días sin salir a comer una comida de verdad.

—¿Has llamado a mi secretario? —Lo corto y lo miro con las cejas arqueadas.

—Por supuesto. Esto no es ninguna broma. Necesitaba saber si te cuidabas. Trabajas, estudias, vas a la universidad... Nunca te has tomado unos días, ni después de lo que pasó. Ha llegado el momento de tomar decisiones, y, si tú no las tomas, yo lo haré por ti.

—No voy...

—Volamos a Los Ángeles pasado mañana. Pasaremos allí unas semanas.

—¡¡No!! —grito, asustada. Me suelto de su agarre y trato de levantarme—. ¡¡No voy a ir a Los Ángeles!!

Él me inmoviliza por los brazos y me pide que me tranquilice.

—Tu opinión no cuenta. Lo siento. Si tú no cuidas de ti misma, lo haré yo por ti.

—¿Y cómo sabes que volver será bueno para mí?

—Porque nunca lo superaremos si no le hacemos frente. Yo iré contigo, estaré a tu lado, no te dejaré sola.

—Yo no... —Las lágrimas comienzan a brotar de mis ojos sin poder contenerlas. Llevaba demasiado tiempo sin permitir que aflorasen mis emociones.

Él me abraza y trata de consolarme, aun sabiendo que no existe el consuelo para mí.

14

ESTO NO ES UNA CITA

—¿Vas a salir con Ethan? ¿Qué me he perdido? —me gritó Madison, sentada en el porche trasero de su casa cuando fui a buscarla para contárselo.

—Nada. Solo quiero darle una oportunidad. —Miré hacia otro lado, tratando de ser convincente, pero, te voy a dar un consejo: si quieres que alguien te crea a pie juntillas, mírale siempre a los ojos.

—¿Ahora? ¿De repente? —Se levantó y me señaló—. Ashley Campbell, ¡ese chico te gusta!

—¿Qué? ¡¡No!! —contesté con voz aguda, delatándome por completo.

Puso los brazos en jarra, arrugó el entrecejo y, tras unos segundos de incertidumbre, giró sobre sus pies descalzos y se metió en casa.

La seguí hasta la cocina.

—¿Puedo saber qué haces? —Levanté las palmas de las manos.

Llenó un vaso de agua y se lo llevó a la boca.

—¿Vienes a mi casa a mentirme? ¡¡Menuda cara tienes!!

—Madi, no te estoy mintiendo. —Abrió los ojos de par en par—. No lo sé, ¿vale? No sé si me gusta. Yo... Me pongo muy nerviosa cuando estoy con él... Y cuando me toca... No sé qué es, pero no es normal. Lo que siento... Nunca lo había sentido antes.

Dejó el vaso sobre la encimera de madera y se acercó a mí.

—Pequeña —habló como un gran maestro a su pupilo—, estás enamorada.

—¿Qué dices? Si ni siquiera hemos salido. ¡Ni nos hemos besado!

—No hace falta que salgas con alguien ni que lo beses para enamorarte de él. —Parecía molesta, y caí en la cuenta de que ella llevaba enamorada de Connor años y él la trataba como a una hermana pequeña.

—¿De verdad crees que puedo estar enamorada de ese idiota? ¡Si lo odio!

—Si lo odias, ¿por qué has aceptado salir con él?

—Solo vamos a comer algo y luego al cine.

—¡Por Dios, Ash! No seas ingenua.

Madison era la única culpable de que mis nervios solo fueran superados por las expectativas de mi cita con Ethan. Él era especial, yo lo odiaba y estaba enamorada y deseaba que me besara en el cine tanto como que comiéramos en algún sitio cerca de la playa. Esto último sucedió tal y como lo había imaginado. Fuimos a comer pescado a un bar de madera de colores que no conocía, pero en el que me sentí como en casa nada más acomodarme en uno de sus bancos de madera, rústicos y simples. Se llamaba Laughing Fish. Ethan tomó asiento a mi lado, con las piernas abiertas para mirarme de frente, justo después de saludar al dueño con mucha familiaridad y pedir la comida por los dos.

—Este sitio es muy bonito —dije, observando las viejas tablas de surf colgadas de las paredes, homenajeándolas.

—¿Nunca habías estado aquí?

—¿En Manhattan Beach?

Asintió, mientras bebía de su cerveza.

—Sí, pero nunca había visitado este sitio. Tiene... algo.

Volvió a asentir sin apartar sus ojos de los míos.

—¿Pescado para dos? —Un camarero llegó hasta nosotros y lo dejó sobre el banco, entre las piernas de Ethan y las mías.

—¿Y los cubiertos?

—¿Para qué queremos cubiertos?

Llevó las manos hasta una presa y de ahí a su boca.

—¿Con las manos? —Reí.

Imité su gesto y terminamos con el plato durante la media hora siguiente hablando de cosas banales, pero que nos hacían reír sin parar. Como de que no nos habíamos lavado las manos antes de comer, o de que tendríamos que ir a la orilla y bañarnos para deshacernos de todo el aceite que nos chorreaba y nos llegaba a los codos.

—¿Te ha gustado? —El dueño del local recogió el plato y se interesó por mi opinión.

—Estaba delicioso —manifesté con sinceridad, limpiando mis dedos aceitosos con una servilleta de papel—. Enhorabuena.

—Espero volver a verte por aquí. Ethan es un buen chico. —Lo señaló.

Parker sonrió avergonzado y se despidió de él con un golpe de mano.

—¿Quieres dar un paseo?

—Pensé que iríamos al cine.

—Aún quedan dos horas para la película. Tenemos tiempo.

Bajamos hasta la orilla y observamos que al sol le quedaba poco más de media hora para ponerse. Pronto nos dimos cuenta de que ambos conocíamos muy bien las posiciones del sol y su ritmo, además de las mareas y el cambio del clima.

—¿Por qué crees que le han puesto Manhattan a este lugar? —preguntó, admirando el paisaje: abierto, libre, con una luz natural e infinita.

—No sé, pero no creo que se le parezca en absoluto.

Tomamos asiento sobre la arena blanca y fina.

—¿Nunca has estado? —se interesó.

—¿Dónde?

—En Manhattan, Nueva York.

—No.

—¿No tienes curiosidad por conocerla?

—No. No me gustan las ciudades grandes. Prefiero el sol de California y poder ir con mi coche a cualquier parte.

—No tienes coche.

—Pero lo tendré algún día.

Nos reímos.

—En serio —aclaré—. Jamás podría ser feliz en una ciudad como Nueva York. Creo que me ahogaría.

Me levanté, me quité las zapatillas de deporte y caminé unos pasos hasta que introduje los pies en el agua. Ethan llegó a mi lado, se agachó, mojó sus manos, me miró y sonrió.

—¿No poder surfear cada mañana? No, gracias. —Yo también lo miré—. ¿Y tú?

—Supongo que no sería mi estilo.

—¿Y cuál es tu estilo, Parker? —Le eché un poco de agua y se quejó.

—¡Eh!

—¿Qué quieres hacer cuando termines la universidad? ¿Hay vida después de la UCLA?

Llevó sus ojos hasta el infinito, hacia donde el sol se ponía.

—Quiero... —Se detuvo.

—¿Qué quieres?

—Tal vez... —Parecía avergonzado.

—¿Te da vergüenza reconocer que aspiras llegar a la Casa Blanca?

—¿La Casa Blanca?

Volvimos a reírnos.

—Venga. ¿Qué te gustaría hacer?

—Quiero poder comprarme una furgoneta, una no muy grande, que me quepa la tabla de surf, una manta y un colchón medianamente cómodo y viajar por todo el mundo buscando las mejores olas. Me han hablado de una playa en Australia con olas infinitas. Bells Beach. Quiero surfearlas. Todas y cada una de ellas.

Me quedé en silencio y mirándolo, obnubilada.

—Una locura, ¿no? —murmuró.

—No. En absoluto —susurré, aceptando que teníamos en común más de lo que creía. Ese chico había reconocido en voz alta su sueño y, cosas de la vida, era idéntico al mío.

Desde pequeña había fantaseado con viajar por todo el planeta Tierra conociendo las playas más recónditas y volando sobre las olas que se forman en ellas. ¿Una locura? Una locura preciosa.

Los rayos de sol anaranjados que lucían al final de la tarde le daban a sus ojos un color especial. Como una tarta de manzana con miel por encima. Bellos, dignos de captar por mi retina y guardarlos para siempre en mi corazón. Y fue lo que hice. Pintar no se me daba demasiado bien, pero traté de dibujarlo en mi mente sin perder cada detalle, grabando una a una sus motas verdes.

Muy despacio, alzó la mano y acarició un mechón de mi cabello que ondeaba junto a mi mejilla, lo escondió detrás de mi oreja y trazó una línea muy fina con sus dedos por mi mentón y mi cuello. La respiración se me cortó y un escalofrío conocido me recorrió entera.

—Nunca he conocido a nadie que me haga sentir como tú —aseguró.

—¿Cómo...?

Puso un dedo sobre mis labios.

—Me das miedo. Desde que te conozco no puedo dormir sin soñarte. —Llevó los dedos hasta mi espalda, acercando su cuerpo al mío, dejando su boca a escasos milímetros de la mía, y acarició mi tatuaje—. Estas mariposas me vuelven loco.

—Las mariposas —musité, y tragué con dificultad.

—Las mariposas azules —repitió, completamente abstraído en mi boca.

No tardó demasiado. Sentí sus labios rozar los míos, muy despacio, con calma. Fue un beso dulce que se tornó apasionado cuando su lengua se abrió paso entre mis dientes y su saliva y la mía se mezclaron.

Ethan Parker no solo sabía surfear.

Besaba muy pero que muy bonito.

15

SOLO QUERÍA ASEGURARME

No sé si Madison llevaba razón y ya estaba enamorada de Ethan antes de aquella tarde, o me enamoré a la velocidad de una ola rompiendo contra la orilla, pero después de aquel día nos volvimos inseparables. Me recogía en casa por las mañanas para ir a clase y estudiábamos juntos en la biblioteca. Vale, admito que nos encantaba besarnos y lo hacíamos muy a menudo, incluso entre los pasillos que formaban las librerías, en la cafetería y en el coche. Madison y Jacob tuvieron que acostumbrarse a nuestras muestras de cariño en público porque no nos importaba quienes estuvieran delante. Hasta Connor tuvo que tragarse ver cómo nos besábamos por todo el campus. Aún no había tenido la oportunidad de presentarlos porque algo me decía que el chico con el que salía no le caía bien, tal y como lo miraba desde la distancia.

Una tarde, entró en mi habitación para preocuparse por mí. Yo estudiaba tumbada sobre la cama con un disco de Lana del Rey sonando de fondo y muy bajito.

—Ash, ¿podemos hablar un momento? —Apoyó su cuerpo en el arco de la puerta.

—Claro. —Me senté con las piernas cruzadas sobre el colchón y lo miré.

Él se acomodó en el borde y respiró.

—¿Cómo estás?

Su pregunta me sorprendió.

—Bien. ¿Qué ocurre?

—Verás... Ese chico... Parker.

—¿Qué pasa con Ethan?

—¿Qué hay entre vosotros?

—¿Adónde quieres llegar?

—Parece que le gustas.

—A mí también me gusta él.

—Es de tercero.

—¿Y? ¿Qué quieres decir?

—Nada. Solo que... —Bufó—. Que tengas cuidado. Solo eso.

—Connor, por Dios. ¡No soy virgen!

—¿Qué? —Casi se atraganta.

—Me acosté con dos chicos en el instituto.

Por la cara que puso, no esperaba esa contestación.

Se levantó de un salto.

—No me refiero a eso. ¡Por Dios! ¡No pretendo saber si mi hermanita se acuesta con chicos! —se quejó.

—Pues no preguntes.

—¡No he preguntado eso!

—¿Y qué quieres realmente?

Resopló, se movió por la habitación y meditó lo que pretendía decirme.

—Nunca te había visto así con nadie. Solo quería asegurarme de que sabes lo que haces.

Me levanté y me detuve frente a él. Me sacaba dos palmos. Connor Campbell era muy alto, tanto que tuve que levantar el mentón para poder mirarlo a los ojos.

—Connor, te agradezco que te preocupes por mí, pero

puedes dejar de hacerlo. Sé cuidarme sola. Ya no soy una niña.

—Lo sé... Es que...

—Venga, grandullón. Dime que te alegras por mí. —Ladeé la cabeza.

—Claro que me alegro por ti —afirmó, sincero.

Me abracé a él y me arropó con sus grandes brazos. Siempre me había sentido a salvo entre los brazos de mi hermano. Era uno de los lugares más seguros que había conocido. Qué ironía, con ellos empezaron los desafortunados sucesos que dejaron mi vida rota en mil pedazos.

Me gustaba mirarlo, me sentía como una niña pequeña a la que le acaban de hacer el regalo de su vida. Y Ethan en realidad lo era. Amable, educado, simpático, tolerante, trabajador y guapo, muy guapo, increíblemente guapo. Y esto último no solo lo sabía yo, que lo conocía muy de cerca, sino todas las chicas de la universidad, las playas que visitábamos y el estado de California en general. En conclusión, que tenía entre mis manos el poni blanco que toda niña ha soñado (al menos Lisa Simpson), la bicicleta que todos deseábamos a los diez años o el teléfono móvil que pedíamos a Papá Noel a los doce. Podía llevarme horas observándolo.

—Me pregunto qué piensas cuando me miras —susurró sobre mi boca, tumbado en su cama, con mi cuerpo casi por encima del suyo.

Tenía sus manos acariciando mi cintura y sus ojos sobre los míos. Le di un beso en la comisura de sus labios.

—¿En qué crees que pienso?

—No sabría explicarlo. —Sonrió—. Pero sí puedo decirte lo que pienso yo cuando te miro. —Hizo un recorrido por toda mi cara para terminar de nuevo en mis ojos—. Pienso... Pienso que en ti tengo todo lo que estaba buscando, que tengo la suerte de haberte encontrado, que me gustaría besar tus labios infinitas veces. Cuando te miro... todo se detiene, hasta mi corazón, porque lo único que deseo es escuchar el tuyo, cómo late, cómo sonríes, cómo vives. Eso eres Ashley. Te miro y veo vida. La mía.

Tragué con dificultad y me tomé unos segundos para asimilar todo lo que acababa de decirme. Tal vez reaccioné de una manera un tanto irreflexiva, pero me había dejado anonadada.

—Vaya, yo solo pienso en que eres guapo —bromeé.

Comenzó a abrir la boca, asombrado, me agarró con fuerza y nos giró, quedando sobre mí. Pegué un grito y nos reímos durante unos segundos.

—¿Eso es lo que piensas?

—¡Tú has preguntado!

Me hacía cosquillas en las costillas sin parar, hasta que me inmovilizó los brazos sobre la cabeza y se sentó sobre mis muslos. No podía moverme ni un centímetro. Me mordió el cuello y grité.

—¿Qué piensas ahora?

—Que sigues siendo muy guapo. Y que... tengo hambre. —Traté de disimular que me moría porque me besara.

Ethan acercó sus labios a los míos sin llegar a tocarlos. Sentía su cálida respiración sobre la mía, cada vez más acelerada. Bajó unos centímetros y rozó mi mentón con su boca, dejando breves pero húmedos besos sobre mi piel. No pude aguantar el gemido que salió de mi garganta cuando volvió a detenerse sobre mi boca.

—¿Quieres que siga, o salimos a hacernos algo de comer? —musitó, con una expresión maliciosa.

—Yo...

—Tú, ¿qué?

Traté de levantar la cabeza para poder besarlo, pero fue en vano. Me tenía totalmente sujeta y, además, se retiró unos centímetros.

Bufé y sonrió, perverso. Se lo estaba pasando muy bien.

—¿Quieres besarme?

Asentí muy seria.

—¿Porque soy guapo?

Negué de igual manera.

—Entonces ¿por qué? —Él también cambió el semblante a uno más contrito. Quizá pensaba que era por eso, porque era guapo y, ¡madre mía!, ¡todo lo que ese chico tenía para regalarme!

—Porque... Cuando te miro solo puedo sonreír, porque te veo y me ves, porque eres lo que soy y soy lo que eres, porque en ti encontré mi alma gemela.

—Ash... —Me soltó las manos.

—Ethan... Yo... —Quería decirle cuánto lo quería, pero sus labios fueron más rápidos y los besos ocuparon el lugar de las palabras. Confiaba en que lo sabría, al menos tenía que intuirlo. Lo que teníamos era una conexión especial, un vínculo que ambos sentíamos de igual manera. El destino nos había unido porque sabía que encontrarnos era inevitable. Creo que nos hubiésemos conocido aunque hubiéramos sido de continentes diferentes. Y, echando la vista atrás, no me equivocaba en absoluto.

16

ÉRAMOS UNO

Y así, su boca se apoderó de mis labios y encontró mi lengua deseosa de enredarse con su casi gemela. Con una mano me acarició la pierna hasta la rodilla y siguió por la parte interna de mi muslo izquierdo para repasar mi sexo por encima de las braguitas. Toda mi piel se electrificó y solté un gemido que él acalló con uno de sus húmedos besos. Bajó lamiendo mis hombros, la línea que separaba mis pechos, el vientre..., y se encontró de nuevo con la fina tela de mi ropa interior. Introdujo una mano por el filo y buscó mis labios vaginales para separarlos y hacer círculos sobre mi clítoris. Sus ojos se clavaron en los míos y me ruboricé. No por el acto sexual en sí, sino porque noté que podía leer hasta mi alma. Eché la cabeza hacia atrás cuando sentí que el orgasmo se avecinaba. Él aceleró el ritmo y jadeé sin contenerme mientras me corría en su mano. Cuando pude controlar la respiración, Ethan me preguntó si estaba preparada y le dije que sí. Abrió el cajón de la mesita, se deshizo de su pantalón y sacó un preservativo que se puso con rapidez. Me abrió más las piernas, se arrodilló entre ellas y dirigió su miembro hasta la entrada de mi vagina.

—Ashley... —susurraba sobre mi boca mientras se hacía hueco en mi interior.

Cogí aire para no desmayarme y me dije que no era la primera vez. No entendía tanto nerviosismo por mi parte.

Soltó un gemido ronco cuando llegó al fondo, se detuvo y pegó su frente a la mía.

—Joder...

—¿Qué...? —Me moví sutil.

—Si te mueves así, me corro en dos segundos.

—Pero... Si no he hecho nada... —me quejé.

Ambos nos reímos y nos besamos.

Y como si lo lleváramos haciendo años, ahora sí, Ethan y yo nos acoplamos de tal manera que nos convertimos en uno. Uno en cuerpo, alma y corazón.

—¿Qué os parece si nos vamos a Cabo San Lucas en las vacaciones de primavera? —Jacob se subió en la silla del bar en el que nos tomábamos unas cervezas a mitad de la tarde y se puso a imitar que surfeaba.

—¡Es una gran idea, colega! —Ethan lo copió y se pusieron a hacer el tonto.

—¿Quién diría que están a punto de hacer el último curso del doble grado de Administración de Empresas y Comercio Internacional? —bromeó Madison.

—Ni que lo digas. Pero ¿sabes qué? ¡Me apunto! —Me levanté y giré sobre mí misma.

Mi amiga soltó una risotada y gritó, con los brazos alzados:

—¡A Cabo San Lucas!

Discutimos sobre si íbamos en coche o en avión. A Ethan y a mí no nos importaba pasar veinticuatro horas conduciendo, además, podíamos turnarnos, pero ganó el alegato de nuestros amigos, que se basaba en que perderíamos dos días en los que no podríamos hacer surf, el de ida y el de vuelta.

Vivir en casa de mis padres tenía cosas buenas y malas. Ya te puedes imaginar las buenas: no tenía que cocinar (cosa que odiaba), me lavaban y planchaban la ropa, me hacían la cama... Todo esto me brindaba más tiempo para estudiar y estar con Ethan. Pero también tenía su parte negativa. Mis padres nunca han sido muy controladores, sin embargo, mostraban una preocupación normal por sus tres hijos y no podía tener la independencia que me hubiera gustado durante aquellos años. ¡Estaba en la universidad! En fin, supongo que fue normal que mi padre me pidiera conocer a Ethan antes del viaje que teníamos programado, y eso que le había dicho que solo éramos amigos.

—Cariño, ese chico no es un amigo cualquiera —me dijo, sentados en el balancín del patio trasero, un atardecer, frente a la playa—. Estás... ilusionada.

—Supongo que no puedo negarlo. —Me arropé con la manta de cuadros que nos había regalado la abuela hacía alguna Navidad y suspiré.

—Y Madison, ¿sale con...?

—¿Jacob? ¡Nooo! —negué en rotundo—. Nos hemos convertido todos en buenos amigos. Nos gusta hacer surf y... estudiamos juntos. Él y Ethan comparten piso.

—Me gustaría conocerlos. Invítalos a cenar el viernes. Podemos hacer una barbacoa en la playa.

—Vale, pero, por favor, no lo agobies. Acabamos de empezar a salir y no sé en qué va a acabar esto.

—Yo no hago eso —negó.

—Papá, solo salí con Sanders un puñado de veces y detuviste su coche en medio de la calle para decirle que, si no llegaba sana y salva a casa, perdería la piel de su escroto.

Soltó una risotada.

—¡Dijiste escroto! —subrayé.

Yo también reí.

—Lo siento —manifestó, aún con la sonrisa en el rostro.

—Ya no soy una niña, papá. Voy a la universidad.

—Lo sé. A veces me cuesta aceptarlo. Hasta Payton está creciendo demasiado rápido.

—Crecemos todos al mismo ritmo, doctor Campbell.

—¡Papá! —Mi hermana pequeña salió por la puerta de la cocina—. ¡Connor me ha escondido el teléfono y no quiere dármelo!

—Déjame que lo dude —me dijo, antes de levantarse y pedirle a Connor (un estudiante del último año de económicas, por cierto) que le devolviera el móvil a su hermana pequeña, de quince años de edad.

Oí cómo discutían y mi hermano explicaba que no podía llevarse todo el día hablando por teléfono y absorta en las redes sociales si quería entrar en Harvard.

—Tu hermano tiene razón —declaró mi padre.

Payton seguía quejándose y argumentando que lo utilizaba para estudiar y que jamás lo entenderíamos porque no teníamos ni idea de marketing digital y social media. Tenía que darle la razón. Ni siquiera sabía que existía una profesión con ese nombre.

—¿Qué hay, hermana? —Madison llegó caminando desde la playa y tomó asiento a mi lado, justo en el lugar de mi padre.

—Ya ves.

—¿Una crisis?

—Payton y Connor. Ya sabes.

Le di un poco de manta y se cubrió.

—Mi padre quiere que invite a Ethan y a Jacob el viernes a cenar —la informé.

—Es normal —comentó, con un tono de voz lineal.

La miré como si le hubiera salido otra cabeza.

—¿Normal? ¿Hablas en serio? ¿Madison Evans ve normal que mi padre quiera conocer a mi novio?

—¿Tu novio? —Abrió los ojos.

—No quería decir eso —traté de excusarme.

Mi amiga sonrió y se encogió de hombros.

—Tu padre ve lo que todos vemos.

—¿Y qué veis, listilla?

—Que vais en serio y que ese chico tiene planes para vosotros.

A nadie le pareció descabellada la idea de la cena en casa de los Campbell, es más, estaban entusiasmados. Incluso Ethan, que tenía claro que todo esto era por él y que Jacob había sido invitado para que el acto no fuera tan formal y protocolario.

No faltó nadie, y tenían otros planes, ojo; pero decidieron cambiarlos a última hora. Te explico.

Payton había quedado con una amiga para ir al cine, pero consideró más interesante quedarse en casa y conocer al chico del que todos hablaban. Connor tenía una cita con Sali y su boca, sin embargo, decidió que, aunque no poder besarla sumaba puntos negativos, invitarla a casa sería divertido. Quería ver de cerca al tío que salía y se acostaba con su hermana, o eso dijo.

Hubiera preferido algo más íntimo y que no hubieran invitado a los padres de Madison, pero supongo que ellos, igualmente, deseaban conocer los chicos con los que su hija pasaba gran parte del día. Así que, lo que se presagiaba como algo íntimo, se convirtió en gran evento que, al principio, me intimidó bastante.

Madison y yo esperamos a Ethan y Jacob sentadas en el porche delantero de casa mientras todos los demás ya disfrutaban en la playa. Ethan aparcó la pick up tras el Gran Cherokee negro de mi padre. Caminé hasta él acompañada de una sonrisa y me recibió rodeándome con los brazos y besándome con intensidad.

—Te he echado de menos hoy —susurró, con su frente sobre la mía.

Había pasado la mañana encerrada en la biblioteca preparando un trabajo con Dana y, por la tarde, ayudando a mis padres a preparar la barbacoa que ya estaba en marcha en la parte de atrás.

—Y yo.

—Eso no es cierto. No me has dejado ir a verte a la biblioteca.

—Porque no podía perder el tiempo.

—¿Besarme es perder el tiempo?

Volví a unir nuestras bocas y suspiré cuando tuvimos que separarnos. Madison y Jacob nos miraban, ladinos.

—Buscaros un hotel —pidió Mad.

—Por mí podéis seguir —comunicó Jacob.

Ethan le dio un empujón sin soltarme de la mano y cruzamos mi casa hasta el patio trasero desde el que se podía ver a toda mi familia y a los padres de mi vecina hablando junto a la hoguera.

—Mis hermanos no han querido perdérselo. Los padres de Madison tampoco. —Me disculpé.

—Está bien.

Le di la mano y la apreté.

—Gracias por tomarte tan bien esta encerrona.

17

QUIERO VIVIRTE CADA DÍA

Estaba hecha un flan ante lo que se avecinaba. No le presentaba chicos a mis padres todos los días, al menos no formalmente. En cambio, Ethan parecía tranquilo, como si hiciera esto todos los días. Caí en la cuenta de que tal vez ya había tenido alguna relación seria y que nunca habíamos hablado de ello. Me dije que no iba a darle vueltas al asunto en aquel momento.

Caminamos hasta el grupo, seguidos por Madison y Jacob, y fuimos directamente a hablar con mis padres, que reían con Will y Uma, progenitores de mi amiga y vecina.

—Papá, estos son Ethan y Jacob.

Ambos sonrieron y le dieron un apretón de manos.

—Encantado de conocerlo, señor Campbell —dijo primero Ethan.

—Ella es mi madre, Beatrice Campbell.

—Encantada de conocerla, señora Campbell. —La saludaron con un gesto de cabeza.

Terminé la presentación con los señores Evans y, tras unas bromas insignificantes, pero que relajaron el ambiente, fuimos a por un par de cervezas a la nevera portátil, custodiada por Connor y Sali.

—¿A tus padres no les importa que bebas cerveza?

—No, si no me emborracho.

Mi hermano, en cuanto vio que nos acercábamos, se levantó de la hamaca y fue a por Ethan.

—Soy Connor. El hermano mayor de Ash —habló, con un tono de inconfundible advertencia.

—Ethan Parker. Te conozco. Te he visto surfear. Eres increíble.

Casi se lo gana al instante, pero mi hermano era duro de roer y no se dejó engatusar.

Dio un paso hacia él, quedándose a un escaso palmo.

—¿Tú eres el que le partió la nariz?

—No me la partió —aclaré.

—En realidad fueron los dos —informó Mad, detrás de mí, junto a Jacob.

Le lancé a mi futura examiga (utilizar tonito) una mirada de reprimenda.

Connor se centró en Ethan.

—Te lo voy a decir solo una vez. Si tratas bien a mi hermana, no tendrás problemas conmigo. Si le haces daño...

—Connor. —Me interpuse y lo corté.

Aquello parecía el primer curso de primaria.

Agarré a Ethan de la mano y lo aparté unos metros; le pedí disculpas por la reacción desafortunada de mi hermano y le ofrecí una cerveza.

—No te preocupes. Lo entiendo.

El sol empezaba a ponerse en el horizonte.

—Es un bruto. No sabe dónde está el límite.

Me clavó la mirada y sonrió.

—¿Qué? —Le imité.

—Nada. Me gustaría besarte, pero... no sé si debo hacerlo.

—A mí también me encantaría, pero... Mejor lo dejamos para después.

Hizo un puchero y puso cara de perrito abandonado.

Ayudamos a mi padre con la barbacoa mientras contestábamos a todas sus preguntas, unas más comprometidas que otras. Nos centramos en qué quería hacer Ethan en el futuro. Por suerte, no le confesó que deseaba dar la vuelta al mundo con solo una tabla de surf bajo el brazo. Eso no lo hubiera aprobado el doctor Campbell, y, que conste, que mis padres nunca se han inmiscuido en mi vida, pero esperaban que me profesionalizara y me valiera por mí misma antes de hacer una locura que pusiera en juego mi futuro. Lo cierto es que no tenía grandes aspiraciones. Me gustaba la abogacía y quería dedicarme a ello, sin embargo, mi idea era trabajar en algún despacho en Los Ángeles hasta montar uno propio y vivir en una casita en la playa. No pedía demasiado, ¿no crees?

La escapada a Cabo San Lucas fue inmejorable. Viajamos en avión, por supuesto; la idea del coche y miles de kilómetros no tuvo mucho éxito. Y sí, mi boca y la de Ethan se pasaron la mayor parte del viaje unida la una a la otra. Nuestros amigos no se quejaron, supongo que después de unos meses se acostumbraron a nuestras muestras de amor. ¿Qué contar de aquel viaje? Fue único e irrepetible. La edad, las ganas de pasarlo bien, de vivir, de soñar. Además, el paraje es impresionante. ¿Has estado alguna vez? ¿No? Pues deberías. Las playas son asombrosas, arena blanca y fina con aguas cristalinas. Hicimos esnórquel en la Playa del Amor, una especie de agujero creado en la roca donde se abre paso una pequeña ribera escondida de los ojos del mundo. Surfeamos cada anochecer, y fue una de esas tardes, la última que pasábamos en el paraíso, cuando Ethan me sorprendió.

Estábamos sentados en las tablas que habíamos alquilado para toda la semana, meciéndonos sobre el agua, lejos de la orilla, el sol desprendía los últimos rayos de sol, pintando el cielo de rosas y naranjas, y los dos mirábamos el horizonte en silencio, impregnándonos de la inmensidad del universo. Solo se escuchaba el eco de las olas romper en la lejanía, muy a lo lejos, y la ausencia de aire o una pequeña brisa dejaba al descubierto el mutismo del mar.

—No hay ningún lugar mejor —susurré, acariciando el océano con los dedos.

—Estoy de acuerdo.

—¿Lo oyes?

—¿El qué?

—El silencio.

Cerré los ojos y respiré hondo.

—Quiero vivir esto cada día —dijo Ethan.

Lo miré y me fijé en las gotas de agua que surcaban todo su cuerpo, tostado por el sol, y el pelo mojado que le caía sobre la frente.

—¿Y no lo haces ya?

Negó y sonrió.

—No como quiero.

—Pues hazlo.

—¿Lo dices en serio?

—Claro. Creí que surfeabas todos los días.

—Creo que no me entiendes.

—Yo lo veo así —seguí—. Haz lo que te haga feliz. Si te hace feliz esto... —Encogí los hombros. Lo tenía claro. Yo siempre había hecho lo que me gustaba, sin dejar a un lado mis obligaciones, por supuesto. Era una persona feliz. Muy feliz.

—Me refiero a que creo que deberíamos vivir juntos.

—¿Qué? —Pegué un respingo, sin recordar que estaba sentada en una corta y estrecha tabla de surf, y caí al fondo.

En condiciones normales no me hubiera hundido un par de metros, pero ¡aquello no eran condiciones normales! ¿Qué acababa de proponerme? Cuando salí, me agarré a los brazos de Ethan, que ya me buscaban dentro del agua. Sonreía de oreja a oreja y me preguntaba si estaba bien.

—Sí... Creo que sí... —balbuceé, anonadada aún por lo que acababa de escuchar.

Me tumbé sobre la tabla y remé hasta la orilla. Aproveché una ola para impulsarme y llegar antes que él. Comencé a caminar en dirección al hotel. Él llegó a mí y me preguntó si estaba bien.

—Ash, ¿qué ocurre?

—Nada.

—¿Puedes parar?

Me detuve en seco y se posicionó delante de mí. Ambos llevábamos las tablas bajo el brazo.

—Gracias. Andas muy rápido.

Miré hacia otro lado y me encogí casi imperceptiblemente de hombros.

—Te he propuesto que vivamos juntos

—Te he escuchado.

—¿Y por qué sales huyendo? —No estaba enfadado. Me daba la sensación de que mi reacción le hacía gracia.

—No he salido huyendo. Una ola... Una ola me ha tirado.

—Ya...

Alzó las cejas y puso un brazo en jarra, a sabiendas de que exactamente había salido corriendo.

—Vale, me he asustado, pero es que... No podemos, Ethan. Vives con Jacob.

—Ya lo he hablado con él. No le importa.

—¿Ya lo has hablado con él?

—Me parecía que era lo correcto. Pagamos el piso entre los dos. Tendrá que buscarse un nuevo compañero.

—Pero... No sé qué decirte. Es... es demasiado... —¿Demasiado qué? Yo quería vivir con él. Quería pasar con Ethan Parker el resto de mi vida, por Dios.

Dejó la tabla en el suelo y me quitó la mía, acostándola junto a la otra. Enredó sus dedos con los míos y casi pegó nuestros cuerpos.

—Ash, quiero levantarme a tu lado cada mañana y compartir estos momentos contigo. ¿No deseas lo mismo que yo?

—Claro que sí.

—¿Entonces? ¿Quieres unos días para pensártelo? Sé que tal vez no te lo esperabas...

—No —lo corté, y sonreí de lado—. Claro que no. No necesito pensármelo.

Se le iluminó la cara.

—¿Eso es un sí?

—Por supuesto que sí.

18

REINICIO

En W&W no se toman mal que tenga que descansar durante unas semanas. Supongo que la prescripción médica los ha convencido de que debo tomarme unas vacaciones, aunque sea en contra de mi voluntad. Mi tutor del doctorado también lo ha aceptado. La que no está convencida soy yo, y mucho menos de pasar tres semanas en Los Ángeles. Caleb debe estar celebrando mi ausencia y frotándose las manos, decorando el que será su despacho permanente dentro de unos meses.

Ya tengo la maleta preparada para el viaje. Mi mente y mi cuerpo son otra historia y dudo de que algún día lo estuvieran. Me doy una ducha con el sabor a café aún en la boca, aroma que se mezcla con el olor de flores del jabón que utilizo para frotarme el cuerpo. Sé que necesito dormir, pero llevo dos noches dándole vueltas a la cabeza y pensando si todos llevan razón y es el momento adecuado para volver a casa. Salgo de la ducha y me enrosco la toalla alrededor del pecho, sin embargo, me da tiempo a contemplar mi reflejo en el espejo y a darme cuenta de mi extremada delgadez. Me lavo los dientes y me pongo ropa cómoda. Unos vaqueros, zapatillas de deporte, una camiseta Levi's y una sudadera. Lista para las cuatro horas de avión que me quedan por delante.

Veo un programa en la televisión por cable cuando mi chico entra en casa hablando por teléfono.

—No puedo, Jason. Es imposible. —Silencio. Parece enfadado—. He dicho que no. —Se toca la frente—. No. No. No.

Me incorporo y me siento sobre mis piernas cruzadas sin apartar la vista de él, que rehúye la mía.

—No puedes hacerme esto. —Se lamenta y resopla—. No. No. —...—. Lo sé. Aun así... Está bien. —Cuelga.

Mira al techo, bufa y hunde los hombros.

—¿Qué ocurre? —me preocupo, sin obtener respuesta—. ¿Ha pasado algo? —insisto.

Él gira sobre sí mismo y me mira con cautela.

—Ash, nena, no puedo viajar a Los Ángeles contigo.

—¡¿Qué?! —El corazón se me para dentro del pecho.

—Hay un problema en Washington. Tengo que solucionarlo antes de marcharme.

—Pero... No puedo... ¡No puedes dejarme ir allí sola!

—Escúchame. —Se arrodilla delante de mí y me agarra de las muñecas—. Solo será un par de días. Estaré contigo lo antes posible. No dejaré que nada ni nadie te haga daño.

—¡No! ¡No voy a ir sin ti!

—Madison estará allí. Ella no te dejará sola.

—No... —Me cuesta tragar.

—Tu padre irá a recogerte. Te llevará a casa y descansarás. No tienes ni que alejarte de Pacific Coast Highway. Allí te sentirás a salvo.

No me he sentido a salvo en ningún sitio desde que aquel acontecimiento cambió el rumbo de nuestras vidas. Ni siquiera en Nueva York. ¿Cómo huir de una parte de ti? ¿Cómo desprenderte de los recuerdos? ¿De los sentimientos?

Cuando vuelvo a mí, estoy en el aeropuerto, a punto de cruzar la puerta de embarque y despidiéndome de mi chico, el mismo que tanto apoyo me ha dado durante estos últimos años, tan difíciles que a veces hemos dudado de si éramos capaces de superarlos. Si lo he hecho, si lo estamos haciendo, ha sido gracias a él.

—Ash —me llama para que le preste atención—. Lo llevas todo. Llámame cuando llegues a casa.

Asiento muy despacio. Él me acaricia la mejilla y sonríe con dulzura.

—Sé que puedes hacerlo. Es lo mejor. Tus padres te cuidarán. Y tu madre te obligará a comer.

—De eso puedes estar seguro.

—Los *bagels* de la señora Campbell siempre han sido los mejores de Malibú.

Me da un beso sobre los labios y su calidez me insufla un poco de energía, la justa para alejarme de él, dejarlo marchar y subirme al avión.

Me pongo nerviosa cuando el piloto avisa por los altavoces que llegaremos en unos minutos.

—Por favor, quédense en sus asientos y abróchense el cinturón de seguridad. Gracias por volar con Virgin America.

Me doy cuenta de que no me he quitado el cinturón en todo el vuelo y que mis manos tiemblan tanto como todo mi cuerpo. Trato de respirar con normalidad y comienzo a contar. Uno. Dos. Tres. Cuatro. Así hasta sobrepasar el doscientos treinta y tres.

—Señorita, hemos llegado. —Una tripulante de cabina me informa de que ya puedo levantarme.

La miro y observo que casi todos los pasajeros han bajado y me encuentro sola.

—¿Está bien? ¿Necesita ayuda? El miedo a volar es más común de lo que todos creen.

—No me da miedo volar —contesto, casi por inercia. Mis sentidos están ocupados tratando de frenar el ataque de pánico—. Al menos no en avión...

—Supongo que alguien importante la espera.

—No sabe usted cuánto —susurro, casi para mí.

Veo a mi padre a lo lejos. Mira hacia la puerta por donde salimos los pasajeros sin dar conmigo. Parece preocupado, pero el gesto le desaparece en cuanto sus ojos tropiezan con los míos y una sonrisa enorme le enmarca la cara. Camina en mi dirección y nos encontramos en un punto intermedio. Me resguardo entre sus grandes brazos que me rodean con un cariño infinito, y hundo la cabeza en su pecho.

—Te he echado de menos —digo, perdiéndome en su olor a hogar, a casa, a familia, a una vida que amaba y me llenaba.

—Y nosotros a ti, pequeña. —No me suelta hasta que yo me retiro unos centímetros—. ¿Qué tal el vuelo? —Me acaricia el cabello.

—Bien. —Sé que no es eso precisamente lo que desea preguntar, pero lo conozco y lo último que pretendería sería presionarme—. ¿Dónde está mamá?

—Tuvo que ir a Santa Clarita esta mañana. Le ha pillado mucho tráfico por unas obras en la autopista y no va a llegar a tiempo. Nos espera en casa. Tiene muchas ganas de verte.

—Y yo a ella.

Coge mi maleta y caminamos hasta el aparcamiento. Me pregunta por mi chico de camino al coche.

—Está bien. Pero supongo que ya lo sabes. Has hablado con él estos días.

—No te enfades. Ese chico solo se preocupa por ti. Me alegro de que lo tengas a tu lado.

—Yo también. —Suspiro.

Nos alejamos del LAX a una velocidad muy lenta. Mi padre nunca ha sido un astro al volante, los coches tocan el claxon cuando consiguen adelantarnos. Río para mis adentros y me gusta saber que, al menos, hay cosas que nunca cambian. El trayecto hasta casa es una mezcla de sensaciones. Bajo la ventanilla cuando observo que Santa Mónica se acerca y el olor a mar inunda el coche en un segundo. En la radio suena una canción a un volumen tan bajo que me cuesta distinguirla. Cuando mis ojos topan de frente con la playa y la arena blanca de Pacific Palisades, un escalofrío me recorre de pies a cabeza. Me froto los brazos y suspiro.

—Tu hermano tiene muchas ganas de verte — comenta, tratando de distraerme. Sabe lo que significan para mí las olas que rompen en la lejanía—. No puedo decir lo mismo de Payton.

Intento sonreír ante su conato de broma y cierro la ventanilla. El aire me ahoga.

—¿Cuándo viene?

—Llegará el viernes. Se puso a gritar a través del teléfono cuando le dijimos que venías.

Poco más de una hora después, el doctor Andrew Campbell, un reconocido cirujano plástico de las estrellas de Hollywood, aparca en la puerta de la casa que fue mi hogar durante casi veinte años, pero que ahora, en este momento, sentada en el asiento del copiloto del Grand Cherokee de mi padre, siento como ajena.

—Ash.

Lo miro.

—Tómatelo con calma, ¿vale? Ve a tu ritmo. Yo frenaré a tu madre.

—Gracias.

—¿Vamos?

Asiento, nerviosa, mientras trago saliva.

—Iré sacando las maletas —manifiesta cuando ve que necesito unos minutos para bajar del coche y pisar el suelo.

No escucho nada, solo mi respiración y los latidos de mi corazón herido que vuelve a romperse como aquella fatídica tarde. Los oídos comienzan a zumbarme y el pecho a convulsionar. Sé lo que ocurre, estoy a punto de tener un ataque de pánico. Quiero contar, sin embargo, mi mente se niega a hacerlo. Uno... Dos... Nada más. Miedo, desesperación, impotencia...

No puedo respirar.

Me llevo la mano al pecho y tiro de la camiseta.

Me ahogo.

No...

De pronto, mi teléfono comienza a sonar sobre mi regazo y me saca del agujero en el que estaba a punto de caer. Leo su nombre en la pantalla y respiro, por fin, después de un eterno minuto sin conseguirlo.

—¿Has llegado? —Parece impaciente.

—Yo... Eh... Sí.

—¿Estás en casa?

—En el coche.

—Y... ¿Estás bien?

—Sí. —Me miro las manos que han dejado de temblar—. Ahora sí.

—Me alegro, nena. Paso a paso. Te dejo, tengo una llamada por la otra línea. Te llamo cuando llegue a casa.

Estoy a punto de colgar cuando lo reclamo.

—Jacob.

—¿Sí?

—Gracias.

—¿Por qué?

—Por volver a salvarme.

19

EL APARTAMENTO MÁS BONITO DE MALIBÚ

No nos costó encontrar una casa que nos gustara a los dos. Tuvimos suerte y un amigo de la familia nos alquiló una casita junto al mar. Está bien, no era una casa como tal, pero a nosotros nos parecía un castillo, con torres y mazmorras incluidas. Estábamos tan emocionados con nuestro nuevo apartamento que hicimos una fiesta con nuestros amigos. Solo pudimos invitar a ocho personas, pero es que en cuarenta metros cuadrados luminosos no cabían muchas más. En el salón estaban la cocina y el dormitorio, que constaba de una cama (enorme, eso sí) y un armario empotrado en la pared. La única habitación cerrada de nuestro hogar era el baño (y menos mal). Pequeño, sí. Pero grande y precioso para nosotros. Paredes blancas, excepto la de un lateral, donde estaba el cabecero de la cama que lucía ladrillos vistos color café con leche. ¿Lo mejor? Las vistas. Tras las cortinas casi transparentes se veía, se olía y se vivía el océano. Los grandes ventanales de cristales daban paso a una terraza considerable, con suelos de madera y colgando sobre la playa de Escondido Beach.

—¿Dónde dejo esto? —me preguntó Connor con una caja en brazos.

Mi hermano mayor se había ofrecido a ayudarnos. Quería saber dónde viviría una de sus dos alocadas y frenéticas hermanas, pero, además, se había hecho gran amigo de Ethan. No me extrañó, conociendo el carácter de los dos y lo que les gustaba el surf. Era cuestión de tiempo que congeniaran. De tiempo y de que Connor aceptara que yo ya no estaba en el instituto y quería vivir mi vida como una persona adulta. ¿Y qué significaba esto último? Pues varias cosas, empezando por trabajar en la cafetería de la facultad para pagar el alquiler y las facturas. Me habían concedido una beca, sin embargo, necesitaba ayuda financiera para cubrir todos los gastos universitarios y del día a día.

—Déjalo ahí. —Le señalé una esquina ya repleta de bártulos.

—Cariño, ¿es necesario que te traigas todos estos libros? —Mi padre, que también nos había ofrecido su ayuda, subía con varios volúmenes en dos bolsas.

No creas que el doctor Andrew Campbell aceptó de pronto que su hija de dieciocho años se fuera a vivir con el chico, algo mayor que ella, con el que llevaba saliendo unos meses. Claro que no. Tuvimos que convencerlo a base de muchas charlas en las que le demostré, con hechos pasados, que estaba preparada para hacerlo.

—Trae. —Fui hacia él y se las quité de las manos.

Daba vértigo ver todo ese desorden aquí y allá, ni siquiera se veía la cama. ¿Dónde íbamos a dormir? Bah, era lo de menos. No podía parar de sonreír.

—¿Queda algo más? —Saqué los libros y fui colocándolos en la estantería de uno en uno.

—Tu madre y su lasaña —contestó.

—¡Ash! ¡Es impresionante! ¿Has visto la playa? —Mi hermana entró desde la terraza tan excitada como yo.

Asentí y le pedí que terminara con lo que yo estaba haciendo. Ethan y Jacob entraron cargados con las tablas de surf, charlando y riendo con mi madre y Madison. Yo le enseñaba a mi padre la mesa que había encontrado en una tienda de segunda mano y que había restaurado para tener un sitio en el que estudiar. De pronto, aquello me pareció el metro en hora punta y, aunque me gustó ver a mis amigos y a mi familia juntos y pasándolo bien, yo tenía ganas de celebrar la inauguración de nuestro loft de otro modo.

—He dejado la lasaña en la nevera y la ventana de la terraza está abierta —me advirtió mi madre, antes de darme un beso, despedirse de mí y bajar las escaleras.

Cerré la puerta, me di la vuelta y apoyé la espalda en la madera. Ethan me miraba desde el centro del apartamento y descifré en sus ojos que él también estaba deseando quedarse a solas conmigo. Caminé hasta su cuerpo y nos abrazamos.

—Me encanta esto —musité, sobre su pecho.

—¿Nuestra habitación sobre un garaje? —bromeó.

Lo miré y arrugué el entrecejo.

—¿Eso piensas? Para mí es el apartamento más bonito de Malibú.

—El más barato sí es.

—¡Eh! —Me retiré y le di un golpecito en el vientre, plano y duro.

—Ven aquí. —Trató de agarrarme y me zafé, pero un segundo más tarde, a pesar de que di dos pasos hacia atrás con rapidez, consiguió rodearme la cintura con los brazos. Me empujó hacia atrás y caí sobre la cama con él encima. Llevó su mirada hasta mis labios y luego los besó—. No es el piso más bonito de Malibú, es el más bonito de California.

—¿Estás seguro?

Asintió dos veces con seguridad y me hizo cosquillas en las costillas. Comencé a reír sin parar y a patalear.

Nuestro hogar era una habitación grande sobre el garaje

de la casa de un amigo de un amigo de mi padre, un famoso actor de Hollywood de la época de los setenta que vivía en una especie de retiro de los focos, pero que se había hecho algunos retoquitos en la cara.

Me estaba ahogando cuando le pedí a Ethan que parara. Me dio un beso en la nariz y después bajó hasta mi vientre. Levantó mi camiseta y regó de besos el contorno de mi ombligo. La piel comenzó a arderme y suspiré. Abrió el botón de mis vaqueros, bajó la cremallera y siguió en esa dirección.

Me desperté enredada entre sus brazos y las sábanas, desnuda y con la brisa que entraba por la terraza acariciándome la piel. Abrí los ojos y lo primero que vi fue las cortinas, blancas y traslúcidas, ondear con el viento. El sol estaba en todo lo alto y la luz que entraba en nuestra casa la llenaba de vida y de magia. «Nuestra casa.» Tuve que repetírmelo varias veces para creérmelo y eso que era cierto que estábamos allí, en nuestro hogar. Contemplé a Ethan que dormía plácidamente a mi lado y luego me senté en el filo de la cama. Con los pies descalzos sobre el suelo de madera clara, dirigí entonces la mirada hacia la playa. Estábamos en el paraíso.

Sentí que sus dedos tocaron mi espalda con delicadeza y viajaron de arriba abajo dibujando el contorno de mis mariposas tatuadas. Me estremecía con cada caricia y me sentí la chica más afortunada del estado de California. Qué digo: ¡Del mundo entero!

—Podría perderme en tu espalda... En tus mariposas.

Miré hacia atrás y sonreí.

—Yo me pierdo cada día en tus ojos.

Hinchó el pecho, se incorporó y se acomodó tras de mí con sus piernas abiertas al lado de las mías, con mi cuerpo abrigado por el suyo. Los dos contemplábamos el océano.

—¿Ves eso? —Me señaló al infinito—. Es la vida. La tuya

y la mía. La que pienso vivir junto a ti. Pienso hacerte la persona más feliz.

—Ya lo haces. —Me acurruqué, y colocó su cara junto a la mía, con nuestras mejillas unidas.

Me besó el hombro y, tras unos segundos de silencio, me empujó hacia arriba y me puso de pie frente a él.

—Ash, quiero que sepas lo importante que eres para mí. Lo eres todo. Todo. Y quiero vivir contigo todo. Sea mucho o poco. No sé qué nos deparará el futuro, pero quiero que sea contigo.

Contigo...

Quiero vivir contigo todo.

Esas palabras se me grabaron a fuego para el resto de mi vida.

20

NO HAY VUELTA ATRÁS

Por fin consigo bajar del coche y poner pie sobre suelo californiano de verdad. El del aeropuerto no cuenta, es como muy internacional. Subo los escalones del porche delantero muy despacio, sintiendo la madera cálida bajo los zapatos. Sé que solo es una sensación, pero la noto tan real que me recorre el cuerpo al completo. Todo es conocido, pero distinto. Cuando cruzo el vano de la puerta abierta, el olor que se introduce por mis fosas nasales activa todas las células de mi cuerpo y los recuerdos comienzan a bombardearme de nuevo.

—Cariño. —Mi madre viene hasta mí y me da un abrazo—. Cuánto me alegro de verte. —Me besa y me mira.

—Yo también me alegro de verte. —Trato de forzar una sonrisa.

—Te he preparado todos tus platos favoritos. Estás muy delgada, Ashley. Tienes que comer más. Yo me encargaré de que te recuperes en estos días. —Lo dice como si nada, pero yo sé que es una advertencia en toda regla.

—¿Dónde está Connor?

Estaba deseando ver a mi hermano. Lo echaba muchísimo de menos.

Mi madre rehúye mi mirada y responde:

—Tenía mucho trabajo. Lo mejor es que te acerques a su casa esta tarde. Siempre metido en ese taller... —susurra esto último—. Vamos, subamos a tu habitación. ¿Estás cansada?

—Estoy bien. —No lo estoy, pero ¿qué voy a decirle a mi madre? No quiero que se preocupe por mí. Quiero demostrarles que todo va de maravilla en Nueva York y que lo he superado—. Prefiero comer. El olor me ha abierto el apetito.

—Eso me parece perfecto —comenta de camino a la cocina.

La isla central está repleta de platos caseros.

—¿Qué te apetece? Hay: albóndigas en salsa, *bagels* tostados, pastel de carne, lasaña de verduras y macarrones con queso.

—¿Lo has hecho todo tú? —Mi madre siempre ha sido una gran cocinera, pero esto es un festival.

—Lo cierto es que he tenido ayuda.

—Sabía que me había dejado algo en la nevera. —Uma, la madre de Madison, entra por el patio trasero con una piña en la mano—. ¡Ashley! ¡Estás aquí! —grita cuando me ve.

Suelta la fruta sobre la encimera y me da un abrazo fuerte y sentido. Yo se lo devuelvo de igual modo y le doy las gracias por ayudar a mi madre a preparar el festín.

—No es nada, cariño. Lo hago con mucho gusto. ¿Qué tal por Nueva York? ¿Cómo está Jacob?

—Estamos bien. No ha podido viajar conmigo, pero lo hará en un par de días.

—Madi está deseando verte.

—Yo también tengo muchas ganas de verla. —Tomo asiento en un taburete y miro los macarrones con ojos golosos.

—La mesa está preparada fuera. Vamos a llevar esto y empezamos.

Cojo la bandeja de los *bagels* y me la llevo a la terraza. Mi padre habla por teléfono en un rincón, con la cabeza agachada y casi susurrando, como si no quisiera que lo oyeran. No me extraño. En su trabajo la privacidad es máxima y se paga por las nubes. Ningún actor o actriz desea que se sepa que su nariz, pómulos, labios, orejas, cejas, ojeras, o lo que sea, es nueva y creada a golpe de talonario.

Tomo asiento y mi madre y Uma lo hacen a mi lado. William, marido de Uma, llega unos segundos más tarde y pide disculpas por el retraso.

—Había mucho tráfico. Hola, pequeña. —Viene hasta a mí y me da un beso y un abrazo—. Te hemos echado de menos.

—Yo a vosotros también.

Mientras mantengo una interesante charla con él sobre abogacía, no me pasa desapercibida la mirada de mi madre hacia mi padre a unos metros hasta que termina de hablar por teléfono.

—Ya estoy. Una emergencia en la clínica —asegura mi padre, tomando asiento frente a mí.

—¿A alguien le ha estallado un pecho? —bromea Uma.

Todos reímos y empezamos a comer. Agradezco que la charla no se centre en mí. William me habla sobre Madison y su día a día en Chicago. Estoy al tanto de ello, pero me gusta hablar de mi mejor amiga, así que lo dejo y, de paso, desvío la atención de mí. Nadie habla de él, del motivo por el que me marché ni de nada de lo que pasó. Saben que aún me torturo, no ha pasado tanto tiempo.

Subo a mi cuarto a darme una ducha y cambiarme de ropa. Todo sigue tal y como estaba, tal y como lo dejé antes de irme a vivir con él, con... Ethan. No hay fotos, no hay recuerdos, no hay nada. Mi madre se encargaría de deshacerse de todo cuando decidí marcharme a Nueva York, y lo cierto es que se lo agradezco.

Cuando termino, le pido a Connor que me envíe la ubicación de su casa. Me remite un mensaje junto con la ubicación:

> ¿Aún recuerdas cómo se conduce? Ten cuidado con los conejos que cruzan la carretera.

Muy gracioso. Nunca quise matar a ese animal. Le respondo:

> ¡Cruzó sin mirar!

Connor:

> Vente ya. Tengo ganas de ver a mi hermanita.

Yo:

> Espero que no te pongas a llorar.

Connor:

> Quién sabe. Siempre he sido de lágrima fácil.

Qué mentiroso. Solo he visto a Connor llorar una vez en la vida y... Comienzo a contar: Uno, dos, tres, cuatro, cinco, seis, siete, ocho, nueve...

Toc, toc. Alguien llama a la puerta y me interrumpe.

—El coche está listo —me informa mi padre de pie bajo el vano de la puerta—. ¿Todo bien? —Arruga el entrecejo.

—Sí... Es solo... Es raro estar aquí otra vez.

—Esta es tu casa. —Viene hacia mí.

—Lo sé... Pero... Duele.

—Es normal, cariño. A todos nos destrozó lo que pasó. Pero... Verás... Me gustaría hablar contigo de algo...

—Sí, papá...

—Es muy importante. Será... Será mejor que te sientes.

—Estoy bien así.

—Cariño, tienes que entender que...

—Andrew, ¿dónde has puesto la aspiradora nueva? —Mi madre lo interrumpe y levanta una ceja cuando le ve la cara.

—Eh... No. Estaba en el garaje. ¿Has buscado allí?

—Por supuesto que sí.

Salen los dos de la habitación y los oigo discutir por el pasillo, pero ahora bajan el volumen de voz.

Cuando piso la calle, me encuentro con el escarabajo verde manzana de mi hermana aparcado junto al garaje. La puerta eléctrica de este se abre hacia arriba y mis padres salen de él con caras de enfado que no me gustan en absoluto, pero no lo menciono.

—Le he tenido que arreglar un par de cosillas —comenta mi padre.

Alzo una ceja y rectifica:

—Lo ha hecho Connor, pero ha quedado perfecto. Va como la seda.

El coche lo compró de segunda mano y tiene más de diez años, pero de chapa está nuevo.

—Gracias, papá.

—Aquí tienes. —Me da las llaves—. ¿Estás segura de que no quieres que te acompañe?

—Seguro. Estaré bien.

Conduzco hasta Paradise Cove Beach. Es curioso, pero mientras más tiempo paso en Malibú, más a gusto me siento. Solo llevo unas horas en Los Ángeles y ya conduzco sola hasta la casa de Connor. Las ganas de verlo me superan. El trayecto no es muy largo, unos veinte minutos, que paso en silencio por miedo a encender la radio y que alguna canción me recuerde todo lo que vivimos.

He visto fotos del taller-escuela y la casa de mi hermano, pero esto lo supera. Me bajo del coche y observo la edificación de madera clara que se levanta entre los árboles. Leo en un cartel: Escuela Connor Campbell y se me hincha el pecho de orgullo. Huele a serrín desde aquí y sigo el olor para llegar hasta mi hermano mayor.

Entro en lo que estoy segura es el taller de tablas de surf que montó hace más de un año. Lo veo con una mascarilla que le cubre una parte del rostro y unas gafas enormes la otra parte. Se escucha música a todo volumen mientras él lija la madera. Unos segundos más tarde, levanta el semblante y me ve.

—¡Ash!

—¡Connor! —Corro hacia él y me encaramo a su cuerpo.

Me abraza con fuerza y noto que sonríe. Unos segundos más tarde, me deja en el suelo, se quita las gafas y la mascarilla y apaga la música.

—¿Cómo estás, hermanita?

—Mejor que tú. —Lo señalo, cubierto de polvillo blanco.

—¿Acabas de llegar y ya te estás metiendo conmigo? Esto pinta bien.

—¡Esto es impresionante, Connor! —Paso de su comentario y miro a mi alrededor. Hay tablas de surf de todos los tamaños por todas partes, apiladas aquí y allá en un desorden ordenado—. Enhorabuena, he leído muy buenas críticas sobre tu taller-escuela en internet.

—Hago lo que me gusta. Ven aquí. —Vuelve a abrazarme—. ¿De verdad estás bien?

—Estoy bien, no te preocupes. Cuando llegué, me costó bajarme del coche, pero una vez dado el primer paso, los demás han venido rodados. —Miento un poco. Lo cierto es que estoy mejor de lo que esperaba, pero me cuesta asimilar que vuelvo al sitio del que hui hace dos años.

—¿Tienes sed?

—Mucha.

21

DESAYUNO CON *BAGELS*

Fue muy fácil vivir con Ethan. Tenía sus manías, como todos, pero éramos tan compatibles en algunas cosas que nos sorprendía. Le encantaba desayunar *bagels*, surfear al amanecer, los macarrones con queso, helado de todos los sabores, beber limonada con mucho hielo y pasear por el muelle de Malibú. No todo era confeti y purpurina. Discutíamos por tonterías, como que *se me olvidaba* hacer la cama cuando me tocaba, no fregaba mi taza de café, o no cuidaba la tabla como ella merecía. Él tampoco hacía todas sus tareas, pero he de reconocer que era más disciplinado que yo. Ethan recogía su ropa y mantenía nuestra casita en condiciones para vivir humanamente, pero no levantaba la taza del váter, estrangulaba la pasta de dientes y no limpiaba el cepillo de pelos tras peinarse. A pesar de todo, nos llevábamos muy bien y, tras el verano, comenzamos a planear nuestro futuro juntos. Él empezaba a trabajar en una empresa en Los Ángeles mientras cursaba un año más para especializarse en Administración y Contabilidad y yo seguía estudiando para, en unos años, doctorarme en Derecho.

Despertarnos juntos era como habíamos imaginado: mágico, tan mágico que él hacía volar mis mariposas por el apartamento mientras las besaba, las acariciaba y las adoraba. Le encantaba seguir la línea imaginaria de mi tatuaje con su lengua y hacerme estremecer. Hacíamos el amor con ternura y entre susurros. Él jadeaba cuando se introducía en mí y yo gemía sobre su boca. Sentirlo así era lo único que necesitaba para ser feliz. Ethan me hacía el amor la mayoría de las veces, aunque también sabía moverse con rapidez y hacerme llegar al orgasmo entre descomunales gritos.

22

A MI RITMO

Connor me enseña el resto de la casa. Consta de dos plantas. La de abajo la utiliza como taller, cocina y un pequeño salón. Arriba tiene el salón comedor, un baño y dos habitaciones. Todo muy minimalista, con pocos trastos de por medio, a excepción del garaje donde arregla y crea preciosas tablas de surf, con chismes aquí y allí.

—Esto es impresionante, Connor. Estoy muy orgullosa de ti —declaro con una cerveza Coronita en la mano, sentada sobre la arena, frente a la casa.

—Me ha costado abrirlo y... aún tengo créditos a los que hacer frente, pero merece la pena. Tienes que ver la cara de los chicos cuando consiguen mantenerse por primera vez sobre la tabla...

—Lo sé... —Respiro con fuerza, recordando la adrenalina por mis venas cuando volaba sobre las olas.

—Es pura satisfacción.

Exactamente eso.

—Jacob...

—Está bien. Deseando verte y coger algunas olas.

—¿Y tú?

—Yo también estaba deseando verte. —Sonrío.

—No me refería a eso. —Choca su rodilla con la mía.

—Yo... Aún no estoy preparada para subirme a una tabla. No sé... No sé si algún día lo estaré. —Le doy un trago a la Coronita.

—Si alguna vez estás dispuesta a intentarlo, puedo ayudarte.

—Lo sé. —Brindamos y bebemos.

Nos quedamos ensimismados viendo cómo las olas rompen contra la orilla.

—¿Nunca has pensado en volver? Me refiero a definitivamente.

—No creo que pudiera ser completamente feliz aquí —manifiesto.

—Nueva York es asfixiante. Me lo pasé muy bien los meses que estuve allí, pero... ¿esto? —Señala el mar—. No lo cambiaría por nada.

—Yo también pensaba así. Antes, hace mucho tiempo.

—Ashley, no te mereces lo que sucedió. Lo que hicieron...

—No fue culpa de nadie. Solo suya.

—Yo no... —Me da la impresión de que quiere decirme algo, pero se lo traga y se levanta—. Vamos, hermanita.

—¿Adónde? —Tengo que alzar el mentón para verle la cara.

—Al muelle. ¿Adónde si no? Te voy a invitar a un helado y todo mejorará.

«Ojalá fuera así de fácil.»

Me agarra de las manos y me pone de pie.

—Ya no tengo doce años.

—Eso espero. Pueden meterme en la cárcel por dar alcohol a una menor. —Me quita la cerveza de la mano y camina hacia la casa.

—¿Qué querías decirme? —Gira la cabeza y arruga el ceño—. Hace un momento. Me ha parecido que querías decirme algo.

—No... No era nada.

—¿Estás seguro? Puedes decirme lo que quieras. Dejad de tratarme como si fuera de trapo. Soy una mujer fuerte, creo que lo he demostrado con creces.

—A veces está permitido caernos. Yo estaré aquí para levantarte. —Tira los cascos de vidrio en el cubo para reciclar y coge las llaves de su coche.

—¿Qué hago con el escarabajo de Payton?

—Déjalo aquí. Puedes pasar la noche en mi casa y mañana desayunamos juntos.

—No quiero molestar. Igual has quedado con alguien.

—He quedado contigo. Pienso pasar los próximos días pegado a mi hermanita.

Dicho y hecho. Connor no se separa en ningún momento de mí durante toda la tarde y toda la mañana del día siguiente. Incluso llama a mis padres para informarles de que me quedaré esta noche con él. Habla con mi madre en la cocina, por el manos libres mientras hace la cena. Escucho parte de la conversación al bajar la escalera.

—Hemos estado en el muelle.

—¿En el muelle? ¿Cómo se te ocurre llevarla allí?

—No pasa nada, mamá, y si pasa, fue vuestra decisión.

—No me reproches lo que hicimos.

—Ah, ¿no? ¿Por qué? ¡Fue una guarrada! ¡Es una guarrada!

—¡Por Dios, Connor, no hables así!

—Adiós, mamá. Tengo que colgar.

—Connor Campbell, ni se te ocurra colgar... —Pi pi pi pi.

Mi hermano se asusta cuando me ve llegar.

—Perdona —me disculpo.

—No te esperaba. —Sigue cortando zanahoria en tiras.

—¿Por qué discutías con mamá?

—Diferencia de opiniones.

—¿Qué te pasa con ellos?

—Nada.

—Vivo fuera, pero no soy tonta. Sé que algo os tiene distanciados. ¿Qué ocurre?

—Nada, enana. Anda, pon la mesa. Esto se enfría. —Señala unas brochetas.

—¡No lo voy a dejar pasar! —grito, con los cubiertos en las manos y saliendo a la terraza.

—¡Lo sé! Eres una pesada —musita esto último.

—¡Te he oído!

Durante la cena, hablamos sobre Nueva York y el tiempo que pasó allí. Le hago partícipe de lo que le agradecí que me acompañara esos primeros meses y de que aceptara mi relación con Jacob con esa naturalidad.

—Sé que fue demasiado rápido.

—Cada uno lleva su ritmo.

—Desde el principio, Jacob me apoyó mucho. Nunca se fue de mi lado.

—Nunca te he pedido explicaciones. Nadie te las ha pedido. Todos lo entendimos.

—Lo sé... Supongo que yo... Soy yo la que se juzga.

—Pues deja de hacerlo. —Me agarra la mano y la aprieta—. Sé feliz. Te lo mereces.

—Eres el mejor hermano del mundo.

—Lo sé. —Alza el mentón, exagerado.

—También eres el más creído. —Río.

Y me doy cuenta de que hacía tiempo que no reía tanto.

He sonreído más veces durante el día de hoy que durante el último año.

«No va a ser tan mala idea el haber venido», pienso. Pero pensarlo es una cosa, lo que sucederá a continuación, otra muy distinta.

23

UNA SORPRESA

Hacer ejercicio por la mañana se convirtió en una rutina que nos cargaba las pilas; y dirás: lo lleváis haciendo desde pequeñitos. Cierto. Pero me refiero a otro tipo de ejercicio físico (ejem, ejem). Igual de efectivo pero mucho más reconfortante, gratificante y divertido. Ethan y yo hacíamos el amor nada más abrir los ojos. En muchas ocasiones casi estábamos dormidos. Así descubrí el sexo soñoliento, ¡y me encantaba! Sexo, surf y *bagels*, ¿qué más podíamos pedir? Amigos. Y los teníamos. Madison y Jacob nos acompañaban muchos amaneceres. A volar sobre las olas, no a la hora de sexo, he de especificar (por si alguien tiene una imaginación demasiado fantasiosa). Madi y yo estábamos acostumbradas a surfear casi de la mano, así que buscábamos cualquier excusa para pasar tiempo la una con la otra. Aunque Ethan se daba perfecta cuenta de ello, nunca se quejaba.

—¿Aún queréis dar la vuelta al mundo con la tabla de surf? —me preguntó Madison, sentada en el suelo frente a mí, en medio del apartamento y rodeada de libros.

—Lo haremos el verano próximo.

Tratábamos de estudiar, sin embargo, no podíamos parar de hablar.

—Me dais envidia —suspiró.

—Puedes viajar cuando quieras, Madi. El mundo está ahí fuera esperándote.

—No me refiero a eso. —Arrugó la nariz—. Verás. Os veo juntos y me emociono. Se os ve felices. Irradias luz. Te mira como si fueras lo único que le importa. Yo... Yo quiero encontrar a alguien que me mire así.

—Madi, claro que lo encontrarás. Eres una mujer maravillosa.

Mi amiga había tenido rollos en el año y medio que llevábamos en la universidad, pero nada serio, nada especial.

—Gracias, pero... ¿De verdad lo crees? A veces pienso que no hay nadie para mí. Yo...

—Claro que sí. ¿Por qué piensas lo contrario?

—Ya lo sabes. —Sí, lo sabía. Tenía un hermano medio tonto que no veía ni a dos metros—. Connor.

—Connor es imbécil.

Suspiró.

—No sabe ni que existo.

—¿Cómo que no? Te quiere como a una hermana. —Justo después de soltarlo, me percaté de lo que acababa de decir. Quise morderme la lengua hasta que me sangrara. La imbécil era yo. Seguro. O venía de familia.

—Eso es muchísimo peor —susurró con la cabeza agachada.

—Madi —la llamé para que me mirara—. Pronto llegará ese hombre que te hará suspirar de verdad y suspirará por ti. Deseará hacerte la mujer más feliz del mundo y dará su vida por ti.

—No hace falta que se muera por mí —bromeó—. Lo prefiero vivo.

Nos reímos.

—Me alegro mucho por ti. Ethan es el chico perfecto.

—Nadie es perfecto.

—Él sí.

—Vale. Lo es —acepté. Y volvimos a reírnos.

Aquella noche cenábamos en casa de los Parker. Sus padres, Charlie y Sarah, ginecólogo e ingeniera de profesión respectivamente, nos invitaron a la fiesta aniversario de su boda que coincidía con el día de Navidad. Estaba muy nerviosa y mi elevada ansiedad no me ayudaba a dar con el vestido adecuado. Además, Caroline, la hermana mayor de Ethan, había viajado desde Boston para la ocasión y solo había coincidido con ella un par de veces. Mis padres también habían sido convocados al evento y, aunque me tranquilizaba saber que estarían allí, ni eso me servía para centrarme y elegir un modelito; se estaba haciendo tarde y Ethan me lo hizo saber.

—¿Qué te pasa? Solo es una cena más en casa de mis padres. —Me abrazó desde atrás y me besó en el hombro.

—Creo que no le caigo bien a tu hermana.

—Tú le caes bien a todos.

—A tu hermana no.

Me giró y me puso frente a él.

—Carol solo se preocupa por mí. ¿Recuerdas lo que me dijo tu hermano cuando me conoció?

—Mmm... No... —Me hago la olvidadiza.

Arruga el entrecejo.

—Que te mataría si me hacías daño —acepto.

—Los hermanos mayores tienden a preocuparse demasiado por nosotros. Estoy seguro de que Carol y tú seréis grandes amigas en cuanto os deis una oportunidad.

Ethan no se equivocó y Caroline y yo congeniamos en cuanto vio con sus ojos lo enamorada que estaba de su hermano. Lo amaba tanto que el corazón se me salía del pecho con solo mirarlo. Fue aquella tarde, sentados a la mesa en su salón, cuando su mano agarró la mía por debajo del mantel y la acarició con ternura. Casi me da un infarto de lo acelerados que se escuchaban mis latidos. Me dio un beso muy natural pero sentido en el hombro y me dijo que me quería. Así, sin más. Lo dijo delante de todos, pero no lo hizo para que se enteraran. Fue un acto natural y reflejo de lo que sentíamos al tocarnos. Y yo le respondí de idéntica manera. Ni siquiera llegué a saber nunca si alguno de nuestros familiares fue testigo de aquella pequeña gran muestra de amor infinito, pero, a partir entonces, Carol comenzó a tratarme como a una hermana. Incluso íbamos de compras juntas y quedábamos para comer cuando venía de vacaciones. Nos lo pasábamos bien.

—¿Cuándo vais a terminar? —Ethan se quejó al teléfono porque Madi, Carol y yo nos habíamos entretenido el viernes por la mañana en el centro de Los Ángeles.

Acababa de entrar el mes de marzo y el sol brillaba con mucha fuerza.

—Estamos comprando un regalo a Jacob. ¿Está a tu lado? Oh, Dios. No le digas nada. Es una sorpresa.

—¿Un regalo? ¿Me han comprado un regalo? —se escuchó al aludido a lo lejos.

—Tarde.

—¡Ethan! —le regañé.

—Yo no tengo la culpa. —Me lo imaginé sonriendo de esa forma tan despreocupada, sin camiseta y mirando a través de la ventana hacia el océano, y suspiré—. No lleguéis tarde a la fiesta.

—Claro que no. ¿Por quién me tomas?

—No me fío de vosotras. Y dile a mi hermana que eres mi novia, no la suya —bromeó—. O mejor, dile que se ponga, quiero hablar con ella.

—¡Carol! —la llamé, e interrumpí la charla animada que mantenía con el dependiente de la tienda de zapatos en la que estábamos—. Tu hermano quiere hablar contigo.

Le di el teléfono y le respondí con un encogimiento de hombros cuando me preguntó qué quería.

—Dime.

—...

—Oh, qué bonito, pero no. —Hablaba sin dejar de observar los zapatos expuestos.

—...

—Ya te digo. Sí, llegaremos pronto. Ya casi hemos terminado.

—...

—Adiós. Que sí. —Me devolvió el teléfono—. Tanto amor me abruma.

—A mí me da asco —apuntó Madi, y empezaron a reírse.

Yo despedí a Ethan y le prometí que estaríamos a tiempo en el lugar en el que celebraríamos el cumpleaños. En la playa, por si lo dudabas. Es que no había un lugar mejor, y de eso a nosotros nos sobraba.

La fiesta fue increíble. He de reconocer que bebí un poco y que a Madi casi se la lleva la marea cuando tropezó con su propio pie, se peleó con él (sí, con su pie) y cayó al suelo (de arena. Repito: de arena) haciendo la croqueta, ¡la auténtica y verdadera croqueta rebozada! Dana, Carol y yo no podíamos sacarla de la risa que nos entró. Terminamos las cuatro dentro del agua y a punto de ahogarnos. Ethan y Jacob nos sacaron una a una y no nos libramos de la típica charlita: «Si bebes, no te acerques al agua». Tenías que ver cómo nos defendíamos. Éramos patéticas. «Me tropecé con mi pie, que es gilipollas perdido y se puso en medio.» «Se la llevó una ola y, ¿qué iba a hacer? ¿Dejar que llegara a Australia?» «Intenté agarrarla y rodé yo también.» «El agua estaba calentita.» Esto último no tenía que ver con lo que se estaba planteando allí, pero Madison había bebido demasiado y le pareció curioso el dato.

—Ven. Vas a enfriarte. —Ethan llegó a mí con una toalla, me rodeó con ella y me abrazó.

—¿Por qué eres tan bueno conmigo? ¿Por qué me cuidas tan bien? —No podía esconder la copa de más que me ardía en el estómago.

—Porque eres como un cachorrito abandonado.

—¿Cuidas de mí porque te doy pena? —Hice morritos.

—Cuido de ti porque no sé quererte de otro modo.

—¡Qué bonito! Yo sí que te quiero. —Me recosté en su pecho—. ¿De verdad me cuidarías siempre?

—Siempre.

—Aunque... —El alcohol me liberó la imaginación y comencé a decir estupideces que no venían a cuento—. ¿Aunque un caballo me pisara la cara y pareciera un orco? —Asintió—. ¿Aunque se me cayera el pelo de la cabeza y las cejas?

Me lo tocó.

—Me gusta tu pelo... —Fingió que se lo estaba pensando—. Sí.

—¿Aunque... tuviera un accidente y me quedara tetrapléjica?

—Pero... ¿qué preguntas son esas?

—Eso no, ¿no? No me querrías... —Hice un puchero gigantesco.

—Te querría sin cara, sin piernas, sin brazos, sin pelo, sin esa boca que me vuelve loco. Te querría loca. Te voy a querer siempre.

—Seguro que, cuando comiences a trabajar en esa nueva empresa, te enamoras de una modelo de Rodeo Drive y te olvidas de mí.

Estábamos bromeando y exagerando y él lo sabía. Aun así, me miró a los ojos y me aseguró.

—Ash, nunca podría olvidarme de ti. Ni muerto te sacan de mi cabeza.

24

RESPIRA

Pasar la noche con Connor y despertarme con él ha sido una inyección de optimismo y energía. Mi hermano es así, una persona maravillosa y honesta que ejerce sobre otras una influencia tan buena que te renueva. Lo veo hacer surf mientras me tomo el café y los primeros rayos de sol de la mañana dibujan en el cielo ondas de colores. Me da envidia sana verlo sobre la tabla, deslizándose sobre el agua y disfrutando como lo hace. Se negó a surfear cuando despertamos, pero yo sé que es parte de su rutina y que para él es, como para mí era, la única forma de empezar bien un día; así que casi lo obligué a coger la tabla y lanzarse al agua. Me despido de él hasta mañana y me pide que intente quitarle a mi madre la idea de prepararle el cumpleaños el 4 de julio.

—Tienes tiempo de convencerla para que nos deje a nuestro aire. Aún quedan unas semanas. Solo quiero estar con la familia. Después podemos ir a alguna fiesta.

—Lo intentaré, pero no te prometo nada. Ya sabes que para ella es importante. ¿Por qué no vienes a cenar esta noche? Seremos más convincentes si somos dos.

—No puedo.

—Venga, Connor, dime ya qué os pasa.

—No seas pesada. He quedado.

—¿Tienes una cita?

Se encoge de hombros y sonríe.

—¿Sales con alguien?

—No salgo con nadie. Solo... Se llama Olivia. Quedamos de vez en cuando.

—Eso suena a algo serio.

—No lo es. Y deja de cotillear. Sube al coche y envíame un mensaje cuando llegues.

Casi me empuja y me obliga a subir al escarabajo.

«Ya estoy en casa. Algo te pasa con papá y mamá y pienso averiguarlo», le escribo desde mi dormitorio. Me responde con un emoticono sacándome la lengua y me guardo el teléfono en el bolsillo del pantalón vaquero.

Los primeros días no son tan malos como vaticinaba y eso que Jacob me llama para decirme que tiene que posponer el vuelo porque no ha podido solucionar el problema que no le permitió viajar conmigo hasta aquí.

—No es justo. Prometiste que no me dejarías sola.

—No sabes cuánto lo lamento. Iré en cuanto todo esté solucionado.

—¿Y cuándo será eso?

—Pronto.

Me entretengo dando paseos por la playa junto a Pacific Coast Highway y por Paradise Cove Beach, la playa en la que vive Connor. Aún no he conseguido que venga a casa a cenar algún día. Siempre evita el tema cuando lo saco y trata de no dejarme sola mucho tiempo, esto implica que pase gran parte del día ayudándolo en su taller, incluso limpio y preparo el material para que pueda dar las clases de surf a niños de corta edad los fines de semana.

Todo mejora el viernes con la llegada de Payton. Nos fundimos en un cariñoso abrazo en medio del salón de casa y es la única que no me hace la pregunta de marras. Le agradezco en silencio que no comience la conversación con un: «¿Cómo estás?». Ella es mucho más original y suelta:

—¡No le habrás hecho nada a mi coche!

—Ayer me salí de la carretera y me frenó un árbol.

Abre la boca formando un gran círculo y me río.

—¡Eres mala! —grita.

—¿Estás más alta? —Me meto con ella. Payton nunca ha superado el metro sesenta ni creo que nunca lo supere.

—Muy graciosa. Dejé de crecer hace tiempo. Esto es lo que hay. —Se señala el cuerpo con maestría y arte—. Y, créeme, en Princeton se mueren por este cuerpecito.

Payton estudia en la Universidad de Princeton, una de las más prestigiosas del país, ciencias biológicas y biomédicas. Lo del marketing digital y social media solo fue una obsesión que le duró los años de instituto. Somos tan distintas que yo me decidí por una carrera de letras y ella por una de ciencias. Yo tengo una memoria privilegiada, pero la de ella rompe moldes, además, se le dan muy bien los números, las cifras y el álgebra.

—¿Dónde está Connor? —Mira alrededor, buscándolo.

—No ha podido venir. Tiene mucho trabajo. Hemos quedado con él esta noche. Va a invitarnos a cenar en Gagoa.

—¡Muero por uno de sus burritos vegetales! —aplaude.

—Sabíamos que te haría ilusión.

Connor nos recoge a las siete de la tarde. Se baja del coche para recibir el abrazo de Payton, pero no entra en casa. Mi madre ni siquiera sale a darle un beso (lo que sería de lo más normal), solo mi padre se acerca a él y le pide que tenga cuidado conduciendo. Sus tres hijos van en ese coche.

—No te preocupes, papá. Las cuidaré.

—Siempre lo has hecho.

A Connor le cambia el semblante ante esta afirmación.

—Y me gustaría seguir haciéndolo, pero... Esto no va a salir bien. Esto no está bien.

—Lo sé, Connor, lo sé. Vamos a intentar hacerlo lo mejor que podamos.

—No está bien, papá —repite—. Terminará enterándose y, ¿qué vamos a hacer? ¿Cómo crees que se lo tomará?

—Tú cuida de ella. —No sé si esta vez se refiere a mí o a mi hermana, que ya ocupa el asiento del copiloto del Jeep y pone la música a todo volumen, razón por la que dejo de escuchar la conversación.

Maldita sea.

Cenamos albóndigas de pescado en Gagoa y burritos vegetales, un restaurante al que siempre íbamos en familia y en el que ponen el mejor puré de calabacín de todo el estado de California, y discutimos sobre el hecho de que Connor no deja beber cerveza a Payton.

—¡Ya tengo los veintiuno!

—Como para olvidar el vídeo que nos enviaste, monina. —Montó una gran fiesta en la hermandad en la que vive junto a las Kapa no sé qué más. Nunca me han ido esas cosas. Me iba más vivir con Ethan en un loft destartalado junto a la playa. Este pensamiento me hace quedarme sin respiración y mi hermano se da cuenta.

—Ash, respira.

—¿Qué?

—Te estabas poniendo morada.

—Creo que se me ha clavado una espina en la garganta. Voy al baño un momento.

—¿No será mejor que bebas un poco de agua?

—No, no. Ahora vuelvo.

—¿Quieres que te acompañe? —se ofrece Payton.

—Vale.

Caminamos hasta el aseo, me miro al espejo mientras Payton entra en uno de los cubículos y me recompongo.

Respiro con tranquilidad cuando salgo, pero la estabilidad emocional y física me dura muy poco. Me descompongo el tiempo que tardo en ver a una persona conocida, muy conocida, de pie junto a la barra. Ríe mientras habla con una chica, sin embargo, la sonrisa se le corta en el momento exacto en que sus ojos se encuentran con los míos. Tarda unos segundos en reaccionar, pero, cuando lo hace, camina hasta mí sin titubear.

Uno.

Dos.

Tres.

Cuatro.

Cinco.

—Ashley... —Los ojos le brillan, las cejas las tiene medianamente arqueadas y la respiración acelerada.

—Hola... Caroline. —Yo estoy tan nerviosa como ella.

—¿Cuándo...? ¿Desde cuándo estás aquí?

—Llegué hace unos días.

—¿Te... quedas?

—Estoy de vacaciones. Vine a pasar el Cuatro de Julio.

—¿Cómo... cómo estás?

No recuerdo que tartamudeara tanto.

—Supongo que bien. ¿Cómo están tus padres? —Estoy a punto de preguntarle por él. Quizá estoy perdiendo la cabeza.

—Eh... Ya sabes... Pero están bien. Se alegrarán cuando les diga que te he visto.

—Siento no... Sentí haberme ido sin despedirme, pero... no pude.

—No te preocupes. Te entienden. Todos lo entendimos. Verás, Ashley, me alegro de verte, pero tengo que irme.

Parece que tiene prisa.

—Sí, está bien. Espero verte pronto.

Fuerza una media sonrisa y desaparece.

—¡Ash! —Connor llega a mi lado corriendo.

—Era Carol. Hacía mucho que no la veía —explico, aún sorprendida.

—¿Qué quería? ¿Qué habéis hablado? —pregunta, preocupado.

—Eh, no pasa nada. Solo quería saber si estaba bien.

—Y... ¿Lo estás?

Lo pienso.

—Sí, creo que sí.

Relaja el gesto.

—Anda, vamos. Payton aprovechará mi ausencia para beberse nuestras cervezas.

25

DESPIERTA, MARIPOSA

—Despierta, mariposa —susurró Ethan mientras me besaba la espalda desnuda.

—Mmm —gruñí, soñolienta.

Había pasado casi todas las noches del último mes estudiando para los finales antes de las vacaciones de verano. Hoy tenía el último examen y queríamos celebrarlo a lo grande. Habíamos alquilado una caravana y teníamos pensado ir a pasar unos días a Half Moon Day y asistir al Big Event, un campeonato de surf al que asistían los mejores profesionales del planeta Tierra. Siempre había soñado con acudir y estaba muy ilusionada, incluso Madison llevaba varios días sin dormir pensando en el gran acontecimiento. Connor también se apuntó en cuanto Ethan se lo comentó y la idea me hubiera parecido maravillosa si no hubiera sido porque, por extensión, se trajo a la chica con la que llevaba saliendo un par de meses. Alisson me caía bien, pero Madi no la podía ni ver y era mi mejor amiga; su dolor era mi dolor, aun cuando ni ella lo reconocía en voz alta.

—Vas a llegar tarde al examen. —Siguió el reguero de besos hasta llegar al cuello.

Gemí y noté su sonrisa dibujada sobre mi piel.

—Hueles a café —musité.

Me rozó con la nariz la mejilla.

—Tú hueles a canela... Y me encanta. —Me mordió un costado y grité.

—¿Por qué has hecho eso? —Me di la vuelta y lo miré.

Sonreía ampliamente arrodillado sobre la cama y casi sobre mí.

—No lo sé.

—Quieres fastidiarme.

Se tumbó, emplazando su cuerpo sobre el mío sin llegar a tocarme, aguantándose con las manos junto a mi cabeza, una a cada lado.

—Quiero terminar de desnudarte y hacerte el amor. Podría estar todo el día contigo en la cama. Pero yo tengo que ir a la ciudad y tú a la universidad. —Me dio un beso en la nariz, se incorporó, agarró mis manos y tiró de mí.

—Eres un aguafiestas.

Me abrazó y yo lo imité. Todos los momentos que pasábamos juntos me parecían los mejores del mundo, pero levantarnos cada mañana uno al lado del otro se llevaba la palma.

Ambos miramos hacia el mar.

—¿Lo echas de menos? —me preguntó, refiriéndose a las olas. Había tenido que olvidarme de ellas durante unas semanas si quería sacar buenas notas.

—Mucho.

—Este fin de semana te hartarás.

—Nunca me hartaría del surf. —Llevé mis ojos hasta los suyos—. Ni de ti.

No sé por qué, noté que quería decirme algo, que sus ojos me hablaban en silencio, a través del romper de las olas; sin embargo, no insistí. Entre el sueño que aún me rondaba y lo bien que me encontraba arropada en su pecho, dejé que me besara y que nuestras bocas utilizaran su peculiar pero universal lenguaje.

Detuvo su Ford lo más cerca del edificio en el que hacía el examen y me prometió que todo saldría bien.

—Prefiero un poco de suerte —contesté, asustada porque no había tenido demasiado tiempo para preparar este examen.

—La suerte está sobrevalorada. Lo harás tú solita. Sin ayuda de la suerte. —Me acarició la mejilla, dejó su mano abierta tras mi cuello y me llevó hasta su boca—. Además, está ocupada conmigo. La tengo yo por tenerte a ti a mi lado.

—Qué romántico. —Sonreí.

—¿Te ríes de mí?

—No...

Sonreímos.

—Dame un beso y vete —pidió.

Nuestras bocas se unieron y un escalofrío me recorrió entera. No importaba el tiempo que pasara. Ethan me hacía sentir viva, me inyectaba adrenalina. Era electricidad en estado puro.

Dieron un par de golpes en la ventana de mi lado y nos separamos a regañadientes. Sabíamos de quién se trataba.

—¡Buenos días! ¿Os he interrumpido? Oh, cuánto lo siento —dijo Madison, sin sentirlo en absoluto.

—Tengo que irme. Nos vemos esta tarde.

Salí del coche y caminé junto a mi amiga que no paraba de hablar de lo increíble que iba a ser el fin de semana.

—¡Vamos a Maverick's! ¡Aún no me lo creo! ¿Tú lo crees? —estaba eufórica—. Vamos a ver surfear a John John Florence y a Gabriel Medina. ¿Crees que podré hacerme una foto con ellos? ¿Me dejarán?

—Claro que sí.

—¡También va a estar Sarah Gerhardt! ¡Fue la primera mujer en surfear en esa playa! ¡Quiero conocerla! ¡Quiero conocerla y ser su amiga!

Reí.

—¿Por qué te ríes? ¿Crees que no querrá?

—¿Ser tu amiga?

—Claro.

—Si no quiere, ella se lo pierde.

—¡Va a ser alucinante! —Saltó—. Connor me recogerá a las tres. Después vamos a por Alisson y a por vosotros.

—Mad —solo la llamaba así en momentos muy especiales y ella lo sabía—. No hemos hablado de eso.

Me miró y dejó de sonreír, aunque intentó no cambiar el semblante.

—No hay nada de qué hablar. Alisson me cae bien.

—Es buena chica. No es eso.

—Oye, no te preocupes por mí. Lo tengo superado. —Miró su reloj de muñeca—. Tengo que irme. ¡Deséame suerte! —Me dio un abrazo muy corto y se fue corriendo.

—¡Suerte! —chillé.

—¡Suerte para ti también!

Jacob aparcó en la puerta de nuestro apartamento y tocó el claxon. Ethan me avisó de que bajaba a ayudarlo con las tablas y terminé de vestirme. Las dos bolsas para el viaje nos esperaban junto a las escaleras, el sol brotaba con fuerza a través de las puertas abiertas de par en par de la terraza, olía a una mezcla de café, canela y brisa marina, la cama aún estaba deshecha, con las sábanas blancas formando un entresijo de recuerdos de los besos que nos dimos la noche anterior y de todos los te quiero que nos susurramos al oído. Pensé en no hacerla, en dejarla tal y como estaba, como una prueba de nuestro amor y devoción. Como la huella de lo que teníamos y vivíamos cada día. Sonreí, porque era una idea estúpida y descabellada, porque Ethan jamás se iría con la cama en ese estado, pero iba a quedarse así, con las huellas de nuestros cuerpos grabados sobre ella. Así que cerré el balcón, crucé nuestro piso, cogí las dos bolsas, cerré la puerta y bajé las escaleras.

Ethan y Jacob hablaban y reían junto a los coches, hasta que se percataron de mi presencia y algo detuvo la conversación. Vinieron hasta mí y me quitaron las dos bolsas de las manos, cogiendo una cada uno.

—¿Has cerrado? —me preguntó Ethan.

—Sí.

—Iba a subir a hacer la cama.

Ignoré su comentario y le pregunté a Jacob si Connor tardaba mucho.

—Tiene que estar a punto de llegar. Por cierto, me ha dicho que trae una sorpresa.

—¿Qué sorpresa? —Alcé una ceja. De Connor podías esperar cualquier cosa.

—No me ha dicho mucho más.

Vimos aparecer y detenerse frente a nosotros la autocaravana que habíamos alquilado. Mi hermano conducía y Alisson ocupaba el asiento del copiloto. La puerta del lateral se abrió y de ella salieron Madison y... ¡Payton!

—¿Qué haces tú aquí? —Le di un pequeño abrazo.

—Yo la invité —aclaró Ethan.

Lo miré y arrugué el entrecejo. No es que me pareciera mal, pero no me lo esperaba y, dicho sea de paso, acababa de preguntarlo un minuto antes.

—Quiero que este fin de semana sea especial. —Me besó en la mejilla y se fue a guardar el equipaje.

Tardamos más de una hora en colocar en la parte trasera, en un soporte especializado, todas las tablas de surf. El mensaje de mi madre pidiéndome que cuidara de mi hermana pequeña no se hizo esperar. Le aseguré que todos cuidaríamos de ella y le recordé que Connor también viajaba con nosotros.

«Tu hermano estará ocupado con Alisson.»

La respuesta me dibujó una sonrisa en el rostro. Todos conocíamos a Connor. Era un enamoradizo, aunque el amor solo le duraba unos meses. Se cansaba muy rápido de las chicas con las que salía y su relación más larga había durado diez semanas.

—¿Has visto las piscinas que forma la playa? —Madi me enseñó la pantalla de su móvil, sentada a mi lado—. Son preciosas.

Habíamos recorrido la mitad del camino y, tras tres horas de viaje, a todos nos apetecía estirar las piernas y tomar un poco de agua fresca, así que le rogamos a Connor que hiciera una parada y comprara unos refrescos.

—Diez minutos. Quiero llegar temprano para coger buen sitio.

Maverick's se llenaba de turistas y locos por el surf de todas partes del mundo para el Big Event y en su aparcamiento no cabían más de veinte coches, por ello, había que aparcar en las colinas que rodeaban la playa. Mi hermano ya había visitado el lugar para dicha fecha y quería coger el mejor sitio para admirar el espectáculo.

No me pasó desapercibida la mirada de Madison hacia el beso que Connor y Alisson se estaban dando junto a la máquina expendedora con el logo de Coca Cola. A mi amiga le seguía afectando que Connor saliera con otras chicas y que nunca se hubiera fijado en ella de esa manera, aunque me había asegurado que ya no estaba enamorada de él. Solo duró un par de segundos. Apartó la mirada y se dispuso a cruzar los carriles de la gasolinera. Sucedió todo demasiado rápido, pero observé cómo un coche iba directo a ella a toda velocidad.

—¡¡Madi!! —grité desde lo más profundo de mi garganta.

26

EL VIAJE

Oh, Dios mío. Un coche iba directo hacia Madison y ella se había quedado congelada como si la temperatura hubiera bajado en segundos sesenta grados. Se me escapó la botella de agua de entre los dedos y estalló contra el suelo. Todo sucedió muy rápido. Connor saltó sobre ella, la empujó y la apartó de la trayectoria del Chevrolet blanco. Nunca los había visto tan juntos. Él la rodeaba con los brazos y mi amiga casi no se veía entre tanto cuerpo. Corrí hasta ellos.

—¿Estáis bien?

Ninguno de los dos me contestó.

—¿Estás bien? —Connor le examinó la cara, palpándola con las dos manos, como si esperara encontrarla hecha pedazos.

Ella lo miró, asustada, y asintió con la cabeza un par de veces.

Tras un breve segundo y sin previo aviso, mi hermano estalló.

—¡¿Por qué no has mirado?! ¡Podían haberte atropellado! —Connor le reprochó de un modo demasiado brusco. Parecía enfadado—. ¡¿Cómo se te ocurre cruzar sin mirar!?

—Yo... Yo... —Conocía a mi amiga, y hubiera jurado que estaba a punto de llorar. Tampoco esperaba que mi hermano reaccionara así.

—¡Ten más cuidado! —La soltó—. ¡Joder! —masculló mientras volvía a la autocaravana.

—Madi, ¿de verdad estás bien? —inquirí.

—Sí... Solo... No lo había visto —dijo con tono de disculpa.

—Siento que Connor se haya puesto así. No sé qué le ha pasado.

—No importa. —Los ojos le brillaban.

—Sí importa. Hablaré con él. —Di un paso hacia un lado, dispuesta a cantarle las cuarenta.

—No, por favor. —Agarró mi brazo y me detuvo.

No hicieron falta explicaciones. En su mirada adiviné todo lo que deseaba decirme y lo dejé pasar.

Los pelos se me erizaron en cuanto estacionamos la caravana y pisamos la hierba de la colina. Aquello era como lo imaginaba. Una bonita playa rodeada de cerros, arena blanca y un mar embravecido con olas gigantes que podían llegar hasta los quince metros. Connor llevaba razón cuando advirtió que nos costaría hacernos con un buen sitio si llegábamos tarde, pero, tras media hora de dar vueltas, lo conseguimos.

Ninguno de los presentes abrió la boca durante los dos primeros minutos. Nos dedicamos a deleitarnos con el paisaje y sentir la sangre bombear con fuerza en nuestras venas. ¡Iba a ser alucinante! Guardé cada detalle de todo lo que tenía ante mis ojos como una acuarela tras mi retina.

—Son increíbles. ¿Habéis visto esas olas? —Ethan rompió el cómodo silencio.

—También son muy peligrosas. Hay que tener cuidado con ellas —contestó Connor sin dejar de observarlas.

—Todas las olas lo son. Solo hay que saber tratarlas.

—Solo digo que vayáis con cautela. —Miró a Payton—. Tú no vas a surfear.

—¿Qué? Entonces ¿para qué traigo la tabla?

—El domingo por la tarde iremos a otra playa menos peligrosa.

—¡No puedes prohibírmelo!

—Tu tabla no bajará de ahí. —Señaló la parte trasera donde estaban todas acopladas.

Payton apretó la mandíbula, farfulló algo ininteligible y bajó por el sendero que iba hacia la playa.

—Voy con ella. Lo último que quiero es que se pierda —advertí.

Me gustaría decir que estuvimos paseando por una playa completamente desierta, pero en realidad había amantes del surf por doquier. Nadie en todo el país quería perderse el gran acontecimiento.

—Todos vais a disfrutar menos yo —se quejó mi hermana pequeña.

—No digas tonterías. Ninguno vamos a meternos en el agua con semejantes olas.

Las observamos desde la orilla. Algunas motos de agua apoyaban a los que se habían atrevido a surfearlas.

—Connor seguro que sí.

—Connor es casi profesional. —La miré—. No vamos a arriesgar nuestra vida, y menos la tuya. —Mi teléfono comenzó a sonar y a vibrar. Lo cogí y lo miré—. Es Jacob. —Me lo llevé a la oreja—. ¿Sí?

—Las damas ya tienen la cena preparada.

—¿La has hecho tú? ¿Qué cenamos? ¿Malvavisco?

—Sé hacer de comer.

—Macarrones con queso.

—Y me salen exquisitos.

—Eso es cierto.

Nos reímos.

—Venid, los cocineros han preparado un festín. —Y supe que se refería a mi chico y a mi hermano.

—Subimos en diez minutos.

Colgué y le pedí a Payton que cambiara esa cara.

—Ven. Vamos a comprar unas camisetas. —Agarré su mano y tiré de ella.

De camino al improvisado campamento nos hicimos con unas camisetas amarillas con el logo de Big Event en negro y las repartimos en cuanto llegamos. A todos les hizo mucha ilusión el regalo y quedamos en ponérnoslas al día siguiente.

Nos sentamos alrededor de la hoguera que había preparado Jacob y cenamos las brochetas de verdura y ternera que habían cocinado los chefs de turno, que, por cierto, estaban deliciosas.

Vi a Payton reír y charlar con Jacob de una forma muy relajada y cómplice.

—¿Crees que, si me tomo una cerveza, mi hermano me obligará a irme a dormir? —le preguntó ella a él.

—Nos obligará a todos. ¿Quieres que termine la fiesta?

—Venga, sé buen amigo. —Le hizo un exagerado puchero—. Cógela tú y nos vamos a dar un paseo.

—¿Pretendes que Connor me parta las piernas?

—¡Eres un gallina!

—Lo admito. Soy un gallina que desea mantener las piernas en su sitio para poder surfear mañana.

Se lo estaban pasando muy bien.

—Mariposa... —Ethan llamó mi atención susurrándome al oído—. ¿Estás bien?

Asentí.

—No sabía que Jacob y Payton eran tan amigos —di voz a mis pensamientos.

Me besó en la mejilla y me rodeó los hombros con el brazo.

—¿Qué te pasa? —Arrugó levemente el entrecejo.

—Nada...

—Pareces preocupada.

—He visto esas olas de cerca. Connor lleva razón. Son muy peligrosas.

—¿Te da miedo que pueda ocurrirnos algo?

Volví a asentir.

Las llamas de la hoguera se reflejaban en todos nuestros rostros.

—No me meteré en el agua si así te quedas más tranquila.

—¿Lo harías por mí?

—Claro que sí. Pero no puedo prometerte que Connor no lo hará. —Lo señaló con el mentón y sonreímos. Le contaba a Alisson cómo se metió en un tubo de una ola de más de diez metros la última vez que estuvo aquí.

—¿Y Jacob? —También estaba preocupada por él. Lo quería mucho. De otro modo, pero le tenía un cariño muy especial.

—¿Jacob? En cuanto vea a las chicas en biquini saldrá corriendo tras ellas y se olvidará la tabla en cualquier parte.

Nos reímos.

El sábado amaneció con el cielo cubierto por nubes que presagiaban la tormenta que caería sobre nuestras cabezas poco después; pero ni un huracán lograría enturbiar el entusiasmo de todos los presentes por ver el gran espectáculo que, por supuesto, no defraudó. Nos hicimos fotos con los grandes del surf tras ver cómo volaban sobre esas olas impresionantes. Parecíamos groupies que perseguían por todos los estados a su grupo de rock preferido, y supongo que es lo que éramos. Madison casi se desmaya cuando Gabriel Medina la rodeó con el brazo y le sonrió.

—¡¿Has visto eso?! —Me gritaba, mientras caminábamos hacia el grupo, que nos esperaba a unos metros.

—Estoy muy celoso —me informó Ethan, con una enorme sonrisa en los labios.

—Tú eres mucho más guapo. —Lo agarré de la cintura, lo atraje hacia mí y le di un beso en los labios.

—¿Quién quiere una hamburguesa? —vociferó Jacob, alzando las manos.

Payton se subió de un salto a horcajadas en su espalda y enfilaron la playa hacia el puesto ambulante. Madison miraba las fotos que acabábamos de hacer en su teléfono móvil con una sonrisa tonta, Connor y Alisson caminaban de la mano y Ethan me miraba como si todo lo demás le sobrara.

—¿Qué? —pregunté.

—Hoy tú y yo vamos a cenar solos.

—¿Y eso?

—Hoy te quiero solo para mí.

Todo era perfecto.

Todo.

Hasta que el rumbo de nuestras vidas cambió.

Debí haberlo visto venir. Hasta las motas verdes de sus ojos fueron sustituidas por un marrón abrumador.

27

ESTO ES LA FELICIDAD

Las hamburguesas del puesto ambulante estaban exquisitas. Perdí la cuenta de las que se comieron entre los chicos. Creo que fue Connor el que se llevó la medalla de oro zampándose siete, seguido por Ethan y terminando el pódium con Jacob, que solo pudo con cuatro, pero que de postre devoró un helado de tres bolas con chocolate fundido.

Pasamos la tarde viendo el campeonato y aplaudiendo a todos los participantes. La lucha por el número uno se estaba poniendo interesante. Gabriel Medina había tenido un percance en la última ola y la había perdido por no haber medido bien la distancia, equivocándose en unos milímetros. Por ello, John John Florence lo había aventajado en dos puntos. Aún quedaba la recta final y todo podía cambiar en unos minutos. Fue impresionante ser testigo de cómo Gabriel se metía perfecto en el eje de un rizo y se perdió de vista dentro de un tubo durante casi treinta segundos. Este hecho, y la maestría al moverse sobre el mar embravecido, le valió para alzarse con el número uno. Todos aplaudimos y nos alegramos por él y por Madison, su fan más acérrima y entregada.

De vuelta a la autocaravana le pregunté a Ethan qué me tenía preparado para esta noche.

—Nada especial. Un poco de malvavisco.

—Me encanta el malvavisco. —Me abrigué entre sus brazos hasta que llegamos a nuestro campamento.

Mi chico se perdió dentro de la caravana y Jacob lo siguió. Tardaron unos minutos en salir y, por sus caras, parecía que habían recibido una noticia bastante mala, así que me preocupé y fui hasta ellos.

—¿Ocurre algo?

En principio, ninguno de los dos contestaron.

—Ethan. Jacob —insistí.

Ambos se miraron. ¿Qué estaba pasando allí? Comencé a ponerme nerviosa y los dos lo notaron.

—Nada, mariposa. Estamos cansados.

—Si quieres, nos quedamos.

—No... Estoy bien. Voy a darme una ducha y nos vamos. —Desapareció de nuevo dentro.

Busqué a Madi con la mirada y la encontré susurrando con Jacob, que se alejó para comentarle algo a Connor.

—Madi, ¿tú sabes de qué va esto?

—No te entiendo. —Encogió los hombros y trató de largarse, pero la detuve.

Puse los brazos en jarra y le reclamé que hablara.

—¿A qué te refieres?

—Estáis todos muy raros.

—No tengo ni idea de lo que hablas.

—¡Madison! —Jacob la llamó y le pidió que se acercara con la mano. Payton estaba a su lado—. ¡Acompáñanos a comprar unos refrescos para la cena!

—Tengo que irme. —Se escabulló.

—¡Madi! ¡Madi!

Me ignoró.

Alisson ayudaba a Connor a abrir la mesa plegable y, aunque pensé en echarles una mano e interrogarlos al mismo tiempo, opté por sentarme en una de las sillas y admirar la puesta de sol. Los rayos trataban de escaparse entre las nubes oscuras que aún seguían vivas sobre el cielo.

—Mariposa, ¿nos vamos? —Mi chico preguntó tras de mí.

Miré hacia su voz y me encontré con un Ethan diferente. Era el mismo, sin duda, pero algo en él distaba mucho del chico tranquilo y desenfadado de siempre. Llevaba una camiseta blanca, un bañador azul y el pelo revuelto sobre la frente.

—Tal vez debería darme una ducha.

Me agarró de la mano, me abrazó y me dio un beso en la nariz.

—Me gusta el sabor de tu piel.

—Ah, ¿sí? ¿A qué sabe?

Me acarició la espalda con el dorso de la mano bajo mi camiseta. Todas mis células se activaron como si fuera la primera vez que me tocaba.

—A sal, a vida, a libertad, a volar y tocar el cielo con las manos.

—Ethan... —suspiré.

Dios, cuánto lo quería. No sabría explicarlo. Él era todo lo que necesitaba porque, entre otras muchas cosas, me hacía mejor persona, más feliz, más tolerante, más positiva, más yo. Porque yo era todas esas cosas, pero con él se multiplicaban; se multiplicaba hasta el amor. Lo amaba a la enésima potencia y amaba a mi familia y amigos de igual forma. Él amplificaba mis sentimientos, mis sentidos, mi corazón, mi alma... hasta tal punto que a veces me costaba respirar y asimilar la electricidad que recorría mi cuerpo ante cualquier estímulo.

Hacía magia.

Él era magia.

Hicimos el recorrido de Jacob, Madison y Payton, al menos, los primeros metros. Bajamos el sendero en dirección a la playa, hasta que doblamos en una bifurcación a la derecha entre unos árboles. Un minuto más tarde, que pasamos agarrados de la mano, sin soltarnos, comencé a ver destellos de luces entre las ramas.

—¿Qué es eso? ¿Me llevas a una fiesta?

—Una fiesta privada.

Seguimos andando unos metros y comenzaron a aparecer, dibujando el camino, decenas de velas que nos llevaron hasta una especie de balcón de arena desde donde se veía toda la playa y los últimos rayos de sol colorear el mar de una mezcla de morados y rosas. Sobre la arena, una manta, una nevera, una botella de vino y un par de copas; todo rodeado de las pequeñas velas blancas.

—¿Qué es esto? —musité, sin creer lo que había preparado para mí, para nosotros.

—Una cena especial. Me apetecía tenerte para mí.

—Ethan... —Me giré hacia él—. No... No era necesario... Ya me tienes.

—No como quiero.

—¿A qué te refieres?

—Iba... —Llevó los dedos hasta su cabello y lo removió—. Iba a esperar a después de la cena... —Bufó—. Pero... —Se arrodilló. ¡Se arrodilló! Sacó un anillo del bolsillo de su bañador y me lo enseñó.

Casi me desmayo *ipso facto*, y he de recordar que estábamos sobre la parte baja de una colina que distaba escasos metros para caer por el acantilado.

Me llevé las manos a la boca y la tapé, ocultando el perfecto círculo que formaban mis labios.

—Ash, mi mariposa, sé que somos muy jóvenes, que tal vez creas que es demasiado pronto, pero no me imagino mi vida sin ti, no quiero imaginármela. Quiero despertarme contigo siempre, quiero besarte la espalda y sentir tus mariposas en mi boca, quiero dedicar mi vida a hacerte feliz, quiero ser tu esposo. —Podía haber muerto tras escuchar aquello—. Ashley Campbell, ¿quieres casarte conmigo? ¿Desearías ser mi esposa?

Las piernas me temblaban. No podía hablar. ¡No podía respirar!

—¡Sí! ¡Sí! ¡Sí! —grité en cuanto me sentí capaz.

Él me agarró de la mano y con delicadeza introdujo un precioso y sencillo anillo en mi dedo.

Salté sobre él y lo abracé con brazos y piernas. Caímos hacia atrás sobre el suelo y comenzamos a reírnos. Lo amaba. Lo amaba sin entender la forma en la que lo hacía.

Me agarró de las mejillas y me miró.

—Acabas de hacerme la persona más feliz del mundo. Te quiero, Ashley Campbell.

—Yo también te quiero, Ethan Parker.

28

NUESTRO RINCÓN DEL UNIVERSO

Acababa de pedirme que me casara con él y con ese beso sellamos nuestro compromiso. ¡Íbamos a casarnos! Ethan y yo íbamos a casarnos. No podía creérmelo. Tuve que repetírmelo varias veces para comenzar a asimilarlo.

La cena se enfrió sobre la manta de color rojo. Nos dedicamos a deshacernos de nuestras ropas y a explorar cada rincón de nuestros cuerpos. No importaba lo escondidos que estuviesen. Él me abrió las piernas cuando me tuvo totalmente desnuda y mojada y se introdujo dentro de mí muy despacio, sin dejar de mirarme a los ojos y decirme cuánto me amaba. Yo lo sentí dentro, llenándome, tocando cada fibra, cada filamento; activando las células de mi sexo y llevándome a un orgasmo devastador tras unas estocadas intensas, duras y certeras.

Me dio un poco de vergüenza volver con el grupo, sobre todo porque estaba mi hermano y yo venía de hacer el amor con el que se acababa de convertir en mi prometido. ¿Qué diría

Connor? ¿Y qué opinión tendrían mis padres al respecto? Aún era menor de edad, me faltaba poco más de un año para cumplir los veintiuno. Bastante tragaba mi hermano mayor con dejarme beber cerveza delante de él.

—¡¡Eh!! —Madison gritó al vernos llegar y vino corriendo hacia mí—. ¡Dime que has dicho que sí! ¡Dime que has dicho que sí!

Pronto me di cuenta de que todos sabían lo que Ethan había planeado para esta noche.

Me agarró la mano y le enseñé el dedo que ya adornaba mi mágico anillo.

—Es precioso. —Suspiró.

Jacob se acercó a mi chico y le dio un fuerte abrazo, además de la enhorabuena. Connor también vino hasta nosotros y me dio un pequeño abrazo.

—¿Estás de acuerdo con esto? —le susurré al oído.

—Preocúpate por mamá y papá. —Soltó una sonrisa maliciosa y se dirigió a Ethan, al que también abrazó.

Lo celebramos bajo las estrellas, alrededor de la hoguera y brindando por el futuro, que a todos se nos antojaba increíble, próspero y eterno.

La mano de Ethan no soltó la mía en toda la noche, notaba su piel caliente sobre mi piel, siempre un poco más fría. Fuimos los últimos en acostarnos; decidimos quedarnos hasta que las brasas del fuego desaparecieran, pero no lo hicieron. Sobrevivieron a una noche húmeda junto a la playa que marcó la vida de todos los que nos embarcamos en aquella escapada de fin de semana, y a los que no también, porque sus consecuencias fueron como ondas que llegaron a cada rincón del universo.

Estuvimos mirándonos hasta que nos quedamos dormidos sobre la hierba, con una manta cubriéndonos y las constelaciones dibujadas en las pecas de su cara, que llevaba grabada en mi memoria. Jamás olvidaré el momento exacto en el que cerré los ojos por última vez y me sentí afortunada. Di gracias por tenerlo y me sumergí en un profundo sueño en el que miles de mariposas ondeaban sus alas a nuestro alrededor mientras volábamos sobre grandes olas. Esa fue la última vez que soñé; tras aquella noche, la oscuridad se volvió una pesadilla interminable.

El domingo, en contra de todo pronóstico, amaneció soleado. Desayunamos el poco café que nos quedaba y unos *bagels* duros que tostamos en una sartén con un poco de mantequilla. Algunos bajaron a despedirse de las estrellas de surf mientras Madison, Connor y yo nos quedamos a recoger el campamento y preparar para ir a esa playa bastante más tranquila y poder pasar unas horas surfeando sin preocupaciones. Payton estaba deseando que nos marcháramos para poder utilizar su tabla, muerta de risa todo el fin de semana; así que no entendí que quisiera bajar hasta la orilla, hecho que nos retrasaría.

—Solo busca fotos para Instagram. —Madi encontró una explicación loable.

—Llevas razón. No entiendo cómo no he caído en eso.

Cogí todos los vasos de plástico que había sobre la improvisada mesa hecha con pequeños troncos que habíamos encontrado y los tiré en la bolsa para reciclar.

—Voy al contenedor. —Señalé lo que cargaba.

—Te acompaño y llevo esto.

—Connor, volvemos enseguida —avisé a mi hermano, que revisaba el motor de la autocaravana.

Levantó una mano como respuesta y siguió a lo suyo.

Introdujimos la basura en su contenedor correspondiente y volvimos sin prisas, hablando de lo bien que lo estábamos pasando y lo bonito que era aquello; no solo el lugar, también las sensaciones que nos llevábamos de vuelta. Reíamos sintiendo la brisa cálida, muy cálida, acariciar con ternura nuestros rostros. El olor a sal, a vegetación y a amanecer lo envolvía todo y los rayos de sol atravesaban la copa de los árboles imprimiéndole a la estampa un halo de fantasía. Una fantasía idílica que no duraría demasiado.

De repente, escuchamos unas voces que subían desde el sendero, parecían desesperadas.

—¡¡Ash, Ash!! ¡¡Connor!! ¡¡Connor!! —gritaba mi hermana pequeña—. ¡¡Ashley!! ¡¡Ashley!!

Miré hacia al fondo y la vi aparecer con el pelo revuelto y la cara desencajada.

Corrí hacia ella y le pregunté qué había pasado.

—Ethan... —Cogió aire cuando se detuvo—. Ethan y Jacob se han peleado con un tío y Ethan se ha metido en el agua. Las olas son de más de diez metros.

—Será imbécil —masculló Connor, no demasiado preocupado, al llegar a nosotras.

—No lo entiendes. El mar está muy revuelto y él está muy enfadado. Quiere darle una lección a ese borracho. Está muy nervioso —explicó.

—Tienes que hacer algo —le pedí a mi hermano.

Se limpió las manos manchadas de grasa y tiró el trapo a un lado a la vez que mascullaba algo ininteligible.

Bajó por el sendero y las tres le seguimos con paso rápido. Cuando llegamos a la orilla, pudimos verlo a lo lejos, tratando de coger una buena ola.

—¿Por qué no lo has detenido? —pregunté a Jacob, que lo miraba con los brazos en jarra y con la misma cara de inquietud que nosotros.

—Lo he intentado... Es un jodido cabezota. Pero tranquila, Ethan se las arreglará bien, estoy seguro.

Escuché un silbido a mi lado y me di cuenta de que Connor trataba de llamar su atención, pero nada enturbiaría la concentración de mi chico al tratar de coger una gran ola. Mi hermano siguió silbando y agitando los brazos para que saliera del agua, sin embargo, cualquier intento, para que mi prometido (aún me parecía mentira que estuviéramos prometidos) entrara en razón y pisara tierra firme, era en vano.

El público, bastante a estas alturas, comenzó a aplaudir y vitorear cuando Ethan se subió a una enorme ola y casi caminó sobre ella. Lo vi sonreír y sonreí con él al formarse un tubo y colarse dentro, acariciando el agua con una mano. Pude escuchar una melodía que llegaba muy bajito y que solo disfrutaba yo, que sabía cómo sintonizarla.

Fue un segundo, o todo comenzó con un segundo maldito en el que un escalofrío me recorrió de los pies a la cabeza, pero no fue una sensación bonita (como las que acostumbraba a tener cuando él andaba cerca); fue más bien un mal presentimiento que me estremeció y me apretó las entrañas. Miré a la derecha y pude ver la formación rocosa que resurgía del mar como un Poseidón resentido y endemoniado. Ethan sabía que estaba ahí, la había visto los días anteriores. Entonces... ¿por qué iba directo hacia las piedras?

—Connor... —grité, pidiéndole que hiciera algo.

—Idiota —masculló y comenzó a silbar y a vociferar con el agua hasta las rodillas—. ¡¡Ethan!! ¡¡Ethan!! ¡¡Parker!!

—Joder... —Oí a Jacob. Y me asusté de verdad porque él parecía asustado.

—¡¡Gira, Ethan!! ¡¡Sal de la ola!! —bramaba mi hermano, pero mi chico parecía no escucharnos—. ¡¡Sal de ahí!!

El corazón se me iba a salir por la boca. Oía el zumbido de mis propios latidos como bombas atómicas explotar dentro de mi cabeza. Todo se detuvo, hasta la ola, y solo veía la silueta de mi chico ir directa hacia las rocas.

29

SIEMPRE

Ver a la hermana de Ethan hizo que me replanteara varias cosas. Y no porque quisiera hacerlo, sino porque todo volvió a mí de repente. Lo bueno y lo malo, pero lo enfrenté de una manera que no me esperaba: serena, muy serena, y barajé mis opciones. Nadie me reprocharía que no volviera a aquella casa que tantos recuerdos me traía ni que no saludara a sus padres, después de todo lo que había ocurrido y cómo se habían portado. No lo hicieron mal, quizá yo les reproché demasiado la desafortunada decisión que tomaron, pero no podía dar marcha atrás y reaccionar de otra forma: me había alejado de ellos porque el daño causado me superó y no supe hacerlo de otra manera. Así que podía seguir con mi vida y no aceptar mis errores, ir a verles y pedirles perdón por no despedirme ni volver a llamarlos. Ellos tampoco se pusieron en contacto directo conmigo en estos años, pero sé de buena tinta que se preocupaban por mí y estaban al tanto de toda mi vida. Tampoco podía reprochárselo. Yo me alejé de ellos porque me recordaban a Ethan y ellos debieron hacerlo por el mismo motivo.

Cuando algo duele te alejas por instinto de la causa. Y la causa éramos nosotros mismos.

Miraba el techo de mi dormitorio, tumbada sobre mi cama y escuchando la brisa colarse por la ventana entreabierta. La sábana me acariciaba los pies desnudos y daba vueltas a la misma idea una y otra vez. Quizá podría hacerle frente del todo a mis miedos más profundos, abrir la caja que cerraron mis lágrimas y volver a sentirlo cerca desde las cosas más cotidianas. Guardé hasta su cepillo de dientes y no me avergüenza decirlo. Me lo arrebataron tan de repente, y sentía que iba a volver en cualquier momento, que tenía la necesidad de estar preparada para su retorno.

Pero nunca volvió.

Hago de tripas corazón y me levanto. Camino hasta la escalera que lleva al desván y subo cada escalón con paso decidido. Giro el viejo pomo de cobre y empujo la puerta. Me encuentro con la semioscuridad que deja en penumbra gran parte de la zona más alta de la casa. Trato de encender la luz varias veces, pero ha debido fundirse y aún nadie la ha arreglado. Pero eso no me detiene, nada podría hacerlo. Busco en las estanterías llenas de polvo la caja que guardé hace años antes de marcharme. No solo metí en ella sus cosas, también encerré con celo todo nuestro amor y cariño, pero me negué a dejar allí algunos recuerdos, esos que me han mantenido cuerda hasta ahora.

Y no me equivoco. Cuando consigo dar con ella, ponerla en el suelo y abrirla, lo que lleva dentro me impacta en el pecho y me deja sin respiración. Allí está su cepillo de dientes, su libro favorito y algunas fotos con el reflejo de la felicidad que compartíamos. Las cojo temblando, con los ojos inundados de lágrimas y el alma descomponiéndose en dos. Él riendo con la tabla de surf debajo del brazo, besándonos en la playa con el sol escondiéndose tras el horizonte; en otra, Madi, Jacob, él y yo comiendo helado en el muelle y... Otras muchas de él de pequeño, con su familia y su hermana. A estas alturas lloro desconsolada entre alguna risa que se me escapa cuando recuerdo lo payaso que podía llegar a ser en algunas ocasiones. Con la cara llena de nata, o empujando a Jacob al suelo.

—Ashley, Ashley, ¿estás aquí? —Oigo la voz de mi hermana y sus pies descalzos sobre la madera del desván.

Me limpio la cara con el dorso de la mano y la miro.

—¿Qué haces aquí? He pensado que podíamos ir a cenar a casa de Connor. —Llega hasta mí y se percata de mi estado—. ¿Qué te pasa? —se alarma, pero sus ojos van hasta lo que sostienen mis aún temblorosas manos y encuentra la razón.

Toma asiento a mi lado con las piernas cruzadas y saca una taza de la caja.

—Recuerdo el día que se la regalaste. Me pareció que tenía una hermana con muy mal gusto. —Sonríe.

—No es tan fea.

La levanta y la pone entre las dos.

—¿De verdad? ¿Soy un supertío? —Lee la leyenda—. ¿Un supertío con una capa al estilo Superman con la bandera de Estados Unidos? Pero ¿en qué estabas pensando?

—A él le gustó mucho.

—Ash, no te quiso hacer daño, no te dijo lo que realmente pensaba.

—¿Y qué pensaba realmente?

—Que es horrorosa.

Nos reímos, pero no podemos esconder que lo hacemos con tristeza.

—Él nunca habría hecho nada para herirte. Siempre quiso hacerte feliz.

—Y siempre lo hizo.

—¿Esa es Madi? —Me quitó una foto que tenía entre las manos y la observó de cerca—. ¿De qué va vestida?

—De burrito vegetal.

—¿Y cómo se le ocurrió?

—Perdió una apuesta. Jacob la obligó a vestirse así.

—Pobrecita. ¿Esos son los padres de Ethan? —Señaló una que había caído al suelo.

—Sí... —La cogí—. Tal vez debería ir a verles y... Llevarles algunas de estas cosas. Tal vez... Tal vez... Les gustaría tenerlas. Son sus recuerdos.

—También son los tuyos.

—Lo sé, lo sé. No todo. Solo... Algunas fotos son suyas. Deberían tenerlas.

—¿Estás segura?

—Creo que sí.

—Podría llevárselas yo. No me importaría.

—¿Harías eso por mí?

—Por supuesto.

Lo medité durante unos segundos.

—Déjame que lo piense.

—Vale, pero solo si me acompañas a cenar.

—¿Dónde están papá y mamá?

—Han salido con los Evans. Han dejado lasaña en el horno, pero deberíamos ir a que nos dé un poco el aire.

Volví a meter todo dentro de la caja y la bajé hasta mi habitación. La escondí dentro del armario para que mi madre no la viera, me duché, derramé las últimas lágrimas y me recompuse para poder mostrarle a mi hermana pequeña mi cara más agradable.

30

TODO SE DETUVO

Todo. Todo se detuvo y se hizo el silencio más absoluto. Ethan seguía sobre su tabla y en dos segundos más llegaría hasta las rocas. Ignoraba si él sabía el destino que le aguardaba porque sonrió hasta el momento justo de chocarse contra ellas. Alzó el mentón y el gesto se le cortó, al mismo tiempo que mi corazón explotó dentro de mi pecho y pude sentirlo en todas las células de mi cuerpo.

—¡¡No!! —Un aullido agudo salió de mi garganta y se disolvió entre las voces y los gritos de la gente cuando lo vi caer al agua.

Lo siguiente que recuerdo es que Jacob y Connor nadaban en dirección hacia donde había desaparecido. Payton, Madison y Alisson miraban hacia allí y yo me había metido hasta que el agua me llegó casi al cuello.

Dos minutos más tarde aún no lo habían encontrado.

«Dios mío, ¿qué está pasando?»

No podía creérmelo.

Aquello era una pesadilla de la que más tarde despertaría, o eso deseé con todas mis fuerzas.

Tres minutos y Ethan no aparecía.

Creo que me pellizqué el brazo para despertarme, pero nada surtía efecto.

La tabla de surf llegó hasta mí partida en dos y esperé lo peor.

No podía ser.

¡No!

Jacob y Connor se sumergían una y otra vez buscándolo. Estaba a punto de desmayarme y ahogarme en aquella playa cuando Connor salió con él entre sus brazos y vislumbré la cabeza de mi chico. No sé si se movía o el fuerte oleaje lo mecía. Jacob ayudó a mi hermano a traerlo hasta la orilla en lo que me parecieron los segundos más largos de toda mi vida. Fui hasta la arena detrás de ellos y mis temores se hicieron realidad. Ethan no se movía, no abría los ojos y...

—No respira —informó Connor tras despegar la mejilla de su boca.

—Qué... —susurré, y sé que no pudo oírme nadie.

Estaba tumbado en el suelo, inmóvil y con un color grisáceo que daba miedo.

Mi hermano no se lo pensó. Ordenó a Alisson que llamara a una ambulancia y comenzó a hacerle la reanimación cardíaca.

—Vamos, Parker... —le rogó que despertara tras insuflarle aire en los pulmones por tercera, cuarta o quinta vez. Perdí la cuenta con los nervios.

Nada.

No ocurría nada.

Me arrodillé a su lado y le grité que abriera los ojos, pero no lo hizo. Empecé a llorar de una manera muy histérica y le supliqué que se quedara a mi lado, que no se fuera. Connor seguía intentando mantenerlo a nuestro lado y sabía que no cesaría en su empeño hasta que alguien lo detuviera, pero ¿quién lo haría? Todos estábamos en shock de una forma u otra. Payton se agachó a mi lado y me agarró la mano que tenía sobre la mejilla de Ethan y trató de decirme algo, pero no pudo.

—¡Apartaos! —Oímos detrás de nosotros.

No pude moverme. Fue mi hermano el que me agarró de la cintura y me llevó a unos pasos de distancia. Mis ojos no podían apartarse de su cuerpo inerte. Los paramédicos se arrodillaron y fueron palpándolo y colocando aparatos por su pecho. Hablaban entre ellos, pero yo no entendía nada.

Nada.

Una nada interminable e infinita que se apoderó del momento, de la playa y de mi cuerpo.

Vacía. Fue como si me sacaran todo lo bueno y lo malo de mí y lo esparcieran por aquella playa. Se diluyó en la arena, se lo llevó el agua.

—Tranquila, saben lo que hacen. —Connor trató de tranquilizarme, sin embargo, no lo hizo.

—Déjame... —Traté de que me soltara. Quería acercarme, quería tocarlo, quería que me sintiera a su lado—. Déjame...

—No puedes hacer nada. —Me clavó la mirada y vi que él también se había vaciado por dentro.

—¿Qué... qué quieres decir? —Me temblaba el labio.

—Yo... No sé... —Estaba a punto de llorar. Y Connor no llora—. Ashley...

Leí ahora en su mirada que había perdido la esperanza.

—¡¡No!! ¡¡No digas eso!! ¡¡No digas eso!! ¡¡No lo digas!! ¡¡Está bien!! ¡¡Está bien!! ¡¿Lo entiendes?! ¡¡Se va a poner bien!! ¡¡Se va a poner bien!! —Me zarandeé y deseé escapar de sus brazos, pero él me abrazó con fuerza y lloré sobre su pecho hasta que vimos que se lo llevaban.

Lo subieron a una camilla y la imagen que vi de su cuerpo se me quedó grabada en la retina. Casi no se veía su cara, un tubo que entraba en su garganta y una especie de mascarilla con unas gomas le rodeaban el rostro y el cuello.

Jacob se acercó a los médicos y les preguntó cómo estaba.

—Hemos conseguido que respire —contestaron sin detenerse.

—Lo llevan al hospital. —Jacob hablaba escondiendo el horror en sus ojos, pero yo lo conocía muy bien y no podía encubrírmelo—. Voy con él.

No pude decirle que no, que yo lo acompañaba porque era mi deber y además quería estar a su lado. No pude porque el miedo había detenido mi ciclo vital. Yo respiraba, pero me sentía sin vida.

—Vamos. —Mi hermano tiró de mi brazo y me guio hasta la autocaravana a la que subimos todos.

El trayecto fue largo. Me pareció oír a Madison indicarle el camino siguiendo la ruta que el móvil le mostraba. Payton lloraba sin parar y Alisson trataba de consolarla. Yo me miraba las manos y de vez en cuando paseaba la mirada por todos ellos. Connor mascullaba en algún semáforo, o cuando algún coche le impedía ir más rápido.

—Hemos llegado. Ashley, vamos.

Levanté el rostro y me encontré con los ojos de mi hermano, hundidos, pidiéndome que le tomara de la mano y lo acompañara.

Entramos en el hospital y preguntamos por Ethan. Antes de que pudieran contestarnos, Jacob apareció por un pasillo descalzo y sin camiseta. Fue cuando me di cuenta de lo que de verdad estaba pasando. ¿Ethan había muerto y aún no me había enterado? Me puse a temblar y Madi, a mi lado, me rodeó los hombros con el brazo y trató de darme fuerzas.

—Están tratando de reanimarlo.

«¿Qué? ¿Aún no han podido reanimarlo? ¿Eso significa que aún vive? ¿Que no lo han dado todo por perdido? ¿O que ha muerto?»

Me senté en la silla de hierro y plástico que, por fortuna había detrás de mí y arrastré a Madi conmigo.

Las siguientes horas pasaron entre una neblina más espesa que la de la novela de Stephen King. Veía a mis amigos moverse por la sala de espera a cámara lenta. Trataba de centrar la mirada en un punto fijo, pero todo se difuminaba. Alguien llamó a los Parker, pero no sabría decir a quién le tocó dar la fatídica noticia.

Un médico se acercó a nosotros y fui la última en llegar hasta él. Tampoco recuerdo cómo di esos escasos pasos.

—Su amigo se ha dado un golpe muy fuerte en la cabeza. La herida estaba abierta y la hemos cerrado después de quitarle presión a su cerebro. Hemos realizado una RMN para evaluar la severidad de la lesión y determinar el tratamiento adecuado. Tenemos que esperar la reacción del paciente.

—¿Es grave? —preguntó Connor.

—Aún no podemos especificar hasta qué punto le ha podido afectar la lesión, pero...

—¿Qué, doctor?

—Una lesión cerebral traumática grave puede causar cambios prolongados o permanentes en el estado de conocimiento, conciencia o respuesta de una persona.

—¿Qué quiere decir? —interrumpió Jacob.

—El paciente se encuentra en un estado de mínima conciencia. Reacciona de manera muy leve a algunos estímulos, pero... Está grave. Tenemos que esperar cómo evoluciona durante las próximas horas.

Di un paso hacia delante y lo miré fijamente a los ojos.

—Díganos la verdad —supliqué.

—Cabe la posibilidad de que entre en estado de coma.

Todos nos quedamos fríos. Me costaba tragar y estuve a punto de caer desfallecida al suelo. Madi me agarró.

—¿Y qué se puede hacer? —preguntó mi amiga.

—Solo podemos esperar.

Esperamos en esa sala las siguientes veinticuatro horas. Connor me obligaba a beber agua, pero desistió con la comida. Imposible masticar y tragar. Mi garganta se cerró a la vez que mi voz se iba apagando.

Los señores Parker y Caroline llegaron de madrugada. Habían cogido un avión y se presentaron allí para acompañar a su hijo y su hermano y escuchar de la boca de Connor las fatales noticias. Ethan estaba entrando en coma y no se podía hacer nada para remediarlo.

No hubo voces, pero sí muchos llantos. Tuve que correr hacia la salida para que me diera un poco el aire, sin embargo, ni la brisa con olor a sal pudo ayudarme a respirar mejor; al contrario, ahora solo me ahogaba un poco más, más y más.

Grité con todas mis fuerzas y me agarré el pecho, tirando de la camiseta hasta hacerla jirones. Las rodillas cedieron y se clavaron sobre el asfalto. Y solo pude suplicarle que no se fuera, que no me dejara sola.

—Ethan... Ethan... Quédate conmigo. No te vayas... No te vayas...

31

LA DECISIÓN

Al despertarme al día siguiente, decido comentar a mi madre, a ver qué le parece, la idea de ir a casa de Ethan y devolverle las pertenencias a sus padres. Desde que me levanto, sé que no va a gustarle demasiado mi plan, pero no me imagino hasta dónde va a llegar su reacción.

Entro en la cocina después de escuchar un poco de música. Ella corta verduras sobre la tabla de madera y bebe una copa de vino blanco. Huele a pan que se cuece en el horno y a crema calentándose a fuego lento en los fogones. Lo cierto es que echaba mucho de menos esto. El trasiego de mi hogar, el olor a comida casera, la calidez de una casa con vida, el revuelo familiar, el ruido de mi hermana pequeña, tener siempre con quien hablar, no sentirme sola, tan sola... Estar en casa no está siendo tan malo, sino todo lo contrario.

Cojo un trozo de zanahoria pelada y le doy un mordisco a la vez que tomo asiento sobre una banqueta de madera con cojín floreado alrededor de la isla donde pasamos gran parte del tiempo.

—Mamá, me gustaría comentarte algo.

Ella sigue haciendo trocitos un pimiento amarillo.

—Ya me lo ha dicho tu hermana —contesta con tranquilidad.

¿Qué? ¿Será posible que la dichosa mocosa se haya ido de la lengua?

—¿Y estás de acuerdo? —Me sorprende en demasía.

—Lo cierto es que no. —Ya lo suponía—. Prefiero que mis hijos pasen juntos el Cuatro de Julio, aquí, con su familia. ¿Una fiesta en la playa?

Se refiere a eso.

—Cenaremos aquí, pero después iremos a la fiesta. De todas formas, ¿podemos hablar sobre eso en otro momento? —Suspira y sigue preparando el almuerzo—. El otro día me encontré con Carol.

Detiene el movimiento de sus manos en cuanto me escucha.

—Me dio saludos para todos vosotros.

Da un sorbo a su vino y pregunta:

—¿Te dijo algo más?

—No demasiado. Parecía tener prisa. Se sorprendió mucho al verme. Quería saber cuánto me quedaría.

Mi madre coge una cebolla y comienza a trocearla en juliana.

—He pensado ir a casa de los Parker —suelto como si estuviera pidiendo un poco de agua.

Inmediatamente, el sonido del cuchillo sobre la madera por el ágil movimiento de muñeca de mi progenitora vuelve a detenerse. Alza el mentón y me mira furibunda.

—He encontrado cosas de él en el desván y he pensado que debería devolvérselas a su familia —me explico.

—¿Has encontrado?

—Las he buscado. No hace falta que utilices ese tono condescendiente conmigo. Ya no soy una niña.

—No es una buena idea —zanja.

—Lo he meditado durante toda la noche. Creo que es lo mejor.

—No dejaré que vayas a esa casa. No hay más que hablar.

—Mamá, no puedes decirme lo que tengo o no tengo que hacer.

—Llevas dos años sin aparecer por Los Ángeles porque no te sientes preparada para enfrentarte al pasado. ¿Y ahora quieres verte de frente con él? No te dejaré.

—Estoy aquí, ¿no? Estoy bien. ¿No me ves? —Alzo las manos.

—No sé si estás bien o no. La mayoría de las veces no me coges el teléfono y solo contestas con evasivas.

—Pero he venido. Ahora, incluso, puedes verme.

—¿Eso crees? Casi no paras en casa y no nos cuentas cómo te va, cómo está Jacob ni cómo van las prácticas.

Me levanto e intento salir de la cocina antes de que el sermón se haga interminable y me regañe como si aún fuera al instituto.

—¡Ashley Campbell, no vas a ir! —levanta la voz detrás de mí.

Subo las escaleras con paso decidido, saltándome algunos escalones, y me encierro en mi cuarto. Me tiro sobre la cama, pongo la música a todo volumen en mi teléfono móvil y me llevo los auriculares a los oídos. Suena una canción de Ariana Grande y su ritmo me incita a levantarme y salir a correr. Cambio mi ropa por una deportiva y me escapo por la puerta lateral de nuestra casa, cruzo el patio de madera y bajo hasta pisar la arena de la playa. Un escalofrío me recorre de pies a cabeza. Intento no darle vueltas al solo hecho de que pisarla ya me evoque infinitos sentimientos y empiezo a caminar muy rápido hasta encontrar un ritmo constante y adecuado.

Necesito alejarme de todo y por eso corro, hasta que me

doy cuenta y acepto que no puedo poner distancia de lo que verdaderamente me aterra, y eso soy yo. Así que después de unos kilómetros vuelvo a casa y me siento sobre la arena blanca que hay frente al hogar que me vio crecer, cierro los ojos y dedico unos minutos solamente a una cosa: sentir. Los rayos de sol calientan mi cuerpo, el oleaje se acerca constante y la brisa busca recovecos en los que esconderse. Pero yo no lo haré más, no me esconderé. Me desprenderé de sus cosas y dedicaré mis fuerzas a ser más feliz junto a Jacob. Me lo merezco. Él se lo merece. Le diré que sí a su propuesta de matrimonio y nos casaremos en cuanto termine la maestría de Derecho. Nos debemos ese final feliz.

Me levanto y camino de vuelta a casa. Desde la playa veo a mis padres charlar en la cocina y como no me apetece discutir, decido entrar por la misma puerta por la que me escabullí y darme una ducha sin tener que pararme y mantener la misma conversación, pero ahora con dos contrincantes. Y mi padre, aun siendo más calmado que mi madre, es más peligroso porque sabe llevarme a su terreno sin que pueda darme cuenta.

—¡Ash! —La voz de mi padre me detiene cuando casi he logrado cruzar el salón.

Mierda.

Dibujo en mi cara la mejor de mis sonrisas y me giro hacia él.

—Hola, papá. ¿Hoy no trabajas?

—Me he tomado el día libre —asegura. Sin embargo, yo sé que mi madre lo ha llamado para que venga a casa y me quite la idea de la cabeza—. Ven, tendrás sed. Has corrido mucho. Tu madre ha hecho limonada.

Resoplo mentalmente y me resigno. Sé que no van a dejarme marchar de ninguna manera hasta que no me convenzan de que mi idea es, como mínimo, descabellada.

Mi madre saca la limonada del frigorífico y me pregunta si quiero hielo.

—Así está bien. —Me la bebo de un trago y la rellena de nuevo. Pues sí que tenía sed. La hora que he corrido sobre la arena semimojada me ha dejado exhausta.

—¿Estás bien? Tu madre me ha dicho que no has dormido mucho esta madrugada.

Le echo una mirada reprobatoria a la persona que me trajo al mundo y que aprovecha este hecho como excusa para meterse en mi vida cuando le da la real gana.

—He dormido más horas de las que duermo normalmente —contesto, y le doy un sorbo a mi bebida.

—Me alegra saber que te sientes a gusto y cómoda aquí. Esta es tu casa.

—Lo sé, papá. Voy a darme una ducha. —Dejo el vaso en el fregadero y por el rabillo del ojo veo a mi madre hacerle un gesto con la cara para que me detenga.

—¿Por qué tienes tanta prisa, cariño? Hace meses que no charlamos.

—¿De qué quieres hablar? Voy a ir a casa de los Parker. Está decidido. —Voy directa al grano. ¿Para qué dar rodeos? Sé adónde vamos a llegar tarde o temprano. Mejor temprano y terminar con esto lo antes posible.

—Está bien, no te pongas a la defensiva. Explícame por qué lo has decidido ahora.

—Estoy preparada. Siempre me estáis diciendo que pase página. Este es el momento.

—Estoy de acuerdo, pero tu madre o yo te acompañaremos.

Mi madre abre tanto los ojos que las cejas casi le llegan al techo. Sin duda, no esperaba esa respuesta de mi padre.

—Necesito hacer esto sola. Tengo que hacerlo sola —insisto, segura y decidida, con un tono de voz que no admite réplica.

—Deja al menos que tu hermano te acompañe. Todos nos quedaremos más tranquilos.

—Papá —me quejo.

—Hazlo por nosotros.

Está bien. Bastante han sufrido ya ellos también.

—De acuerdo. Hablaré con él.

Me da un beso en la mejilla y me dice que vaya a darme esa ducha.

—Estás sudando.

—Suelo sudar cuando corro. —Sonrío, aún sin ganas.

Los dejo solos no sin dejar de percatarme de la mirada reprobatoria de mi madre hacia él y los escucho discutir en voz baja mientras subo hasta mi dormitorio.

Entiendo su preocupación, entiendo que la última vez que estuve aquí me costaba hasta salir de casa, sin embargo, en estos dos años he estado curando heridas, haciéndome fuerte, aceptando lo ocurrido y aprendiendo a sobreponerme sola. Sé cuidarme, sé defenderme, sé enfrentarme a los problemas y estoy preparada para competir contra mis miedos.

O eso creo.

32

RESPIRA DE NUEVO

Dos semanas después del fatídico accidente, logramos que lo trasladaran al Dignity Health, un hospital que se ubicaba en el centro de la ciudad de Los Ángeles. Ethan había entrado en coma y durante los últimos días había dejado de responder a algunos estímulos. Me despedí de él intentando no llorar sin conseguirlo. Acariciando su mano y suplicándole que despertara, pero no lo hizo. Todos volvimos a California con el corazón roto en mil pedazos y el alma por los suelos. Lo que había comenzado como un fin de semana festivo, terminó convirtiéndose en la peor de nuestras pesadillas.

Entrar en nuestro apartamento sola me costó la vida. Casi me ahogo cuando vi las sábanas revueltas y recordé que no la había hecho para dejar las huellas de nuestro amor sobre ellas. Y allí estaban. Su recuerdo más vivo que nunca, su olor por todos los rincones y él... Todo él y su esencia más pura hasta en las cosas más sencillas.

El mes siguiente no fue mucho más fácil. Casi vivía en el hospital. No dejaba que me separaran de él ni un momento, y que conste que lo intentaban. Sus padres me aconsejaban que me fuera a dormir a casa y yo me negaba a alejarme de Ethan porque quería que me sintiera cerca y supiera que lo seguía esperando. Iba a despertar y yo deseaba estar ahí con una sonrisa de bienvenida.

Todos trataban de animarme diciéndome que todo iba a ir bien, pero no lo hacía. Ethan no mejoraba y las posibilidades de despertarse iban disminuyendo. Una mañana entré en la habitación, después de ir a por un café, y escuché al médico hablar con el señor Parker, doctor también en ese hospital. Le decía que su hijo estaba en un coma profundo del que es casi imposible sobreponerse. Esa fue la palabra. Sobreponerse.

—Lo sé —dijo él, bastante afectado.

—Lo siento mucho. Siento mucho lo que ha pasado. —Lo rodeó con el brazo y le dio una palmada en la espalda.

—Estás haciendo todo lo que está en tu mano. Gracias por todo.

—No tienes que darlas. Lo seguiremos haciendo. Quién sabe. Ethan es un chico fuerte.

Con esto último me quedé. Ethan era un chico fuerte y podría salir de todo aquello. Un día despertaría y volveríamos juntos a nuestro pequeño piso, a nuestras sábanas, que aún seguían revueltas, con su silueta marcada sobre la seda. Era enfermizo, lo sé. Pero mi mente no podía procesar el hecho de que él, el hombre que volaba sobre las olas, no despertaría jamás.

Seis meses pasaron hasta que consiguieron que me fuera a dormir un día a casa. Y lo hice, pero no porque decidiera que fuera así. Fue Connor el que me obligó a empujones a salir del hospital y dormir en una buena cama.

—No puedes hacerte esto. Ethan no querría —dijo, cuando llevábamos recorrido un gran trecho del camino.

—¿Qué sabes tú lo que querría Ethan? No podemos preguntárselo —contesté con el tono pasivo agresivo que se había apoderado de mí últimamente.

—No, no podemos. ¿Crees que eres la única que está sufriendo por lo que ha pasado?

Me callé como respuesta.

—Todos lo estamos pasando muy mal. Todos queríamos a Ethan...

—Yo lo quiero, aún lo quiero. ¡No está muerto! —grité enfadada por cómo se había referido a él.

—Yo... ¡Joder! —Le dio un puñetazo al volante. El coche viró y nos asustamos—. No quería decir eso. Solo quiero que entiendas que nos tienes muy preocupados. Casi no comes, no duermes, no te mueves... ¿Desde cuándo no vas a la universidad? —Aparcó delante de casa y bajé del coche dando un portazo detrás. Entré en casa y traté de encerrarme en mi habitación, pero me detuvo en medio del salón ante la cara atónita de mis padres. No sé si se sorprendían de verme en casa, o de que Connor y yo comenzáramos a discutir de aquella manera.

—Ash, ¡contéstame! ¿Desde cuándo no vas a la universidad?

—¿Crees que eso me preocupa?

—¡Debería preocuparte! ¡Pronto te graduarás y no podrás hacer la maestría en una buena universidad!

—¿De verdad crees que voy a irme de su lado? ¡¡Jamás dejaré a Ethan en ese hospital!!

—Chicos, tranquilizaos —intercedió mi padre, pero no le hicimos caso.

—¡¡Ethan está en coma!! ¡¡Lleva más de seis meses en coma y no sabemos si despertará!! ¡¡No puedes pasarte el resto de la vida en esa habitación!! ¡¡Tú sí estás viva!!

—¡¡Ethan también lo está!! ¡¡Está vivo!! ¡¿Lo entiendes?! ¡¡Vivo!! —Las lágrimas brotaban de mis ojos a borbotones—. ¡¡Aún respira!! ¡Aún...! Aún... —Me rompí y mi padre me envolvió con sus brazos. Le pidió a Connor que se fuera a dar una vuelta y me aseguró que mi hermano solo se preocupaba por mí.

—Nosotros también lo estamos.

No supe qué contestar. Estaba rota, desolada, había perdido toda la fuerza que me quedaba y lloré. Lloré casi toda la noche y parte del día siguiente. Me resquebrajé tanto que no pude volver al hospital hasta bastantes horas después. Dormí otra noche en mi cama y repuse fuerzas para poder con todo lo que pudiera venir a continuación.

No sé cómo logré hacerlo, pero encontré la forma de estudiar junto a Ethan y de ir a clase de vez en cuando. Dana me dejaba apuntes y con ayuda de todos pude terminar el curso y graduarme. Mi chico llevaba casi un año en coma y yo me había acostumbrado a vivir en esa habitación de hospital. Trataba al equipo médico como parte de mi familia y ellos eran muy amables y cariñosos conmigo. Todos nos habíamos acostumbrado a que pasara los días y las noches allí, incluso los señores Parker y Caroline lo habían aceptado. Connor era el más reticente a acatar mi decisión, pero con el tiempo también la aceptó y supo apoyarme como hasta el momento lo había hecho.

Una tarde, apoyada sobre la cama y leyendo un libro en voz alta como siempre hacía para que Ethan escuchara mi voz, recibí una llamada telefónica que lo cambiaría todo.

—Hola, Madi. ¿Qué pasa?

—Nada... —Y supe por su tono que algo tramaba.

—Te conozco. Dilo ya.

—El viernes nos vamos de viaje.

—Ya te lo he dicho mil veces. No voy a ir.

—Vas a ir, Ashley Campbell. Está todo solucionado.

—¿Solucionado?

—Verás... Conté contigo desde el principio. Jacob también. Nos vamos de viaje los tres y no se hable más.

—No voy a ir —aseguré, cansada de que tomaran decisiones por mí.

—Te llevaré a rastras si es necesario. Solo será una semana. Y por mucho que me duela decirte esto, Ethan seguirá en esa cama cuando volvamos.

Colgué sin despedirme. No me gustó lo que me dijo y eso que el tono fue amable. ¿Había tirado la toalla? Me daba igual. Yo seguiría esperando a que despertara porque algún día lo haría.

Ethan despertaría.

Fueron unos días duros en los que todos trataron de convencerme de que irme una semana a Australia me serviría para despejarme y volver con las energías renovadas, pero yo seguía en mis trece y nada ni nadie conseguiría hacerme cambiar de idea. Nadie excepto Connor. Se presentó en el hospital con mi maleta hecha y un discurso sobre la vida que me conmovió y consiguió que me replanteara la decisión. Fue largo e intenso y no podría reproducirlo al detalle, pero terminó animándome a vivir intensamente estos días por dos personas, por Ethan y por mí, y que grabara cada momento, fotografiara cada imagen y se la enseñara a él cuando despertara.

—Disfruta por ti y por él. Ethan también se merece ese viaje. Hazlo por los dos. Vívelo por los dos. El mundo es muy bonito para perdérselo. No te niegues ser feliz en cualquier momento ni lugar. Ethan te esperará como tú estás haciendo por él. Ríe por los dos, baila por los dos, observa los atardeceres y, cuando vuelvas, se los describes. Él se alegrará de saber que estás bien.

33

CUANDO TODO SE CONGELA

Así que sin más, sin darle más vueltas, me despedí de Ethan con un beso en sus inertes labios y le prometí que disfrutaría de cada momento por los dos y que volvería a su lado para contarle cada detalle del viaje.

Connor me llevó al aeropuerto donde Jacob y Madison me esperaban con una sonrisa y un abrazo que me reconfortaron. Nos embarcamos en una aventura de tres en la que no olvidamos que faltaba una parte importante de nosotros. No solo dejamos a Ethan atrás, también nos deshicimos de la culpabilidad de alejarnos de él y de pasarlo bien cuando él aún seguía en un sueño profundo en una cama de una habitación de hospital.

Pero lo hice. Disfruté de cada momento, de cada lugar, de cada amanecer, de cada atardecer, de cada canción que escuchaba, de cada sonrisa que me sacaban mis compañeros, de todos los brindis por la amistad, la vida y la juventud. Escribí en un diario cada noche antes de dormir todo lo que me había parecido interesante de esa jornada con la idea de leérselo a Ethan cuando llegara. Le gustaría saber que lo había pasado bien a pesar de echarlo muchísimo de menos. Me había acostumbrado a estar a su lado pese a que desde hacía un año no contestaba a tantas preguntas como le formulaba.

—¿Se puede? —Jacob abrió la puerta de la habitación que compartía con Madison y con Dana.

—Pasa. —Cerré la libreta y la dejé sobre la cama.

—¿Por qué no bajas? Madi está a punto de hacer el ridículo.

—¿Qué se le ha ocurrido?

—Ha apostado con un italiano que es capaz de aguantar la respiración debajo del agua durante más de tres minutos.

—No hará el ridículo. Confía en mí —contesté, sabiendo con certeza que esa chica es medio pez.

Se sentó a mi lado y me preguntó si estaba bien.

—Puedes contarme lo que sientes.

—Lo echo mucho de menos —acepté.

Llevábamos tres días allí y sentía su falta y su compañía y me preguntaba si él se habría dado cuenta de que no estaba a su lado.

—Yo también —dijo con la voz rota.

Y ese fue el momento exacto en el que caí en la cuenta de que no solo yo había perdido en cierta manera al hombre de mi vida. Jacob había perdido a su mejor amigo y nunca le pregunté si estaba bien.

—Lo siento, Jacob. He estado tan preocupada por Ethan que no he pensado en ti y en lo que podías estar pasando.

—No te preocupes. Estoy mejor. Solo... Muchas mañanas me levanto y pienso en llamarlo o escribirle un mensaje. Es... Es difícil aceptar que no puedo contar con él.

Los ojos le empezaron a brillar.

—Le hablo mucho de ti. Y sé que se alegra cuando vas a verlo.

Me enseñó una sonrisa ladeada y muy triste.

—Sé que eso es imposible, pero gracias por intentar animarme.

—Va a volver a nosotros. Lo sé.

—Me gusta que pienses así. Nunca has perdido la esperanza.

—Sé que despertará. No la pierdas tú.

Se refregó la cara con las dos manos y vi que una lágrima rodaba por su mejilla. Me puse de rodillas y lo abracé. Él comenzó a llorar como no lo había hecho hasta entonces, al menos en mi presencia, y lo consolé como él había hecho conmigo durante el último año.

El avión aterrizó una hora antes en el LAX, en contra de todo pronóstico. Bajé de él deseando llegar al hospital y ver a Ethan y, tal vez por eso, se me olvidó enviarle un mensaje a Connor avisándole de que no tendría que ir a buscarme. Me despedí del grupo junto a la parada de taxi y me subí en uno de ellos con una sonrisa en los labios. Era raro. Ahora que estaba en Los Ángeles lo sentía más cerca, aunque nunca lo alejé de mí.

Subí en ascensor sin poder parar de mover los pies. Tenía prisa, prisa y muchas ganas de contarle todo lo que había vivido por los dos. Cuando bajé en su planta, me fijé en que algo había cambiado. No sé. No olía igual y la enfermera no era la misma. Arrastré la maleta hasta nuestra habitación y me quedé helada cuando no encontré a Ethan en la cama. En un primer momento, me quedé petrificada; después, algo en mí se activó y me dijo que el hombre de mi vida había despertado.

Pero... ¿por qué no me habían avisado? Quizá había ocurrido en las últimas horas y yo había estado subida en un avión y con el teléfono apagado.

—Hola —me saludó la enfermera nueva.

—Eh... Hola. ¿Dónde? ¿Dónde está el paciente?

—No sé a qué se refiere.

—Ethan... Ethan Parker. Lleva aquí... Llevamos aquí casi un año. Él... él... —Comencé a marearme.

—Lo mejor será que llamemos al médico. Puede esperarlo ahí. —Señaló unas sillas—. Volveré enseguida.

No sabía de qué me estaba hablando ni qué estaba pasando; así que le dije que la esperaría allí y que no me movería. En cuanto desapareció de mi campo de visión, fue otra persona a la que vi caminar hacia mí. Connor me miraba fijamente por algún motivo que desconocía porque la inclinación de su cuerpo me indicaba que lo que deseaba era salir corriendo de allí. Y lo entendí. Vaya si lo entendí. Mi hermano mayor y yo siempre hemos tenido una conexión especial y nos entendíamos sin necesidad de hablar.

No podía ser.

¡¡NO!!

Todo mi ser comenzó a temblar y lo único que oía era un millar de abejas zumbando muy cerca de mi oído. No quería creérmelo. Me negaba a aceptar que todo había acabado, que Ethan había dejado de respirar y que además yo no había estado a su lado en el momento de la partida y me caí. Mi cuerpo se desplomó, hinqué las rodillas en el suelo y comencé a llorar. Connor se agachó a mi lado y me abrazó con fuerza.

—Lo siento, pequeña. Lo siento mucho —susurraba una y otra vez.

—No es verdad. Dime que no es verdad —balbucía entre hipos y sollozos.

—Lo siento. Lo siento. Lo siento.

—Sácame... Sácame de aquí —le pedí.

Me agarró de los hombros y casi me llevó en volandas mientras arrastraba mi maleta con la otra. No recuerdo cómo llegamos al coche, nos sentamos dentro y él no arrancó. Dejó que me desahogara durante un buen rato hasta que tuve que salir y me puse a gritar.

—¡¡No!! ¡¡No!! ¡¡Ethan!! ¡¡Ethan!!

Me daba igual que hubiera gente en el aparcamiento y que pudieran ver cómo me volvía loca. Necesitaba gritar de rabia, dolor y desolación.

—¡¡Ethan!! ¡¡Ethan!! ¡¡No!! ¡¡No...!!

Mi hermano no me detuvo. Volvió a esperar unos minutos hasta que llegó hasta mí y me propuso que nos marcháramos.

—Ashley... Ashley...

—Connor... Ethan ha muerto... Ha muerto...

—Lo sé, lo sé... —Me abrazó y me cobijé en su pecho hasta que me pidió que nos marcháramos.

—Lo mejor será que vayamos a casa.

Pasé llorando todo el trayecto. Qué otra cosa podía hacer. Estaba en shock. Mi cerebro no reaccionaba y hablar se había convertido en una utopía. Mi padre nos esperaba en el porche de nuestra casa y me recibió con un abrazo que duró hasta el atardecer. Supongo que me llevaron al sofá y me hicieron tomar algo para tranquilizarme porque cuando reaccioné me encontraba allí sentada, con mis padres y mi hermano muy cerca de mí.

—¿Qué...? ¿Qué ha pasado?

—Es una situación muy difícil, cariño.

—¿Cuándo? ¿Cuándo...? —Me costaba horrores decir la palabra maldita.

No podía.

No quería.

—Ethan murió hace tres días —dijo mi madre.

Me ahogaba.

Dolía.

Escocía.

Un agujero enorme se hizo en mi pecho y me consumía.

—¿Cómo? —Sollocé.

—Su corazón dejó de latir. —Fue mi madre la que volvió a hablar.

—¿Por qué no me habéis dicho nada? ¿Por qué...? ¿Por qué no me llamasteis?

—Estabas muy lejos de aquí. De nada hubiera servido.

—Me habría despedido de él —gimoteé.

—No hubieras llegado a tiempo.

—¿A qué te refieres? ¿Qué quieres decir? —Alcé el mentón y la miré a los ojos—. ¿Dónde está Ethan? ¿Dónde lo han enterrado? ¡Quiero verlo! ¡Quiero ir a verlo! —Me levanté como un resorte.

Mis padres se miraron durante unos segundos y ahora fue mi padre el que contestó tras un suspiro.

—Sus padres decidieron incinerarlo.

¿Qué?

Caí redonda sobre el sofá y me tapé la cara con las manos. Aquello era una locura.

Llamaron a la puerta y segundos más tarde tenía a Madison abrazada a mí y a Jacob detrás de nosotras con los ojos inundados de lágrimas.

No recuerdo los siguientes días. Los pasé en la cama sin querer ver a nadie. Madi venía a acompañarme cada mañana y trataba de animarme, pero la echaba de mi dormitorio y me quedaba llorando sobre la cama.

Y así dejé de ser yo para convertirme en un fantasma, en una sombra que deambulaba por la casa y por la playa pensando que la vida había terminado también para mí. Un despojo humano que comía y bebía porque la obligaban, que respiraba por inercia, a quien se le olvidó que cabía la posibilidad de volver a sonreír. Me hundí en un agujero negro que yo misma me impuse, una cárcel abierta y sin barrotes. Mi dolor me encarceló y lo di todo por perdido hasta que él me salvó.

Jacob llegó a casa una mañana con una propuesta descabellada. Entró en la cocina donde me bebía un zumo de pomelo y lo soltó de golpe, como si hubiéramos tratado el tema un millón de veces.

—Te vienes conmigo a Nueva York.

Le dije que estaba loco y que jamás me iría de Malibú; pero él no me lo estaba preguntando, ni siquiera me lo pedía por favor. Jacob venía con una fijación y esa era salvarme de mí misma y alejarme de esa persona en la que me había convertido.

—No puedes tirar tu futuro por la borda. Te han aceptado en muchas universidades.

—Pero no voy a ir a ninguna.

—Vas a ir a Nueva York. Ya está todo preparado.

—¿De qué hablas?

—Rellenamos la solicitud por ti.

—¿Rellenamos?

—Madison y yo. A ella se le da muy bien falsificar las firmas.

—Pero... ¿cómo os atrevéis? ¡No podéis manipular mi vida a vuestro antojo!

—Te queremos, Ashley, y nos preocupamos por ti. Si tú no tomas decisiones, lo haremos nosotros. Vivirás conmigo hasta que te encontremos un buen sitio. Un lugar en el que sentirte a gusto y feliz.

Y lo encontré. Ese lugar tenía nombre y apellidos y había sido uno de mis mejores amigos.

Jacob Stewart se convirtió, poco a poco, en ese lugar en el

que me sentía cómoda y segura, y aprendí a amarlo simplemente porque sí, porque era una persona buena, amable, comprensiva, cariñosa, trabajadora y me cuidaba como yo necesitaba.

Él también se enamoró de mí. Poco a poco. Con el paso de los meses, el amor surgió entre los dos como una flor que riegas todos los días y crece lentamente.

Nos hacíamos bien. Nos necesitábamos.

34

CERRAR EL CÍRCULO

Llevo en Los Ángeles una semana y he de reconocer que me está viniendo muy bien el cambio, aunque enfrentarme a mis temores cada día me deja exhausta al final de la tarde, pero no me quejo; quedarme dormida sin darle demasiadas vueltas a la cabeza es de agradecer. Echo de menos a Jacob y lo cierto es que me gustaría que hubiese venido cuando me prometió. Aun así entiendo que su trabajo es muy importante y respeto los motivos por los que sigue alargando el viaje. No le puedo reprochar que luche por un ascenso después de todo lo que ha trabajado durante estos años sin dejarme de lado.

Hoy hace calor y observo desde la ventana de mi dormitorio cómo una decena de personas hacen surf frente a casa. Disfrutan tanto como yo lo hacía y una sonrisa de añoranza se me escapa y me da un vuelco el corazón.

Toc, toc.

—¿Se puede? —Payton cruza la puerta y se tira en mi cama—. Mmm, qué blandito ha sido siempre tu colchón. Tiene algo... Creo que sigues siendo la niña de sus ojos. Para ti lo mejor... —comenta sin motivo evidente de que eso sea cierto (y ella lo sabe) mientras se acurruca a mi lado.

—Deja de decir estupideces. ¿Desde cuándo llamas a las puertas?

—La educación es la base de la enseñanza de Princeton. ¿Por quién me tomas?

—Vaya, sí que está sirviendo esa beca. —Suspiro.

Nos quedamos en silencio un largo rato, no sabría concretar cuánto porque el mutismo al lado de mi hermana pequeña no pesa.

—Echaba de menos esto... —sigo verbalizando mis pensamientos.

Ella solo murmura algo incoherente y doy por supuesto que me pregunta qué es «esto» exactamente.

—Me gusta estar en casa, teneros... Es como si nada hubiese cambiado...

—¿Ya le has dicho a mamá lo de ir a casa de los Parker? —Resucita de repente de su estado de semiinconsciencia.

Asiento con la cabeza (aunque soy consciente de que ella mantiene los ojos cerrados y no puede verme) y aclaro:

—No le parece bien.

—Debes comprenderla. Está preocupada por ti. Es la norma número uno del manual de un progenitor responsable: preocuparse por el bienestar físico y emocional de su progenie.

—Creo que le pagamos muy poco a esa universidad que te da cobijo.

La miro y ella está sonriendo.

También me mira y dice:

—No te creas, es bastante cara. ¡No me cambies de tema! Todos sabemos lo que te ha costado superar la muerte de Ethan. Es normal que creamos que ir allí te puede hacer mucho daño.

—¿Tú también lo piensas?

—Sí y no. Venir aquí ha sido un gran paso para tu completa aceptación, tal vez ir allí es lo que necesitas para cerrar el círculo, pero...

—No me gusta ese pero.

—Los peros son un coñazo, pero hay que sopesarlos.

—A ver, suelta y valoramos.

—Beber un poco de vino está bien para desinhibirse. Beberse la botella y perder los papeles es otra historia. ¿Me explico?

Suelto una carcajada a pesar del tema peliagudo que tratamos.

—Mejor de lo que piensas. —Me deshago de su medio abrazo y me siento en la cama con las piernas cruzadas. Ella me imita y se coloca frente a mí—. Ahora estoy dándole sorbos al vino y me está viniendo bien, pero... trincarme la botella puede tener consecuencias nefastas para mí y para los que me rodean y cuidan de mi bienestar emocional.

—Exactamente. Qué inteligente mi hermanita, y eso que solo fue a la UCLA.

—¡Esnob de mierda!

Le tiro un cojín con palmeras a la cara y ella se queja.

—Lo entiendo. De verdad. Pero... Después de lo que pasó, nada podría hacerme más daño. Bajé hasta el fondo, no podría hundirme más. Ahora solo me queda subir y..., algo me dice que ya nado sobre la superficie. Ethan murió y... yo sigo con mi vida.

—Noto cierto resquicio de culpabilidad entre tus palabras.

—Porque lo hay. A veces... Ya no, pero antes... He llegado a sentir que vivía una vida que no me pertenecía, aun sabiendo que era la mía.

—Es. Tu. Vida. Y lo estás haciendo muy bien.

—Fue muy injusto. Era demasiado joven. Tenía toda la vida por delante. La teníamos.

—Y tú la sigues teniendo. Deja de fustigarte.

La miro y sonrío.

—Qué mayor te has hecho.

Ella se encoge de hombros y también sonríe.

—Entonces... ¿Quieres que sea yo quien vaya a casa de los Parker?

—¿Toda esta charla para preguntarme eso? Te lo agradezco, pero... Iré yo.

—Puedo acompañarte.

—Deja de insistir. Esto debo hacerlo sola.

—Como quieras.

Se levanta y, de un salto, baja de la cama.

—¿Damos un paseo por la playa? Podemos tomarnos algo en Summer's.

—Eh...

Mi teléfono comienza a sonar, lo cojo de la mesita de noche y leo la pantalla.

—Me parece buena idea, pero... Tal vez más tarde. Es Jacob. —Lo levanto y lo muevo.

—Está bien. Dale recuerdos de mi parte.

—¡Pay! —La llamo antes de que salga y ella se detiene y me mira.

—No comentes a nadie lo de mi visita a los Parker. No quiero preocuparlos.

Asiente y se marcha.

Respiro hinchando los pulmones por completo, cojo fuerzas y descuelgo.

—Hola.

—Hola, nena. ¿Cómo va todo?

—Bien. Payton acaba de irse. Te manda recuerdos.

—Dale un beso de mi parte. ¿Qué piensas hacer hoy?

—Eh... Quizá dé un paseo con Payton. Queremos ir a Summer's. ¿Te acuerdas de Summer's? Hacen unos cócteles exquisitos. —Respondo demasiado nerviosa porque en realidad lo que tengo planeado es ir a casa de Ethan y llevarle algunas de sus pertenencias a los Parker, pero me lo callo porque no quiero que se preocupe—. Tal vez me pida uno de esos de frutas exóticas que tanto te gustan.

—Estaría bien... ¿Te pasa algo?

—No. No... ¿Por qué?

«¿Se ha dado cuenta?»

—Te noto... No sé. Más alegre. Me gusta escucharte así y que hagas planes.

Respiro. Es eso.

—Estar aquí me está sentando bien. Llevabas razón, pero... Te echo de menos. ¿Cuándo vienes?

—Verás... Por eso te llamo. Tenemos algunos problemas y... Viajo a Londres mañana. No podré estar en Los Ángeles el Cuatro de Julio.

—¿¡Qué!? —Se me cae el alma a los pies.

—Lo siento, Ash. Ya sabes lo importante que es para mí estar a tu lado ese día... Me siento fatal por dejarte ir a California sola, pero... No puedo hacer nada. Lo he intentado. Lo sabes...

—Jacob, lo prometiste.

—Lo sé. No puedo. Lo siento. —Vuelve a lamentarse, sin embargo, sus excusas no me sirven para sentirme mejor.

—Te necesito aquí, conmigo.

—Y yo estoy deseando verte.

—Pues ven —casi suplico.

—Te llamaré mañana, ¿vale? —Parece que alguien lo ha interrumpido y mi última petición no la ha escuchado—. Tengo que dejarte. Tengo una reunión en dos minutos.

—Jacob.

—Te quiero, Ash. Nos vemos muy pronto.

—Yo también te quiero.

Bajo las escaleras y me encuentro a mi hermanita bailando en medio del salón como si la vida le fuera en ello. Suena *Rare*, de Selena Gomez. Se acerca a mí con un movimiento de caderas muy sensual, me agarra de las manos y me obliga a danzar con ella. Al principio me cuesta un poco, pero, tras unos segundos, me balanceo y el cuerpo se me activa solo. Me siento rara. Hace años que no bailo y no me dejo llevar. Payton me mira y me anima a cantar con ella. La letra de la canción me llega tan adentro que empiezo con susurros para terminar gritando a pleno pulmón.

Amor,
has estado tan distante conmigo últimamente.
Y últimamente
ni siquiera quiero llamarte amor.

Nos vi envejeciendo.
Tostando pan en la tostadora,
esperándote en el segundo piso.
¿Por qué actúas como si no estuviera ahí?
Amor, así se siente ahora mismo.

Y en la voz de Selena siento mi voz y en sus palabras las mías. Yo nos vi envejeciendo juntos, Ethan, tostando (y quemando) el pan en la tostadora, esperándote en el segundo piso, deseando que subieras y me besaras, soñando despierta, riendo con el alma, contando las pecas de tu cara... «Amor, así sigo sintiéndome ahora mismo.»

35

VOY A HACERLO

Summer's no ha cambiado en nada. La decoración sigue siendo exactamente la misma. Con las paredes de madera en colores pasteles y fotografías de actores de Hollywood y sus correspondientes firmas y dedicatorias. Will Smith, Johnny Depp, Adam Sandler, Vin Diesel, Morgan Freeman, ¡Brad Pitt! Me acerco a este último y me percato de que hay dos fotos de dos épocas muy distintas, pero que este último sigue exactamente igual físicamente hablando. Pero ¿este hombre es humano? ¿Tiene un pacto con el diablo? Seguirá siendo joven cuando todos estemos criando malvas bajo tierra. Él se reirá de nosotros y nos pisoteará con ese cuerpo veinteañero y sus resplandecientes ojos claros.

Sonrío y sigo observando fotos. Jennifer Aniston, Cameron Diaz, Scarlett Johansson, Eddie Murphy... Por aquí han pasado muchos de los grandes.

—Mira quién está ahí —me indica Payton.

—¿Cuántos años tiene? Está tan guapo como siempre —apunto, al ver a Keanu Reeves en bañador y camiseta comiendo un helado con un par de amigos, supongo.

—No sé, pero está para comérselo.

—¡Payton! ¡Puede ser nuestro padre!

—¿Y?

Me muerdo el labio y niego con la cabeza. Esta chica es imposible. Pero... Lo cierto es que yo me casaría con Brad Pitt sin pensármelo dos veces y también puede ser mi padre, diría que incluso mi abuelo.

Optamos por tomarnos unos cócteles sin alcohol. Ella tiene que conducir a la vuelta y yo prefiero conservar todas mis capacidades cognitivas en perfectas condiciones e ir a casa de los Parker sabiendo lo que suelto por la boca. Doy por hecho que voy a meter la pata porque los nervios suelen jugarme malas pasadas, pero es mi deber minimizar las posibilidades de que esto se convierta en un completo desastre. Disminuir daños, vamos; para ellos y para mí.

—Voy a hacerlo después —notifico sin que me pida el último informe oficial sobre mi plan.

—Gracias por decírmelo. Ahora no estaré tranquila hasta que vuelvas de una sola pieza.

—No seas exagerada. ¿Crees que debería llamar para avisarles de mi visita?

Se lo piensa durante un segundo, o dos.

—Lo cierto es que no.

—¿Por qué? —Arrugo el entrecejo y doy vueltas a mi vaso entre las manos.

—¿Tú quieres ir? Me refiero a que si es para ti una necesidad imperiosa.

—Al principio no. Ahora sí. Siento que mi sitio está allí, al menos durante unos minutos. Desde que lo pensé la primera vez hasta ahora, algo me tira hacia allí. Algo dentro de mí me dice a gritos que tengo que pasarme por casa de los Parker y despedirme de ellos como debí hacerlo entonces.

—Pues no los llames. ¿Y si no quieren que vayas? Verte les removerá recuerdos...

—No había caído en eso. No de esa manera...

—Ve y punto. Seguro que se alegrarán de verte y cerráis esta puerta todos. Es lo mejor.

—¿Estás segura?

—No, pero confiemos en que llevamos razón.

—No me tranquilizas.

—Pues lo pretendía.

Por fortuna, mis padres deciden quedarse a almorzar en la ciudad de Los Ángeles por motivos de trabajo y Payton y yo comemos a solas sobre la isla de la cocina. El menú consta de un primer plato de zanahoria hervida y brócoli al horno que sobró ayer por la noche. De segundo: un poco de pollo frito bastante tieso y que nos hace replantearnos que sea buena idea comérnoslo.

—Esta noche nos cagamos vivas —aprecia mi hermanita.

—Mientras no suceda en casa de Ethan...

Nos reímos.

—Ash... —Se pone seria cuando terminamos de carcajearnos, y me mira con gesto solemne—. De verdad, no me importa acompañarte.

—Lo sé, pero prefiero ir sola. Ya te lo he dicho. Tengo mis motivos.

—Me quedaría más tranquila si me dejaras ir contigo. No hablaré. Ni notarás que estoy a tu lado.

—Déjalo.

—Puedo conducir. Te llevaré en mi coche.

—Eso me recuerda... Que tienes que dejarme el escarabajo.

—Vaya tontería. Te llevo y punto.

Suspiro, cojo mi plato y lo llevo hasta el fregadero. No puedo esconder los hombros hundidos.

Payton se coloca detrás de mí y llama mi atención.

—Ash. Vale, lo he entendido. —Su tono, comprensivo y bajo, me obliga a girarme y a mirarla a los ojos como muestra de agradecimiento—. Prométeme que me llamarás si me necesitas, aunque sea una tontería.

—Lo prometo.

Conduzco durante más de una hora hasta Redondo Beach, donde los Parker tienen una gran mansión en una pequeña ladera junto a la playa. Me pongo nerviosa conforme la distancia se acorta y miro de soslayo la caja que me acompaña acomodada en el asiento del copiloto ocupando, en realidad, todo el espacio del coche y de mí. Poco más grande que una caja de zapatos, pero pesada como un elefante en cuanto a recuerdos y sentimientos. Recorro la solitaria calle en la que solo otro par de casas ocupa los dos kilómetros que llevan las ruedas desde que giré la esquina. Aquí todo es arboleda y una mezcla de olores entre montaña y playa que enamora. No vine demasiadas veces a este lugar, pero tengo buen recuerdo de esos pocos momentos porque... estaba con él; así de sencillo. Su mano acariciando mi espalda bajo uno de los árboles de la entrada, la mía y mis dedos contando las pecas de su cara, dibujando un mapa en su piel, cincelando sus detalles en mi retina.

Aparco el coche en la calle, cerca de la verja de entrada y compruebo que por allí no pasa ni un alma ni otro coche adorna la estampa. Allí no hay nada y, de repente, caigo en la cuenta de que quizá se han mudado. ¿Cómo no he caído en esta posibilidad hasta ahora? Supongo que mis padres me hubieran informado. O no. ¿Por qué tendrían que haberlo hecho? Una tremenda sensación de ahogo se apodera de todo mi ser y a punto estoy de entrar en pánico. Agarro el volante con fuerza y comienzo a contar.

Uno,

dos,

tres,

cuatro,

respiro,

cinco,

seis,

siete,

ocho,

respiro,

nueve...

El ruido, no del todo desconocido, de la vieja verja abriéndose y arrastrando el paso del tiempo hasta abrirse completamente, me hace volver a la realidad de golpe y me recuerdo por qué he llegado hasta allí. Miro por el espejo retrovisor y un auto blanco sale de la propiedad y acelera sin mirar a ambos lados (como sería correcto, más que nada por si viene un camión y te espachurra contra su chasis); supongo que Caroline, que es quien conduce, sabe que la calle no es muy transitada ya que, veo la señal en ese momento delante de mí y caigo en la cuenta, además no tiene salida.

Espero a que desaparezca en la esquina, cojo fuerzas y me bajo del coche con la caja agarrada contra mi pecho.

Voy a hacerlo.

Este es el momento.

36

TODO ES DEMASIADO

«No me falléis, piernas, y seguid funcionando hasta que alguien me ofrezca una silla para sentarme», me digo de pie frente a la gran verja de hierro que se encuentra rodeada de una copiosa vegetación, la cual tapa la visión del interior casi por completo.

Aguanto la caja con una mano haciendo malabares (porque es cierto que no pesa como un elefante, pero mis nervios no me los quita nadie) y con la otra pulso el botón del modernizado portero automático. Dicho así parece fácil, sin embargo, he de reconocer que me ha llevado contar hasta cien que mi mano me hiciera caso y se atreviera a llamar oficialmente a casa de los Parker. Dios mío, hace más de dos años que no los veo, que no tengo contacto con ellos. La última vez que los vi, Ethan aún vivía y yo pasaba los días junto a él en el hospital. Después de eso han ocurrido tantas cosas, tantos cambios que creo que he vivido varias vidas en vez de una: la mía sin él y soñando la que realmente me pertenecía.

Se escucha un sonido a través del portero y algo de fondo, pero nada entendible a lo que pueda contestar con corrección. Aun así, digo mi nombre y anuncio mi llegada. No contestan, no obstante, la cancela se abre ante mí y lo considero una invitación. Así que me adentro en aquel patio que no había olvidado y camino unos cien metros hasta detenerme en la puerta principal. Tengo que esperar un rato sin desesperarme hasta que Guadalupe, la asistenta, abre la puerta con brío, pero con una elegancia infinita y se me queda mirando como si hubiera visto un fantasma con sombrero de ranchero y cantando *Cielito lindo y querido*. Desde luego le ha impresionado mi visita y no la culpo por ello. Supongo que a mí me sorprendería abrir la puerta de casa y encontrarme a algún familiar de Ethan con esta cara de tonta que se me ha quedado, porque si ella no sabe qué decir, yo parezco un pez fuera del agua tratando de respirar.

—Señorita Campbell... No la esperábamos... —dice con educación, pero sin demasiado entusiasmo.

—Hola, Guadalupe. Sí... Eh... —Mis conexiones neurológicas han desaparecido por completo.

—Los señores Parker no me han informado de su visita —declara, y una extraña sensación se apodera de mi yo más inseguro.

—Eh... No. He venido sin avisar. No quiero molestar. Solo será un momento. ¿Están los señores Parker en casa?

No contesta y pienso que tal vez esa información no puede darla. ¿Desde cuándo han cambiado tanto las cosas? Vale que tienen mucho dinero, pero no recuerdo tanto protocolo para entrar en esta casa. Sigue mirándome como si tuviera delante al Jety en bañador de rayas, completamente depilado y gafas de sol.

—Yo... Tal vez me he equivocado. Siento haber molestado. —Caigo en la cuenta de que tal vez a Guadalupe le habían dado órdenes estrictas de no dejarme entrar en el caso de que algún día me presentara en la puerta sin avisar, con cara de loca y cargada con una caja que igual podía ser una bomba que estar cargada de ántrax dispuesta a matarlos a todos porque su hijo murió y lo incineraron sin decírmelo a mí, su novia y compañera, como era el caso.

Te juro que la veo doble, todo comienza a darme vueltas y me tambaleo hacia un lado. Ella debe percatarse, le doy pena y me invita a que pase al vestíbulo.

—¿Puede esperar aquí un momento?

Asiento con la cabeza como un pequeño perrillo y tomo asiento en un sofá señorial y muy incómodo, por cierto, que sí que recordaba. En él, Ethan y yo nos besamos alguna que otra vez mientras esperábamos a que Connor viniera a buscarme enfadado porque había tenido que dejar a su novia de turno para conducir una hora hasta aquí. Doy gracias al ridículo sofá por aguantarme mientras un montón de recuerdos acuden a mí en tropel y tengo que volver a contar. Uno, dos, tres. Reconozco que desde que llegué he sonreído más que en Nueva York durante dos años, pero también es cierto que cuento más también. En fin, enfrentarse a los miedos debe ser así: coger lo bueno y lo malo y hacer de todo parte de una vida mejor, más sólida y con un futuro más cierto.

Uff. Todo es demasiado intenso.

Unos pasos resuenan por el pasillo y mis ojos viajan hasta allí por inercia, no porque yo quiera. La madre de Ethan se acerca a mí abriendo los brazos para envolverme.

Dejo la caja a mi lado y me levanto.

«Venga, piernas, aguantad.»

—¡Ashley...! —Me da un abrazo y estruja nuestros cuerpos—. Me alegra mucho verte.

—Eh... Hola, Sarah. Yo también me alegro.

Se separa unos centímetros y me mira, adornando su precioso rostro con esa sonrisa familiar y amigable que me recibió el primer día que nos conocimos.

—Ha pasado mucho tiempo.

—Dos años... —puntualizo, no sé por qué.

—Dos años... —repite ella, con un tono cargado de melancolía, o eso me parece a mí—. Pasa. No puedes quedarte aquí.

—Yo... Solo... —Trato de explicarle que solo vengo a traer una caja con recuerdos que tal vez quieran tener, pero no me deja hablar y me invita a entrar y tomar un refresco.

—¿Un té helado tal vez? Hace mucho calor hoy, ¿no crees?

Conozco a Sarah, sabe mantener la calma cuando todos la pierden. Lo demostró con el accidente de su hijo y su posterior muerte; por eso me extraña que deje atisbar su nerviosismo por... ¿por qué? ¿Por mi visita?

La sigo hasta la cocina, recorriendo uno de los salones, y dejo la caja sobre la encimera de la isla.

—Sí... —hablar del tiempo siempre relaja, ¿no?

El sol entra por las puertas correderas de la estancia, llenando de luz hasta el rincón más escondido. Siempre me ha gustado este concreto y precioso lugar, en él, Ethan y yo solíamos desayunar *bagels* recién hechos por la siempre atenta Guadalupe. Ahora, por lo visto, una Guadalupe hostil.

—¿Cómo estás? —mientras pregunta, vierte un poco de agua helada en un vaso e introduce una bolsita de té dentro.

—Bien... Yo solo... Venía a dejar... —«Ni siquiera tengo sed», pienso. Señalo la caja cerrada con algo de cinta y explico el motivo de mi inesperada visita—. Solo venía a dejar estas cosas... Las encontré hace unos días en el desván. Son de Ethan... Supuse... Supongo... Supongo que os gustaría tenerlas.

Ni las mira. ¿Debería extrañarme?

—¿Cuándo has vuelto? Caroline...

—No, no. —Casi la saco de su error con un movimiento espasmódico de brazos—. No he vuelto. Solo he venido de visita. Ya sabes..., a pasar el Cuatro de Julio.

—Tu madre no nos ha dicho que vendrías.

¿Mi madre habla con ellos? No me sorprende, pero no lo sabía. Primera noticia.

—Ha sido una sorpresa. Hasta para mí —susurro esto último.

—¿Cómo estás? ¿Todo bien en Nueva York?

—Sí, todo bien. ¿Vosotros estáis... bien?

No sé cómo llevar esta situación. Si a mí me afectó la muerte de Ethan hasta casi perderme por completo, para sus padres debió de ser durísimo.

—Sí. —Fuerza una sonrisa y cambia de tema—. Estás como siempre. Dime, ¿has terminado el doctorado?

—Finalizo mis estudios en unos meses. Trabajo en un importante despacho de abogados de Manhattan.

—Lo sé, cariño. Tus padres están muy orgullosos de ti y... Debo decirte que nosotros también lo estamos.

—Yo... Lo siento. Lo siento tanto... —la corto, culpable porque yo esté haciendo mi vida y no poder evitar que la de su hijo se truncara en una playa. Ella no advierte la dirección en la que va encaminada mi disculpa o no quiere hacerlo. Y la entiendo, vaya si la entiendo.

—Me alegra que todo te vaya tan bien. ¿Cómo está Jacob?

Esperaba que llegara este momento. Hablar del chico con el que salgo ahora y que fue el mejor amigo de su hijo.

Glup, glup. Trago con dificultad.

—Viaja mucho... Está bien.

¿Sabe que estamos juntos? ¿Sabe que comenzamos a salir tras lo ocurrido? ¿Está de acuerdo con ello? ¿Debería importarme su opinión al respecto?

—Me alegra saberlo. Ese chico era como nuestro hijo.

—¿Cómo está Charlie? Yo...

—Bien. Como siempre. Ocupadísimo... —Respira—. Verás, Ashley, en realidad me alegra mucho que hayas decidido venir a vernos. Tengo que decirte algo y tienes que prometerme que tratarás de entenderlo...

El ruido que llega hasta nosotros, hasta cierto punto escandaloso, nos interrumpe y redirige toda nuestra atención en su dirección. Viene cargado de sonrisas y algunas voces, al menos dos, y cruza los ventanales que nos separan de la playa. No se me escapa que a Sarah le cambia la cara por momentos y la piel rosada muta a un tono blanquecino en cuestión de milésimas de segundos. Todo ocurre muy deprisa. Oigo una voz, otra, unas risas, unos pasos llegar hasta nosotras y mi corazón bombear a mil.

Me giro. Levanto la cabeza y no puedo creerlo. No puedo creer lo que ven mis ojos. No puede ser cierto. Es mi fantasía. Un fantasma. Una alucinación. Una sorprendente aparición. Una estampa, una imagen nítida de mi privilegiada imaginación.

Pero no. Es él. Es Ethan... Es él. Es Ethan... Está delante de mí. Me mira sonriendo. Está... Está sentado en una silla de ruedas. Está... ¡vivo! Está... ¡vivo! Está... ¡vivo!...

37

MURMULLOS

Negro. Negro oscuro. Negrísimo.

Esto que voy a contar lo doy por supuesto porque todo desaparece delante de mis ojos. Me desmayo y caigo redonda al suelo. Hasta aquí puedo llegar. Lo demás... una niebla espesa, intensa y pesada lleva mi cuerpo hasta otro lugar.

Hasta que...

Me despierto mareada, me duele la cabeza, siento como si me hubieran dado en el cráneo con un bate de béisbol. Parpadeo varias veces y gruño. Me toco el cráneo para comprobar que sigue en su sitio. Segundos más tarde, consigo abrir los ojos y ver un techo blanco con una lámpara de cristal grabado muy grande colgada de él.

—Ah... —Suelto un bufido y me llevo las manos a las sienes. Las dos. Me tapo casi por completo la cara. La luz me molesta. Es como si un vampiro me hubiera mordido y he pasado la transformación hasta llegar al punto en el que me encuentro. Cuánto daño hizo Crepúsculo.

Estoy desorientada, no sé muy bien dónde estoy ni de quién es esta casa. Observo varios muebles de madera oscura detrás de mis pies, recostados sobre la esquina del sofá en el que me encuentro, pero, aunque me suenan de algo, no logro concentrarme para averiguar qué es lo que ha pasado.

¿Dónde estoy?

Unos murmullos llegan hasta mí desde otra estancia, amortiguados por las paredes que me rodean, a lo lejos, muy lejos. Conversan entre susurros en la habitación colindante y, aunque tratan de no levantar la voz, no logran evitarlo del todo.

Cierro los ojos y, sin buscarlo ni pretenderlo, escucho parte de la conversación.

—Te advertí que esto ocurriría algún día. —Voz de hombre.

—Así no ayudas. —Voz de mujer—. A ti también te pareció una buena idea.

—Eso no es cierto. No me opuse a vuestra decisión, pero no estaba de acuerdo.

—Dijiste que jamás despertaría. Eres médico y tu pronóstico fue como el de los especialistas. Que nuestro hijo moriría antes de despertarse.

—Lo sé, pero también sé que con esto nunca se sabe. Hay casos muy raros, más que el de Ethan, personas que han despertado del coma después de quince años o más. Y te lo advertí. Por eso nunca perdí la esperanza.

—Charlie...

De repente, todo se viene a mi mente en tropel, me quedo sin respiración y me incorporo de golpe, sentándome sobre el sofá beis con cojines floreados. Agacho la cabeza y la agarro con las dos manos. Ethan está vivo. He visto a Ethan. Ethan está vivo. He visto a Ethan. No han podido ser imaginaciones mías. Tengo una memoria privilegiada, pero ¿tanta imaginación? Definitivamente no.

Trato de acompasar mi respiración y no perder la calma, no más de lo que ya la he perdido. Uno, dos, tres, cuatro, cinco. Vi a Ethan entrar en la cocina, iba en silla de ruedas. Seis, siete, ocho, nueve, diez. Me desmayé y todo se volvió negro. Once, doce, trece, catorce, quince. Ahora estoy sentada en el sofá de su casa tratando de no hiperventilar y volver a perder el conocimiento. Dieciséis, diecisiete, dieciocho, diecinueve, veinte.

«Respira, Ashley, respira.»

Comienzo la cuenta. Uno, dos, tres, cuatro... Cojo aire y me digo que soy capaz de enfrentarme a la situación. Seis, siete, ocho... Alzo el semblante y... Lo que encuentro ante mí, me deja completamente estupefacta y me congela como si una glaciación se hubiera apoderado del caluroso estado de California. Mis ojos chocan con los suyos y todo se detiene. Él me mira con un gesto de preocupación en el rostro que no pretende ocultar.

—¿Estás mejor? —pregunta Ethan, y su voz resuena en todo mi ser aunque la haya lanzado con cautela, evitando asustarme más.

Está sentado sobre una silla de ruedas a poco más de un metro de mí, vestido con un pantalón de deporte azul por encima de las rodillas y una camiseta blanca con el logo de Nike en el pecho. Es curioso cómo me fijo en los detalles si lo único que puedo mirar es a él. Es él, seguro que es él, aunque muchas cosas hayan cambiado. Ahora está más delgado, lleva el pelo más corto y un poco de barba sombrea la mitad de su cara. Nunca me gustó que se la dejara crecer. Lo obligaba a afeitarse para poder acariciarle su suave piel una y otra vez y poder contar las pecas de su rostro.

—Respira —me pide.

Y como acostumbraba a hacer con él, mi cuerpo reacciona de golpe e hincho el pecho con fuerza.

Yo sigo sin decir una palabra.

—¿El golpe te ha dejado sin habla? ¿Deberíamos llamar a una ambulancia?

Lo intento. De verdad que intento que de mi garganta salga algo, algún sonido, cualquier cosa, pero se ha hecho un nudo.

Agarra las ruedas de la silla con las manos y, con un ágil movimiento, se empuja hacia delante y acorta demasiado la prudente distancia que antes nos separaba. Su olor, ese familiar olor se cuela dentro de mi cuerpo y me recuerda lo que él era para mí: mi casa.

Todos los vellos de mi cuerpo se ponen de punta y un estremecimiento me recorre entera.

Ethan... No puedo creerlo. Tengo que obligarme a no estirar el brazo y tocarlo. Eso, necesito tocarlo para creer lo que ven mis ojos.

Vuelve a acercarse unos centímetros y, por instinto, me asusto y pego un pequeño gritito a la vez que mi espalda se estira hacia atrás.

—Tranquila. No voy a hacerte daño. —Sonríe. Y yo tengo que asimilar con rapidez que Ethan sonríe frente a mí.

Ethan está sentado frente a mí, me habla y me sonríe.

—Solo pretendo ser amable. No me acercaré si no estás cómoda. Supongo que despertarte después de desmayarte y encontrarte con un desconocido en silla de ruedas no es algo muy normal.

Trago con dificultad.

¿Desconocido? De repente, un pensamiento que me ronda sin saberlo, desde que desperté y lo vi, se hace grande y nítido. No me reconoce. Ethan Parker no sabe quién soy. No me recuerda.

—Soy Ethan y prometo no acercarme más.

—Yo... Yo... Yo...

—Tranquila, no me como a nadie. ¿Cómo te llamas?

—Ashley —contesto por fin, pero sin saber cómo, y acepto, como si tuviera que tragar alfileres, que realmente no tiene ni idea de quién soy.

—Perdona. No estoy muy acostumbrado a estas situaciones. No salgo mucho. Y... no recibo muchas visitas. —Se rasca el cuero cabelludo—. Espero que no te parezca raro lo que voy a preguntarte... ¿Nosotros...? —Nos señala—. ¿Nosotros nos conocemos? Es decir..., ¿debería conocerte? ¿Debería acordarme de ti? Verás..., tuve un accidente hace tres años y no... No lo recuerdo todo. Lo cierto es que no recuerdo la mayor parte de las cosas.

Levanto la mano, dispuesta a tocarle la cara y comprobar que no estoy ante una aparición fantasmagórica (aunque doy por hecho que los fantasmas no son tan guapos y el chico que tengo delante sigue siendo una persona muy muy atractiva, a pesar de lo delgado que está y que su piel no luce el moreno que acostumbraba a tener); sin embargo, una voz, la de Sarah, me detiene.

—Ethan, te pedí que esperaras fuera.

—Fuera hace calor —se queja.

—¿Puedes dejarnos a solas? —le pide a su hijo, en un tono muy categórico.

—Mamá, compórtate —le responde, risueño—. La visita se ha despertado.

Ella pone los ojos en blanco y suspira.

—Por favor, espéranos en la terraza. Tenemos que hablar con Ashley —ruega su padre.

Él se lo piensa un par de segundos hasta que accede y nos deja a solas.

—Un placer conocerte. —Me sonríe y se va.

Pero...

No. Entiendo. Nada.

El oxígeno vuelve a mis pulmones cuando los miro a la cara y me encuentro con sus rostros, cargados de una culpabilidad que no puedo descifrar, enfrentados directamente con la ira que comienza a salir a borbotones de cada poro de mi piel.

38

FURIA

Retrocedamos unos diez minutos, porque tres años sería demasiado. Aunque no está de más apuntar que Ethan murió sin que yo pudiera evitarlo y sin despedirme de él porque cuando falleció (FALLECIÓ) yo estaba de viaje de estudios con Jacob y Madison. Hasta ahí bien, mal pero bien. No sé si me explico. Lo acepté y me marché a Nueva York a tratar de seguir con mi vida porque la suya había terminado para siempre; pero resulta, y esto lo subrayo: NO FUE ASÍ. ETHAN NO HABÍA MUERTO. Y esta rotunda afirmación que acabo de descubrir y comprobar hace esos escasos diez minutos sin aviso solo me lleva a hacerme la siguiente pregunta: ¿QUÉ ESTÁ PASANDO AQUÍ Y POR QUÉ ME HICIERON CREER QUE HABÍA MUERTO?

—¿Estás bien? ¿Quieres tomar algo? —Sarah habla con falsa calma.

—¿Qué...? ¿Qué está pasando? —Mi mirada va de Charlie a Sarah buscando que me aclaren esta locura.

—Vamos a explicártelo todo. Solo queremos asegurarnos de que estás bien —manifiesta Charlie.

—¿Que si estoy bien? —Se me escapa un bufido mezclado con una sonrisa seca y sarcástica.

Va a ser cierto que han perdido completamente la cabeza.

Toman asiento en dos sillones orejeros que hay frente al sofá donde aún me encuentro y se miran.

—Ethan... Ethan está vivo.

Lo digo en voz alta para tratar de asimilarlo.

—Sí —afirma su padre—. Así es.

—Pero... ¿cómo? —Le clavo la mirada y espero que con ello entienda lo complicado que esto es para mí y lo ávida que estoy de respuestas.

Esto es harto difícil.

—Ethan no falleció hace tres años. Solo hicimos que todos lo creyeran.

Todo me da vueltas, pero cuento hasta tres y sigo.

—¿Por qué? —No puedo evitar que una lágrima ruede por mi rostro, tan perdida como yo.

—Pensamos que era lo mejor.

—Fingisteis su muerte.

—No fingimos su muerte. Solo hicimos que tú lo creyeras.

—No... No lo entiendo. —Suelto un quejido y se me encoge el corazón.

Mis ojos buscan a Ethan en la terraza como si quisieran asegurarse de su visión.

—Era lo mejor —manifiesta Sarah. Y su afirmación me molesta y capta toda mi atención. Ya lo ha explicado Charlie, pero me desagrada el tono que utiliza.

—¿Lo mejor? ¿Lo mejor para quién? —A estas alturas mi llanto es incontrolable.

—Lo mejor para ti. Lo decidimos por ti.

—¿Por mí? —Me levanto de golpe—. ¿Quién creéis que sois para mentirme de esa manera? ¿Para inventar que mi novio había muerto y alejarme de él? —Hablo entre hipos y sollozos.

—Tranquilízate —me pide Charlie, agarrándome una mano.

Tiro con fuerza y me suelto.

—¡No me digas que me tranquilice! ¿Estáis locos? ¡¿Os habéis vuelto locos?! —Me dirijo a los dos.

—Por favor, Ashley, tengo que pedirte que te tranquilices. Si no lo haces, tendrás que marcharte. A Ethan no le hace bien.

Vuelvo a mirar hacia los ventanales que dan a la terraza de la parte de atrás, pienso en él y respiro.

Abro y cierro las manos, estirando los dedos, varias veces, pido disculpas y vuelvo a tomar asiento.

—Necesito... Necesito una explicación... —ruego—. ¿Cómo pudisteis hacernos esto?

—Ethan llevaba un año en coma —fue Charlie el que habló—. Después de tantos meses en ese estado es casi imposible despertar. Tú pasabas los días en el hospital y después de tanto tiempo... Estábamos también preocupados por ti... Pensamos que jamás volverías a hacer una vida normal hasta que Ethan falleciera y no sabíamos cuándo ocurriría, podía tardar años. Así que...

—Se os ocurrió convencerme para que hiciera aquel viaje —le corto—. E inventasteis su muerte.

—Eso no fue del todo así.

—Ah, ¿no? ¿Y cómo fue?

—No estaba planeado. Se nos ocurrió cuando enviaste una foto y tu sonrisa era... Hacía mucho que no te veíamos sonreír así.

—Yo... —Lo pienso—. Yo no os envié nada... —Caigo en la cuenta—. Mis padres...

No. No. No.

No puede ser.

—Ashley... —Charlie dice mi nombre con mucha cautela.

—¿Mis padres lo sabían? ¿Sabían que Ethan estaba vivo?

Se miran antes de que Charlie siga hablando. Noto que piensa qué decir a continuación.

—Ya te he dicho que pensamos que era lo mejor. Hicimos lo mejor para ti.

—¿Lo sabían? —insisto.

—Sí —zanja sin reparos.

—Dios mío... —Agacho la cabeza y me tapo la cara. Él sigue dándome una explicación que, si lo piensas bien, parece salida de una película de ficción.

—No ibas a dejarlo jamás y eso no era vida.

Alzo el mentón y le clavo la mirada.

—Era. Mi. Vida. —Sollozo—. Nuestra. Vida. No teníais derecho a decidir por nosotros. —Niego con la cabeza.

—Los cuatro estuvimos de acuerdo. Lo sacamos del hospital y lo trajimos a casa. Creíamos que... Todo apuntaba a que Ethan fallecería antes de despertar, pero... seis meses después...

—Seis meses —susurro para mí—. Casi acababa de irme a Nueva York.

Escuchan esto último.

—Llevabas en Nueva York ya casi cuatro meses y habías comenzado a sonreír, a salir con Jacob... No queríamos desestabilizarte porque además... Ethan...

—No me recuerda —vuelvo a terminar el discurso por él.

—Exactamente. Ethan no te recordaba. ¿Para qué volver a hacerte daño? ¿Con qué fin?

—Era... Era... ¡Era mi vida! —Alzo la voz.

—Lo sabemos, pero... Teníamos que aceptar el hecho de que tomamos una decisión y que debíamos seguir haciendo lo mejor para todos.

—Y lo mejor para todos era que siguiera creyendo que Ethan estaba muerto. Total, ¿qué más da? ¡Si no nos recuerda! —contesto con mucho sarcasmo.

—Sentimos muchísimo lo que ha pasado...

—Cuando entré aquí hoy... ¿Por qué? ¿Por qué me dejasteis entrar? Sabíais que esto iba a ocurrir.

—Aceptamos hace mucho tiempo que cabía esta posibilidad. No podíamos ocultarlo eternamente. Ethan comienza a hacer preguntas. Quiere recordar, su mente, aunque no despierta del todo, cada día está más viva, quiere saber, quiere salir y conocer su alrededor. No hay otra cosa que desee más que recordar.

—Esto... Esto es de locos. —Vuelvo a cubrirme el rostro.

—Sabemos que es difícil de entender y de asimilar... Puede resultarte extraño lo que hicimos, pero... fue por ti. Nosotros te queremos como a una hija.

Trato de entender sus razones. Las razones que los llevaron a tomar aquella descabellada decisión y cuya consecuencia nos cambió el destino a todos para siempre.

—Creo... Tal vez debería marcharme —susurro.

—Puedes preguntarnos lo que quieras. Sabemos que es... complicado de aceptar.

Es mucho más que eso.

Me levanto y busco la salida con los ojos.

—Será mejor que me vaya.

—¿Estás bien? ¿Quieres que te lleve? —Charlie se preocupa, ya de pie a mi lado.

Sarah le sigue en el mismo estado.

—Cariño, deja que te acerquemos a casa. Después de la noticia... —Ella me acaricia el hombro.

¿La noticia? Ni que esto hubiera sido el noticiero de las doce. ¡Ni el programa de Oprah! ¡Es mi vida, por Dios!

—Traigo coche. Estoy... Bien.

Camino hasta el vestíbulo tras explicarles que sé dónde se encuentra la salida y que no necesito que me acompañen. Estoy enfadada. Muy enfadada.

Me dispongo a abrir la puerta cuando colisiono de frente con el semblante sorprendido de Caroline.

—Ashley...

Me seco las mejillas antes de contestarle.

—¿Cómo has podido? —Sollozo, con la garganta y con el alma. Era mi amiga, la consideraba como tal.

—Lo siento, Ash. —Trata de acercarse y me agarra las muñecas.

—Suéltame —siseo—. No vuelvas a acercarte a mí nunca. —Me libero de un tirón y salgo a la calle.

La tarde cubre el cielo de un anaranjado precioso que casi no puedo apreciar porque las lágrimas luchan por salir a empujones por mis ojos.

Entro en el coche, agarro el volante y lloro. Lloro sin contención y sin encontrar cobijo en esas lágrimas que en un momento anterior fueron un desahogo. Las preguntas que han tratado de esclarecerme hace unos minutos siguen sin las respuestas adecuadas rondando mi mente, colisionan contra mis sienes y explotan en mi pecho como una bomba atómica que arrasa con todo a su paso.

Dicen que las lágrimas limpian, sanan, reviven. A mí, en ese preciso instante, me queman y me arañan.

39

UNA LOCURA

Me calmo. Busco abrigo entre todos los recuerdos bonitos y me digo que no importan mis sentimientos ni el daño causado por esa decisión que tomaron cuatro personas adultas, pero muy irresponsables. Lo importante ahora es que Ethan no solo no murió, como quisieron hacerme creer, sino que despertó y he estado con él en el salón de su casa, cara a cara.

Suspiro.

Una locura.

Conduzco hasta mi casa con mil pensamientos sobrevolando mi cabeza. Son tantos que no puedo centrarme en ninguno en concreto. ¿Mis padres lo sabían? ¿Les pareció buena idea? ¿Son cómplices? ¿Caroline lo sabía y no me lo ha dicho en todo este tiempo? ¿Cómo han podido participar mis padres en este sinsentido? ¡Confiaba en ellos! ¿Lo sabe alguien más? ¿Jacob? ¿Connor? ¿Madison? ¿Cómo han podido ocultarlo durante casi dos años? ¿No me recuerda? ¿Cómo ha podido olvidarse de mí? ¿Por qué está en silla de ruedas? ¿No puede caminar?

Vuelvo a sollozar y me obligo a dejar de pensar durante lo que queda de trayecto, o voy a tener un accidente con el coche. Si no muero en él, Payton me matará cuando vea el chasis *estrujadito* contra una señal de tráfico, un semáforo, otro coche o un árbol.

Desvarío.

Entro en casa de mis padres con rapidez tras comprobar que aún no han vuelto de Los Ángeles. No quiero verlos. Estoy muy muy enfadada con ellos. ¡Estoy furiosa! Payton ve una película en el salón mientras come palomitas y se asusta al verme entrar como un huracán y subir los escalones hasta mi dormitorio de tres en tres.

—¡Ash! ¡Ashley! ¿Ha ido todo bien? —pregunta, pero su voz se pierde cuando cierro la puerta de mi habitación de un portazo.

Abro sobre la cama una de las maletas que traje de Nueva York, la más grande, y meto en ella de cualquier manera y sin doblar todo lo que encuentro.

Mi hermana entra sin llamar.

—¿Qué haces?

—¿Tú qué crees? —contesto con tono pasivo agresivo.

—¿Te vas?

—Sí. No quiero pasar ni un segundo más en esta casa.

—¿Vuelves a Nueva York?

Debería, pero no.

Sigo recogiendo. Voy al baño y me hago con mis cachivaches de aseo.

—¿Ha ido todo bien?

¿De verdad lo pregunta?

—¿Has llorado? —sigue.

Yo trato de cerrar la maleta y de no llorar. Todo a la vez, pero pierdo la batalla. Ni soy capaz de cerrar la maleta ni mantengo a raya mis lágrimas.

Comienzo a llorar de nuevo en forma de cascada.

Mi pequeña hermana se asusta.

—Ashley... —Deshace la distancia que nos separaba y me abraza—. ¿Qué ha ocurrido?

Su pregunta y su incertidumbre parecen sinceras. Ella no sabía nada.

—Ethan... Ethan... Ethan está... Está vivo.

Me agarra de los hombros, me aparta unos centímetros y me mira, confusa.

—Ethan está vivo, Pay, no murió. Me lo hicieron creer, pero no murió, no murió.

Entre más hipos y más sollozos le explico todo lo acontecido durante las últimas horas y le pido que me ayude a llevar mis maletas a su coche.

—No quiero pasar más ni un día bajo el mismo techo que ellos.

—No saques conclusiones precipitadas. Tal vez tengan una explicación...

—¡¿Los defiendes?! ¡¡Están locos!! ¡¡Locos!! ¡¡Esa es la única explicación!! ¡¡Están todos locos!!

Llevamos las maletas hasta su escarabajo y le pido que me lo deje unos días.

—¿Adónde vas?

—No lo sé.

Claro que lo sé, pero quiero evitar que ella lo sepa, que mis padres se lo sonsaquen (siempre ha sido débil en este aspecto y se ha vendido por un par de dólares) y me encuentren. Pero solo hay un lugar en el que sentirme bien en este momento y, aunque ella lo sospecha, no pregunta más.

—Prométeme que me llamarás cuando estés más tranquila.

—Te lo prometo. —Le doy un abrazo que ella me devuelve.

—¿Qué les digo? —No hace falta que me aclare que se refiere a nuestros padres.

—La verdad. Pero... Adviérteles que no intenten ponerse en contacto conmigo.

Hoy me parece que la casa de Connor está demasiado lejos. Aun así llego con facilidad y dejo el coche de cualquier manera en la pequeña explanada de arena que hay frente a su taller. Bajo del escarabajo, cierro de un portazo y saco la maleta de la parte de atrás. Ya ha anochecido y veo, mientras voy en busca de un abrazo de mi hermano, que este sale con una sonrisa en los labios hasta que se fija en mi rostro y le desaparece. En cuanto mis ojos conectan con los suyos, lo único que deseo es cobijarme entre sus brazos y llorar hasta que el corazón se seque; así que suelto la maleta y corro hasta encontrarme con él.

—Ethan... Ethan... —Solloza junto a su pecho—. Ethan está vivo, está... vivo. Parece una locura, pero es cierto. No estoy loca, Connor. —Levanto el mentón y lo miro—. Ethan está vivo. No murió. No murió.

Me separo de él unos centímetros y me limpio las lágrimas con el dorso de la mano, esperando su reacción, pero... no llega, al menos no la que yo esperaba. Desde luego no está sorprendido, en absoluto. Quizá apesadumbrado y hundido, pero no estupefacto como cabría esperar.

Caigo en la cuenta y...

—Tú... ¿lo sabías? ¿Sabías lo que estaba pasando? —Sigue clavándome la mirada sin decir nada—. ¡No me lo puedo creer! ¡¡No me lo puedo creer!! —Lo empujo y doy dos pasos hacia atrás.

—Ashley...

Camino de espaldas en dirección al coche y negando con la cabeza, hasta que me giro y echo a correr.

—¡Ashley, espera! —grita detrás de mí.

Abro la puerta, introduzco la llave en el contacto y arranco. Connor llega, mete la mano por la ventanilla, se hace con la llave y el motor se apaga.

—¡¡Dame las llaves!!

—¡¡Baja del coche!!

—¡¡Que me des las llaves!!

Abre la puerta de par en par y ordena categórico:

—¡¡He dicho que bajes del puto coche!!

Le hago caso, pero sin que el cabreo baje ni medio grado. Cierro de un portazo y me encaro con él.

—¡¿El puto coche?! ¡¿El puto coche?! ¡¡Estáis todos locos!! —le grito a la cara.

Comienzo a andar hacia la carretera. Me voy a pie si es necesario.

—¡¡Ashley!! ¡¡Ashley!! ¡¡Para!!

—¡¡Déjame en paz!! —Hago aspavientos con las manos.

—¡¡Ashley!! —Me agarra del brazo y me detiene. Mis fuerzas para escapar disminuyen por momentos. Estoy agotada—. ¡¡Tienes que escucharme!!

—¡¿Qué tengo que escuchar?! ¡¡Me has mentido!!

—¡Yo no lo sabía!

—¡¡Sí lo sabías!! ¡¡Lo sabías!! ¡¡No sigas mintiéndome!! ¡¡No lo soporto!!

—¡No he sabido nada hasta hace un par de meses!

—¡¡Mentira!! ¡¡Mentiroso!!

Sigo llorando.

—¡Llevo meses pensando en encontrar la manera de decírtelo! ¡Iba a viajar a Nueva York al finalizar el verano para contártelo todo!

—¿Cómo...? ¿Cómo has podido...? Me lo puedo esperar

de ellos..., pero de ti. De ti no... —Hipo. Poco a poco me voy desinflando.

Da un paso hasta mí.

—Ash, sabes que jamás te mentiría. Yo jamás haría eso. Lo sabes. No lo sabía. Claro que no lo sabía.

Dejo que me abrace y vuelva a acunarme en su regazo. Lleva razón. Él jamás me mentiría y mucho menos sobre esto.

40

INEVITABLE

Connor hace algo de cena y me obliga a comérmela mientras alguna lágrima sigue escapándose de mis ojos. Es algo involuntario. Me gustaría parar de llorar y poder hablar con normalidad para exigirle a mi hermano de una manera irrebatible que me explique cómo ha podido ocurrir esto y de qué manera se enteró de que Ethan seguía con vida.

Oigo ruidos en la cocina desde la terraza. Estoy abrazada a mis rodillas y mirando el movimiento casi invisible de las olas. La noche ha llegado como todos mis miedos. Ojalá estos se fueran tras unas horas de reproche continuado. Pero no. Mis miedos seguirán aquí mañana por la mañana y no sé si encontraré la forma de enfrentarme a ellos. Sí, mis miedos, ahora diferentes a los que cargué en mi maleta desde Nueva York, pero no menos importantes. Ethan está vivo, ¿cómo debo asimilar eso?

—Venga, come. —Connor se detiene delante de mí y deja sobre la mesa de teca un vaso con agua que veo de soslayo.

—No tengo hambre.

—Tienes que comer.

—¿Cómo...? ¿Cómo te enteraste?

Coge aire, hincha el pecho, lo suelta muy despacio y toma asiento en la silla de al lado.

—Había escuchado rumores. Unos chicos de uno de los grupos de las clases de los domingos hablaban sobre el tipo que se quedó en coma haciendo surf, pero que había despertado. Al principio no les hice demasiado caso. Hablaban de él como un héroe que había vuelto al agua y había ganado el campeonato mundial. Una leyenda de esas... —Sonríe con tristeza. Suspira, piensa y sigue—: Hace dos meses me encontré con Caroline. No la veía desde entonces. Estaba rara, muy rara. Le pregunté si sabía sobre lo que se hablaba de su hermano... Solo... Solo quería asegurarme de que no le molestaba y de que estaba bien. Casi... Casi se fue corriendo.

—Me parece increíble.

—A mí también. —Bebe de la cerveza que se calienta rodeada de la palma de su mano—. Fui a su casa. Un día me presenté allí y les pedí explicaciones. Vi a Ethan y él... Él no me reconoció. No nos recuerda. Hablé con papá y mamá y comprobé que ellos eran parte de..., de toda esta mierda. Les di un ultimátum: o te lo contaban ellos, o te lo contaba yo. Les di hasta el final del verano.

—Sigo sin entenderlo. ¿Iban a contármelo? Pero..., pero no les gustaba la idea de que fuera a casa de Ethan.

—Supongo que sabían que era inevitable y..., querían contártelo ellos.

—¿Por qué no me lo dijiste cuando llegué de Nueva York?

—Quise hacerlo, pero... No estabas preparada. Quería darte un tiempo para aclimatarte. Tú misma lo dijiste. Venir aquí era para pasar página definitivamente y dar carpetazo al asunto de Ethan y...

—Ethan está vivo y no me recuerda. —Esta afirmación me mata.

—Lo siento. —Agacha la cabeza, bufa y se revuelve el pelo.

—Tú no tienes la culpa. Pero... Papá y mamá... Estoy furiosa.

—Es normal. Tómate tu tiempo.

—¿Tiempo para qué?

—Para todo. Para aceptar que Ethan no murió, pero que no sabe quién eres, para entender los motivos que llevaron a sus padres y a los nuestros a tomar esta decisión, para pensar cómo vas a decírselo a Jacob.

—Jacob —susurro su nombre tras caer en la cuenta.

—Tienes que decírselo. También es su amigo.

—No sé... No sé cómo hacerlo...

—Habla con él. No esperes a que se sienta engañado como tú conmigo.

—Llevas razón, pero prefiero esperar a que esté aquí. El teléfono no se inventó para contarle a alguien que su mejor amigo, y prometido de la que ahora es su novia, no murió, sino que vive y trata de recordarlo todo.

—Un puto lío.

—Un puto lío muy gordo.

Dos días después de que todo estallara en pedazos y mi corazón casi dejara de funcionar a causa de tres infartos de miocardio, Payton me llama para invitarme a comer un helado en el muelle de Malibú. A mí esto me suena a plan trazado entre dos hermanos preocupados, así que rehúso la invitación y sigo haciendo lo que realmente me apetece: revolcarme entre mi desidia y seguir haciendo nido con ella, mezclándola con la sensación de incertidumbre que rodea toda la habitación de invitados de la casita junto a la playa de Connor. No me apetece ver a nadie y el muelle estará repleto de turistas y gente con ganas de pasarlo bien. Al contrario que yo, que mis únicas ganas reseñables son las de viajar hasta la cocina de mi querido hermano y ponerme hasta las cejas de café, cacahuetes y palomitas con mantequilla; todo mezclado y a la vez.

Mis padres me llaman un par de veces y obvian mi petición sobre el claro hecho de que sigo muy furiosa con ellos y de que básicamente necesito tiempo para comenzar a plantearme siquiera la posibilidad de perdonarlos. Tampoco le cojo el teléfono a Jacob y le pido a Connor que me disculpe y le diga que estoy dando un paseo por la playa, o que me he mudado a vivir al polo Norte. Las razones que le dé me traen sin cuidado, pero no quiero (no puedo) hablar con él.

—Jacob dice que podrá estar aquí en una semana. —Connor entra en el dormitorio y me informa de lo último que ha charlado con él.

Le di mi teléfono en ofrenda y le sugerí que atendiera mis llamadas sin dar datos exactos de dónde estoy, qué ha pasado y de por qué me niego a salir de aquí. Él dirige mi vida y mis pasos (que no son muchos. De la cama al cuarto de baño).

—Estupendo —contesto, en un tono lineal.

—¿Cuándo piensas moverte?

—¿Te molesto?

—No, pero me preocupas.

—Solo necesito un poco de tiempo.

Al día siguiente cierro la puerta de la habitación con llave para que el pesado de mi hermano no me despierte. Pienso dormir durante todo el día porque he pasado una noche movidita a causa de unas tremendas pesadillas en las que Ethan no solo no me reconoce, sino que me odia porque cree que yo lo empujé contra aquellas rocas.

Toc, toc.

Saco la cabeza de debajo de la almohada lo justo y necesario para pedir que me dejen en paz.

—¡Vete, Connor!

—Ash, abre, soy yo. —En un primer momento no reconozco la voz y no contesto.

Toc, toc.

Refunfuño.

Toc, toc.

—Ash, sé que estás ahí, me lo ha dicho Connor. —Pasan unos segundos—. Sabes que no me iré hasta hablar contigo.

—¿Es Madison? ¿Madison está aquí?

Reacciono dando un salto de alegría, no obstante, el saberla tan cerca me embarga la emoción y las lágrimas amenazan con volver. Me detengo junto a la cama y bufo.

No sé cuánto tiempo pasa hasta que me doy cuenta de que estoy petrificada en medio de la habitación y de que no he abierto la puerta a mi mejor amiga. Pero Madison Evans jamás se da por vencida y, aunque haya pasado media hora, sé que al abrir va a estar ahí.

Asomo la cabeza por el pasillo y la veo sentada en el suelo con la espalda apoyada en la pared.

—Eres terca —aseguro.

Ella me mira, sonríe, se incorpora de un salto digno de un artista del Circo del Sol y me regala uno de sus abrazos infinitos.

—¿Por qué has tardado tanto? —le susurro junto al oído, a punto de romperme.

—Habría venido antes si hubiera sabido lo que estaba pasando.

Entramos en la habitación y me siento en el filo de la cama. Ella mira alrededor hasta terminar en mí.

—Connor ha hecho un gran trabajo con esta casa.

—Sí... —musito—. Estoy muy orgullosa de él. Tú..., ¿sabías lo del taller y la escuela?

—Sí.

—¿Habías estado aquí? —Ella sí visita esta ciudad de vez en cuando, aunque haya trasladado su domicilio habitual a Chicago.

—Sí... He ayudado a Connor en alguna ocasión con los chicos.

Alzo las cejas unos milímetros y le clavo la mirada.

—¿Qué? —protesta.

Estoy a punto de preguntarle si sigue enamorada de él, pero no lo hago. No estoy preparada para que vuelvan a mentirme. Más mentiras no, por favor.

—Nada. Me hubiese gustado estar aquí para ayudarlo a construir esto... —Señalo a mi alrededor—. Ha conseguido crear un hogar en el que además enseña a surfear.

—Volar, ¿recuerdas? Lo llamamos volar.

Miro al suelo y... cambio de tema.

—Me gusta este suelo. —Doy pataditas a una pelota imaginaria.

—Es precioso, sí, pero ni aunque esta sea la casa de tu hermano, me quedaría encerrada entre estas cuatro paredes. —Ya me he dado cuenta de que la que ha venido a verme es Madison la dura.

—Tú no lo entiendes.

—Ethan está vivo. ¿Y qué?

—¿Cómo lo sabes? —la voz me sale muy aguda.

—Connor me llamó y me lo contó. Por eso he adelantado mi viaje. Ahora debería estar arreglando... cosas.

—¿Y te parece normal?

—Estoy tan sorprendida como tú.

Le clavo la mirada y levanto las cejas.

—Créeme, eso es imposible.

—¿Quién iba a esperarse esto? Es increíble que Ethan esté... vivo.

—Madison... No sé qué hacer...

—Escúchame. —Se arrodilla delante de mí y me agarra de las manos—. Te entiendo. Todos nos hemos asombrado tanto como tú y también estamos muy enfadados. Ethan era nuestro amigo, lo queríamos, nos costó aceptar el accidente, el coma y después su muerte. Sabemos perfectamente por lo que estás pasando.

—Es Ethan. Yo... lo amaba. —Mi amiga me acaricia el rostro y guarda un mechón de mi cabello tras mi oreja izquierda con mucha delicadeza—. ¿Cómo han podido hacer esto? ¿Cómo pudieron apartarme de él de esa manera?

—Es una locura. Lo sé.

—Mis padres... ¿Cómo pudieron creer que era buena idea inventar su muerte? ¿Han perdido la cabeza?

—Estaban desesperados. Todos lo estábamos. No sabíamos cómo convencerte para que siguieras con tu vida.

—No digas eso... No... ¡No! ¡Tú también no! ¿Estás de acuerdo con lo que hicieron?

—Por supuesto que no. Solo digo que son tus padres y... para ellos no solo Ethan estaba en coma, no solo se detuvo su vida, también la tuya.

—Madison... ¿Qué voy a hacer ahora?

—No lo sé. Lo iremos viendo sobre la marcha.

41

CON MADISON TODO ES MEJOR

Madison me convence para que salga de la habitación y bajemos al taller de Connor para que este nos reciba con una sonrisa y un abrazo y nos invite a cenar en un restaurante junto a la playa.

Me doy una ducha rápida, me visto con ropa cómoda (pantalón de algodón corto y una camiseta de manga corta) y bajo las escaleras dándole las gracias a mi amiga y riéndonos porque me ha tenido que persuadir para cambiar las sábanas de la cama y, cuando las ha visto de frente, casi las tira por la terraza esperando que se las llevase el agua.

—No seas exagerada.

—Mejor olvidarlas.

Mi hermano lleva una mascarilla para evitar que el polvillo, que suelta la madera mientras lija una de las tablas que construye, se cuele dentro de su cuerpo. Cuerpo que luce sin camiseta, por cierto. Y he de reconocer (sin que esto suene a incesto) que Connor es muy atractivo y tiene un cuerpo bien trabajado. De esto no solo me doy cuenta yo; Madison lo repasa de arriba abajo sin demasiado recelo.

Él se deshace de la mascarilla cuando nos ve llegar.

—Enhorabuena. —Sonríe a Madi de una manera... ¿diferente?

—¿Dudabas de mi poder de convicción? —Se cruza de brazos y mueve la cabeza haciendo bailar su melena.

—No las tenía todas conmigo... —Se limpia las manos con un trapo de tela y lo deja sobre la tabla que lijaba.

—Pues deberías confiar un poquito más en mí...

—No sé si eso sería acertado.

¿Qué está pasando aquí?

¿Flirtean delante de mí?

¿Qué más cosas han pasado desde que no piso California?

—Me alegra verte mejor. —Se dirige ahora a mí—. Voy a darme una ducha y os invito a cenar. ¿De acuerdo?

—¿Cómo negarme? —Levanto las cejas.

—No toquéis nada. Vuelvo enseguida. —Desaparece entre mi amiga y yo y oímos que sube las escaleras.

Miro a Madi pidiendo explicaciones, pero ella no se percata, o pasa de mí.

—¿Qué era eso? —Señalo el lugar por donde Connor ha desaparecido.

—Eso era tu hermano.

—Sé que eso era mi hermano. Pero... ¿estabais tonteando?

—Define tontear.

—¡Madi!

—¿Qué?

—¿Ha pasado algo entre vosotros que debería saber?

—Claro que no. Solo es Connor. Él es así. Le gusta gustar.

—Esa no es la definición de Connor.

—¿Y cuál es?

Pongo los ojos en blanco y dejo el tema. No quiero que vuelvan a mentirme y menos a la cara. Mentiras, mentiras, mentiras.

Echamos un vistazo al trabajo de mi hermano y a las pequeñas obras de arte que tiene almacenadas en forma de tabla de surf y es inevitable hablar sobre sus ganas de surfear.

—Podemos quedar mañana —propone—. Al salir el sol. Como en los viejos tiempos.

—No creo que pueda.

—Ashley... —Y a punto está de empezar a soltarme un sermón, cuyo mensaje principal es la necesidad de ir avanzando y encarar todos mis miedos, cuando Connor aparece recién duchado, con el pelo revuelto y oliendo a algún perfume que atonta a Madi y la deja noqueada, por fortuna para mí.

Agradezco a dos de las personas que más quiero en este mundo que me hagan la noche tan agradable y que casi consigan que se me olvide que Ethan está vivito y coleando a poco más de una hora de aquí. Ellos hablan sobre la mejor forma de enseñar a un niño de dos años a quedarse de pie sobre la tabla mientras yo trato de alejar la cada vez más firme idea de ir a casa de los Parker y hablar con el que fue mi prometido durante un fin de semana. Miro mi mano y observo el sitio en el que estuvo su anillo casi un año después a su supuesta muerte. Me lo quité y lo guardé en el único cajón de la mesita de noche, junto a mi lado de la cama de nuestro apartamento. Lo hice tras ver una foto de Ethan en un teléfono móvil que había desechado unos meses antes y darme cuenta de que jamás iba a volver... Jamás, una palabra demasiado categórica para lo relativa que puede llegar a ser esta vida, sus hechos y sus consecuencias.

Volvemos los tres juntos en el coche a Paradise Cove Beach. Connor conduce, yo voy de copiloto y Madi mira por la ventanilla trasera mientras tararea la canción que suena por la radio: *Don't Start Now*, de Dua Lipa.

—Madi —la llamo.

—¿Mmm?

—¿Te importaría acompañarme esta noche? No quiero dormir sola.

—Vale.

—¿Te apuntas? —pregunto a Connor.

Él me mira con una ceja levantada.

—¿A qué?

—Podemos hacer mojitos y beberlos en la terraza.

—¿Una fiesta de pijama con mi hermanita y mi vecinita? No, gracias. —Ríe.

Miro a mi amiga por el espejo retrovisor y observo su cara de desagrado. Le ha molestado que Connor la llame así.

Nos deja en la puerta de su casa, pero no apaga el motor del coche ni sale con nosotras.

—¿No vienes?

—He quedado con Olivia. Tal vez... Ya que estás acompañada, quizá pase la noche fuera.

—Está bien. No te preocupes por mí. Me dejas en buenas manos.

—Las mejores —zanja Madison, forzando una sonrisa.

Mi hermano, la persona más imbécil que conozco, es tragado por la oscuridad de la carretera y nosotras entramos en casa. Tardamos diez minutos en conseguir estar sentadas en el porche trasero cargadas de limones, una botella de tequila y el tarro de la sal.

—Esto no va a ser una fiesta de mojitos —apunto.

—Bah, da igual. Lo importante es terminar *bolingas*.

42

¿QUÉ ES ESTO?

CONNOR

Conduzco hasta Lagoon State Beach, una playa en la que los surferos disfrutamos de lo que más nos gusta por las grandes olas que se crean, y aparco en la puerta del bar Pink Rosse. He quedado con Olivia y unos amigos para tomar unas cervezas después de darles largas durante estos días. Llámame exagerado, pero me daba un poco de miedo dejar a Ashley sola. Ella nunca haría una tontería. Espera, rectifico. Ella nunca haría una tontería conscientemente, pero sí cogería el coche y en su actual estado de ansiedad no es aconsejable. Jamás me perdonaría que le pasara algo.

Abro la puerta del local. Es austero pero bonito. De madera oscura con sillas y mesas verdes y fotos de diferentes playas.

—¡Eh, tío! ¿Dónde te has metido? ¿Estás evitándonos? —Mayer viene hasta mí y chocamos las manos.

—Trabajando. Espera, tú no sabes qué es eso.

—¿Cómo que no? Si hasta tengo secretaria.

Nos reímos.

—¿Qué pasa, Campbell? —Burrell me ofrece una cerveza—. ¿Cómo va el negocio?

—Es una escuela.

—Pero ganas dinero, ¿no?

Lo gano, pero no es lo más importante. Necesito dinero para vivir, y poco más. Aun así, no voy a explicarle a Burrell, el hijo de un gran empresario de Los Ángeles, que el dinero no lo es todo en esta vida. Es un buen tipo, pero está acostumbrado a tener demasiado. ¿Puede tenerse demasiado? Sí, si no lo inviertes bien. Y con invertir no me refiero a la Bolsa ni a comprar bienes inmobiliarios, sino a ayudar de una forma u otra. Por eso creé la escuela. Quería ganar para vivir, disfrutar y ayudar a otros haciendo lo que más me gusta. Lo he conseguido. Me siento afortunado.

Le doy un trago a mi bebida fría y voy hasta la mesa en la que están sentados. Olivia se levanta en cuanto me ve llegar y se tira literalmente sobre mí. Casi tira la cerveza al suelo.

—¡Connor! —Me da un beso muy apasionado (incluso introduce su lengua y la enreda con la mía) y sigue—: Te he echado de menos.

Le respondo con un beso y aprovecho su falta de pudor y la mía. El grupo está a lo suyo y ni se percatan de la escena semiporno que acontece delante de sus narices.

—¿Nos vamos? —le propongo.

Ella sonríe, asiente con la cabeza y va a por su bolso.

La visita ha durado poco y mis amigos me lo recriminan con algunas bromas, sin embargo, entienden perfectamente que lo único que desee ahora mismo sea desaparecer con la chica que salgo habitualmente desde hace un par de meses. No me gustan las relaciones duraderas, pero tampoco soy fan de tener varias amigas a las que tirarme a la vez. Con una me basta. Cuando me canso, soy sincero, las dejo y disfruto encontrando a otra. No es por ellas. Todas las mujeres con las que salgo son de bandera, y no estoy hablando de que tengan un físico de diez; no me fijo en eso precisamente.

En cuanto salimos del local, las piernas de Olivia se enroscan alrededor de mi cintura y empujo su espalda contra la fachada. Ella suelta un gemidito y le muerdo el labio. Sonríe muy perversa y comienza a desabrocharme el pantalón.

—¿Aquí? —Sonrío yo también.

La agarro con fuerza y la llevo hasta el coche. Abro la puerta con ella encima y la tiro en la parte de atrás. Recorro su cuello y sus pechos con la lengua y me dispongo a ir bajando hasta agarrar su tanga y sacarlo por sus pies. Ella se incorpora, clava las rodillas en el asiento y se dispone a sacar mi miembro para llevárselo a la boca y lamerlo.

—Joder... —mascullo. Echo la cabeza hacia atrás y cierro los ojos.

Aleja la boca y lo masajea con una mano con una técnica inmejorable.

De repente, con su lengua chupando la punta de mi sexo y su tanga en mi mano, la imagen de Madison y su «Las mejores» refiriéndose a sus manos aparece en mi mente con todo lujo de detalles. Abro los ojos de par en par y suelto un exabrupto. Trato de concentrarme en Olivia, en lo que hace Olivia y la boca y las manos de Olivia. Le agarro la cabeza y la invito a que se introduzca por completo mi polla en la boca. Ella lo hace gustosa y consigue que, durante dos segundos, se me olvide mi jodida vecinita.

—Mierda.

Vuelvo a abrir los ojos.

Doy un paso hacia atrás y mi pareja sexual me mira con expresión circunspecta. Me guardo el miembro dentro del pantalón, le doy la minibraga y la informo de que hemos terminado.

—Connor. —Se queja—. ¿No te gusta?

—No es por ti, Olivia. Vístete, te llevo a casa.

—Si lo prefieres así. —Se sube el tanga y sale del coche—. Creí que te gustaba hacerlo en el asiento de atrás.

—No... No me refiero a eso. Tengo que irme. ¿Quieres quedarte o te acerco a tu apartamento? —No vive muy lejos de mi taller-escuela, aunque trabaja en una gestoría en la ciudad de Los Ángeles y pasa allí la mayor parte del tiempo.

—¿Irte? ¿Ahora? Creí que pasaríamos la noche juntos. Hace días que no nos vemos.

—He recordado algo. Lo siento. —Invento.

No quiero que se sienta mal. La culpa es mía por ser un gilipollas y ponerme a pensar en Madison mientras Olivia tiene mi polla clavada en la garganta.

—Como quieras. ¿Me llamas?

Asiento y le sonrío. Ella me da un beso en la mejilla y se pierde dentro del bar de carretera al que solemos ir desde que nos conocimos en el instituto.

—Arggg —grito para desahogarme. Me revuelvo el pelo y doy un par de patadas al aire—. Pero... ¿qué cojones me pasa?

Arranco el coche y vuelvo a casa. Con suerte, las gemelas Olsen, así las llamaba hace años, estarán dormidas y podré darme una ducha con tranquilidad. No quiero ver a Madison. ¡No quiero verla! Pero ¿por qué? Siempre me ha sido indiferente que estuviera como que no. ¿Qué me pasa? Es cierto que ha cambiado durante estos años y se ha convertido en toda una mujer, y tengo que agradecerle lo mucho que me ha ayudado cuando ha venido de visita; pero... ¿aparecer en medio de una mamada? ¿A quién se le ocurre?

Cuando entro en mi salón, enseguida me percato de que Ashley y Madison no están dormidas, sino riendo sentadas en el suelo de mi terraza. En cuanto cruzo la casa, también veo la botella de tequila a la mitad y un par de vasos vacíos.

Les pregunto si están borrachas y responden con unas risas incontrolables. Vale, están un poco borrachas y, pensándolo bien, no es una mala idea del todo. Tomo asiento en medio de las dos, lleno los dos vasos y me los bebo de dos tragos. Intenta sonsacarme la razón por la que he llegado tan temprano y no he dormido fuera de casa.

—No estoy tan borracho como para eso.

Ashley comienza a hablar algo sobre tetas y mis ojos van directamente a la delantera de Madison. Pero... ¿qué hago? ¡Quiero sacarla de mi mente, no grabar a fuego la perfecta redondez de sus pechos!

Me levanto de un salto, las despido y me meto en la ducha. Abro el grifo del agua fría y me quedo bajo él durante un buen rato tratando de que se me baje la dichosa erección que han creado las tetas de mi vecinita. Apoyo las palmas de las manos en la pared, agacho la cabeza y suelto sapos y culebras por la boca con los dientes apretados.

Dos horas después de acostarme y dar vueltas por la cama, decido levantarme e ir a la cocina a por un poco de agua. Mientras lleno el vaso valoro la idea de bajar hasta la orilla y darme un baño nocturno. Quizá allí pueda masturbarme con calma y quedarme tranquilo. Bufo y miro hacia abajo, concretamente a mi entrepierna.

—Una mala noche para los dos —le digo.

Sonrío y me llevo el filo del vaso de agua hasta la boca.

—¿Hablando con el «teniente»? —Madison me interrumpe con una expresión de diversión en el rostro.

43

EL TEQUILA Y LAS DECISIONES

—Voy a ir a hablar con él —suelto, tras el quinto chupito de tequila, tumbada boca arriba en el suelo de madera de la terraza trasera de la casa de mi hermano.

—Ya lo sé —contesta, sin apartar la vista de unas lucecitas casi hipnóticas que cuelgan del techo de la terraza.

—¿Lo sabías?

—Claro que sí. Es Ethan. Eres tú.

—Y... ¿qué pasa con Jacob?

—¿Qué pasa con él? Jacob es Jacob.

—Es mi novio.

Incorpora medio cuerpo de repente, a la vez que pega un gritito.

—¡¿En serio?! ¡¿Es tu novio?! ¡¡No lo sabía!! —grita con sarcasmo.

Me incorporo yo también y le doy un tortazo en el hombro.

—¡¿Has perdido la chaveta?! ¡¡Me has dado un susto de muerte!!

Empieza a reír a carcajadas y me contagia.

—A ver... —Intenta tranquilizarse y hablar—. Jacob entenderá que te acerques a Ethan y trates de mantener una conversación con él. No sé. Que te preocupes por Parker es normal. —Alzo las cejas y ella recula—. Vale, nada de esto es normal.

—No, no lo es. Es más bien un poco freudiano.

—Freudiano, rocambolesco, daliniano... Esto es una historia digna de contar en una peli de Hollywood. ¡O de Netflix!

—O de Amazon Prime Video.

—O para HBO.

Suspiro profundamente.

—Las pelis siempre tienen un final feliz —musito, y no me escucha.

—Me pido ser la prota. El prota masculino que sea un tío guapo... No sé... Alex Pettyfer. —Ella sigue delirando.

—¿Alex Pettyfer en el papel de quién? —Me uno a su delirio. Total, ¿de qué sirve mantenerse cuerdas cuando nuestro mundo se ha vuelto loco?

Me mira con el ceño fruncido.

—¿De quién va a ser? Del que se queda con la chica, la besa, se casa con ella y tienen hijos preciosos, dos perros, un gato y una casa en la playa. —No pilla por dónde ha ido mi pregunta y no se lo explico, entre otras cosas porque ni yo sé la respuesta. ¿De quién haría Pettyfer? ¿De Ethan o de Jacob? ¿Cuál de los dos es el protagonista principal de la historia de mi vida?

Da igual. Barro el pensamiento y lo hago desaparecer entre el tequila que inunda mi cuerpo.

—Bonito final, sí señor. ¡Brindo por eso! —Relleno de nuevo los dos vasitos, le ofrezco uno y levanto el mío instándola a que haga lo mismo.

—Brindo por las olas. Por las del mar y las de tierra. Por saber volar sobre ellas.

—Brindo, hermana. —Choco mi vasito con el de ella y bebemos al unísono.

—¿Borrachas? —Connor llega hasta nosotras y nos mira con una sonrisa de complacencia dibujada en su rostro. Le gusta tenernos allí y no puede esconderlo.

Doy un par de palmaditas al suelo a mi lado para que tome asiento. Él me hace caso y pide permiso para rellenar los dos vasos, levantarlos, uno con cada mano, y beberse los dos a la vez.

Alzo una ceja, perspicaz.

—Venga, estamos abriendo nuestro corazón. Cuéntanos qué te pasa —le digo.

—No estoy tan borracho como para eso.

—Ah. —Cojo la botella, miro cuánto le queda y se la enseño—. Bébete esto de un trago y las palabras brotarán solas. Venga, podemos ayudarte con tu problema de chicas.

—¿Sí? ¿Y cómo lo vais a hacer?

—Porque las chicas se conocen entre ellas. Sabemos lo que buscamos. Sabemos lo que Olivia busca.

—Vosotras sois dos enanas que...

Le doy una colleja para que se calle.

—Pero... —Se queja.

—¿Crees que no somos chicas? ¿No nos ves las tetas? —Nos las señalo. Las mías y las de Madison, que me mira entre avergonzada y divertida—. Hemos crecido, Connor Campbell. ¿Cuándo vas a darte cuenta?

Mi hermano me mira durante unos segundos y después sus ojos saltan hasta Madi y sus dos buenas delanteras. Cuando se percata de hacia dónde mira, carraspea y pide disculpas.

—Estáis locas y vais a volverme loco a mí. Me voy a la cama. —Se pone de pie de un ágil movimiento—. Buenas noches. Nos vemos mañana. Y... voy a olvidar que le he mirado las tetas a mi hermana.

Madison y yo nos reímos, mientras Connor sube las escaleras y nos deja solas de nuevo.

—¿Otra ronda? —Mi amiga coge la botella y derrama tequila por todo el suelo.

—Creo que hemos bebido suficiente.

—¿Suficiente para qué? ¿Has olvidado ya que Ethan está vivo y no te reconoce?

—No. Eso aún no.

Bebemos y sigo:

—Para eso necesito varias botellas, Evans.

—Podemos mirar si tiene más en la cocina.

—Mejor... —Me levanto y me tambaleo hacia un lado—. Mejor nos vamos a la cama. Mañana tengo que hacer algo importante.

Me imita y se agarra a la baranda para no caerse.

—¿Puedo hacer algo por ti?

—Ya lo haces, hermana.

Me acuesto pensando en mis planes de mañana. Nada ni nadie evitará que vaya a ver a Ethan. Lo necesito.

44

ESTO SÍ QUE NO ME LO ESPERABA

Madison

Quiero a Ashley con toda mi alma. Es la hermana que nunca he tenido y me rompe el alma en dos verla tan perdida. No la critico, yo también lo estaría. Me quedé en shock cuando me enteré de la gran noticia y tardé unas horas en asimilarla. Normal que a ella aún le cueste siquiera creerla. Por esto y por todo lo que he dejado en Chicago doy vueltas en la cama intentando no despertar a mi mejor amiga que, por cierto, tardó en dormirse una fracción de segundo y no creo ni que una bomba atómica explotando en medio del dormitorio la saque de su profundo sueño. Lo que hace el tequila y el dolor de cabeza que vamos a tener mañana.

Resoplo y me abanico con la almohada. Hace calor aquí dentro. La ventana está abierta, pero no entra ni una pequeña brisa. Tomo asiento en el filo de la cama y pongo los pies en el suelo; está frío y me reconforta un poco, pero no lo bastante como para volver al horno en el que se ha convertido la cama de la habitación de invitados de Connor.

—Agua fría... —musito, con la voz pastosa por la resaca que ya se avecina.

Voy hasta la cocina, descalza, con una camiseta blanca que me cubre poco más que el culo y el pelo revuelto. Total, es ir, beberme el agua fría de la nevera de Campbell y volver a la cama. Este es mi plan. Lo que ocurre es otra historia.

Me detengo bajo el vano de la puerta y veo a Connor sin camiseta, con un pantalón de deporte de algodón corto y muy liviano hablando con su miembro viril, o eso me parece.

—¿Hablando con el «teniente»? —le digo, sin poder aguantar la risa.

Me mira y levanta una ceja.

—¿Qué haces aquí? Es tarde. —Cambia de tema y lo entiendo. Tiene que ser muy embarazoso que te pillen manteniendo una conversación con tu pene, aunque sea mundialmente conocido el hecho de que lo hace el noventa y cinco por ciento de los tíos.

—Tengo mucha sed. Me muero de calor. Tu hermana es una estufa durmiente.

Sonríe. Y cuando Connor Campbell sonríe, un montón de unicornios vuelan sobre nubes de purpurina y confeti. Vale, esto ha sonado bastante cursi, pero aún voy un poco pedo. No borracha, pero sí contenta.

Señala el frigorífico con la mano y se aparta hacia un lado para que yo pueda abrirlo.

—Todo tuyo.

Observo la cantidad de comida que hay dentro, cojo la botella, cierro la puerta y la dejo sobre la encimera.

—¿Te estás preparando para una invasión alienígena? —Me pongo de puntillas y alzo los brazos para coger un vaso del armario. La camiseta se me levanta y enseño las bragas unos centímetros. Cuando me vuelvo para llenarlo de agua, me doy cuenta de que Connor me mira los muslos.

—¿Nunca has visto a una mujer desnuda? —No contesta—. Vaya, jamás creí que pudiera dejarte sin palabras.

Se sienta en una banqueta alta de madera y se rellena el vaso con el agua de la botella. Yo sostengo mi vaso entre mis manos.

—¿Por qué no puedes dormir?

—Tu hermana me preocupa.

Suspira y bebe.

—Lo superará. Siempre lo hace.

—¿Y qué haces tú despierto?

Me mira y alza una ceja.

—Hace calor.

—Supongo que tendrías que plantearte instalar aire acondicionado.

—También me preocupa Ashley. ¿Crees que volverá a meterse en el agua alguna vez?

—No lo sé. Pero sé que el día que lo haga, no volverá a salir. Volar sobre las olas es lo mejor de esta vida.

—Amén, hermana.

Me molesta que me llame así, pero doy por buena la frase hecha y tomo asiento frente a él. El sueño no hace acto de presencia y la compañía me es muy grata. Sobre todo la visión del torso desnudo y definido de dicha compañía.

—¿Recuerdas el día que te caíste de la tabla y te diste un golpe en la pierna?

—Me hice un buen corte. Mira. —Le enseño la rodilla—. Todavía tengo la marca.

Se acerca y la observa.

—Marcas de guerra. Yo tengo unas cuantas. —Me señala una en el brazo y otra junto al ombligo.

—Me acuerdo de esto. —Apunto con mi dedo índice sobre su vientre—. Cuando vi la sangre, creí que se te saldrían las tripas.

—Eras una mocosa muy asustadiza.

—¿Asustadiza yo? Si he surfeado junto a tiburones.

—¡Nadaste hasta la orilla como si te persiguiera un cocodrilo!

—¡Oye! ¡Que era un tiburón muy grande!

Nos reímos.

—Hace mucho tiempo de eso... —musita.

—Han cambiado muchas cosas. —Pienso en lo ocurrido y en lo que he dejado en Chicago.

Cuando levanto la vista, tengo la mirada de Connor clavada en la mía. Espero a que la aparte, pero no lo hace y el corazón se me acelera por momentos. Sus pupilas comienzan un recorrido descendente y muy lento y llegan hasta mi boca entreabierta, para detenerse allí.

—Tengo... Tengo que irme. —Dejo el vaso sobre la mesa y paso por su lado para salir de la cocina, pero su mano va hasta mi cintura y me detiene. Sus piernas rozan las mías y, poco a poco, tira de mí y me posiciona en el centro de ellas. No me opongo y eso lo convierte en un hombre mucho más atrevido. Introduce sus manos por debajo de mi camiseta y me acaricia los costados con las palmas de las manos. Las tiene frías por el contacto con el vaso hasta hace unos segundos y suelto un quejido que abre mi boca y atrae de nuevo su mirada hasta ese punto exacto de mi anatomía. Apoyo mis brazos sobre los suyos y agarro sus hombros con fuerza. Con mucha lentitud, y como si fuera un tramo que le cuesta recorrer, acerca sus labios a los míos. Nuestras respiraciones, cada vez más rápidas, se mezclan hasta formarse una cuando su lengua acaricia el surco de mi boca. No controlo el gemido que brota de mi garganta. Él me aprieta contra su cuerpo y me besa. Nuestras lenguas se enroscan en breves segundos y mis dedos vuelan para enredarse en su pelo.

¿Cuántas veces he soñado con este momento?

Las manos de Connor bajan hasta mi trasero y me pega contra su miembro, completamente erecto. Y a continuación, y como una aparición divina, Gabe, eso tan importante que dejé en Chicago y que tiene nombre y apellidos, hace una aparición estelar en mi cabeza y me recuerda eso que tenemos en común: una relación en la que no caben terceras personas.

—Connor... Connor... —Musito sobre sus jugosos labios.

Él sigue besándome como si no me escuchara.

—Connor —insisto y me aparto.

Él me mira con la boca semiabierta y los labios hinchados.

—No podemos... No podemos hacer esto.

—Está bien. Está bien. —Se revuelve el pelo—. Llevas razón, pero..., ¿puedes decirme por qué?

—¡Connor! —Me quejo—. Porque no. Ya sabes por qué. Será mejor que me vaya.

—Madison.

—Connor. No. —Aclaro y me voy a la cama.

Duermo toda la noche junto a la estufa humana y sueño que me quemo en el infierno por lo que acabo de hacer. Pero... ¿por qué no puedo borrar la sonrisa de mi rostro?

45

CAPRICHOSO DESTINO

Una cosa es lo que planeas y otra lo que en realidad ocurre, porque el destino es caprichoso y juega con nuestras vidas a su antojo. A veces para llevarnos hacia donde queremos, otras... para alejarnos de nuestro objetivo sin ninguna razón aparente. Aún no sé si este es el caso en el que luchar contra él es una pérdida de tiempo, pero me despierto con un dolor de cabeza horrible por la resaca y no consigo levantarme de la cama antes de las diez y, cuando lo hago, mi única capacidad se puede definir como boquear sobre la almohada y quejarme en voz baja de por qué tuve que beber tanto tequila anoche. No estoy acostumbrada. En contra de lo que puedas pensar, tras lo que pasó, dejé de beber alcohol, ni siquiera me permitía probarlo. No es que estuviera a punto de volverme una alcohólica, nada más lejos de la realidad. Lo cierto es que cada vez que perdía un poco el sentido por beber demasiado vino, me ponía a llorar sin control porque lo perdía por completo y eso, el control, era la única forma de seguir cuerda y poder sobrevivir a otro día.

Cuando consigo poner los pies en el suelo y la cabeza no

me bombea como si estuviera a punto de sufrir un derrame cerebral, veo, a través de la ventana de mi habitación, a Connor y a Madison rodeados de unos siete niños y la misma cantidad de tablas de surf. Están sobre la arena delante de la casa y les explican los primeros pasos para subirse sobre ellas. Una sonrisa se pinta sobre mi rostro cuando pienso en volver a subir. Mi propia reacción me sorprende y me pongo un poco nerviosa. ¿De verdad vuelvo a estar preparada? ¿Que Ethan esté vivo tiene algo que ver? Un impulso se apodera de mí y bajo hasta el taller de mi hermano. Observo algunas de las tablas que tiene allí y me atrevo a acariciarlas de nuevo. Un escalofrío me recorre de pies a cabeza, como quien toca a esa persona con la que mantiene una conexión especial. Yo siempre tuve esa conexión con el agua, las olas, el surf... Volar casi llegó a ser más importante que respirar.

Algo llama mi atención al otro lado de la puerta, en la calle. Suena el ruido de un motor acercarse a la casa hasta que se detiene y se deja de oír. Me acerco a una de las ventanas y veo un coche desconocido con dos siluetas dentro. Parece que mantienen una agitada conversación, sin embargo, no se deciden a salir, supongo que fuera hace calor. Doy por hecho que será uno de los padres de los peques que dan clases en la playa y me dispongo a salir a explicarles que pueden esperarlos porque aún no han terminado. Salgo a la calle y camino en su dirección hasta que me detengo a pocos metros tras vislumbrar con nitidez quienes me miran desde el interior.

Caroline y Ethan mantienen la mirada fija sobre mí y, por lo que parece, han dejado de discutir. Es ella la que baja del coche, cierra la puerta y acorta la distancia que nos separa.

—Sé que no quieres verme, pero... Ethan quiere hablar contigo. He tratado de disuadirlo, pero no ha habido manera. Insiste, insiste...

Sigo mirándola sin decir una palabra. El cuello se me ha

hecho un nudo y no deja salir ni entrar nada. Ella lo traduce como que estoy enfadada y que prefiero que se vayan y sigue tratando de convencerme.

—Es muy insistente. Pero no te preocupes. Nos vamos. No pasa nada. Sabía que esto no era una buena idea. Siento haberte molestado. Mejor... mejor nos vamos. —Da un paso hacia atrás.

—¿Quién te ha dicho que estaba aquí? —Vuelve a mí, sorprendida.

—Eh... Hemos ido a tu casa. Tu madre nos ha dado la dirección de Connor.

¿Mi madre está al tanto y de acuerdo con la idea de que Ethan y yo nos encontremos?

—Ashley, lo siento. Siento no haberte dicho lo que ocurría. No podía. No tenía otra opción.

—Siempre hay más de una opción.

—Yo no la tenía, de verdad. Di mi palabra. Y...

—Ethan no me recuerda. ¿Qué debo decirle si hablo con él? —El aludido nos mira desde el asiento del copiloto. No quiero llorar, pero la emoción me embarga.

—Lo que creas que debes decirle. No tienes que esconderle vuestra historia si no quieres. Eso debes decidirlo tú.

Cojo aire.

—¿Puedo hacerle daño de alguna manera?

—Algunas veces se pone muy nervioso... El no poder recordar lo... exaspera. Solo tienes que tener paciencia con él. Deja que sea él el que se abra a ti. En realidad sigue siendo el mismo. Bueno... en casi todos los sentidos.

—Está bien. Si él está listo, yo también.

Carol sonríe y me pide que espere un momento. Vuelve al coche, saca la silla de ruedas del maletero, la deja sobre el suelo y la acerca a la puerta ya abierta tras la que está sentado Ethan. Casi sin esfuerzo abandona el coche para tomar posición sobre ella.

Viene hasta mí haciéndola rodar sin ayuda, mientras Caroline vuelve y cierra el maletero.

—Hola. ¿Te molesta que haya venido sin avisar?

—Hola. Eh... No. No te preocupes.

—Me hubiera gustado llamarte o... enviarte un mensaje al menos, pero no tengo tu teléfono.

«Yo sigo teniendo el tuyo grabado en mi memoria, y en la del móvil, por cierto, porque nunca llegué a borrarlo. Al contrario, alguna vez te escribía un mensaje que después borraba.»

—¿Quieres...? ¿Queréis pasar? Hace un poco de calor aquí.

Carol llega hasta nosotros.

—Te lo agradecería, sí. Se me pegan las piernas a esta dichosa silla...

—Yo voy a dar un paseo por la playa. Volveré en... ¿media hora?

—Carol, por favor, no recuerdo mi infancia, pero sí sé que ya no soy un bebé que necesite niñera —le contesta sin acritud.

Ella pone los ojos en blanco y sonríe.

—Llámame si me necesitas —le susurra de todas formas antes de darle un beso en la mejilla y alejarse.

—Qué vergüenza —masculla.

—No te preocupes. Connor también me trata aún como a una niña pequeña —intento tranquilizarlo.

—¿Quién es Connor? —pregunta, y tardo unos segundos en darme cuenta de que no lo recuerda.

—Es... Es mi hermano mayor. Anoche descubrió por primera vez que me habían crecido las tetas —explico con naturalidad porque es con Ethan con quien estoy hablando, hasta advertir y recordar que para él yo no soy Ashley, al menos no su Ashley, sino una desconocida con la que supongo le han dicho tuvo algún tipo de relación—. Lo siento.

Él se ríe sin ocultarse.

—¿Siempre eres así? —Me encojo de hombros y sonrío—. ¿Debería saber cómo eres? Supongo... supongo que debería conocerte, ¿no?

—Sí —afirmo con naturalidad, pero con un deje de melancolía.

Nos quedamos mirándonos durante un puñado de segundos que suman y no restan familiaridad entre nosotros.

—¿Podemos entrar? Me muero de calor aquí —propone.

—Claro. Perdona. ¿Necesitas...? ¿Necesitas ayuda?

—Puedo solo. Esto está chupado para mí. —Me guiña un ojo y se empuja la silla hasta la puerta principal.

Aún me parece mentira todo lo que está ocurriendo. Ethan a un escaso metro de mí. Su olor envolviéndolo todo. Y mis mariposas... Mis mariposas, dormidas hasta el momento, comienzan a mover las alas, dispuestas, quizá, a volver a volar.

46

CONTIGO TODO SERÍA MÁS FÁCIL

Entramos en el salón solos. No sé qué decir ni qué hacer. Ethan lo observa todo con detenimiento delante de mí y yo solo espero a que él mueva ficha. Tal vez le apetezca beber algo fresco. Ha hecho referencia varias veces al calor que tenía fuera.

—¿Un refresco? —Señalo la cocina.

—Gracias. —Asiente con la cabeza sin dejar de mirarlo todo—. ¿Debería acordarme de este lugar?

—Supongo que no —contesto mientras nos sirvo. Para él un refresco de limón con mucho hielo; para mí un café bien cargado—. Ni yo lo conocía. Connor... Mi hermano lo abrió hace poco más de un año.

—Es muy bonito. —Viene hasta mí con esa sonrisa que ilumina la estancia.

—Eso mismo le dije. Estoy muy orgullosa de él. —Le ofrezco el vaso y lo coge. Nuestros dedos se rozan durante un instante y una corriente eléctrica me sube por el brazo hasta el cuello. Me quedo sin respiración un segundo.

—¿Qué ha sido eso? —pregunta natural—. ¿Lo has notado? Cuando nos hemos tocado...

—Sí...

—¿Solía pasarnos?

Asiento.

—¿Qué éramos? ¿Salíamos juntos?

Éramos uno.

—¿De verdad no lo recuerdas?

Niega con la cabeza y se lamenta por ello.

—Lo siento.

Suspiro y trago con dificultad.

—Yo también lo siento —musito y pierdo mi mirada en los surcos de mi café. No sabe cuánto.

—Ash, ¿puedo llamarte Ash?

«Solías llamarme mariposa y me besabas la espalda cada mañana, pero...»

—Claro. —Le regalo una sonrisa amable—. Mis amigos me llaman así. —Y recuerdo lo que le dije la primera vez que me llamó por el diminutivo de mi nombre y le dije que no lo hiciera porque básicamente no éramos amigos.

«Respira.»

—Me gusta tu nombre...

—¿Para qué has venido? No me malinterpretes, pero... Esto es... un poco raro para mí.

—Quiero recordar y, cuando te vi..., algo en mí se despertó. Fue como si una luz se encendiera y diera claridad a algunas cosas, rincones, situaciones que tengo aquí guardadas. —Se da toquecitos en el cráneo con un dedo—. Pero que aún no logro distinguir. Solo son dibujos difuminados, sin forma, sin color.

—¿Y crees que yo puedo ayudarte?

—Estoy seguro de que contigo todo sería más fácil. Llevo meses tratando de... —Se lleva las manos a la cabeza—. Tratando de poner en orden las ideas. Tú eres la única que ha puesto en marcha alguna parte de las que están dormidas.

—Vale.

—¿En serio? ¿Me ayudarías?

«Yo cruzaría los océanos a nado si me lo pidieras, Ethan.»

—Tú y yo éramos amigos, ¿no? Me tenías estima —conjetura.

Estima...

—No me caías del todo mal —bromeo, porque no puedo negar que estoy feliz. Estoy feliz como hacía años que no lo estaba.

Ethan ríe y se termina el refresco. Se incorpora unos centímetros y veo que mueve las piernas y se apoya en ellas durante unos segundos.

Se da cuenta de que las miro fijamente y me avergüenzo de ello.

—No te preocupes. Estoy acostumbrado a que me miren. No estoy incapacitado totalmente —explica, y mis ojos van a los suyos con una caída de párpados en una especie de disculpa—. Estoy seguro de que lo conseguiré. Volveré a caminar. En realidad ya lo hago; con ayuda, pero lo hago.

Siento alivio con esto último que dice y se da cuenta.

—No tienes que preocuparte por mí. ¿Quieres acompañarme a una sesión de rehabilitación y te demuestro de lo que soy capaz? —Veo al Ethan de siempre más vivo que nunca y dibujo una sonrisa enorme en mi rostro.

—Me encantaría.

—¿Te importaría darme tu número de teléfono? Todo será más fácil si puedo llamarte.

—Claro.

Saca el móvil del bolsillo de su pantalón de deporte, me mira y espera a que hable.

—Cinco, cinco, cinco, seis, dos, cero, tres, tres, uno.

—Uno —termina al unísono conmigo.

Levanto las cejas y él me mira como si hubiera visto un fantasma. Así me he sentido yo muchas veces.

—Eso... ¿Eso significa algo? —pregunta, fascinado—. ¿Lo he recordado? Tu número. ¿Lo he recordado?

—Ethan...

—Bueno, chicos. La visita tiene que concluir. Tenemos que irnos. —Caroline entra por la puerta trasera de la cocina y nos interrumpe.

—¡Carol, creo que he recordado un número!

Ella nos contempla con el ceño arrugado.

—Creo... Creo que he recordado el último número del teléfono de Ashley. Te dije que verla podría ayudarme —explica.

—Está bien. Me alegro mucho. —Dice como si en realidad no se alegrara.

Mmm. No entiendo su reacción. Nosotros estamos como si nos hubiera tocado la lotería, aunque no lo exterioricemos en demasía.

Despido a Caroline en la calle mientras Ethan toma asiento en el coche sin ayuda de nadie.

—Gracias por traerlo.

—Él no admitía un no como respuesta. Gracias a ti por tratarlo con tanta amabilidad. —Se dispone a marcharse.

—Caroline.

Se detiene y me mira.

—¿Por qué no te ha alegrado que recordara mi número de teléfono?

—No ha recordado tu número. Solo el último y... —Da un paso hacia mí—. El médico ha sido muy claro con el diagnóstico de Ethan. Tal vez sea capaz de recuperarse físicamente por completo con mucho trabajo y esfuerzo, pero... Su mente... No solo le afectó el tiempo que estuvo en coma; los daños cerebrales del golpe contra las rocas dejaron algunas secuelas. Quizá sus recuerdos no vuelvan nunca. No quiero darle falsas esperanzas.

—Entiendo tu miedo, pero él quiere recordar y si no ha cambiado demasiado, va a intentarlo de todas formas. Me ha pedido ayuda y voy a ayudarlo.

—Tal vez no te recuerde nunca, Ashley.

—No hago esto por mí, Carol. Ethan merece luchar por su vida. Recordar le dará una historia, una razón, una explicación a lo que pasó, a por qué tiene una cicatriz en el costado derecho, por qué le gusta el zumo de limón con mucho hielo.

—Tened cuidado. Ten cuidado con él. Sus heridas aún no han sanado del todo.

47

CUÉNTAMELO TODO

Cuando se van, bajo a la playa y tranquilizo a Connor. Imagino que se ha asustado cuando ha visto a Carol y le ha dicho que Ethan hablaba conmigo en la casa. Le hago saber que estoy bien, a él y a Madi, que aún le cuesta asimilar que nuestro amigo no muriera y que todo fuera una trama muy bien urdida por unos locos, entre los que se encuentran mis padres.

—Era inevitable que volviéramos a vernos, Connor, iba a volver a su casa de todas formas.

—Solo digo que tengas cuidado, Ashley.

—Cómo sois los hermanos mayores. Eres la segunda persona que me lo advierte.

—Carol y yo nos preocupamos por vosotros. —Da por hecho quien ha sido—. Ve despacio con él y..., contigo. Y sé sincera con Jacob. Cuéntale lo que está pasando —insiste en esto último.

Ignoro varias llamadas de mis padres a lo largo de la tarde. Supongo que están al tanto de la visita que he tenido. Sarah le habrá preguntado cómo ha ido todo y mi madre le habrá informado de que estoy pasando unas vacaciones forzadas en casa de Connor.

Mi teléfono vuelve a sonar sobre la cama y lo ignoro, sin embargo, no son mis progenitores los que tratan de ponerse en contacto conmigo, sino Jacob. Y voy a tener que contestar a un montón de sus preguntas con mentiras o con, al menos, evasivas. ¿Debo contarle que Ethan vive y que nos hemos visto dos veces? Definitivamente sí. Era su mejor amigo. Merece saberlo. ¿Voy a decírselo? Por supuesto que no. Lo haré cuando yo lo tenga asimilado por completo y pueda ayudar a otra persona a aceptarlo.

Me llama para preguntar si estoy bien y para volver a decirme que siente no poder estar aquí conmigo. Desearía que estuviera, ahora más que nunca; entre los dos podríamos ayudar a Ethan a recordar, al menos a animarlo y hacerle compañía. Entre los dos sería más fácil conseguir que su vida volviera a la normalidad. Pero ¿se lo digo? No. No cambio de idea en lo que dura la llamada, unos diez minutos. Al revés, como me siento como una farsante, lo que hago es contestar a todo como si me estuviera atacando. Nos enfadamos y él, tan compresivo como siempre, me dice que lo mejor será que hablemos cuando yo esté un poco más tranquila.

Tomo asiento en el filo de la cama y tiro el teléfono sobre el colchón. Me siento fatal. Omitir información (información relevante y de vital importancia) es mentir se mire como se mire y, si además le sumamos que me he comportado como una energúmena, me convierto en la peor persona del mundo. Me tapo la cara con las manos y refunfuño. Jacob no se merece esto, debería llamarlo y pedirle disculpas. A punto de coger el teléfono estoy cuando suena el primer timbrazo y lo descuelgo sin mirar, deseando pedirle disculpas y contarle la verdad.

—Jacob, lo siento, lo siento mucho. Siento cómo me he

comportado hace un momento. Tengo que contarte algo importante.

—Hola... Eh... Soy Ethan —dice contrariado.

Me quedo callada durante unos segundos.

—Hola, Ethan.

—¿Esperabas a otra persona? ¿Prefieres que vuelva a llamar más tarde?

—No. Está bien. Solo... —Quiero contarle la verdad a él también—. Olvídalo.

—Eso se me da muy bien. —Al tono le acompaña una sonrisa, estoy segura, no obstante, yo me siento muy mal.

—Oh, Ethan... Siento haber dicho eso.

—Estoy bromeando, Ashley. Me preguntaba si te gustaría acompañarme mañana a rehabilitación.

—Yo...

—Venga, no puedes negarte. Caroline viaja a Boston y me avergüenza que tengan que llevarme mis padres. No conozco a mucha gente a la que pedírselo.

—No, no. No es eso. Claro que te acompaño. ¿A qué hora la tienes?

—Recógeme a las ocho. Desayunamos algo de camino. Escoges tú el sitio, eso sí. No quiero llevarte a algún tugurio.

—No me importaría.

—¿Te gustan los sitios así?

—Me gusta comer pescado con las manos.

—¿En serio? Tienes que contarme eso.

Sonrío.

—Cuando quieras.

—Vale, pues este es el plan: desayunamos, ves lo bien que camino con ayuda y comemos pescado con las manos, ¿te parece bien?

Me parece perfecto.

—¿Tus padres están de acuerdo?

—No te entiendo.

—Déjalo. Nada. Te recojo a las ocho de la mañana.

Me despierto nerviosa. Casi no he dormido. He de ser sincera y admitir que la idea de volver a salir con Ethan me altera el ritmo cardíaco, ¡me pone histérica! ¿De verdad estoy vistiéndome para acompañar a Ethan a una sesión de fisioterapia? Me pruebo varios vestidos y desecho la idea. Pero ¿adónde creo que voy? ¡Esto no es una cita! ¡Tengo novio, por favor! Opto por un pantalón vaquero corto y holgado y una camiseta no muy larga, de esas con las que enseñas el ombligo si levantas un poco los brazos. Cuando subo al coche de Payton y veo mi cara reflejada en el espejo, observo algo diferente en ella. ¿Es la gran sonrisa? ¿Es el brillo en mis ojos? ¿Mis mejillas sonrosadas? ¿Mi tez algo morena por los días en la playa? Sí y no. Es un poco de todo, el conjunto, la suma. Parezco... dichosa, muy dichosa.

Conduzco durante una hora escuchando a Lana del Rey y cantando a voz en grito. Aparco en la puerta de los Parker y, aunque se me ocurre enviarle un mensaje a Ethan y pedirle que salga, hago un esfuerzo y llamo al timbre. Guadalupe hoy me recibe con otra cara, esta sí que me es más familiar. Me sonríe y con su dulce amabilidad me pide que la siga hasta la cocina. Me encuentro a Ethan y a Charlie, su padre, hablando sobre algo que se me escapa. Cuando me ven, me dan los buenos días y Charlie me pregunta si quiero un café.

—Supongo que sigues tomando café.

—Por supuesto.

Lo sirve y me ofrece la taza que cojo y doy las gracias.

—Yo os dejo. Me esperan en el hospital. Llamadme si necesitáis algo. —Alcanza las llaves del coche de la encimera y se va dejándonos solos.

Muevo mis pupilas en busca de Ethan y me topo con sus impresionantes ojos sobre mí. Me observa con detenimiento.

—¿Qué pasa, Ethan? Puedes preguntarme lo que quieras.

—No es una pregunta. Y no sé si... No sé cómo te lo tomarías.

—Dilo, sea lo que sea, no importa.

—Eres preciosa.

Sonrío y le doy las gracias.

—También tienes una sonrisa muy bonita.

—Eres muy directo, ¿no?

—Mis padres y mi hermana dicen que soy demasiado sincero, que debería aprender a callarme en algunas situaciones.

—Llevan razón, pero esta no es una de ellas. Te sugiero que conmigo seas directo y sincero siempre. Te lo agradecería.

—Me dejas más tranquilo. Me pongo muy nervioso cuando no sé cómo actuar.

—Sé tú mismo.

Le doy el último sorbo a la taza y la dejo en el fregadero.

—¿Tú sabes cómo soy? —Su semblante cambia a uno un poco más serio, angustiado.

Lo miro de frente.

—Yo sé cómo eras. Ahora lo único que me importa es conocer al nuevo Ethan.

—¿Y si no te gusta? No quiero perder a mi única amiga.

Suspiro por dentro.

—¿Y si no te gusto yo? ¿Vas a echarme de tu lado a la primera de cambio?

Se me queda mirando y durante unos segundos no dice nada, hasta que rompe el silencio y a mí un poco el alma.

—No sé qué me pasa contigo, pero algo me dice que jamás podría alejarte de mí. Por eso... Por eso no entiendo por qué lo hice...

—Ethan... —Tengo que obligarme a no llorar.

—¿Nos vamos? A Brenda no le gusta que llegue tarde.

Conduzco hasta la ciudad de Los Ángeles y sigo sus instrucciones hasta llegar a la clínica en la que trabaja a diario para que sus músculos vuelvan a tener la fuerza de antes. Saco la silla de la parte de atrás (que tuve que preparar para que cupiera) y se la acerco a su puerta ya abierta.

—¿Tengo que hacer algo? —pregunto, sintiéndome un poco inútil.

—No. —Pone los pies en el suelo y, aguantando el peso del cuerpo con los brazos, toma asiento con agilidad.

Cierra la puerta del coche y comienza a rodar hacia delante. Se detiene cuando se da cuenta de que yo me he clavado en el sitio y me mira.

—¿A qué esperas?

A asimilar todo lo que está pasando.

—No es nada. Solo... No me acostumbro a...

—¿A estar conmigo? —Me encojo de hombros—. Tienes muchas cosas que contarme, ¿verdad?

Asiento varias veces.

—¿Te gustaría hacerlo?

—Me gustaría que tú las recordaras —declaro con un tono demasiado melancólico.

—¿No crees que pueda?

—Siempre he creído que podrías hacer lo que te propusieras.

—¿Puedo pedirte algo?

—Claro.

—No dejes de confiar en mí.

Espero que sea así.

48

CUANDO TE ASUSTAS

Camino a su lado cuando las puertas automáticas de la clínica se abren y las cruzamos. Es muy pequeña y no hay mucha gente. Solo veo a una persona tras un mostrador al fondo de un minúsculo recibidor de paredes azules y blancas. Ethan va hasta ella y la saluda.

—¡Hola, Ethan! Me alegro de verte. —La mujer, de unos cincuenta años, se levanta, rodea su mesa y se coloca frente a él.

—Hola, Cindy.

—¿Hoy no viene Caroline? ¿Quién es esta chica tan guapa? —Me mira a mí.

—Ella es Ashley. Ashley, te presento a Cindy.

—Encantada, Cindy.

—El placer es mío, cariño. No sabes lo que me alegra ver que este chico sale con alguien de su edad.

—Oh, no, no. Nosotros no salimos —trato de aclarar el malentendido.

Ethan ríe.

—Bueno... Este chico siempre consigue lo que quiere... —comenta, críptica.

—¿Dónde está Brenda? —Ethan la interrumpe aún con la sonrisa dibujada en su rostro.

—Te está esperando. Pasad por aquí.

La seguimos hasta una sala bastante grande y con diferentes máquinas y artilugios muy bien colocados aquí y allá. La que supongo es Brenda viene hasta nosotros en cuanto nos ve y saluda a Ethan con mucho cariño, tanto o más que Cindy.

—¿Qué tal las vacaciones? —le pregunta él.

—Necesarias, pero te he echado de menos.

—Yo a ti también. Nicole no me da zumos si me porto bien. —Ríen.

—Eres mi chico preferido.

Nos presenta y ella nos pide que la acompañemos hasta dos barras en paralelo a una altura media.

—Nicole me ha comentado lo que habéis estado haciendo en mi ausencia. Hoy vamos a seguir con nuestro entrenamiento de tarea específica —anuncia Brenda, más o menos de la misma edad que Cindy—. Se basa en caminar para ir mejorando porque nuestro cerebro mejora lo que practica repetidamente y eso es lo que queremos —explica, como consecuencia de mi cara de no saber de qué está hablando—. Fácil, ¿verdad? Vamos a calentar.

Observo cómo mueve todas las extremidades y utiliza una especie de balón grande y azul para apoyar el tobillo, aún sentado sobre la silla. Él atiende y obedece a todo lo que le pide la fisioterapeuta.

—Está bien. Es hora de caminar un poco. Demuéstrame qué has aprendido en este último mes.

Ethan se coloca en un extremo de las barras, las agarra y se incorpora, poniéndose de pie con la ayuda de la experta.

—Brenda. —Alguien la llama.

—¿Sí?

—¿Puedes venir un momento?

—¿Crees que puedes hacerlo solo? —le pregunta a Ethan.

—No estoy muy seguro.

—Ashley, vas a ayudarnos. Ponte delante de Ethan y camina de espaldas a su ritmo. Le darás confianza. Y sujétalo si ves que puede caerse. Vuelvo enseguida.

—Yo... Yo... —tartamudeo sin que sirva de nada porque la fisioterapeuta nos deja y se marcha.

Sin estar muy segura, hago lo que me dice y me coloco delante de Ethan sin tocarlo. Es la primera vez que estoy frente a él de pie después de años y me intimida tener su cuerpo y su cara tan cerca de la mía. Lo miro a los ojos muy despacio y trago con dificultad. Él no deja de observar las reacciones de mi rostro y mi cuerpo.

—¿Te has puesto nerviosa? —susurra, y su aliento vuela hasta mis labios, acariciándolos.

—Me da miedo... Me da miedo que te caigas y te hagas daño.

—¿Estás segura de que es eso?

—Sí... —¡Claro que no!

—¿Crees que no podrías conmigo?

—Eres bastante más alto que yo.

—Tranquila. No voy a caerme, pero, por si acaso, no te alejes de mí.

«No volveré a alejarme, Ethan. Estaré de una forma u otra.»

Comienza a mover un pie hacia delante y después otro, no sin un gran esfuerzo por su parte. Tras varios pasitos, se detiene e hincha el pecho.

—No puedo... —suelta una queja seguida de un suspiro.

—¿Qué...? —Me asusto.

Veo horrorizada que los brazos le tiemblan de una manera exagerada.

—¡Ethan! ¿Qué...? ¿Qué tengo que hacer? —Levanto las manos sin saber hacia dónde enviarlas.

—No puedo más... Me... Me caigo.

Sin pensarlo, me abalanzo sobre él y lo abrazo, cerrando los ojos y apoyando mi cabeza sobre su pecho. Tras unos segundos en los que compruebo que los dos seguimos en pie, alzo el mentón y me encuentro con esos ojos miel con motas verdes que tanto me han impresionado siempre a solo unos centímetros de los míos. Huele a todas las olas que volamos juntos. Y fueron muchas y mágicas, tantas que el océano que se forma alrededor de nosotros en ese instante nos aísla del resto, pero a la vez deja sin oxígeno la burbuja que se crea, ahogándome y empujándome hasta el fondo. Aun así, no puedo moverme, no quiero moverme; mi vida entera por un segundo de su abrazo.

Su mirada sigue clavada en la mía, la comisura de su labio levantada pinta a óleo de dulces colores una sonrisa que no llega a ser traviesa, pero que esconde al Ethan más pícaro y juguetón. Tras esa sonrisa intuyo que solo ha sido una especie de broma para asustarme.

Frunzo el ceño y me obligo a llenar mi pecho de oxígeno.

—Lo has hecho adrede —lo acuso, aún con mis brazos alrededor de su espalda, más delgada de lo que recordaba.

Agranda la sonrisa y lo admite encogiendo los hombros.

—Me has asustado —manifiesto, ahora enfadada. Trato de apartarme de él pero, con rapidez, suelta las barras que parecía que lo sostenían y lleva las manos hasta mi cintura, deteniéndome.

—Necesitaba hacerlo —declara con la sonrisa borrándose de su rostro.

—¿Para qué? ¿Para reírte de mí?

Niega con la cabeza y traga antes de seguir hablando.

—No entiendo por qué no te acercas a mí y... quería saber qué siento al tocarte.

—No...

—¿Y sabes lo que ocurre? —musita mientras sube las manos acariciando con las palmas mis costados por debajo de la camiseta—. Que siento. No sé el qué, pero... Siento.

Nos quedamos mirándonos durante unos intensos segundos.

—Ya estoy aquí. —Brenda llega hasta nosotros y nos interrumpe—. ¿Cómo vais?

Doy un paso hacia atrás y me retiro.

—¡Ethan! —La fisioterapeuta alza la voz—. ¡Mira lo que has conseguido!

Las dos observamos que se mantiene en pie sin necesidad de agarrarse a las barras. Él tarda en reaccionar hasta que despega sus ojos de los míos, la mira a ella y sonríe.

—¡Cuánto has avanzado en mi ausencia!

—Mira —le pide.

Camina solo hasta el final de la máquina y vuelve.

—Solo me cansa un poco.

—Es normal, pero... Es impresionante lo que has logrado. Estoy muy orgullosa de ti —habla, contenta.

—Gracias. No lo habría logrado sin vuestra ayuda.

49

MERECE SONREÍR

—¿Adónde vamos ahora? —pregunta Ethan mientras conduzco, pero no le contesto porque voy abstraída por todo lo que he sentido hace un momento—. Ashley —me llama—. Ashley.

—¿Mmm? —Lo miro un segundo y vuelvo a fijar la vista en la carretera.

—¿Adónde me llevas? —Parece emocionado.

—A... A casa. Se me ha hecho muy tarde. Tengo cosas que hacer.

—Pero si es temprano. Íbamos a comer pescado.

—Ya..., pero... no puedo.

—Ashley, creí...

—Lo siento.

Él calla como respuesta y no insiste. Lo miro de reojo un par de veces y lleva la mirada perdida a través de la ventana. La sonrisa con la que se levantó esta mañana le ha desaparecido y yo me siento culpable por ello. Ethan no debería dejar de sonreír, no se lo merece.

Detengo el coche en la puerta de su casa como si él fuera a

bajarse y nos despidiéramos con un simple adiós. Las cosas, después de todo, no pueden ser tan sencillas. Ninguno habla, ninguno se mueve.

—No lo sientes —musita.

Me atrevo a dirigir mis ojos hasta los suyos que me acarician sin que ni él lo sepa.

—Sí... —Trato de explicarme pero me corta.

—¿Qué ha ocurrido? No te entiendo. —Me hago la sueca.

—No hay nada que entender. Tengo que irme.

—¿Por qué? ¿Por qué tienes que irte?

Miro al frente, suspiro y valoro contarle toda nuestra historia, de principio a fin; no obstante, me he propuesto que sea él mismo quien la recuerde, pero... ¿terminará esto bien? Acabamos de empezar a vernos y ya siento todo esto. SIENTO. Claro que siento.

—Nos vemos otro día.

—Cuándo.

—No lo sé. Te llamaré.

—No me mientas. No me gusta que me mientan.

—Ethan, te llamaré, ¿vale? —contesto demasiado brusca.

Él bufa, abre la puerta con fuerza y sale. Se pone de pie y se agarra a la carrocería del coche. Yo salgo también y voy hasta el maletero, saco su silla, la abro y la coloco a su lado. Se sienta y comienza a rodarla hasta la entrada.

—¿Te ayudo?

No contesta.

Su madre abre la puerta de casa y le da la bienvenida. Mueve la mano despidiéndose de mí y la cierra cuando Ethan se pierde dentro.

Sé a dónde ir a continuación.

Rabia. Dolor. Impotencia. Pérdida. Todo esto siento mientras conduzco con las lágrimas rodando por mis mejillas hasta la casa de mis padres. Quiero gritarles. Quiero preguntarles por qué pensaron que yo sería más feliz creyendo que Ethan había muerto, por qué me apartaron de él de esa manera tan bestial, por qué actuaron así sabiendo que mi mundo se vendría abajo si no lo tenía a mi lado.

Las respuestas que me dan son las mismas que la de hace unos días. Me quieren y mi vida no iba a ser vida al lado de una persona postrada y dormida en una cama.

Mi madre estaba en el salón cuando he llegado. Mi padre ha bajado cuando ha escuchado mis gritos y reproches. Ahora seguimos en el mismo sitio, discutiendo y buscando respuestas a preguntas que tal vez no la necesiten.

—Ponte en nuestro lugar. Solo queríamos lo mejor para ti.

—¿Y qué era lo mejor, papá? ¿Qué era lo mejor para vosotros?

—Queríamos darte una vida.

—Una oportunidad de vivir tu vida —apunta mi madre.

—Ya la tenía —digo entre sollozos—. Ethan era mi vida, ¿no lo entendíais?

—Ethan te había atrapado en una habitación de hospital y... no iba a despertar —aclara mi padre.

—Es cruel lo que dices... Él no me obligó a estar allí. Fue mi decisión. Y... despertó.

—Y nos alegramos mucho por él.

—Y... —Me rompo—. ¿Qué hago ahora? ¿Qué le digo? ¿Qué siento?

—Cariño...

Lloro sin contención.

—No... No sé qué hacer. He estado con él. He estado con él solo unas horas y... —Hipo—. Todo... —Me agarro el pecho—. Todo lo que sentía por él sigue ahí. No ha desaparecido. Sigue aquí dentro.

Mi padre se acerca a mí y me abraza.

—Nunca hubiera desaparecido. Aunque Ethan hubiera

muerto. —Me acaricia el cabello en un movimiento muy paterno.

—¿Por qué, papá? ¿Por qué tuvo que ocurrir aquello?

—No lo sé, cariño. Simplemente pasó.

—Ethan quiere saber. Quiere recordar...

—Es lógico.

Lo miro limpiándome las mejillas.

—¿Crees que lo logrará? ¿Crees que logrará recordarme?

Mi padre no contesta porque jamás volvería a mentirme y sabe que la respuesta no me va a gustar, así que vuelvo a abrazarlo y me desahogo durante unos minutos.

Me quedo dormida en el sofá hasta que el sol se esconde tras el horizonte. Me despierta el olor a crema horneándose en el horno y una canción muy suave que llega hasta el salón desde la terraza. Camino hasta allí y me encuentro a Connor sentado en una de las sillas y llevándose una cerveza a la boca.

—Por fin vienes a casa.

Me mira y sonríe.

—¿Dónde están papá y mamá? —pregunto y tomo asiento a su lado.

—En casa de los Evans.

—¿Por qué has venido?

—Esta también es mi casa —contesta como si fuera obvio. Alzo las cejas y él se explica—: Mamá me ha llamado y me ha contado lo que ha pasado. Quería verte.

—Ya me has visto. —Flexiono las piernas, pongo los pies sobre la silla y me abrazo a las rodillas—. Estoy bien.

—No lo estás. Y es normal.

Nos quedamos en silencio.

—¿Cómo está? —Sé que me pregunta por Ethan.

—Mejor de lo que cabría esperar.

—Quería decírtelo...

—Ya no importa.

—Sí importa. Esto no debería haber pasado.

—Tú no tienes la culpa.

—¿Qué vas a hacer?

—No lo sé. —Hundo la cabeza entre las piernas y respiro.

—Deberías volver a Nueva York y olvidarte de todo.

—No lo dices en serio. —Levanto la cabeza y lo miro.

—No, llevas razón. —Da otro trago a su cerveza—. No quiero que sufras. No quiero volver a verte hundida. Te costó mucho superarlo.

—¿Y qué hago, Connor? ¿Me voy y finjo que Ethan está vivo?

—Tal vez no lo esté.

—¿Qué...? ¿Qué quieres decir?

—Las personas somos lo que hemos vivido. Los momentos, las risas, el llanto, los fracasos, los éxitos. ¿Quién es Ethan si no tiene recuerdos?

—No puedo creerme que digas eso. Ethan es tu amigo. Lo conoces.

—No lo conocemos, Ash. Y él tampoco a nosotros.

Me levanto y me dispongo a irme. No me esperaba esto de Connor.

—No te enfades conmigo.

Me detengo y me vuelvo airada.

—Suelta ya lo que has venido a decirme.

Se pone de pie y deja la cerveza sobre la mesa.

—Sigues enamorada de él, Ash, no hace falta ser demasiado listo para darse cuenta. Tú lo has encontrado y todos esos sentimientos estaban ahí, guardados. Lo has retomado donde lo dejaste. Pero él... Él no te reconoce, no sabe quién eres, te acaba de conocer, es muy difícil que te recuerde a ti y se acuerde de todo lo que vivisteis juntos, todos esos sentimientos...

Comienzo a llorar sin poder contenerme.

—No llores... —me pide mi hermano.

—Sigue...

—Ashley, pequeña. Quizá Ethan no vuelva a enamorarse nunca de ti.

—¿Quién...? —Hipo—. ¿Quién te ha dicho que espero eso?

—Solo lo sé.

—¡Pues estás equivocado!

—No lo estoy, lo sabes. ¿Y qué pasará con Jacob?

—¿Qué tiene que ver Jacob?

—Es tu novio.

—¡Quiero a Jacob!

—No lo dudo, pero no puede amarse a dos personas a la vez. Y no has negado que aún ames a Ethan.

50

SEGUNDO ÁRBOL, TERCERA RAMA A LA DERECHA

Me quedo a dormir en casa de mis padres. De madrugada me escapo, como cuando hacía de más joven, a casa de Madison. Subo por la rama del árbol que llega hasta su ventana y doy dos toques suaves, pero, al no contestar, repito, y esta vez casi rompo el cristal. Abre unos segundos después.

—Creí que habías dejado de hacer esto el día que casi te rompes el culo —me dice como bienvenida y bostezando.

Doy un salto y me cuelo dentro.

—¿Estabas dormida?

—¿Tú qué crees? —Se tira en la cama y cierra los ojos.

—Madi, necesito que me escuches.

—Mmm —murmura.

—Mad, despierta. —La zarandeo y ella se queja.

—¿Qué paaasaaaaa? —Hace acopio de todas sus fuerzas para abrir los ojos y atenderme.

—Hoy he estado con Ethan.

—Ya lo sabía. ¿Para eso me despiertas?

—No me has preguntado.

—Te he estado llamando esta tarde y te he enviado varios mensajes. Deberías hacer más caso a tu móvil.

—Vaya...

—¿Qué ha ocurrido?

—Nada.

—¿Has venido a contarme que no ha ocurrido nada? —Se lleva las manos a la cara—. Dios... Sí que te ha afectado.

—¿A qué te refieres?

—Es Ethan, Ash. ¿Qué esperabas?

—Pensé que podría hacerlo.

—¿Hacer como que solo sois amigos?

—Es lo que somos. O... Ni siquiera eso. Para él soy alguien que acaba de conocer.

—Has hablado con Connor.

—¿Cómo lo sabes?

—Me soltó el discurso en la playa, cuando Ethan y Caroline fueron a su casa.

—¿Y qué opinas?

—Que es tu vida, no la suya.

—¿Y eso es todo?

—Tengo sueño. ¿Podemos hablarlo mañana? Prometo prestarte toda mi atención y aconsejarte todo lo que sea necesario.

—¿De verdad?

—Claro. Anda, cierra la ventana al salir. —Se tumba y me da la espalda.

—Paso de bajar por ahí. ¿Ya no recuerdas que casi me mato al bajar la última vez?

La escucho sonreír.

—Ciérrala de todas formas. Entran los bichos.

Me levanto, hago lo que me pide y vuelvo a la cama. Me acomodo a su lado y miro al techo con los ojos abiertos. Las ramas del árbol por el que he subido se mueven con la brisa y su sombra dibuja figuras en la pared.

—Sigo enamorada de él —admito.

—Lo sé, estufa humana.

Me duermo recordando la primera vez que nos besamos. El agua meciéndose bajo nosotros, la brisa del mar acariciando nuestra piel y sus dedos creando surcos en mis mejillas hasta que nuestros labios se rozaron y las estrellas escribieron nuestro destino.

El destino...

Me prometí ayudar a Ethan a recordar y no voy a incumplir la promesa que me hice, así que al día siguiente lo llamo y le pregunto si podemos vernos. Su respuesta es tan sencilla y directa que me remueve por dentro.

—Claro, Ash. Iba a llamarte ahora.

Lo recojo en la puerta de su casa dos horas más tarde. Él me recibe con una sonrisa y me pregunta adónde vamos. Lleva un pantalón deportivo corto azul oscuro y una camiseta blanca.

—Te prometí comer pescado con las manos —contesto, arrancando el coche de Connor.

—Me gusta el plan.

—Fue idea tuya.

Me mira con el ceño fruncido.

—Ya me entenderás —digo, con tono de intriga.

Por la radio suena *New Rules*, de Dua Lipa, una de las canciones que más me gusta de la cantante londinense de origen kosovar que encontró el triunfo después de demostrar su talento en YouTube, versionando canciones de otros artistas. La admiro por eso, porque persiguió su sueño hasta lograrlo, sin darse por vencida. El volumen no es demasiado alto y me percato de que Ethan canta en voz baja y se sabe la letra.

—¿Conoces a Dua? —pregunto.

—¿Quién es Dua?

—Estás cantando la letra de su canción.

Se da cuenta de lo que he dicho y lo que él hacía.

—No... No la recuerdo. No sé por qué lo hacía. Hay cosas que recuerdo sin más; y otras... Otras no las encuentro.

—Le desaparece la sonrisa de la cara y no puedo permitirlo.

—¿Sabes qué? A mí también me encanta esta canción.

—Subo el volumen hasta casi dejarnos sordos y comienzo a gritar. Él me mira, al principio sorprendido, después con gesto de felicidad, y comienza a cantar conmigo.

Hablando en sueños por la noche,
volviéndome loca,
perdiendo la cabeza, perdiendo la cabeza.
Lo escribí y lo leí en alto,
esperando que me salvase,
demasiadas veces, demasiadas veces.
Mi amor, él me hace sentir como ningún otro,
ningún otro.

Quiero empezar desde el principio y quiero que él lo haga conmigo, por lo que lo llevo al bar testigo de nuestra primera cita. Dejo el coche cerca de Laughing Fish, El Pescado Risueño, y bajamos dispuestos a pasar un buen rato. El local ha cambiado un poco, no demasiado, pero se nota que le han dado un toque más juvenil; supongo que ha debido cambiar de dueño. Entramos por la rampa de la puerta principal y le pido que me siga hasta el banco en el que nos sentamos la primera vez que estuvimos aquí. No hay demasiada gente, en realidad solo un par de personas junto a la barra y tres alrededor de una mesa de madera clara.

—Es aquí —le informo, y tomo asiento con las piernas abiertas.

—¿Tengo que hacer lo mismo que tú?

—Eh... No, solo si... —Me quedo un poco cortada ante su situación, sentado en una silla de ruedas; pero él ríe y de un hábil gesto abandona la silla y posa el trasero sobre la madera. Después pasa una pierna por encima con la ayuda de sus manos y se coloca frente a mí.

—¿Así?

Asiento y sonrío.

—¿Me traes a este lugar por algo especial?

—Tal vez...

—¿No vas a decírmelo?

Niego.

—Hola, chicos. ¿Qué os pongo? —Una camarera muy simpática se acerca a nosotros.

—Una cerveza.

—Limón con mucho hielo —pide él.

—¿Algo de comer?

—La bandeja Pescado Sonriente —apunto.

—Magnífica elección —declara—. ¿Algo más?

—Eso es todo por ahora —le indico.

—Así que es cierto que vamos a comer pescado con las manos.

—¿No te gusta la idea?

—¿Te digo la verdad?

—Claro.

—Ayer me fui preocupado por si había hecho algo que te hubiera molestado. Creí que no volvería a verte y, cuando me has llamado esta mañana, no me lo podía creer. Me daba igual que me llevaras a un concierto de música clásica.

—Nunca entendí que no te gustara ese tipo de música.

—¿Tú lo sabías?

—Sé muchas cosas sobre ti.

—A ver, dime algunas.

—Te gusta el zumo de limón con mucho hielo.

—Esa no vale. Me has escuchado pedirlo.

—¿Me lo pones difícil? —Levanto una ceja—. Tienes una cicatriz en el costado derecho. Te la hiciste de pequeño cuando aprendías a hacer surf.

Se levanta la camiseta un par de palmos y deja a la vista su piel, esa piel que besé...; y, con la otra mano, se señala la pequeña huella que dejó el accidente.

—Está aquí... No recuerdo cómo me la hice.

—Según Carol quisiste hacerte el fuerte y no derramaste ni una lágrima. Ni cuando te cogían puntos de sutura.

—Supongo que siempre he sido muy valiente.

—Supones bien.

Sonreímos.

Y a mi mente vienen imágenes de mis labios besando ese surco semirrecto que dejó el cirujano mientras las yemas de sus dedos dibujaban olas sobre mis pechos desnudos.

—¿En qué piensas?

—En nada. —Me sonrojo.

—¿Qué más sabes de mí?

—Odias que te lleven la contraria, eres tan sincero que no entiendes cómo hay personas que no lo son, la mentira para ti no tiene cabida y el surf para ti es... —Lo pienso.

—Dilo.

—El surf era para ti más importante que cualquier cosa de este mundo.

—¿Más incluso que tú?

Frunzo levemente el ceño y trago con dificultad.

—¿Por qué...? ¿Por qué dices eso?

—Puede que no te recuerde, pero sé lo que siento cuando estoy a tu lado. Eras para mí más que una amiga, lo sé.

—No... No te entiendo.

Muy despacio, acerca su mano a la mía y la coge con cuidado. Toda mi piel se electrifica y se me corta la respiración. Con un dedo de la otra mano dibuja una fina línea en dirección ascendente sobre mi brazo.

—¿Lo notas? —musita.

Trago con dificultad al sentir esa energía muy fina ya conocida recorrerme de arriba abajo.

Él sigue acariciando la piel de mi brazo desnudo con la yema de uno de sus dedos.

—Yo también lo noto —asegura dando por hecho que mi respuesta es sí—. Si nos conocíamos antes, seguro que esto ya nos ocurría. Es imposible pasarlo por alto. ¿No te has dado cuenta de cómo reacciona mi cuerpo cuando estás cerca?

—Ethan...

—Dímelo. Tú y yo nos queríamos, ¿verdad?

51

AMAR EN CUERPO Y ALMA

Ethan me pregunta si nos queríamos y yo solo ansío confesarle que aún lo amo. Lo amo con toda mi alma. Mis ojos buscan los suyos deseando que lea en ellos la respuesta. Una respuesta sincera y directa que, por muchos motivos, no puedo ni debo darle.

—Y por aquí... —La camarera llega con la bandeja de pescado y lo pone entre nosotros, separándonos—. El mejor Pescado Sonriente. Ahora traigo las bebidas. Ha habido un pequeño desastre tras la barra. —Nos sonríe y se va para volver en menos de un minuto.

Me llevo la cerveza a los labios y Ethan sigue mi movimiento con la mirada.

—¿No vas a decírmelo? —insiste.

—Esperaba que lo recordaras —musito, dejando el vaso sobre la madera.

—Venga —me apremia, sin escucharme.

—Me trajiste aquí en nuestra primera cita —afirmo y de inmediato se le ilumina la cara—. Me descubriste este lugar y me enamoré de él.

—¿Y qué pasó después?

—Fuimos a pasear a la playa.

—¿Te gustaría que fuéramos? Tal vez..., si hiciéramos lo mismo, mi mente pueda recordar algo.

—Tienes ganas de recordar.

—Sí. Y desde que volví a verte, mucho más. —Me aparta el pelo de la cara—. Quiero acordarme de ti.

Nos comemos el pescado riendo sobre el hecho de que el aceite nos corra por los brazos hasta llegar a los codos y le hago partícipe de nuestros recuerdos.

—Aquella vez también nos pasó lo mismo.

—¿Estás segura de que esto me gusta? —Coge un par de servilletas y con cara de asco se limpia como puede.

—Sí.

—Esto es una guarrada.

Nuestras carcajadas retumban por toda la sala.

Bajamos por el caminito de madera hasta que termina y me pide que lo ayude con la silla de ruedas.

—Podemos quedarnos aquí —expongo.

—¿Estuvimos aquí entonces?

—No. Nos metimos en el agua hasta las rodillas.

Se quita los zapatos y los deja junto a la silla. Se incorpora ayudándose con los brazos y se pone de pie.

—No sé si podré caminar tanto. —Mira la distancia hasta la orilla. Unos cien metros aproximadamente—. ¿Puedo agarrarme a ti?

Me acerco a él y le rodeo la espalda con el brazo mientras él me rodea los hombros a mí.

—¿Listo? —pregunto, justo antes de que su olor y su calor me envuelvan y casi me desmaye y caigamos sobre la arena.

—Vamos. Quiero llegar cuanto antes.

—La playa no se va a mover.

—Quiero llegar cuanto antes a ti.

Sus ojos van hasta mis labios y se quedan allí durante unos segundos. Justo los que tardo en darme un toque mental y comenzar a caminar.

Hacemos el recorrido en ese semiabrazo que me tiene totalmente mareada, aunque trato de concentrarme en el simple movimiento de mover un pie y después otro.

Lo escucho resoplar.

—¿Estás cansado?

—Un poco —contesta molesto por estarlo—. ¿Te importa que dejemos lo del agua y nos sentemos aquí?

Lo ayudo a acomodarse sobre la arena y después lo hago yo.

—¿Y de qué hablamos ahora?

—De que no podríamos vivir en Nueva York.

—¿Y cómo llegamos a esa conclusión? —El sol refleja su luz en las motas verdes de sus ojos, dorándolos.

—Esta playa se llama Manhattan Beach. Manhattan es un distrito muy exclusivo de Nueva York.

—Y atestado de gente, supongo.

—Hay bastante, sí.

—Pues eso sigue sin gustarme.

—Con el tiempo te acostumbras.

—¿Has estado?

—Ahora vivo allí. Solo estoy de visita en Los Ángeles.

—¿Y cómo elegiste para vivir un sitio que no te gusta? Respiro.

Miro el océano y sigo.

—No lo elegí yo...

—¿Te obligaron? —Alza una ceja.

—No, no. Yo tomé la decisión, era la mejor, dadas las circunstancias

—¿No has pensado en volver? Volver definitivamente, me refiero.

—No puedo... —Allí tengo mi trabajo, mi vida, a Jacob.

Pensar en él me aplasta el pecho.

Me remuevo y me arengo.

—Mi trabajo es importante para mí. Me ha costado mucho conseguir lo que tengo.

—¿En qué trabajas?

—Estoy terminando el doctorado. Seré una abogada licenciada muy pronto.

—¿Y eres feliz?

—El despacho en el que hago la pasantía es uno de los más importante de la Costa Este.

—No es eso lo que te he preguntado.

No contesto. Solo respiro y pienso en cuál sería mi respuesta. ¿Soy feliz? Creía que sí. Todo lo feliz que podía llegar a ser.

—Ashley —me llama en un susurro.

Lo miro y aún no puedo creer que lo tenga a mi lado. Nuestros rostros solo están separados unos centímetros. Su hombro está pegado al mío.

—Te besé, ¿verdad?

Asiento y suelto un pequeño suspirito.

—¿Sabes por qué lo sé? —Alza una mano y la enreda en mi cabello—. Porque es lo único que deseo ahora. —Sus ojos vuelan hasta mis labios y realizan el mismo recorrido que entonces.

Nos acercamos poco a poco y puedo escuchar su corazón bombear dentro de su pecho, ¿o es el mío? Abre la boca muy despacio hasta que llega a mis labios y los roza. Una electricidad insólita me recorre y explota dentro de mi estómago. Está suave, tal y como recordaba. Sabe a dulce, a bonito, a esperanza.

Huele a sal. A vida. A volar.

Estoy viviendo un sueño.

Un sueño del que no quiero despertar.

52

ENFRENTAR LA REALIDAD

ETHAN

Desde que la vi supe que a ella tenía que unirme algo especial, grande, infinito, verdadero; porque, aunque no la conocía, o, debería decir, no la recordaba, sus ojos me parecían familiares, como si en ellos pudiera encontrar la calma que a veces tanto ansío. No es fácil aceptar que viviste una vida de la que no sabes absolutamente nada y que, con casi total probabilidad, nunca llegarás a saber. Enterarme de que Ashley formaba parte de mí, una parte importante, y no poder darle forma y movimiento a sus recuerdos, me mata. Pero ahora, con mis labios bailando al son de los suyos y el dulce sabor de su lengua impregnando mi boca, nada de eso importa, todo pierde valor y sentido para acumularse en el punto exacto del universo en el que nos encontramos y en este momento, en este segundo con nuestros besos.

Con la palma de mi mano le acaricio los brazos, el cuello, las mejillas, su pelo. Escucho un suspiro que se escapa entre sus dientes y me retiro unos milímetros, los justos para que podamos respirar. Nuestros pequeños y convulsos jadeos completan la sinfonía que el oleaje crea constante. Cuando abro los ojos y me encuentro con su rostro, sus párpados caídos, su boca abierta, sus mejillas sonrosadas, su piel viva, dejándose llevar por lo que mis besos le hacen sentir, me creo la persona más afortunada de la faz de la tierra.

Es ahora ella quien abre los ojos con lentitud y tropieza con los míos, observándola y admirando su belleza natural. Sonreímos, ella con desconcierto, yo porque besar, besarla a ella es lo más emocionante que me ha ocurrido desde que desperté.

De pronto, una bola interna, negra y dolorosa se abre paso en mi interior hasta detenerse en mi garganta y envolverme en una sensación de ahogo. Trago con dificultad, mis manos dejan de acariciarla y ella capta mi cambio de actitud. No tiene que lanzar la pregunta, sé que está tan confusa como yo.

—¿Cómo...? ¿Cómo he podido olvidarte? —me lamento.

—Eso ahora no importa. —Me coge la mano y la aprieta—. Estás aquí. Todo se arreglará... —Pega su frente a la mía.

—Bésame otra vez —suplico en un silbido ahogado—. Acabo de descubrir que es de la única forma que encuentro un poco de sentido.

Y sí, sus besos son como agua para mí, como oxígeno, como respuestas a preguntas que jamás se hicieron, como aire fresco en medio del desierto, como la luz al final del túnel.

—Ashley —musito sobre sus labios—. Tus besos me sanarán.

—Ojalá...

—¿Por qué has tardado tanto en volver a mí?

Me duele preguntarme por qué no ha venido antes a verme, pero sus besos consiguen que me olvide de mis dudas.

Me deja en casa un par de horas más tarde. Mi hermana ha vuelto de Boston y me pregunta qué tal va todo. No le hace mucha gracia que esté quedando con Ashley y que nos hayamos besado. Parece enfadada. ¿No ve que me hace feliz? Carol se preocupa mucho por mí, tanto que dejó su trabajo en Boston cuando desperté y se mudó de nuevo aquí. Viaja mucho a esa ciudad para atender a clientes y socios y, aunque le he aclarado que puedo superar esto sin ella a mi lado cada día, no quiere marcharse definitivamente.

—¿Por qué no te alegras por mí? —pregunto en medio del salón. Nuestros padres no están en casa.

—¿Qué sabes de ella? ¿Te ha contado algo de su vida?

—¿Qué tiene que contarme? Tú la conoces, ¿no? La conoces mejor que yo. ¿Debería tener cuidado? ¿Crees que quiere hacerme daño?

—No. No es eso —contesta, suspirando y tomando asiento en uno de los sillones orejeros.

—¿Entonces? No lo entiendo.

—Ethan... —Me mira fijamente—. Habla con Ashley. Dile que sea sincera contigo. Que te lo cuente todo. Por favor, cuida de ti y de tu corazón. No quiero volver a verte sufrir.

Subo a mi habitación en el ascensor que pusieron para que yo tuviera total movilidad por toda la casa y entro en el baño de mi dormitorio. Abro el grifo, me mojo el pelo y la cara y trato de refrescar mis ideas. Sus besos vuelven a estar vivos sobre mi boca y me acaricio los labios mientras veo mi reflejo en el espejo. De pronto, una risa retumba en el baño y observo dos cepillos de dientes caer en el lavabo. Parpadeo varias veces y miro en la pila. No hay nada. Ni rastro de los cepillos. Miro a mi alrededor: ni vestigio de esas risas. ¿Una ilusión? ¿Un recuerdo? ¿Era ella?

Voy hasta uno de los cajones de la cómoda y busco la caja

con fotografías que me dieron mis padres un mes después de despertar de mi sueño para ayudarme a recordar, pero que no surtió el efecto esperado. La abro y observo las fotos una a una. Hay de todo, pero un chico me acompaña en la gran mayoría. Diría que nos conocemos desde muy pequeños y que fuimos amigos hasta que el desastre ocurrió.

—Ese es Jacob —explica Carol a unos metros de mí—. Era tu mejor amigo.

—¿Qué fue de él?

Camina hasta mí y se detiene a mi lado.

—Se mudó a Nueva York.

Suspiro.

—¿Y por qué no lo he visto nunca? —Estoy confundido. ¿Por qué todos desaparecieron de mi lado?

—Ethan... Hay una cosa que no sabes.

—Hay millones de cosas que no sé —respondo con sarcasmo y pena.

—Esta es importante.

—¿A qué te refieres?

—Será mejor que bajemos y hablemos con papá y mamá.

Nos sentamos todos en el salón, lo que me demuestra la importancia de lo que tienen que comunicarme, porque en esta casa la vida y las conversaciones se mantienen sobre todo en la cocina. No me gustan sus caras ni como me miran. Diría que saben de antemano que lo que voy a escuchar no me va a gustar. Es mi padre el que comienza a hablar.

—Ethan, cariño, antes de juzgarnos, piensa en por qué lo hicimos.

—¿En por qué hicisteis qué? —No lo entiendo. Estoy harto de no entender, de no saber, de perderme, de no recordar, de no poder hacer cosas, de no ser el que era, porque sé que fui otra persona, pero... ¿quién?

—Como sabes, estuviste en coma más de un año y... Sí, salías con Ashley cuando todo ocurrió.

—Eso ya lo sé, lo que no entiendo es por qué ella no vino antes a verme.

—Ella no sabía que estabas vivo.

—¡¿Qué?! —Se me descompone el cuerpo y lo reflejo en mi cara de desconcierto.

—Ashley creía, como la mayoría, que habías muerto.

Un escalofrío recorre todo mi cuerpo y noto que me falta el aire.

—No... No lo entiendo... —Miro a mi hermana en busca de alguna respuesta, sin embargo, ella no está dispuesta a dármela, solo agacha la cabeza y mira al suelo.

—Tu hermana no tuvo nada que ver.

Vuelvo la mirada a mis padres. Agarro la rueda de mi moderna silla hasta que los nudillos se me ponen blancos.

—¡¿En qué, joder?! ¡¿De qué estáis hablando?!

—Ethan, tranquilízate.

—No me digas que me tranquilice. ¿Ashley creía que había muerto? ¿De qué cojones estáis hablando?

—Estuviste inconsciente, en coma, más de un año. Tienes que entender, antes de nada, una cosa: la comunidad médica pensaba que no despertarías.

—¡¿La comunidad médica?! ¡¡Tú eres médico!! ¡¿Qué pensabas tú?!

—Nunca perdí la esperanza —dice con el corazón en la mano. Lo sé, lo conozco, es mi padre—. Pero teníamos que ser racionales y precisos, lo más lógico es que murieras antes de despertarte y..., no podíamos dejar que Ashley tirara por la borda su beca, sus estudios, sus oportunidades, su vida. Ella jamás se alejaría de ti, jamás te hubiera dejado. Necesitaba marcharse, seguir con su vida...

Dos lágrimas mojan mis dos mejillas.

¿Cómo?

—Ashley, Jacob, Madison y tú erais inseparables...

—Madison —susurro, con desconcierto, no me suena de nada.

Él sigue hablando.

—Jacob y Madison viajaban con la universidad antes de las vacaciones de verano y obligamos a Ashley a acompañarlos. Cuando volvió le dijimos que habías fallecido. Te trajimos a casa y contratamos a una enfermera. Creíamos...

—Creíais que moriría.

—Te despertarte unos meses después. Todos pensaban que habías muerto y no recordabas a nada ni a nadie. Así que seguimos manteniendo la historia que habíamos creado.

—Pero eso es una locura... —No doy crédito.

—Sabíamos que esto iba a pasar antes o después. No podíamos mantenerte oculto por mucho tiempo. Alguien se enteraría.

Me refriego la cara y el pelo.

—Sabemos lo duro que debe ser esto para ti —sigue.

—¡¿Duro?! —Suelto una risa sarcástica.

—Sentimos mucho lo que ha pasado —habla mi madre por primera vez—. Hicimos lo que creímos lo mejor para Ashley y para todos.

No puedo más, mi cabeza va a explotar. La agarro y bufo con los ojos cerrados.

Giro mi silla unos segundos después y me dirijo hasta el ascensor.

—¿Adónde vas? —pregunta mi padre.

No contesto.

Necesito estar solo y asimilar lo que acaban de contarme. ¿Todos creían que estaba muerto? Pero... ¿qué es esto?

53

ALARGAR LA VUELTA

Jacob me llama cuando voy de camino a casa. Toda mi alegría y efusividad desaparecen en cuanto leo su nombre en la pantalla. Me detengo en la calzada y descuelgo. No se merece que pase de él de la manera en la que lo hago últimamente. No le cojo demasiado el teléfono. Prefiero contestarle a mensajes y ponerle excusas que ya escasean de por qué no puedo hablar con él. Y lo cierto es que no puedo hablar con él porque debería ser sincera y contarle todo lo que está ocurriendo y no me veo capaz.

Respiro.

—Hola.

—Ashley, llevo llamándote dos días.

—Lo siento. He estado ocupada.

—¿Estás bien?

—Sí, sí. Solo... —Tengo que contárselo. Debería hacerlo, aunque anunciarle que Ethan sigue vivo no es una noticia para escuchar por teléfono.

—Te llamaba para decirte que podré estar en Los Ángeles el 5 de julio. Me es imposible viajar el día antes.

Me decepciona que no vaya a estar aquí un día tan importante. Desde hace años, de una forma u otra, siempre pasamos juntos el día de la Independencia.

Suspiro.

—¿No te alegra?

—Claro que sí. Pero preferiría que vinieras antes.

—Ya sabes que hago todo lo que puedo...

—Lo sé, lo sé. Es que..., me gustaría contarte algo.

—Dime, Ash. ¿De verdad que estás bien? Te noto distante últimamente.

—Hay algo que tienes que saber...

Se escucha barullo de gente al otro lado de la línea.

—Ashley, no te oigo. —Alza la voz.

—¡Jacob! ¡Es importante!

—No puedo oírte, están llegando unos clientes a la oficina. Te llamo más tarde, ¿vale? Te quiero.

Pi, pi, pi, pi.

Miro la pantalla y observo que la llamada se ha cortado. Resoplo, bufo y me resigno. Apoyo los antebrazos en el volante y la frente sobre ellos. No sé cuánto tiempo voy a poder seguir aguantando esto.

Solo quedan dos días para el Cuatro de Julio, fiesta nacional, fecha en la que se firmó la Declaración de Independencia en la que el país anunció de manera formal la separación del Imperio Británico en 1776 y lo celebramos a lo grande y con los seres queridos.

Hoy he quedado con Ethan para llevarlo a un lugar muy especial. Tal vez nuestro pequeño apartamento, esas cuatro paredes en las que vivimos momentos tan especiales, le ayude a activar esa zona de su cerebro que sigue dormida. Me gusta pensar así. Que sus células no murieron, solo se sumieron en un sueño profundo del que tarde o temprano despertarán.

Lo recojo en la puerta de su casa y él me saluda con una sonrisa, pero algo me resulta diferente, su sonrisa no brilla como siempre. Le pregunto qué ocurre cuando se acomoda en el asiento a mi lado y él trata de evitar contestarme haciendo alusión a la música que suena en la radio.

—Esta canción es muy bonita. ¿Puedo subir el volumen? —Su respuesta me dice que no tiene un buen día y no quiere hablar. Pienso si ir a nuestro apartamento es buena idea.

—Claro.

La voz de Dua Lipa envuelve el silencio y me tranquiliza; supongo que a él también porque cierra los ojos y apoya la nuca en la parte superior de su asiento.

Yo siempre he sido la que decía primero adiós.
Tuve que amar y perder un centenar de millones de veces.
Tuve que equivocarme para saber cómo soy.
Ahora, me estoy enamorando...
Tú dices mi nombre como nunca antes lo había oído.
Soy indecisa, pero esta vez, lo sé seguro,
espero no ser la única que lo siente,
¿te estás enamorando?
El centro de atención,
sabes que puedes conseguir de mí lo que quieras,
cuando quieras.
Eres tú en mi reflejo, te veo en el espejo,
tengo miedo de todo lo que eso puede hacerme,
si lo hubiera sabido, cariño.

El trayecto lo hacemos escuchando canciones de varios artistas en el mutismo más absoluto, hasta que él lo rompe media hora después.

—¿Adónde vamos?

—Había pensado llevarte a un lugar especial, pero tal vez hoy no te apetezca recordar; solo... descansar.

Se toca la frente y se la masajea.

—Me duele la cabeza.

—Lo siento.

—No es por tu culpa. Llévame a ese sitio, por favor.

Aparco en la puerta de nuestro apartamento y le pregunto si está preparado.

—Podemos dejarlo para otro día.

Me agarra la mano, la besa y sonríe leve.

—Quiero este día contigo. —Me mira los labios, se acerca a mí y deja un suave beso sobre mi boca. No es apasionado ni húmedo ni necesita serlo para golpear con fuerza mi alma y remover los cimientos de mi mundo—. Este y todos los días —susurra con su nariz pegada a la mía.

Dios... Necesito contarle tantas cosas.

Me separo y le pido que bajemos antes de que se haga demasiado tarde.

—Hay que subir escaleras —aviso cuando le estoy poniendo delante la silla de ruedas.

—Puedo hacerlo. —Se agarra a mis hombros, pasando de la silla, y caminamos hasta la puerta del que fue nuestro apartamento.

—¿Qué es esto?

—Ahora lo verás. —Busco la llave en mi bolso—. Tiene que estar aquí... —Revuelvo dentro—. La metí... Estoy segura... ¡Aquí está! Nunca la devolví —masculló esto último.

Subimos no sin esfuerzo y empujo la puerta que hay al final de la escalera. La luz es tenue y no se ve la estancia demasiado bien, así que le acerco una silla, él toma asiento y le pido que espere un momento. Voy hasta las cortinas que tapan los ventanales de la terraza y las aparto, consiguiendo que los rayos del sol atraviesen los cristales y den más claridad. Él recorre el apartamento con la mirada con mucho detenimiento. Todo está igual. Nadie más ha vivido aquí desde que lo dejamos. La cama ocupa casi toda la habitación. La cocina a un lado, una mesa con cuatro sillas de madera. Incluso están las macetas que no me llevé, aunque las flores y las plantas hayan desaparecido.

—¿De quién es? ¿Era nuestro?

Niego con la cabeza desde la distancia.

—No lo entiendo. —Parece confuso. Y ya me he dado cuenta de que no le gusta esa sensación.

—Era de un amigo. La alquilamos durante un tiempo —explico.

—¿Tú y yo vivimos aquí?

—Sí. —Camino hasta él y le ofrezco mi mano. Él la coge, se incorpora y lo llevo hasta el centro del piso—. Vivíamos aquí cuando ocurrió el accidente.

Observa las paredes, el suelo, los cuadros, las lámparas, la terraza... Se fija en cada detalle por si algo le hiciera recordar.

—Necesito sentarme de nuevo.

Lo dejo sobre el filo de la cama.

Ethan suspira y cierra los ojos.

—Tal vez no deberíamos haber venido.

—No. Está bien. Solo... —Me clava la mirada—. Ashley, sé lo que hicieron mis padres; sé que pasaste más de un año a mi lado en el hospital; sé que creíste que había muerto...

—Ethan... Jamás me habría marchado de tu lado.

—¿Por qué? ¿Por qué ibas a tirar tu vida por la borda por mí?

—Porque mi vida eras tú, Ethan. Porque yo... Yo te quería. Estaba enamorada de ti.

Agacha la cabeza, se tapa la cara con las manos y suspira. Vuelve a mirarme unos segundos más tarde.

—¿Y ahora? ¿Ahora ya no me quieres?

—Yo... Las cosas no son tan simples.

—¿Por qué? Estamos aquí. Yo estoy aquí.

—Ni siquiera me recuerdas.

—Pero sé lo que sentía por ti.

—¿Cómo puedes saberlo?

—Porque ni el olvido puede ocultar mis sentimientos. —Lleva sus labios hasta los míos y los roza muy despacio, saboreando la antesala de un beso.

Mi teléfono suena dentro de mi bolso y nos detenemos.

—Prometí que contestaría. Nuestras familias están preocupadas por nosotros.

Lo descuelgo y me lo llevo a la oreja.

—¿Payton?

—¿Estás bien? Connor me ha dicho que estás con Ethan.

—Sí, sí, estamos bien. ¿Qué ocurre?

—Nada importante. Mamá me ha dicho que te llamara.

—¿Y desde cuándo le haces caso?

—Desde que me enteré de que el exnovio de mi hermana estaba vivo. Esto es como una telenovela de serie B. Me cuesta creerlo.

—Payton, si no tienes nada más que decirme, voy a colgar.

—Vale, vale. Ya dejo de molestar.

Suspiro, miro el teléfono y se me ocurre una idea.

54

SOLO FUE UN BESO

MADISON

Hace días que no veo a Ahsley y que no consigo dar con ella ni por teléfono. Me contestó a un mensaje el lunes y, si te he visto, no me acuerdo. Sé que pasa la mayor parte del tiempo con Ethan y lo entiendo perfectamente, pero me preocupa cómo puede afectarle esto a la larga. Además, tengo que hablar con ella y hablarle sobre Gabe. Ayer tuvimos una fuerte discusión por teléfono y me siento fatal por ello. Estoy a la que salto porque una tremenda culpa me aplasta el pecho por haber besado al maldito Connor.

—Solo fue un beso... —musito, tumbada sobre mi antigua cama y mirando al techo.

Arggg, pero qué beso. Hacía siglos que no sentía nada parecido. ¡Qué digo! ¡Jamás he sentido nada ni remotamente parecido!

—Madi, cariño, ¿vas a almorzar en casa? —Mi madre se asoma a la puerta de mi habitación—. Tu padre está en la ciudad y yo tengo que salir. No sé cuándo llegaré.

—Vale, mamá. No te preocupes.

—De todas formas, hay sobras en la nevera. Puedes calentarte algo.

—Mamá. —Tomo asiento en el filo de la cama y la miro con una sonrisa—. Vivo sola desde hace años, sé cocinar.

—A veces se me olvida que ya eres una mujer. —Me da un beso en la frente—. Tengo que irme. —Mira su reloj de muñeca—. No quiero llegar tarde.

—¿Adónde vas?

—Una reunión de la asociación. Estamos preparando una gala benéfica. Me voy. Ten mucho cuidado.

Mi madre está en la junta de una asociación que recauda fondos para la investigación sobre el cáncer. Estoy muy orgullosa de ella.

—Sí, mamá —replico, cansada porque me siga tratando como si fuera a primaria y aún llevara en mi carpeta de Sabrina (la maga) mi sándwich de crema de cacahuete con un poco de mermelada de arándanos.

Me doy una ducha, me pongo un vestido muy fresco y me dispongo a buscar a mi mejor amiga. Tal vez hoy tenga más suerte y la encuentre. Cruzo el patio y voy hasta la casa de los Campbell. Beatrice está en la cocina preparando la comida.

—Hola, señora Campbell. —Apoyo el cuerpo en el marco del cierre que da a la terraza.

—Hola, cariño. ¿Dando un paseo?

—Estoy buscando a Ashley.

—Está en casa de Connor.

—¿Vienen hoy a comer? —Está preparando almuerzo como para un equipo de fútbol.

—No lo creo. —Mete una bandeja con berenjena cortada a rodajas en el horno—. Recuérdale a tu madre que tiene que recoger la tarta para el cumpleaños de Connor antes de las diez.

—De acuerdo.

—¿Quieres tomar algo?

—No, gracias. Voy a ver si hablo con Ash.

—Suerte, cariño. Pasa la mayor parte del tiempo con Ethan y casi no contesta a las llamadas.

«Lo sé.»

Me despido de ella y vuelvo a casa. Busco las llaves de mi coche en uno de los cajones de la cómoda del vestíbulo y lo saco del garaje. Mi padre siempre tiene a punto mi Mazda y es un placer pasearme con él cuando vuelvo a Malibú.

Conduzco hasta Paradise Cove Beach durante veinte minutos con la música a todo volumen. En la radio suena una canción de The Rolling Stones: *Start Me Up.* ¡Me encanta! La canto a voz en grito como si el coche no fuera descapotable y no pudiera oírme ninguna persona. En un semáforo en el que me detengo, un grupo de chicos me aplaude desde la acera. Alzo las manos y exagero mi actuación todavía más. Todos aplauden y yo me parto de la risa.

Aparco en la puerta de Connor, sobre la explanada de albero bajo los árboles y veo la puerta doble de su taller abierta de par en par. Debe de estar trabajando. Camino hasta allí y lo veo con la mascarilla tapándole la boca, las gafas protectoras bien colocadas y... el torso desnudo cubierto del polvo blanco que suelta la madera mientras la lija. Levanta el rostro cuando nota mi presencia y se detiene. Lleva las manos hasta su cara y se quita las gafas y la mascarilla.

—Hola. —Saludo desde la distancia.

—Madison. ¿Qué haces aquí? ¿Habías quedado con Ashley? —Parece sorprendido.

—No, pero quiero hablar con ella.

—Ha salido esta mañana. Iba a buscar a Parker.

Nos quedamos en silencio.

—En fin... ¿Puedes decirle que he venido? —Doy un paso hacia atrás.

—¿Te vas? —Él lo da hacia delante—. Tengo ahora una clase con tres chicos. ¿Nos acompañas?

Lo pienso durante un segundo. Me lo paso bien cuando estoy con él en la playa. Me gusta ayudarle y me reconforta, así que...:

—Vale.

—Sube. Ponte algo de Ashley. Seguro que no le importa.

Preparamos las tablas y las colocamos sobre el carro para llevarlas hasta la playa. Los chicos nos están esperando junto a sus padres. Deben de tener unos ocho o nueve años. Corren hasta Connor cuando lo ven llegar y casi lo tiran a la arena con los abrazos.

Estamos más de dos horas metidos dentro del agua, sin embargo, se me pasan como si fueran cinco minutos. Despedimos a los niños en la puerta del taller-escuela y me dispongo a decir adiós yo también.

—¿Te vas así? Déjame que te invite a comer para darte las gracias.

—No es necesario. Lo hago con mucho gusto.

—Evans, te estoy invitando a comer. ¿Me rechazas?

—¿Evans? —Sonrío.

—Venga, date una ducha. Yo preparo la comida. Igual te sorprendes.

Entramos en la casa y él se queda en la planta baja mientras yo subo hasta el baño. Me observo en el espejo y me encuentro con una Madison con las mejillas sonrosadas por el sol, la piel morena como solía estarlo cuando vivía en California y una fina capa de sal cubriéndome entera. Esta soy yo en esencia. Una chica que nació y creció a la orilla del mar. No sé si por esto o por estar tan cerca de Connor, pero la felicidad me sale por todos y cada uno de los poros de mi piel en forma de corazoncitos invisibles para el resto del mundo, pero muy tangibles para mí.

Me saco el vestido por encima de la cabeza y lo dejo sobre

la encimera del lavabo. Abro el grifo del agua caliente y regulo la temperatura con la fría para dejarla tibia. Cuando me giro para buscar una toalla en alguna parte, me encuentro con Connor en medio del baño mirándome y con una toalla verde en una de sus manos.

—¡Ah! —Me llevo las manos al pecho—. Me has asustado.

Por suerte, aún no me he quitado el biquini rojo que le cogí prestado a mi amiga y no estoy totalmente desnuda.

—Yo... Se me ha olvidado darte la toalla. —Me la ofrece y la agarro con la mano. Él me atrapa y no me suelta. Nos miramos fijamente a los ojos y todo se ralentiza. El vapor de la ducha nos envuelve y él tira para atraerme hacia él muy poco a poco. La toalla cae al suelo y son solo unos milímetros los que separan nuestros cuerpos semidesnudos. Connor me acaricia el vientre con un dedo y sube dibujando una línea muy fina entre mis pechos hasta terminar en mis labios, abiertos e inquietos. Pega su boca a la mía y me besa con mucho cuidado. Vuelvo a sentir lo de hace unas noches y el corazón se me acelera hasta casi subir por mi garganta.

—Connor —susurro sobre su boca, entre los besos que no paramos de darnos.

—¿Qué?

—¿Estás... seguro?

55

CUANDO MIS LABIOS ROZAN LOS SUYOS

CONNOR

Saco un variado de verduras y las coloco sobre la tabla de madera para cortarlas. Voy a cocinar unos burritos vegetales con un poco de queso fundido. Cojo las verduras y las lavo a conciencia bajo el grifo. Cuando mis manos tocan el agua, la dichosa imagen de Madison vuelve a mi mente, y esta vez me la imagino bajo la ducha con el agua resbalando sobre su piel.

—Mierda —mascullo.

Caigo en la cuenta de que no le he dicho dónde están las toallas y de que no las va a encontrar porque las guardo en el altillo del armario de mi dormitorio.

Me revuelvo el pelo y me animo a subir a dársela, pero lo cierto es que estoy deseando verla de nuevo. Está preciosa recién salida del agua, con ese biquini rojo y el pelo revuelto sobre los hombros. Me encanta verla reír con los chicos y la forma en la que los trata.

Voy hasta mi habitación y busco una toalla. Encuentro la

puerta del baño entreabierta y llamo un par de veces. La empujo y observo a Madison en biquini regulando la temperatura de la ducha. Se vuelve y me encuentra a mí, completamente embobado en su precioso cuerpo y sin poder decir ni una palabra. Es preciosa. En realidad, siempre lo ha sido, pero nunca me había fijado en ella de la manera en la que lo hago ahora. Le agarro la mano sin pensarlo demasiado, es una reacción de mi cuerpo ante las ganas de tenerla cerca. Por eso, la atraigo hasta a mí y la acaricio. Ella reacciona como deseaba. Puedo escuchar su corazón bombear con fuerza y su respiración acelerarse conforme mis dedos hacen un surco sobre su bronceada piel. Aún no la he besado y mi polla palpita dentro de mi bañador azul. No aguanto más, me gustaría morderle el labio y besarla hasta gastarla, pero no quiero asustarla y me acerco a ella con cuidado. Cuando mis labios rozan los suyos, algo estalla dentro de mí, algo que nunca antes había sentido con ninguna otra chica. Su boca susurra mi nombre y me enciendo, sin embargo, es su pregunta lo que me lleva a empujarla contra la pared de dentro de la ducha y besarla sin contención: con lengua y dientes. ¿Si estoy seguro? Llevo deseando esto desde que nos besamos la otra noche. ¡Joder! ¡No duermo pensando en desnudarla y follármela hasta el amanecer!

Ella enreda los dedos de sus dos manos entre mi cabello y yo la agarro de los muslos y casi le exijo que me rodee la cintura con sus manos. Nos besamos. Nos besamos mucho y muy fuerte. Los gemidos suenan por encima del ruido del agua caer creando una melodía que me pone todavía más cachondo.

Me deshago de la parte de arriba del biquini y adoro sus perfectos pechos con una mano, la boca y la mirada. Ella jadea con la nuca pegada a las resbaladizas baldosas y susurra mi nombre como si lo necesitara.

—Joder... —musito, a punto de correrme. Pero ¿qué me pasa?

La dejo en el suelo y le bajo la braguita con prisas. Después me deshago de mi bañador y vuelvo a besarla y a cogerla en brazos. Salgo de la ducha sin despegar mi boca de su boca.

—¿Adónde vamos?

—Aquí no tengo condones.

Cruzamos el pasillo y la tiro sobre la cama conmigo encima. Lamo desde su cuello hasta su cintura y le abro las piernas para soplar sobre su sexo.

No puedo más.

Abro el cajón de la mesita de noche y saco un preservativo, con la mala suerte de que el envoltorio viene pegado a toda una ristra y la arrastro con él. Como diez condones cuelgan de mi mano. Me quedo sin respiración a la espera de su contestación y ella comienza a reírse con ganas.

—Vamos a empezar con uno, fiera.

Sonrío yo también. Abro uno con la boca y me lo coloco con prisas. Sí, tengo mucha prisa por perderme dentro de ella. Algo me dice que va a ser una pasada. Y lo es. Cuando me hago hueco entre sus piernas y empujo, tengo que apretar los dientes para no soltar una palabrota.

—Joder. —La suelto al llegar a lo más profundo. Lo siento. No controlo.

—Sí... Joder... —Ella gime y repite.

Mis ojos se quedan clavados en los suyos durante unos segundos.

—¿Piensas... Piensas echarte atrás ahora? —pregunta entre susurros.

La beso y comienzo a empujar dentro de ella. Está apretada y muy húmeda. Puedo sentirlo a pesar de que una fina capa de látex nos separa. Entro y salgo a un ritmo acompasado, sin embargo, sus gemidos, cada vez más acelerados y sonoros, me invitan a empalarla con más ímpetu hasta que noto su vagina apretar mi polla y me dejo llevar. Ella grita mientras yo me corro dentro de un condón que me gustaría hacer desaparecer y mascullo entre dientes otras muchas palabrotas que conozco además de «joder».

Me tumbo a su lado y, durante unos segundos, que utilizamos para acompasar las respiraciones, me doy cuenta de que acabo de tirarme a Madison. ¡A Madison! Es como... de mi familia. ¡Es la mejor amiga de mi hermana! Y... a pesar de todo, no me arrepiento. Ha sido una puta pasada.

—¿Una ducha? —La miro y sonrío.

Ella gira su rostro en mi dirección y me imita.

—Estaba a punto de darme una cuando me has interrumpido.

—¿Es una queja?

Niega con la cabeza y me quedo embobado observando su maravillosa sonrisa.

Le doy un pico y me levanto.

—Te espero en el baño. Voy a... Tirar esto. —Me señalo la polla, de la que cuelga un condón del que hay que deshacerse.

Madison entra en el baño unos minutos después y toma asiento sobre el lavabo.

—Puedes pasar. Hay espacio aquí dentro —bromeo.

—Me gusta ducharme sola —dice con naturalidad.

—Deberías probar a ducharte acompañada. Es divertido. —Asomo la cabeza por la mampara de cristal que cubre hasta la mitad.

Lleva la toalla verde rodeando su cuerpo y los ojos le brillan.

—Si quieres repetir, dilo.

Me hace soltar una risotada y termino. Le quito la toalla, la dejo desnuda y me seco con ella.

Me sorprendo de la naturalidad con la que estamos actuando los dos.

—Venga. Date esa solitaria ducha. Yo voy a preparar la comida.

Madison baja con el vestido con el que apareció esta mañana y descalza.

—No encuentro mis sandalias.

—Están en la terraza —le indico mientras relleno las tortas para los burritos—. A las gemelas Olsen siempre les ha gustado caminar descalzas.

Va hasta sus zapatos y se los coloca.

—¿Qué quieres que te diga? Las cuatro somos de Los Ángeles.

Nos reímos y tomamos asiento alrededor de la mesa, la misma en la que nos besamos por primera vez.

—Esto está muy bueno. No sabía que cocinaras tan bien, Campbell —manifiesta entre bocado y bocado.

—Te encantaban mis tortitas.

—¿Tus tortitas? ¡Solo les dabas la vuelta!

—¿Así me agradeces que te alimentara de pequeña?

—¡Oye! Comía más cosas además de tortitas.

—Te encantaban. —La señalo con el tenedor y arrugo el entrecejo.

—Valeeee. —Da su brazo a torcer—. Pero la masa la hacía tu madre.

—Yo le daba mi toque. Como a estos burritos.

—¿Y cuál es, si puede saberse?

—Jamás revelaré el secreto. Algún día me hará rico.

Terminamos de comer entre risas y una charla muy amena. Recogemos la mesa y fregamos la vajilla entre los dos. Yo enjabono y enjuago y ella seca.

—Será mejor que me vaya —dice, tras la colocación del último plato en el mueble.

—Quédate. Podemos escuchar algo de música.

Me da la impresión de que se lo piensa durante un momento.

—Tengo que irme. Tengo... —Le cambia el semblante a uno muy serio. Como si recordara algo que no la hace feliz.

—Madi... —Me acerco a ella y trato de agarrarla, sin embargo, da un paso hacia atrás—. ¿Estás bien? ¿Es por lo que ha ocurrido?

—No..., no. Está bien. Sé lo que ha ocurrido. Es solo... Tengo que irme. —Desaparece tras la puerta a paso rápido y no voy tras ella. La conozco desde que se mudó a la casa de al lado y no levantaba tres palmos del suelo. Sé que quiere estar sola. Lo que me gustaría averiguar es qué la ha hecho cambiar el estado de ánimo tan rápido.

56

TÚ ERES LA LUZ

Ethan me mira con desconcierto. ¿Qué ha querido decirme hace un momento? ¿Que me quiere? ¿Que vuelve a quererme?

Aprieto mi móvil aún en mi mano.

—¿Te apetece escuchar música?

Su falta de contestación me la tomo como un sí y busco en Spotify varias canciones sin dar con la adecuada hasta que encuentro *Love Me Like You Do*, de Ellie Goulding. Pulso el play, lo dejo sobre la mesa de nuestro antiguo apartamento, donde aún nos encontramos, y me acerco a él.

—¿Crees que serás capaz de bailar? —Le ofrezco mi mano.

—Siempre que no me pidas ser el rey de la pista. —Sonríe y me agarra con fuerza.

Cuando se incorpora, me rodea la cintura con los brazos y me pega a él. La melodía suena de fondo mezclándose con el rumor de las olas.

Tú eres la luz,
tú eres la noche,
tú eres el color de mi sangre.
Tú eres la cura,
tú eres el dolor,
tú eres lo único que quiero acariciar.
Nunca pensé que podría significar tanto, tanto...
Tú eres el miedo, no me importa,
porque nunca me he sentido tan bien.
Sígueme hacia la oscuridad,
déjame llevarte, salir de las luces,
verás el mundo al que diste vida, diste vida.
...

Apareces, te desvaneces,
en el filo del paraíso
cada pulgada de tu piel
es un santo grial que tengo que encontrar,
solo tú puedes encender mi corazón.
Permitiré que tú impongas el ritmo,
porque yo no pienso con claridad,
mi cabeza está dando vueltas,
ya no puedo ver con claridad,
¿a qué estás esperando?

La letra llega hasta el fondo de mi alma y trato de no llorar, hasta tengo que tragar varias veces para ayudar a mis lágrimas a seguir encerradas, pero Ethan dice algo que las hace brotar.

—Eso eres para mí —musita sobre mis labios.

Me acaricia las mejillas y limpia las gotas que descienden por ellas.

—¿El qué?

—El Santo Grial. Sé que si te encuentro, me encontraré.

Pega su boca a mi boca y nos besamos mientras la canción suena de fondo y su melodía envuelve el momento. Al principio el beso es tierno y atolondrado, pero poco a poco nuestras lenguas se buscan y se enredan. Escucho que la respiración de Ethan se acelera y de su boca se escapa un gemido que rebota en el centro de mi placer. Muy despacio y con cuidado, nos tumbamos sobre la cama, yo encima de él, y le doy varios besos cortos pero alentadores; parece nervioso.

—Yo... No recuerdo cómo se hace esto... —musita. Y su declaración casi me hace llorar.

Le acaricio el cuello, el mentón y los labios. Él cierra los ojos y respira hondo.

—¿Confías en mí?

Ethan asiente entre pequeños gemidos mientras levanto su camiseta y dejo suaves besos sobre su vientre, hasta que suelta un gruñido cuando me incorporo y me separo de él.

Me mira con el ceño fruncido y le explico que solo voy a quitarme algo de ropa. El semblante le cambia a uno mucho más satisfecho y sus ojos me repasan de arriba abajo sin parpadear. Vuelvo a colocarme a horcajadas sobre él y le insto a que se levante unos centímetros para deshacernos de su camiseta. La tiro a un rincón del apartamento y llevo mis manos hasta sus mejillas para besarlo otra vez. Ahora, con nuestros cuerpos casi desnudos y con gargantas jadeantes y sedientas, chocamos nuestras bocas con dientes y lenguas, todo al mismo tiempo. Noto el miembro de Ethan duro y erecto rozando mi sexo; solo la fina tela de mis braguitas los separan y, por instinto, comienzo un vaivén sobre él, rozándonos y sintiéndonos. Solo unos minutos después, Ethan acelera la velocidad de su respiración y mueve la pelvis mientras sus manos vuelan hasta mis pechos.

—Ethan... Ethan... —Quiero detenerlo porque sé que va a correrse y quiero que disfrute un poco más.

Me retiro unos centímetros y trato de tumbarme a su lado, pero él intenta impedírmelo.

—Ethan, confía en mí —le repito, a la vez que noto el calor de sus labios sobre los míos.

Él suelta un bufido y se revuelve el pelo, pero accede a mi solícita petición y me observa.

—Me gustaría... Me gustaría recordar estos momentos contigo...

—Sshh...

Apoyo el hombro sobre el colchón y le susurro al oído que respire y se relaje. Su pecho se hincha y espero a que el aire salga de sus pulmones para iniciar mis caricias desde su mentón hasta el vértice de su vientre. Cuando llego al elástico de sus pantalones cortos y hago círculos sobre su piel, él encoge la barriga y se le escapa un gemido gutural y sexi. Introduzco la mano por sus pantalones y llego hasta su miembro, preparado, duro, erecto. Lo envuelvo en mi mano y lo muevo de arriba abajo con templanza, sin prisas, dejando que Ethan lo sienta. Su cuerpo se agita cuando el baile de mi mano y su pene se aligera y jadea con brusquedad. No tarda demasiado, sé que va a correrse y no me detengo. Dejo que lo haga en mis manos y se libere. Contiene el aliento durante unos segundos hasta que lo expulsa entre gemidos y su cuerpo se convulsiona. Cuando todo termina, su cuerpo cae inerte en el colchón y su espalda se pega a las sábanas.

—Esto... —Cierra los ojos y resopla.

—¿Te ha gustado? —pregunto con una sonrisa bobalicona en el rostro.

—¿Esto es siempre así? —Me mira con gesto de satisfacción. Casi alucina.

—Y mejor.

—¿Mejor? —Alza las cejas.

Asiento con la cabeza y sonrío.

Busca mis labios y nos besamos hasta que el tiempo se detiene.

—Quiero repetirlo.

—Ahora tenemos que esperar... —Me abraza pegando nuestros cuerpos y noto que su miembro vuelve a estar preparado.

—¿Por qué?

Le doy un beso y le pido que me quite las braguitas y el sujetador. Sus manos tiemblan mientras lo hacen. Observa mi completa desnudez sin perder detalle y, tras un tiempo que estimo prudencial para que se familiarice con mi cuerpo, le bajo los pantalones y su pene se libera por completo. Me planteo si pedirle que se ponga encima de mí y lleve el ritmo, pero supongo que será demasiado esfuerzo para él y opto por la posición en la que comenzamos. Me siento a horcajadas sobre él y le beso hasta que levanto la pelvis y me dejo caer sobre su sexo, haciéndole hueco dentro de mí. Los recuerdos, todos, se abren paso en mi mente, escapando de ella y viajando hasta el último poro de mi piel. Ethan empujando dentro de mí sobre la encimera. Ethan lamiéndome entera en la terraza bajo una noche estrellada. Ethan arrancándome el biquini una noche en la playa y empalándome sobre la arena mojada.

Al llegar al fondo ambos jadeamos. Yo echo la cabeza hacia atrás y él se aferra a mis muslos con ganas. Subo unos centímetros y me vuelvo a caer.

—Arrggg... —grita.

Comienzo un vaivén con mis caderas que, sin poder evitar, se hace cada vez más rápido e intenso. Nuestras pelvis chocan y el ruido, seco, certero y... sexi, me excita en demasía. Miro a Ethan. Tiene los dientes apretados y sus ojos danzan desde mi rostro a mis pechos, que se mueven arriba y abajo al compás de todo mi cuerpo.

No tarda en correrse. Musita entre gemidos que va a explotar y yo acelero el ritmo para terminar con él. Llevo mis dedos hasta mi clítoris, lo acaricio y el orgasmo se acerca centímetro a centímetro hasta chocar contra mi sexo y desplazarse por mis extremidades.

Ethan jadea y siento que se derrama dentro de mí a la vez que convulsionamos de placer y nos aferramos con fuerza a la piel del otro.

57

SUEÑO O PESADILLA

Me despierto entre las sábanas y sus brazos. Mi mejilla descansa en el pecho de Ethan y, durante un segundo, siento como si acabara de despertar de una pesadilla y siguiéramos en la universidad, viviendo una vida feliz y completa. Pero no, me doy cuenta de que todo ha ocurrido tal y como recuerdo y de que la mente de Ethan sigue dormida. Le acaricio el cuello, el pecho y el vientre y él se estremece bajo la yema de mis dedos. Lo observo. Está mucho más delgado, su piel no luce las huellas del sol ni huele a sal como solía hacerlo. Una brisa marina entra por las puertas de la terraza semiabierta y nos acaricia. Él se remueve aún entre sueños, yo me levanto y tomo asiento en el filo de la cama y fijo mi vista en el horizonte, en esa fina línea que forma la separación entre el mar y el cielo. A simple vista parecen unidos, pero están tan lejanos que nada podrá juntarlos. ¿Como yo y Ethan?

Escucho detrás de mí una respiración muy profunda y un medio bostezo. Giro la cabeza y apoyo el mentón sobre mi hombro derecho para detenerme a mirarlo. Mis ojos se encuentran con los suyos, encerrados tras unos párpados caídos que intentan levantarse del todo.

—Hola... —susurra y sonríe complacido.

—Hola... —respondo en el mismo tono.

—Nos hemos quedado dormidos. —Me acaricia el muslo.

De repente, la sonrisa se borra de su rostro y se convierte en una fina línea recta. Amusga los ojos y se incorpora unos centímetros con la mirada fija en algún punto de mi espalda. Lleva los dedos hasta mis mariposas tatuadas y las acaricia con mucho cuidado, como si fueran a romperse en mil pedazos y desaparecer.

—Mariposas... Mariposas azules... Ashley, todas las noches tengo sueños. Siempre los mismos. Todas las noches sueño con mariposas azules. —Sigue el surco de los dibujos de mi espalda en dirección ascendente hasta llegar a mi cuello y sentarse con su pecho pegado a mi piel. Besa la última mariposa—. Te recuerdo. Eres tú. Tú eres la chica que veo en mis sueños.

Me giro y me coloco frente a él. Los ojos le brillan de emoción y se reflejan en los míos, en el mismo estado.

—Siempre has estado conmigo. Nunca te fuiste —susurra sobre mi boca.

—Siempre te llevé conmigo, Ethan. —Le cojo la mano y la llevo hasta mi corazón—. Estuviste aquí conmigo en todo momento. Te sentía cerca, te sentía dentro de mí.

Nos besamos despacio, saboreando la ilusión de sabernos unidos. Ethan vuelve a acariciarme la espalda y me estremezco. Me tumba con lentitud sobre la cama y recorre mi cuerpo entero con su boca, aprendiéndose cada rincón, cada recoveco. Ethan dibuja mi cuerpo con su lengua como un pincel sobre lienzo, coloreando de sabores esos recuerdos que, como ansiaba, no estaban del todo muertos.

Hoy es Cuatro de Julio y, no menos importante, el cumpleaños de Connor. Le hemos preparado una fiesta en casa que durará todo el día. Con el permiso de mi hermano he invitado a Ethan al que iré a recoger dentro de dos horas. Ahora he quedado con Madison para ir a comprarle algo al centro. La espero tomando un refresco en la cocina y miro el reloj digital de mi móvil por sexta vez. Entra con un pantalón vaquero corto y una camiseta de tirantes por la puerta que da al patio trasero.

—Llegas tarde.

—Lo sé. Lo siento. Ayudaba a mi madre con las galletas. He tenido que ducharme. Ya sabes que cocinar no es lo mío. Había más crema en mi pelo que en la bandeja.

—¿Nos vamos? No quiero llegar tarde a casa de Ethan. Se pone muy nervioso.

Cojo el teléfono y lo meto en mi bolso estilo *boho chic* que conjunta a la perfección con mi vestido blanco muy ancho y corto.

—Vas muy guapa.

—Así cuando volvamos no tengo que cambiarme. No quiero dejarlo solo.

Cruzamos la casa y salimos a la calle por la puerta principal.

—Te tomas muchas molestias por él.

Abro el coche y nos metemos dentro.

—Solo quiero que se sienta cómodo. No nos conoce.

Arranco y salgo dando marcha atrás.

—Supongo que a ti ya te conoce. No te separes de él ni un momento. ¿Qué has hecho estos últimos días? No se te ha visto el pelo.

—Trato de ayudarlo a recordar. ¿Y tú? Ni siquiera me has llamado. ¿Con quién has estado?

—Por ahí. —Enciende la radio y suena *Tusa*, de Karol G y Nicki Minaj—. ¡Me encanta esta canción! —La canta a voz en grito.

Recorremos varias tiendas sin dar con el regalo adecuado. ¿Qué regalarle a un hermano que va todo el día descalzo, en bañador y camiseta (cuando se la pone)?

—¡Qué difícil es esto! —comento, observando el escaparate de una tienda de surf.

—Ni que lo digas.

—¿Qué vas a regalarle tú?

—¿Yo? No sé... Una camiseta.

—Muy original. —Río.

—¡Oye, es tu hermano! ¡No el mío!

—Mira. —Señalo—. ¿Qué te parece ese brazalete? Recuerdo que hace unos años tenía uno igual y lo perdió.

—¡No! ¡Ese brazalete no! —chilla.

—¿Qué? ¿Por qué? ¡Es perfecto!

—No... No creas... Creo que no le gustaba.

—¿Que no le gustaba? Si no se lo quitaba nunca. Me hizo poner mi habitación patas arriba para buscarlo. Pensaba que se lo podía haber quitado yo, el muy desconfiado.

—Que no...

—Que sí, Madi, estoy segura. ¿Por qué no quieres que se lo compre?

Suspira.

—Porque ya lo he hecho yo.

—¡¿Qué?! —Me río—. ¿Por qué no lo has dicho antes?

—No sé.

—Mira que eres rara.

Nos reímos.

Le compro una camiseta y, de camino al coche, le manifiesto a mi amiga lo que pienso.

—Deberías decirle a Connor lo que sientes por él.

Llamamos al timbre de la puerta de Ethan y esperamos que abran. Charlie, su padre, nos recibe con una sonrisa. Le da un pequeño abrazo a Madison y le hace saber cuánto se alegra de verla.

—Estás igual que siempre.

—Usted también.

—Pasad. Estamos en la cocina.

Caminamos hasta el sitio indicado y nos encontramos con Sarah y Ethan charlando con unas limonadas en las manos. Él está en su silla sentado y, por el rabillo del ojo, veo a Madi constreñir el gesto.

—Buenas tardes —saludo.

—¡Hola! ¡Madison! ¡Qué alegría verte! —Sarah va hasta ella y la envuelve entre sus brazos—. ¿Qué tal estás?

—Bien, bien. —Yo diría que se siente fuera de lugar.

Las dejo hablando y voy hasta Ethan.

Le doy un beso en la mejilla y le acaricio el cabello.

—Te he echado de menos —asegura con una sonrisa.

Charlie nos mira desde el vano de la puerta con el ceño levemente arrugado.

—Ven, Madi. —Sarah la agarra de la cintura—. Saluda a Ethan. Ethan, ella es Madison. Erais amigos.

—Me alegra verte, Ethan —le dice mi amiga un poco intimidada o, mejor dicho, como si estuviera viendo a un fantasma.

—Te he visto en fotos. Parece que sabíamos pasarlo bien —contesta sin soltar mi mano y mi amiga fija la vista justo en ese preciso lugar.

—Ashley, ¿puedo hablar contigo un momento? —Charlie reclama mi atención.

—Por supuesto.

—En el salón. —Me indica con la cabeza que lo siga.

Los dejamos parloteando junto a la encimera y Sarah le ofrece algo de beber a Madi, que acepta con gratitud. Hoy hace muchísimo calor.

58

UN DETALLE

Recuerdo el día que conocí a Charlie. Conectamos desde el principio y, a partir de entonces, siempre me trataba como a una hija. Aprendí a leerlo y sabía cuándo no estaba de acuerdo con nuestras decisiones. Como ejemplo la reacción que tuvo cuando le dijimos que nos iríamos a vivir juntos. Nunca se opuso, pero nos hizo saber que era una gran responsabilidad; y sé que no le pareció una buena idea desde el principio porque su eterna sonrisa, la misma que ha heredado su hijo, le desapareció aunque solo fuera durante una milésima de segundo. Como ahora, ausente desde que pisamos el suelo de la cocina.

Camino detrás de él hasta que se detiene en medio de la sala y me pide que tome asiento.

—Estoy bien así. Gracias.

Él se toca el mentón antes de comenzar a hablar, pensándose las palabras exactas.

—Veras, Ashley... Quería agradecerte todo lo que estás haciendo por Ethan... Lo estás ayudando mucho. Desde que llegaste se le ve mucho mejor, más feliz, más activo. Tu compañía le despierta recuerdos, aunque aún no pueda ponerlos en pie, su mente se mueve. Sé que estuvisteis juntos en vuestro antiguo apartamento... —¿Le ha contado eso? ¿Se refiere a que hicimos el amor? ¡Qué vergüenza!—. Sabíamos que esto iba a pasar tarde o temprano y nos alegra que hayas venido...

—Pero —lo corto, harta de rodeos. Sé a dónde quiere llegar.

—Tienes que comprender que esto también le va a hacer mucho daño o... ¿me equivoco? Supongo que no le has contado nada sobre Jacob. —Mi silencio contesta a su pregunta—. Lo que me imaginaba. ¿Qué crees que va a pasar cuando te vayas? ¿Cuando tengas que decírselo?

—Yo... Solo quiero ayudarlo.

—Y lo estás haciendo, pero... ¿a qué precio? Ethan ha hecho muchos progresos desde que despertó y no sé de qué manera va a afectarle enterarse de que la mujer, de la que se ha vuelto a enamorar, está saliendo con otra persona..., con su mejor amigo.

Se me rompe el corazón al escucharlo de la boca de otra persona y Charlie se da cuenta.

—No te lo digo para hacerte daño. Te quiero como a una hija, pero, por favor, te pido que seas sincera con él. Tarde o temprano va a enterarse, y mejor que se lo digas tú. No sé qué piensas hacer después de volver a ver a Ethan, pero, sea lo que sea que tengas planeado, la verdad, aunque dolorosa, es mejor que una mentira.

—Lo entiendo... —musito.

—Y... Tengo que pedirte algo más. Ethan me ha hablado de una fiesta en la playa esta noche. Tienes que saber que no se siente cómodo rodeado de mucha gente. El ruido le da dolor de cabeza y le apabulla no conocer a nadie. A veces se pone muy nervioso.

—Lo sé. No tienes de qué preocuparte. Cuidaré de él.

—Sé que lo harás, Ashley. Llámame si me necesitas.

Escuchamos unas risas llegar hasta nosotros. Madison y Ethan entran en el salón y este último nos pregunta si hemos terminado.

—Papá, ¿le estabas hablando de mí?

—Solo le pedía a Ashley que te trajera a casa temprano. —Sonríe.

Ethan hace una mueca con la cara y se despide de su padre con un pequeño abrazo. Después, rueda su silla hasta la puerta con maestría.

—Esto se te da bien —le dice Madison.

—Lo hago durante casi todo el día —explica medio en broma.

—Ash me ha dicho que caminas.

—Y lo hago, pero aún me canso enseguida. Necesito fortalecer la musculatura.

Abro la puerta del copiloto, él se levanta y toma asiento. Guardo la silla detrás y Madison se acomoda en la parte trasera.

Veo que Ethan lleva una bolsa de papel blanco y cuadrada sobre el regazo.

—¿Puedo preguntar qué es?

—Mi regalo para Connor.

—Qué detalle.

Todos reciben a Ethan con los brazos abiertos cuando entramos en casa. Mis padres, los señores Evans y Payton, se tiran sobre él y le dan un gran abrazo.

—Mi hermana pequeña. Te adoraba —le explico, ante su cara de confusión.

—Me alegro de que estés bien. Tienes que ver las olas... Hay unas olas hoy...

—Payton... —le regaño.

Bufa y desaparece en la cocina.

—Todo el mundo es muy efusivo —comenta Ethan.

—Están muy contentos de verte.

—¿Y Connor?

—Aún no ha llegado. Se supone que esto es una sorpresa que le hacemos todos los años, pero él lo sabe, por supuesto. Ahora vendrá. —Miro mi reloj de muñeca—. Dentro de una media hora. ¿Te apetece algo de beber? ¿Té con limón y mucho hielo?

—Gracias.

Hablamos durante unos minutos con mi padre. Se interesa por el tratamiento que está siguiendo para asegurarse de que es el mejor. Mi madre llega hasta nosotros y nos avisa de que Connor está aparcando. Nos preparamos para «sorprenderle» y miramos hacia la puerta que da a la cocina. Connor llega con una sonrisa avergonzada dibujada en el rostro.

—¡¡Sorpresa!! —gritamos al unísono.

Aplaudimos y nos reímos. Toda la familia va hasta Connor y lo felicita con grandes abrazos. Hasta Madi se acerca a él, bromean y le da un beso en la mejilla. Después, mi hermano camina hasta Ethan, a mi lado.

—Ethan, este es Connor, mi hermano.

—Me alegro de verte, Connor.

—Yo también, Ethan. No sabes lo importante que es para mí que estés aquí.

Se dan un apretón de manos muy cordial y se me vienen a la mente un montón de recuerdos de lo amigos que se hicieron y de lo bien que se lo pasaban juntos.

—Venga, ¡vamos a comer! ¡Todos a la mesa! —apremia mi madre—. ¡Connor, te toca la barbacoa!

—Vaya, qué raro —bromea él, tocándose el pelo—. Ethan, ¿te apetece ayudarme?

—Claro.

—¿Estás seguro? —Lo miro.

—Solo voy a hacer unas salchichas. —Gira la silla y sigue a Connor.

Lo observo desde la mesa y veo cómo habla y ríe con mi hermano. ¿De qué estarán hablando?

El sol cae sobre Malibú con fuerza y nos cobijamos a la sombra del toldo blanco que cubre toda la terraza de madera. En un extremo la barbacoa, al otro estamos nosotros saboreando todo tipo de manjares. Varias ensaladas, patatas fritas, batata asada, coles de Bruselas en salsa.

—¿Habéis probado la ensalada mejicana? —pregunta Uma.

—Mamá, la haces en todas las reuniones. —Madi pone los ojos en blanco.

—He cambiado algún ingrediente. Vi un vídeo en YouTube y quise innovar.

William comienza a toser y se queja.

—¿Qué le has echado? —Carraspea.

—Un poco de chile.

—Mujer, ¿un poco? —Se bebe un vaso de agua entero de un solo trago—. ¿Quieres matarnos a todos?

—Solo a ti, cariño.

Nos reímos.

Aunque parezca raro, esta ensalada se sirve muy dulce, no picante, ¡incluso lleva miel!

Connor y Ethan llegan con las salchichas. Mi hermano las deja sobre la mesa y toma asiento enfrente de mí. Ethan lo hace a mi lado izquierdo, donde he dejado un hueco para su silla.

Todo parece ir bien... Muy bien.

59

MILÉSIMAS DE SEGUNDO

Por un momento, me vuelve a dar la sensación de que vivo en un sueño, o que nada ha cambiado y todo ha sido una pesadilla. Últimamente me ocurre muy a menudo. Es raro cómo la mente puede engañarte durante algunas milésimas de segundo, incluso nos dejamos engañar, porque sentir lo de entonces, aunque no sea real y dure muy poco, merece la pena. La felicidad fugaz también es felicidad, lo único que hay que conseguir es vivirla constantemente.

Uma deja una tarta enorme sobre el centro de la mesa y Madi y yo la ayudamos con los cafés que traemos preparados desde la cocina. Pongo delante de Ethan su zumo de limón exprimido con mucho hielo y tomo asiento para disfrutar de mi café con un poco de canela. Me lo llevo a la boca y le doy un sorbo. Ethan alza el mentón y arruga la nariz.

—¿Estás bien?

—Sí, sí. Es solo... Ese olor... ¿A qué huele?

—¿Te refieres a esto? —Le acerco mi taza.

—Sí. —Asiente.

—Es canela.

—Siempre le echabas al café una cucharadita de canela. —Cierra los ojos y respira. Espero unos segundos hasta que sigue—. El sol... Tú y el sol... —Me mira.

Le devuelvo una sonrisa dulce y lo agarro de la mano con cariño. Mis padres comienzan a cantar el *Cumpleaños feliz* y todos les seguimos. Cuando terminamos, aplaudimos al cumpleañero que sopla las veintiséis velas y se queja de que Payton coja un poco de nata y se la refriegue por la nariz. Me emociona ver a mis hermanos tan cerca de mí y tan felices.

—Madi, ¿no se lo has contado? —Uma reprende a su hija, tras llevarse un trozo de tarta a la boca.

Seguimos disfrutando de la tarde alrededor de la mesa.

No sé de qué hablan.

—No, mamá. —Levanta una ceja. La miro y le pregunto con un gesto de qué está hablando. Ella suspira y se toca la frente.

—Madi está saliendo con alguien en Chicago —anuncia—. Viene mañana.

¿Qué? La fulmino con los ojos muy abiertos, reprochándole que no me lo haya contado. Ella se muerde el labio con los dientes y niega varias veces con la cabeza.

—¡Enhorabuena, cariño! —le dice mi madre.

Todos la felicitan. Todos menos Connor; su vista la mantiene clavada en un punto indeterminado de la mesa. Cuando levanta el semblante, se encuentra con mi mirada y mi ceño fruncido. Parece cabreado. Me ignora, se levanta y se va, perdiéndose dentro de la casa.

Recogemos la comida entre todos (a falta de Connor, que ha desaparecido) y nos disponemos a disfrutar de otra tradición familiar. Por la tarde, cada Cuatro de Julio, una veintena de vecinos cogen sus tablas de surf y se divierten como mejor saben hacerlo: volando sobre las olas. Mi hermano mayor llega a mi lado con la tabla bajo el brazo y me pregunta si quiero probar.

—¿Dónde has estado? —le respondo con una pregunta.

Pasa de mí y baja hasta la orilla. Ethan y yo nos disponemos a seguirlo.

—No lo hagas por mí. Estaré bien —me asegura Ethan.

—No es por ti. Yo no... Dejé de hacerlo después de tu accidente y..., nunca más me he metido dentro del agua.

—¿Por qué?

Agacho la cabeza y trago con dificultad.

—Ashley, no puedes dejar que lo que me pasó a mí, te afecte hasta el punto de arrebatarte algo que te apasionaba.

Agacho la cabeza.

—Venga, ve —insiste.

—No puedo.

—No me digas que no puedes hacer algo. Mírame. Si yo he vuelto a caminar, tú puedes surfear esas olas.

—Quizá algún día...

—¿Cuándo?

—Yo... No lo sé...

—¿Qué, chicos? ¿Vamos? —Mi padre le pregunta a Ethan si necesita ayuda para bajar a la playa.

—Me vendría bien un buen brazo al que agarrarme.

—Todo tuyo. —Mi progenitor le enseña sus músculos y sonríen.

Nos sentamos en la orilla y vemos cómo Connor, Payton y Madison buscan olas que coger.

—¿Usted no surfea, señor Campbell? —pregunta Ethan a su lado.

—Solía hacerlo, pero el trabajo se interpuso entre las olas y yo —dice con un deje de melancolía en la voz—. Pero ¿sabéis? Tal vez vuelva a intentarlo.

—¿Le ha entrado el gusanillo?

—Tutéame, por Dios Santo, no soy tan mayor. Y... No. En realidad el gusanillo siempre ha estado ahí, nunca debí dejar de hacerlo, era importante... Una parte importante de mí. —Me clava la mirada—. No deberíamos dejar de hacer las cosas que nos hacen felices. Por nada del mundo. —Se levanta—. Y ahora voy a ayudar a Sarah a hacer la cena. Si me necesitáis para volver, solo tenéis que avisarme.

—Vale, papá.

Se aleja hasta la casa y nos deja solos. Ambos observamos a mis hermanos y a Madi volar sobre las olas.

—Lo hacen bien. ¿Yo era tan bueno?

—No más que Connor.

—¿En serio? No eres objetiva. Es tu hermano.

—Nadie surfea mejor que Connor.

Reímos y, tras unos segundos, nos envuelve el silencio.

—Deberías volver a hacerlo —casi protesta. Lo miro—. Volver a hacer surf. Si te hacía feliz, deberías volver a intentarlo —insiste.

Me abrazo las piernas y descanso la barbilla en las rodillas.

—¿Tienes miedo?

—Tal vez... —musito.

—Pues hazlo con miedo, pero lucha por volver a ser lo que eras.

—No es tan fácil. Yo... —Bufo—. Ethan, tengo que decirte algo, pero no sé cómo hacerlo.

—Solo dilo...

Es el momento de hablarle de Jacob.

Allá voy...

—¡Eh! ¡Campbell! —Madison grita—. ¡Mójate los tobillos por lo menos! ¡El agua está buenísima!

La miro y trato de sonreír.

—Ojalá yo pudiera hacerlo —manifiesta Ethan—. Algún día volveré a subirme a una tabla de surf. Estoy seguro.

Connor me da su tabla y ayuda a Ethan a volver a la casa. Yo camino detrás cargando con ella y al lado de Madison.

—¿Por qué no me has dicho que salías con alguien? —la acuso.

—Iba a decírtelo cuando llegué, pero pasó lo de Ethan y... —Duda si seguir hablando.

—¿Y?

—Verás. El día que llegué y fui a buscarte a casa de Connor. Aquella noche... ¿Recuerdas que me quedé a dormir? Me desperté por la noche a por un vaso de agua y me encontré a Connor en la cocina. Nos pusimos a hablar, reímos... Estuvimos más de dos horas hablando como nunca habíamos hecho. No sé..., algo había cambiado y... Nos besamos.

Freno en seco y clavo pies y tabla en la arena.

—¿Os besasteis?

—Un poco.

—¿Cómo se besa un poco?

—Me refiero a que no pasamos de ahí. Él se acercó, me besó y yo lo besé. Fue como..., como siempre había soñado. Él no llevaba camiseta y su piel estaba muy caliente.

60

MIL MANERAS DE HACERLO MAL

Madi me cuenta que esa noche solo besó a mi hermano, pero que la situación entre ellos se volvió más intensa hace unos días cuando fue a buscarme a Paradise Cove Beach y... ¡se acostaron! Pero es que, además, pretende relatarme la historia con todo lujo de detalles. ¿De verdad piensa que me interesa lo más mínimo?

Alzo la palma de la mano y le pido que pare.

—¡Stop! Ya he escuchado bastante. ¡Es mi hermano, por Dios! ¡No quiero saber cómo tiene la piel! ¡Qué asco! Y... ¡estás saliendo con otro!

—¿Y? ¡Tú también sales con Jacob!

Respiro.

—Vale, llevas razón. Las dos hemos perdido la cordura. ¿Qué estamos haciendo?

—Seguir lo que nos dicta el corazón, supongo.

—Pero podemos hacer mucho daño a dos personas que queremos. Por cierto, ¿cómo se llama?

—¿Quién?

—¿Quién va a ser, Madi? Tu novio.

—Se llama Gabe. Lo conocí por mi trabajo. Llevamos saliendo tres meses.

—¿Y lo invitas a Malibú?

—Nos llevamos bien. Es... una relación seria.

Me masajeo la sien.

—¿Qué vas a hacer?

—¿Qué quieres que haga? Connor y yo solo nos hemos acostado. ¡Una vez! Tu hermano se acuesta con chicas todos los días. No ha cambiado nada.

—No se lo vas a decir a Gabe.

—Sé que suena egoísta, pero no. No quiero hacerle daño y no ha tenido importancia.

—Madi, llevas enamorada de Connor desde pequeña. ¡Claro que tiene importancia!

—Para tu hermano no, así que mejor lo olvido. Como si no hubiera pasado. Y... ¿qué vas a hacer tú?

—He pensado cruzar a nado hasta Australia y vivir entre koalas.

Soltamos unas risas bastante histéricas.

—Anda, vamos. Ethan nos está mirando. —Señala hasta la terraza trasera de mi casa. Payton le habla sin parar mientras él trata de escucharla sin perderse. Lo sé porque mi hermana puede ser muy intensa.

—Será lo mejor, sí. Antes de que Pay lo vuelva loco.

Ethan y yo ayudamos a mis padres a preparar la cena que volveremos a servir en la terraza; mientras tanto, mis hermanos y nuestros vecinos se dan una ducha y se preparan para celebrar el Cuatro de Julio como dicta la tradición: en la playa, con lámparas mágicas, banderas de nuestro país y las hogueras encendidas. ¡Y fuegos artificiales! Muchos fuegos artificiales.

—Marchaos a descansar un rato. Yo termino con esto —solicita mi padre—. Ethan, estarás cansado.

—Estoy bien.

Le quita el cuchillo con el que cortaba berenjena a rodajas de la mano e insiste.

—Llévalo a tu habitación, Ash. Quizá te apetezca darte una ducha.

—Gracias, señor Campbell. Lo cierto es que me sentaría bien.

—Llámame Charlie. ¿Necesitáis ayuda para subir?

—Yo me encargo, papá. —Empujo la silla hasta el salón y la dejamos a los pies de la escalera.

Ethan toma asiento en el filo de mi cama mientras yo busco algo de ropa para darme una ducha. Él lo observa todo con detenimiento.

Coge un marco de foto de la mesita de noche y lo mira.

—¿Cuándo fue esto?

Estamos él y yo en el parque de atracciones. Él de pie y yo sentada a horcajadas sobre sus hombros, ambos muertos de risa.

—El día de mi cumpleaños. Me regalaste una pulsera muy bonita.

—Ya no la llevas. Te la... ¿Te la quitaste? —Parece decepcionado.

—Oh, no, no. La perdí ese mismo día en la montaña rusa. Tardaste meses en perdonarme. —Cierro un cajón y me dispongo a salir al baño, pero su ceño fruncido me detiene y voy hasta él.

—Parece divertido.

—Lo fue.

—Ojalá pudiera recordarlo —susurra con la mirada fija en la foto.

Me arrodillo frente a él, se la quito, la dejo sobre la cama y le agarro las manos.

—Lo harás. Deja de fustigarte. No te hace bien. Juntos lo conseguiremos.

—¿Y si no lo logro?

—Crearemos nuevos recuerdos.

Me acaricia los brazos, el cuello y el mentón, hasta rodear mi cuello y acercarme a su boca.

—Tú consigues que todo sea más fácil —musita con sus labios sobre los míos.

Deja un primer beso muy casto y muy despacio, pero, poco a poco, todo se hace más intenso y termino a horcajadas sobre él y con sus dientes mordiendo mi cuello. Tras el quinto gemido, trato de detener la locura.

—No podemos, estamos en mi casa.

Él sigue lamiendo mis hombros.

—Ethan... Ethan...

Respira con fuerza y para.

—Llevas razón, lo siento. —Alza el mentón y me mira. Yo le revuelvo el pelo y lo abrazo.

—Será mejor que vaya a ducharme. Después puedes ir tú.

Me levanto y él se queja.

—Si necesitas algo, grita. Connor está en la habitación de al lado.

No tardo más de quince minutos, por no dejarlo solo y que se pueda sentir incómodo. Cuando vuelvo, sonrío al verlo dormir plácidamente sobre mi cama. Cierro la puerta de mi dormitorio y me tumbo a su lado. Caigo rendida unos segundos después. Nos despiertan unos toques en la puerta.

—Chicos, chicos. ¿Os ha pasado algo? Son más de las ocho. —Mi madre, preocupada, habla sin atreverse a entrar.

Parpadeo varias veces y me levanto.

Abro un par de palmos y la mirada de mi madre se clava en la mía como un cuchillo.

—Espero que sepas lo que estás haciendo, Ashley Campbell.

—Nos hemos quedado dormidos, mamá.

—No me refiero a eso —advierte, y se va. Cierro cuando desaparece escaleras abajo.

—Parece enfadada —observa Ethan que la ha escuchado.

—Cree que nos hemos acostado —miento.

—¿Ves? Deberíamos haberlo hecho. Total, tu madre ya cree que me he tirado a su hija en su propia casa.

—¿Tirado? —Camino hasta la cama y me cruzo de brazos, tratando de esconder mi sonrisa.

—¿Hecho el amor?

—Eso está mejor.

—Ven aquí. —Tira de mis piernas y me tumba sobre él. Yo río y me dejo hacer—. Me encantaría volver a hacer el amor contigo, Ashley Campbell —parafrasea a mi madre.

—Y a mí, pero aquí no.

—No digo que lo hagamos ahora. Esta noche. En la playa.

—Veo que sigues teniendo los mismos gustos.

—¡¿Lo hacíamos en la playa?! —Se muere de la risa.

—Oh, ¡cállate! —Le tapo la cara con una almohada y nuestras risotadas resuenan por toda la habitación. Tras unos segundos en los que soltamos la tensión acumulada de estos días, se me queda mirando con una expresión entre admiración e incredulidad en el rostro.

—¿Cómo alguien como tú se pudo fijar en alguien como yo?

Es curioso escucharle decir eso, pues es exactamente lo que pensé yo la primera vez que me pidió una cita y le dije que no.

—Fueron una serie de catástrofes las que nos unieron.

—¿En serio? ¿Como cuáles? Parece una historia muy divertida.

—Para mí no lo fue en absoluto. Casi me rompiste la nariz. Pasé un mes entero con la cara morada y la nariz hinchada. ¡Me vendaron la nariz!

—¿Puede vendarse una nariz?

—Por supuesto que sí... —Asiento con la cabeza varias veces hasta que volvemos a romper en carcajadas que nos acompañan durante varios minutos.

—En serio. Supongo que no te haría daño a conciencia, aun así, lo lamento.

—Jacob y tú jugabais con una pelota en el campus. Yo pasé en el momento justo en que lanzó demasiado alto y tú no pudiste alcanzarla y cogerla.

—¿Y qué pasó?

—Vi la sangre en mis manos cuando toqué mi nariz y me desmayé. Me llevaste al centro médico y esperaste a que me dieran el alta durante un par de horas. Trataste de disculparte, pero yo no fui demasiado amable contigo.

—Me lo merecía. Dañé tu preciosa nariz. —Me da un corto beso en la punta.

—Me dolió mucho durante algún tiempo. Y todos me miraban en mis primeros días de universidad como si fuera un ogro. Cada vez que te veía y te acercabas, salía corriendo. Te odiaba por lo que me habías hecho.

—Exagerabas.

—¡Casi me atropellas en otra ocasión!

—¡No puede ser!

—¡Y me tiraste una bandeja de comida encima!

No puede parar de reírse y a mí me parece el sonido más maravilloso que he escuchado jamás.

Cuando su mandíbula se relaja, me acaricia el rostro y musita:

—Estoy seguro de que me fue muy difícil convencerte para que salieras conmigo.

—Un poco. Soy bastante testaruda cuando quiero.

—Pero también estoy seguro de que me fue muy fácil enamorarme de ti. ¿Sabes por qué lo sé?

Niego levemente.

—Porque ahora ha ocurrido con la misma facilidad. Desde que te vi desmayarte en la cocina de mi casa, supe que eras especial. Que algo nos conectaba.

Connor ayuda a Ethan a bajar las escaleras y lo deja en su silla. Yo lo empujo hasta la terraza mientras reímos por el hecho de que lleva ropa interior de mi hermano y tomamos asiento alrededor de la mesa. Allí nos esperan los mismos comensales que para el almuerzo. Madison y sus padres son parte de nuestra familia y me reconforta comprobar que eso tampoco ha cambiado.

Tras la cena, bajamos a la playa y encendemos las lámparas de papel y las observamos flotar hasta perderse en el cielo.

—Son lámparas mágicas. Pide un deseo —indico a Ethan.

—¿Un deseo?

—Sí, un deseo, algo que desees con todas tus fuerzas.

Cierra los ojos durante unos segundos y yo lo imito con una sonrisa.

—Hecho. —Los abre y me mira—. ¿Qué has pedido?

—Eso no se cuenta.

—Yo puedo decírtelo.

—No quiero saberlo.

Me agarra de la cintura y me acerca a él que se ha levantado hace unos segundos para prender mecha a la lámpara. Me acaricia las mejillas y me besa.

—Deseo cumplido —susurra y su respiración se mezcla con la mía.

—¿Has desaprovechado la oportunidad de pedir un gran deseo por un beso?

—Yo solo quiero tus besos.

—Ethan...

—¿Me darás más besos?

—Te los daré todos. Hasta los que no tengo.

—Tienes todos los que quiero.

Une su boca a la mía y saboreamos las ganas que tenemos el uno del otro, de que todo salga bien y de no despertar de este sueño, pero... los sueños no duran eternamente. Cuando menos te lo esperas, amanece y la realidad irrumpe, como las tinieblas, para desvanecerlo.

61

ESTA NOCHE VAMOS A DIVERTIRNOS

—¿Listos para pasarlo bien? —Connor arranca su coche, en él vamos todos. Ethan sentado a su lado y Madison, Payton y yo detrás.

—Síííí —grita mi hermana con los brazos levantados—. ¡Fiestaaaaa!

—¿Siempre es tan...? —Ethan sonríe.

—¿Intensa? —Asiente— Sí. —Me encojo de hombros y él me agarra de la mano. Yo apoyo la mejilla en uno de sus hombros y también sonrío.

Llegamos a Sufrider Beach sobre las diez de la noche, bastante tarde, y esto se nota en lo avanzada que está la fiesta que han preparado los amigos de mi hermano: una barbacoa con mucha cerveza y fuegos artificiales programados para la medianoche. No sabría decir cómo van a reaccionar los invitados cuando vean a Ethan (muchos lo conocían). Connor me nota en la mirada que algo me preocupa.

—Te va a salir una arruga. —Me clava el dedo entre ceja y ceja cuando bajamos del coche y mientras Payton y Madi no paran de contarle cosas a Ethan a unos metros de nosotros. Él se agarra al cuello de las dos, una a cada lado, y caminan.

—¿Qué dices?

—¿Qué te preocupa, hermanita?

—¿Crees que alguien se pasará de la raya?

—¿Por qué?

—Cuando vean a Ethan.

—Tranquila, la mayoría ya lo sabe. Y hay mucha gente que no lo conoce.

Suspiro.

—Confía en mí. Lo vamos a pasar genial —manifiesta.

Mi hermano comienza a saludar a todos en cuanto llegamos. Es como el chico más querido y admirado del instituto y lo cierto es que lo era cuando estudiaba. Guapo, de cuerpo atlético, muy inteligente y muy sociable, además de tener una personalidad arrolladora. Era perfecto porque para más inri no despreciaba a ningún compañero, sino todo lo contrario, ayudaba a quien se lo pidiera. Entiendo que Madison siga enamorada de él.

—Yo... Yo... ¿debería conocer a tanta gente? —pregunta Ethan, frustrado y un poco asustado de pie a mi lado.

—No conozco a la mayoría —trato de que no se agobie.

Se revuelve el cabello y suspira.

—Eh, vamos a divertirnos. —Lo agarro de la mano y le pido que vayamos a por algo de beber. Él se agarra a mi cintura y nos acercamos a unos cubos con hielo y botellines de cerveza.

—¿Cerveza o cerveza? —Le doy a elegir.

Intento abrir una y él se ríe de mí.

—A ver, prueba tú, listillo. —Se la paso.

Se la lleva a la boca y le quita la chapa con rapidez.

—No ha sido tan difícil —dice, haciéndose el machote.

—Solías hacer eso con los dientes.

—Hay cosas que no he olvidado. Son innatas en mí.

—No creo que nacieras sabiendo abrir cervezas.

Nos reímos. Tras unos segundos, me lo que quedo mirando y me pregunta qué me ocurre.

—De alguna manera... —Lo pienso—. De alguna manera me parece bueno que nos tomemos tu falta de memoria con naturalidad.

—¡Ashley! ¡Ethan! —La voz de una chica llega hasta nosotros. Los dos giramos la cabeza en esa dirección y me encuentro con Dana a solo un metro.

—¡Ashley!

—¡Dana!

Nos damos un abrazo.

—Me alegro mucho de verte.

—Yo también me alegro. No nos vemos desde... Desde que terminamos la universidad —advierte.

No sé nada de ningún compañero desde entonces. Me marché a Nueva York y me deshice de todas mis redes sociales. ¿Para qué las quería? Solo eran un recordatorio constante de mi feliz vida con Ethan.

Me hice invisible.

Desaparecí.

Para todos y para mí.

—¡Ethan! ¡Me alegra saber que estás bien! —También le da un abrazo, con la diferencia de que este se tambalea unos centímetros—. Eh, ¿ya estás mareado? Creí que acababais de llegar. —Piensa que ha bebido demasiado—. ¿Sabéis algo de Jacob?

—Eh... Vive en Nueva York.

—¿Sí? Yo viajo mucho a Nueva York. ¿Tienes su número? Podríamos quedar para comer algún día.

—Sí, claro. Apunta.

Ella saca su móvil y se dispone a marcarlo, pero alguien la llama y sale corriendo tras disculparse.

Ethan me mira.

—¿Era nuestra amiga?

—Estábamos juntas en algunas clases. Lo pasábamos bien. Salía con nosotros de vez en cuando.

—Parece simpática.

—Te caía bien.

—¿Podemos sentarnos?

—Claro. Ven. Vamos a buscar un sitio más tranquilo.

Cruzamos parte de la playa hasta unas rocas. Durante el trayecto, unos treinta metros, nos han parado para saludarnos una docena de personas. Al principio la sonrisa de Ethan era amplia y brillante, sin embargo, poco a poco, la ha ido forzando hasta cansarse y casi hacerla desaparecer.

—¿Te incomoda la gente?

Nos sentamos uno frente al otro y dejamos la cerveza a nuestro lado.

—No, no. Es un poco abrumador, pero no me molesta. Solo... el ruido en general me da dolor de cabeza.

—Sí, el que ha escogido la música se ha pasado con la bebida.

Suena una música electrónica muy ruidosa, de esa que pondrías a toda leche para joder a unos vecinos. Por fortuna, desde donde estamos ahora, solo se oye en la lejanía.

A las doce en punto empiezan los fuegos artificiales y los disfrutamos abrazados. Un millón de colores iluminan el cielo y se reflejan en el mar, multiplicando la magia por dos.

—Mis primeros fuegos artificiales —dice de broma.

Nos reímos y comenzamos una conversación muy bonita sobre estrellas, cómo nacen y cómo mueren. Vale, para ser más exactas, yo hablo y Ethan me escucha muy atentamente.

—Nacen en enormes nubes frías de gas y polvo. Se llaman nebulosas. Y viven millones de años. ¿Y sabes lo que es una supernova?

—No. —Ríe.

—Es una explosión estelar. —Hago el gesto con las manos

y la boca—. Puede crear un sistema solar en lugares en los que antes no había nada. ¿Sabes lo que es un sistema solar?

—Claro, lo estudié en el colegio.

—Creí...

—Que no lo recordaría. —Termina por mí—. Ya te he dicho que hay cosas que recuerdo sin más. Como la forma de abrir las cervezas.

Volvemos a reír.

—Sigue —me insta.

—¿Te gustan mis historias?

—Me encanta escucharte. Me gusta eso de la supernova.

—Es que es impresionante.

Me coge la mano y se la lleva al pecho. Poniendo mi palma completamente abierta sobre su pecho.

—Es lo que siento desde que estoy contigo. Todo dentro de mí explotó y se formó un nuevo mundo aquí. Justo aquí. —La aprieta más contra él.

Unimos nuestras bocas muy despacio y nos besamos.

—Solo tengo una pregunta. ¿Cómo sabes todas esas cosas?

—Verás... Tras tu accidente, buscaba la forma de olvidarme de todo y leía libros de todo tipo, incluso de sucesos paranormales.

Unas voces al otro lado de las rocas llaman nuestra atención. Miramos hacia allí y vemos a dos personas manteniendo una fuerte discusión. Concretamente a Madison y a Connor haciendo aspavientos con los brazos.

¿Qué les pasa ahora a estos dos?

62

ESTO NO ES ASUNTO TUYO

MADISON

Caminamos hasta la fiesta de la playa. Connor habla con Ashley detrás de nosotros. Yo río con Ethan y Payton mientras tratamos de que no se caiga con sus brazos alrededor de nuestros hombros.

—Estás delgado, pero no veas cómo pesas —se queja Payton.

—Venga, se te ve una chica dura.

—Lo soy, pero no tengo tanta fuerza. Madi, no me dejes todo el peso a mí.

—¡Pero si casi lo llevo yo sola!

—Esperad y Connor me ayudará.

—¿Qué dices? —le responde ella—. Quiero que me vean llegar con un chico guapo.

—Connor es muy guapo. —Se me escapa. Me muerdo la lengua y maldigo para mis adentros.

—Ese bruto es mi hermano. No puedo llegar con mi hermano.

Nos reunimos los cinco en la parte trasera de la casa de Mayer, el lugar donde se celebra la fiesta.

—Esto está a reventar —observo.

—¿Qué esperabas? ¿En Chicago no hacéis fiestas? —me dice Connor bastante serio.

—Muchas.

—¿Gabe te acompaña a ellas?

—Sí, le encantan.

—Qué bien —masculla—. ¿Alguien quiere algo de beber?

—¡Eh! ¡Campbell! —Lo llaman—. ¡Hemos tenido que empezar la fiesta sin ti! ¡Ven! ¡Queremos enseñarte algo! —grita Burrell. Un tío muy alto que también hace surf. Hemos coincidido a veces.

Connor se va con él y Payton me pregunta si la acompaño hasta una de las mesas a comer algo.

—Me he quedado con hambre —explica, tocándose la barriga.

Nos vamos a buscar un aperitivo para hacerle desaparecer el gusanillo y dejamos a Ashley y a Ethan solos.

—¡Mira! ¡Ganchitos! ¡Qué original! —Coge un puñado y se lo mete en la boca.

—También hay... —Alzo lo que parece una especie de sándwich sin forma. Lo observo con asco—. ¿Qué es esto?

—Una guarrada, pero... —Me lo quita y le da un mordisco. Lo saborea—. Está bueno.

—¿Cómo puedes comerte eso?

—Sabe a queso. Todo lo que lleve queso merece ser comido. —Coge uno y me lo ofrece—. Prueba.

—¡Ni de coña!

—Venga, prueba. —Me lo acerca a la boca.

—Que nooooo. —Lo aparto de un manotazo y sale volando hasta darle en la cara a una persona.

Mierda. Es la cara de Olivia. La chica que sale con Connor. Esta nos mira y viene hasta nosotras muy enfadada.

—¿Qué haces? —Le reprocha a Payton con un brazo en jarra y en posición de ataque.

—Lo siento, ha sido sin querer.

—¿Sin querer? ¡Mira cómo me has puesto la cara! —Se la señala.

Yo trato de no reírme, pero no puedo contenerme. Un trozo de queso *cheddar* muy amarillo le cuelga por la nariz. Parece un moco.

—¿Y tú de qué te ríes? —Se dirige a mí.

—Eh... Yo... Nada. De nada. —Sigo intentando aguantar la risa.

—¿Os creéis muy graciosas? —Da un paso hacia delante y la situación se pone muy tensa—. ¿Quién os ha invitado a esta fiesta? —escupe.

—He sido yo. —Connor aparece de la nada y le responde muy serio.

—Tu hermana y esta me han tirado un trozo de sándwich a la cara y...

—Se llama Madison y es mi amiga.

Vaya, dice que soy su amiga. Su amiga... Supongo que es lo que soy.

—¿No vas a decirles nada? ¡Mira cómo me han puesto! —Olivia chilla como un grillo.

—Olivia. Ve al baño a lavarte —ordena.

—Pero... ¡Connor! —suelta una queja.

—Ahora voy yo —insiste él.

Ella desaparece farfullando algo ininteligible y dos amigas le siguen.

Connor nos mira con cara de irritación.

—¿Queréis dejar de hacer tonterías? ¿Creéis que estamos en el instituto? —nos regaña.

—¡Ha sido un accidente! ¡El queso voló hasta su cara! —Payton intenta dar una explicación lógica de una forma muy seria, pero termina riéndose y yo la sigo—. El queso volador.

—Payton, por favor.

—Joder, ¡qué aburrido eres! Ha sido divertido. —Levanta las manos y va a buscarse algo de beber.

Connor me mira sin decir nada.

—Ha sido sin querer —insisto.

—Payton es mi hermana pequeña, pero tú...

—Yo, ¿qué?

—Tú...

—Yo soy tu amiga, ya lo he escuchado.

—Madison...

—¿Sabes qué? Yo también voy a por algo de beber. Se me ha secado la garganta. Tú ve a cuidar de Olivia. Seguro que necesita tu ayuda para quitarse el queso de la cara —suelto y me largo.

—Madison —me llama, pero yo lo ignoro.

Media hora más tarde vemos los fuegos artificiales e intento reír con Payton y Dana. Esta última me cuenta que se quedó muy sorprendida cuando se enteró de que Ethan no había fallecido y que se alegra mucho. Mientras me habla, mis ojos no pueden evitar observar a Connor con Olivia. Ella lo acaricia cada vez que tiene oportunidad y a mí se me revuelve el estómago.

—¿Una cerveza, chicas? —Hudson, el hermano de Dana, llega hasta nosotros con algunas latas en las manos.

—¡Hudson! —Le doy un pequeño abrazo—. Me alegro de verte.

—Ha pasado mucho tiempo. Estás preciosa.

Payton y Dana se alejan un metro de nosotros para hablar con un par de amigas.

—Gracias.

—Me he enterado de lo de Ethan. Qué gran noticia. Se le ve genial.

—Sí, es estupendo.

—¿Vuelve a salir con Ashley? Creí que estaba con Jacob. Oh, oh. Huele a problemas.

—Verás... Es complicado.

—¿Qué no lo es? Jacob y yo hace mucho que no hablamos. Cambié de teléfono y perdí todos los números.

—Mejor... —musito.

—Oye, estamos jugando al póquer allí. ¿Juegas?

—De acuerdo.

Me dispongo a seguirlo cuando Connor aparece a nuestro lado.

63

NINGUNO DE LOS DOS

CONNOR

—No es nada, Olivia. Solo es un poco de queso —le repito, mientras ella se lava la cara en uno de los baños de la planta superior de la casa de Mayer.

—¿No es nada? Mira cómo me han puesto tu hermana y su amiga. —Se refriega—. ¡No digas que no tiene importancia!

—No he dicho eso —aclaro cansado, con el hombro apoyado en los azulejos beis de la pared.

—¿Por qué las defiendes? ¡Son estúpidas!

—No las insultes, Olivia. Estoy aquí contigo y son mi familia.

—Madison no es tu familia. Solo es la amiga de tu hermana.

—Ya te he dicho que también es amiga mía.

Se seca la cara con una toalla y la deja sobre la encimera. Me mira con detenimiento y cambia la postura de su cuerpo a una muy sexi.

—Lo cierto es que debería agradecérselo... —susurra.

—¿Qué?

Da un paso hacia mí muy mimosa.

—Que... —Me acaricia el torso por encima de la camiseta con un dedo—. Nos hayan empujado hasta aquí... Solos... Tú y yo...

—Olivia...

Trata de besarme.

—Venga. Hace días que no nos vemos. Ahora no tienes excusas... —Lleva sus labios hasta los míos y los acaricia muy despacio mientras roza su cuerpo contra mi cuerpo. Sabe jugar a esto.

Estoy a punto de caer en sus redes cuando veo por la ventana a Hudson flirtear con Madi. Un fuego ardiente crece en mi interior.

De repente, retiro a Olivia de mí y masullo.

—Pero ¿qué te pasa? —se lamenta.

—Tengo que irme.

—¡No vas a dejarme así!

La dejo con la palabra en la boca y bajo las escaleras con rapidez. Cruzo el barullo de gente caminando sobre la arena y llego hasta el lugar en el que Hudson se lleva a Madison a algún lugar.

—Madison, ¿puedo hablar contigo un momento?

—¿Ahora? —Alza las cejas.

—Campbell, vamos a jugar al póquer; ¿te apuntas? —me pregunta Hudson.

—Ahora no, Ramos. Tengo que hablar con Madison.

—Vale. Pues... Me voy.

«Sí, lárgate antes de que te eche yo», pienso.

—¿Qué quieres? —Madison me mira y se cruza de brazos.

—Aquí no. —Miro hacia los lados.

—¿Por qué no? Todo lo que tengas que decirme, puedes decírmelo aquí.

Respiro con fuerza, la agarro de un brazo y la llevo hasta las rocas.

—¿Qué pasa? ¿A tu novia le ha hecho reacción el queso *cheddar*?

—No tiene gracia. Y no es mi novia.

—Es verdad. Tú no tienes novias. Nunca has salido en serio con alguien.

Bufo.

—¡¿Qué quieres?! —levanto el tono de voz sin controlarlo.

Ella abre los ojos y suelta una risa sarcástica.

—¿Yo? ¡Yo no quiero nada! ¿Qué te crees?

—¡Estabas tonteando con Ramos!

—¿Y a ti qué te importa lo que yo haga?

—¿A mí? ¡Sales con otro!

—¿Ahora te importa Gabe? ¡No te importó cuando te acostaste conmigo!

Lleva razón, ese imbécil me importa una jodida mierda. Lo que realmente me importa es que ligue con Hudson Ramos; con Ramos o con cualquiera. ¿Qué cojones me pasa?

—Además, ese es mi problema, no el tuyo. Así que... ¡Déjame en paz! —Trata de marcharse.

La detengo.

—¿Adónde vas? ¡No hemos terminado!

—¡Sí hemos terminado! ¡Acostarnos fue un error! ¡Un gran error! ¡Lo mejor será que lo olvidemos! ¿Sabes qué? ¡Yo ya lo he olvidado! ¡¿Qué fue lo que pasó?! ¡¡Ni siquiera lo recuerdo!!

—¿Qué pasa aquí? —Ashley llega completamente alarmada.

Ninguno de los dos contestamos.

—Se escuchan las voces desde detrás de las rocas. ¿Podéis explicarme qué hacéis?

—No pasa nada, Ash —hablo.

—Madi, ¿estás bien? —se interesa por ella.

Esta suspira, asiente con la cabeza y se va.

—¿Qué estás haciendo? —me sermonea.

—No es de tu incumbencia.

—¡¿Eso crees?! ¡Madison es mi mejor amiga y tú eres mi hermano! ¡¿De veras crees que no es de mi incumbencia?!

—¿Te lo ha contado?

—¿Y qué si lo ha hecho?

—Yo... No... —No sé qué decir. Me revuelvo el pelo y tiro de él—. Joder —masco.

—Connor. —Tranquiliza el tono de voz—. No puedes tratarla como a todas. Es Madison.

—Lo sé...

—Sale con otra persona en Chicago. Tiene una vida allí.

—Lo sé, ¿vale? ¡Lo sé! ¡No ha sido nada! ¡No ha significado nada! ¡Ella misma me lo acaba de decir!

—Pero ¿cómo puedes ser tan obtuso?

¿Qué quiere decir? La miro con el ceño fruncido y ella se explica.

—Madi lleva enamorada de ti desde que teníamos cuatro años.

—¡¿Qué diablos dices?!

—¿Cómo no te has dado cuenta?

Estoy muy confuso.

—No... Eso no es cierto —niego.

Da un paso hacia mí.

—Lo es, Connor. Madison siempre ha estado enamorada de ti y eso no ha cambiado. Te pido, por favor, que la dejes en paz. Aléjate de ella.

—Yo... —balbuceo.

Me ha dejado sin palabras. ¿Madison está enamorada de mí? ¿Siempre lo ha estado? Trato de recordar alguna señal, algo que se me escapara durante todos estos años, pero nada que me indicara que ella me quería.

—Prométemelo. Prométeme que te alejarás, que no le harás daño.

No puedo ni pensar...

—Yo... Te lo prometo.

64

DE FRENTE

Dejo a Connor solo en la playa y vuelvo con Ethan que me espera sentado sobre una roca. Miro hacia la fiesta buscando a Madison y no la veo por ninguna parte.

—¿Todo bien?

—Es largo de contar. —Me acomodo a su lado y él me rodea los hombros con el brazo y me aprieta contra él.

—Llevabas razón. Está siendo divertido —bromea.

—Te dije que confiaras en mí —le sigo—. ¿Estás bien? ¿No estás cansado?

—Diría que tú estás más cansada que yo.

—La no relación de Connor y Madi me absorbe la energía.

—¿Están enamorados?

—Ella sí. Él...

—Él también.

—¿Eso crees?

—Yo también he visto cómo discutían. Ella le importa.

Suspiro y miro las estrellas.

—Connor nunca se ha enamorado.

—Siempre hay una primera vez.

—Él no cree en las relaciones largas. Dice que todo termina en algún momento.

Me agarra de las manos y tira de mí poniendo mi rostro frente al suyo.

—Tu hermano no sabe lo que dice. Ni un accidente en el que perdí la memoria pudo terminar con lo que sentía por ti.

Sonrío y le doy un beso muy suave en los labios.

Lo que ocurre a continuación, sucede muy deprisa. Escucho a Payton gritar mi nombre a lo lejos y giro la cabeza en su dirección. La veo correr hacia mí con la cara desencajada y..., a pocos metros a la derecha, Jacob clavado sobre la arena, observándonos totalmente descompuesto e impresionado.

—Jacob... —musito con el sabor de los labios de Ethan aún en mi boca.

Él da un paso hacia atrás y yo me levanto como un resorte para ir hasta él. Sus ojos saltan desde mí hasta Ethan y viceversa.

Payton respira con dificultad y sin saber qué hacer. Madison y Connor llegan hasta nosotros a toda prisa, pero ninguno hace nada, excepto Connor.

—Jacob. —Mi hermano llama su atención, pero él lo ignora.

—Jacob, yo... puedo explicarlo... —Trato de acercarme, pero él da otro paso hacia atrás y me detengo—. Jacob...
—Las lágrimas comienzan a brotar de mis ojos sin control.

—¿Qué? ¿Qué es esto? —tartamudea sin salir de su asombro.

—Jacob, escúchame. Puede parecer confuso, pero... —le pido acongojada y camino hasta él.

—¡No! ¡No te acerques! —Alza la mano. Vuelve a mirar a Ethan y, tras unos segundos de incertidumbre, se gira y corre hacia el aparcamiento.

—¡Jacob! —Connor lo llama y se dispone a correr tras él.

—¡Connor, no! Quédate con Ethan. Esto... Tengo que hablar con él.

Lo sigo hasta la parte delantera de la casa y lo busco entre los coches. Veo encenderse las luces de uno de ellos y camino a toda prisa hasta el lugar.

—¡Jacob! ¡Jacob, por favor! ¡Escúchame! —le ruego junto a la ventanilla.

Él aprieta el volante sin mirarme.

—Por favor, Jacob, por favor. Tienes que escucharme. —Sollozo—. ¡No puedes conducir así, no puedes!

Sale del coche y da tal portazo que me asusto.

Camina de lado a lado muy nervioso, tapándose la cara y tocándose el cuello.

Se detiene frente a mí, a un par de metros.

—¡¿Qué era eso, Ashley?! ¡¿Quién era ese?! ¡¿He visto a un jodido fantasma?!

—Es... Es Ethan...

Vuelve a taparse la cara, suelta un exabrupto y grita.

—¡No puede ser! ¡No puede ser!

—No quería que te enteraras así.

Me clava la mirada.

—Ethan. Está. Muerto. —Recalca cada palabra.

Trato de hablar entre el llanto.

—No lo está, Jacob. Nos engañaron. Ethan está vivo. No murió en el hospital. Se despertó poco después de marcharnos.

—No puede ser...

—Lo has visto. Es Ethan... Es Ethan...

Veo que los ojos le brillan. Poco después, comienza a llorar.

—No puede ser. No puede ser... —repite una y otra vez.

—Es Ethan, Jacob. Tu amigo...

—¿Tú... lo sabías?

—Me enteré unos días después de llegar...

—Lo has sabido todo este tiempo y no.... No me lo has dicho.

—Lo siento. Quería decírtelo, pero no he podido...

Llora como hace años que no lo hacía. Y entre lágrimas, asoma una sonrisa.

—Ethan... Ethan está vivo... —corea.

Asiento con la cabeza y me limpio las mejillas.

—Y tú... Tú estabas con él...

—Jacob... No lo sabes todo...

—¿Qué tengo que saber?

—Ethan... Ethan no nos recuerda. No se acuerda de mí. No se acuerda de ti... No sabe quién eres.

Frunce el ceño.

—Intento... Solo intento que recuerde.

—No... No te entiendo.

—Perdió la memoria tras el coma. Cuando se despertó, no recordaba nada.

Le explico entre sollozos y muy resumido el plan que urdieron sus padres y los míos para que yo siguiera con mi vida y no pasara los días en la cama de aquel hospital.

—Es... Es de locos... —musita.

—Lo sé... —Vaya si lo sé. Pensé exactamente lo mismo—. Jacob, por favor, tienes que entenderme.

—Ashley, te he visto. Lo he visto. Estabas... con él.

—Es Ethan, Jacob. Sabes lo importante que era para mí.

—Pero ahora estoy yo... ¿No significo nada?

—No, no, no. —Doy un paso hasta él—. Claro que sí, Jacob. No es lo que piensas. Y quería decírtelo, pero no sabía cómo.

Él traga con dificultad y se aleja.

—Necesito... —Abre la puerta del coche y mira hacia delante—. Necesito pensar... —Masculla—. Tengo... Tengo que irme.

—Jacob. —Intento detenerlo, pero él arranca y acelera.

Veo cómo se aleja entre un mar de lágrimas que distorsionan la imagen de su marcha, pero no la realidad: le acabo de hacer mucho daño.

65

MERECE MÁS

Casi caigo de rodillas al suelo. Me tiemblan las piernas y no puedo parar de sollozar. Quiero a Jacob y lo último que pretendo es hacerle daño.

Estoy sola en la calle y lo único que rompe el silencio son los pasos de mi hermano y mis amigos que vienen en mi busca. Todos me miran preocupados y, además, a Ethan se le suma la cara de confusión.

—Será mejor que nos vayamos —expresa Connor con su brazo alrededor de la cintura de Ethan.

—¿Estás bien? —Madi me agarra la mano y la aprieta.

Niego con la cabeza y me pregunta dónde está Jacob.

—Se ha ido —musito de camino al coche. Subimos a él y no se me escapa la mirada que Ethan me echa desde el asiento delantero.

Recorremos el trayecto en el mutismo más absoluto. Observo las palmeras del paseo y las luces de la ciudad a lo lejos cuando entramos en la autopista a través de la ventana abierta. El viento da en mi cara y cierro los ojos para sentir su fuerza. ¿Cómo ha podido cambiar tanto mi vida en tan poco tiempo? ¿Qué voy a hacer ahora? ¿Cómo estará Jacob? ¿Dónde estará? ¿Qué voy a decirle a Ethan? ¿Cómo se va a tomar que salga con Jacob? Me abstraigo haciéndome todas estas preguntas y una veintena más y, cuando quiero darme cuenta, el coche se detiene delante de la casa de mis padres.

—Bajad —pide mi hermano.

—Pero... —comienzo a protestar.

—Baja, Ash. Yo llevo a Ethan. Mañana nos vemos.

—Mis cosas están en tu casa —replico.

—Aquí tienes de todo.

Bufo. Salgo del coche y paro en la ventanilla de Ethan.

—Mañana te llamo —le digo, pero él ni me mira—. Ethan, por favor.

Asiente brevemente muy serio.

Me quedo hecha polvo cuando el coche desaparece al final de la calle. Payton y Madison me preguntan si estoy bien y a ellas no puedo mentirles.

—No. He metido la pata hasta el fondo.

Mi hermana me rodea los hombros en un medio abrazo.

—Lo estás haciendo lo mejor que puedes.

—Venga. Vamos a tomar algo. Tengo una botella de Jagger en la nevera para estos casos —informa mi vecina.

—¿Qué casos? —pregunta mi hermana.

—Para emergencias, Pay.

—Lo siento, chicas. Necesito... —Me masajeo la sien—. Descansar. Sí. Eso. Dormir y olvidar todo lo ocurrido durante unas horas.

—¿Estás segura? El Jägermesiter arregla todos los problemas.

Sonrío con tristeza y les agradezco que se preocupen por mí.

—Como quieras. ¿Quieres que me quede a dormir contigo?

—Hoy prefiero estar sola.

Madi me da un abrazo y me pide que la llame si necesito cualquier cosa.

—O ya sabes dónde está mi ventana. Segundo árbol, tercera rama a la izquierda.

Tengo que asegurarle a Payton que no miento cuando he dicho que prefiero estar sola para que se vaya a su cuarto y me deje cerrar la puerta del mío. Cuando lo hago, un puñado de recuerdos salen disparados hacia todos lados. Los tenía guardados en una bolsa atada con un lazo en algún lugar recóndito de mi cabeza y hasta ahora no había tratado de liberarlos. Allí permanecían inmortalizados como si fueran pinturas en las paredes de mi habitación. Bonitos recuerdos que he vivido al lado de Jacob durante estos últimos años, envueltos en la fortaleza del cariño y del amor que me ha prodigado. Y veo las imágenes con todo lujo de detalles porque mi memoria privilegiada los rememora al completo. El lunar que tiene en la mandíbula, la herida de guerra que adorna su pierna y que le recuerda cuánto adora el surf, la sonrisa que se le queda cuando recibe una grata sorpresa. Hasta su gran corazón se dibuja sobre mi cama, emanando la bondad que transmite.

Me tiro sobre el colchón y me quedo dormida llorando. No sabría decir si pasa una hora o cinco, lo único que hago es sollozar.

Cuando despierto al día siguiente, me levanto dispuesta a dar las explicaciones pertinentes. Sé que los dos las merecen, pero uno de ellos ha viajado miles de kilómetros para darle una sorpresa a la mujer a la que ha pedido en matrimonio y la ha encontrado besándose con otro.

66

ALGO TIRA DE MÍ

MADISON

Me dispongo a entrar en casa. Lo prometo, lo aseguro. Pero algo palpita dentro de uno de los bolsillos de mi pantalón vaquero corto desde que lo guardé cuando me vestí para la fiesta y no me deja concentrarme en lo que debo hacer: acostarme y olvidarme del maldito Connor Campbell. Así que, aunque trato de convencerme de que acostarme y olvidar este desastroso día para casi todos es la mejor opción por la que puedo optar, elijo la otra, la kamikaze, la que me empuja a hacerme con las llaves de mi coche y conducir hasta su casa para darle el regalo que le compré para su cumpleaños.

Llamo a su puerta dando dos golpes con el puño y espero a que abra. Mientras los segundos pasan, no puedo evitar pensar en lo mucho que me gusta y en todo lo que me hace sentir, sin embargo, aparto todas mis emociones y las empujo hasta el fondo del mar y trato de centrarme en lo que he venido a hacer.

—Madi... —Parece muy sorprendido.

—Hola, Connor. No quería que pasara el día sin darte tu regalo. —Voy directa al grano.

—¿Mi regalo?

—Tu regalo de cumpleaños.

Saco la pulsera de mi bolsillo y se la doy. Él coge la cajita envuelta en papel de celofán y se la queda mirando.

—¿No piensas abrirlo? —Me molesto.

—Eh... Sí. ¿Por qué no pasas y hablamos?

—Prefiero que sea aquí.

—Yo... —Se revuelve el pelo—. Verás... Madi.

—Ábrelo —insisto. No quiero escuchar lo que cree que tiene que decirme solo porque nos acostamos y se sienta culpable.

Suspira y se dispone a desenvolver la pulsera.

—Esto... Esto... Es muy bonita, Madi. —La observa.

—Tenías una igual. La perdiste haciendo surf.

—¿Te acuerdas de eso?

—Esta lleva dos plumas grabadas en vez de una, pero...

—Es perfecta.

Nos quedamos mirándonos y el silencio solo lo rompen las olas contra la orilla y las ramas de los árboles rozándose unas con otras.

—Me... Voy. —Me giro para marcharme.

—Espera, Madi. No te vayas.

—¿Por qué?

El mutismo vuelve a rodearnos y de su boca no sale nada coherente.

—Adiós, Connor. Me alegra que te haya gustado.

Doy unos pasos hacia el coche y él me sigue.

—Espera, Madi —me pide cuando estoy a punto de abrir la puerta.

—Déjalo, Campbell.

—¿Has conducido tan tarde solo para traerme mi regalo?

—¿Tan raro te parece?

—¿Por qué lo has hecho?

—Es tu cumpleaños, ¿no? Y... —Me muerdo el labio inferior—. Se me pasó dártelo.

—¿No te has acordado en todo el día? —La levanta y me la enseña.

—No. Si no tienes más que decir, me voy. Es tarde y el día ha sido muy largo. —Agarro la manilla y tiro abriendo la puerta, pero él la cierra con la palma de la mano.

Me giro hacia él y le pregunto qué hace. Connor da un paso hacia mí y me atrapa contra el coche. Pone un brazo a cada lado y me encarcela con su cuerpo.

—Llevo todo el día intentando no besarte y has venido hasta aquí... Dime por qué no tendría que hacerlo —susurra y noto el calor de su aliento a pocos milímetros de mi boca.

—Ya sabes por qué.

—Gabe —casi escupe.

Trago con dificultad. Él da un paso atrás y le da un puñetazo al coche.

—¡Connor! ¿Qué haces? —Miro la carrocería y compruebo que la ha hundido unos milímetros—. ¿Estás loco?

—¡¡Vienes aquí casi de madrugada a traerme un regalo y me hablas del jodido Gabe!!

—¿Y qué quieres que haga? ¡Salgo con él! ¿Qué derecho tienes a decirme que quieres besarme?

—¿Derecho? ¡¿Derecho?! —grita, encolerizado, además de farfullar palabras que no llego a entender.

Respiro y trato de mantener la calma, o volver a ella.

—Olvídalo, Connor. Será mejor que me vaya. Ha sido un error presentarme en tu casa sin avisar.

Se mueve nervioso de un lado a otro, bufa y me clava la mirada.

—No, no deberías haber venido —asegura, conciso y serio.

Lleva razón; entonces ¿por qué me ha seguido hasta el coche y me ha detenido?

Arrugo el entrecejo, respiro y de nuevo abro la puerta del coche para meterme dentro, sin embargo, Connor repite lo de antes y la cierra, con la única diferencia que es él el que gira mi cuerpo y estampa su boca contra la mía. Nuestras lenguas se entrelazan desde el primer momento y se buscan como si llevaran perdidas siglos. Nos quitamos la ropa a zarpazos cuando entramos en la casa y me empotra contra la pared de la escalera. Yo me derrito entre sus brazos, sus besos y su pelvis empujando entre mis piernas durante más de dos horas.

Cuando abro los ojos, la luz del sol se ha hecho dueña de toda la habitación y tengo que parpadear varias veces para ver con claridad. Durante unos segundos, recuerdo la noche que he pasado con Connor y sonrío, pero en cuanto la realidad se hace hueco entre mi arcoíris de algodón de azúcar, me levanto de un salto y pego un grito.

Busco mi ropa sin encontrarla. A saber dónde la puse anoche. La fuimos tirando conforme nos convino por toda la casa mientras nos desnudábamos el uno al otro. Me rodeo el cuerpo con la sábana blanca, recorro el pasillo y bajo las escaleras recogiendo mis pertenencias. Veo a Connor en la cocina preparando café. Está mojado y en bañador. Apostaría mi vida que ha estado haciendo surf.

—Te has despertado. He hecho el desayuno.

—No puedo. Gracias. Tengo que irme. —Me pongo la última prenda que me queda, los vaqueros cortos, y doblo la sábana para dejarla sobre una silla.

—Evans, venga. Tómate un café al menos.

Miro el reloj y busco el bolso.

—Joder —mascullo.

Llego tardísimo.

—¿Por qué tienes tanta prisa? —pregunta tras de mí en el pasillo que va a la puerta principal.

—Tengo que ir al aeropuerto. El avión de Gabe aterriza dentro de una hora.

—Ya... —masculla y le cambia el rostro.

—Lo siento, Connor. Nos hemos vuelto a equivocar. Se acabó. Vine a despedirme de ti y lo he hecho.

—A despedirte —me parafrasea, pero con desprecio.

—Pasado mañana vuelvo a Chicago.

—Con Gabe.

—Deja de decir su nombre como si quisieras matarlo. No lo conoces.

—No me digas. Es un buen tipo.

—Sí, lo es. Te caería bien si le dieras una oportunidad.

—Seguro.

—¿Qué te pasa? Tú no eres así.

—Yo... —Se acerca a mí y me mira los labios. Puedo notar su pecho subir y bajar y me pongo nerviosa.

—Tengo que irme. —Concluyo con eso que está surgiendo entre nosotros en este momento. O me voy, o terminamos de nuevo en la cama. Y ya he hecho bastantes tonterías la última semana.

Subo al coche y conduzco hasta el aeropuerto. No voy sola. Me acompaña una gran culpa que casi se hace humana y me da una charla sobre la honestidad, la sinceridad y la lealtad. Todo muy lógico y muy sensato, pero ¿y el amor?, ¿y lo que llevo sintiendo por Connor desde que tengo uso de razón?

67

LO PRIMERO

Llamo varias veces a Jacob, sin embargo, sé de antemano que no va a responderme al teléfono; así que le envío un mensaje de texto que no pasará sin leer y le pido encarecidamente que me diga dónde está y quedemos para que pueda explicarme. «Por favor, necesito verte», termino.

Me llama una hora después y me comenta que se hospeda en el hotel Surfrider y que podemos vernos en el muelle esta tarde. Lo noto muy distante, pero no puedo reprochárselo. Me merezco lo que tenga que decirme. Cuelgo antes de entrar en la cocina y contesto a mi madre a la pregunta de marras.

—Estoy bien. Me preocupan ellos. —Hincho el pecho y me masajeo el tabique de la nariz con dos dedos.

Mi querida y sufrida madre me pone un café delante y yo se lo agradezco.

—He estado hablando con Sarah hace unas horas. —Le echa una cucharadita de canela.

—¿La has llamado? —Le clavo la mirada. No quiero que se inmiscuya en mis asuntos amorosos por muy desastrosa que esté siendo mi gestión. Por eso me ha tendido la taza de café (y la adereza con canela). Ha sido una ofrenda de paz en previsión de la guerra que se le avecina.

—La madre de Ethan y yo somos amigas. Además, me ha llamado ella y también está preocupada por ti.

Suspiro y claudico. Lleva razón. Abortamos el primer ataque. Le pido a los pilotos que vuelvan al barco y recojan los misiles.

Pongo la frente sobre la encimera y farfullo para mí.

—Venga, venga. Todo tiene arreglo. —Me acaricia el cabello y los hombros para insuflarme ánimos.

—Mamá, ¿qué hago ahora? —lloriqueo.

—No lo sé, cariño. Eso solo puedes decidirlo tú.

—Le he hecho mucho daño a Jacob, ¿verdad?

Me mueve hacia un lado y me pone frente a ella.

—Jacob te quiere y va a escucharte. Hasta te perdonará si es lo que deseas, pero... ¿qué quieres tú? ¿Vas a renunciar a tu trabajo en Nueva York por Ethan?

—Es Ethan... Yo... No lo sé.

—Pues tendrás que averiguarlo.

Pasadas las tres de la tarde, cojo el coche y me dirijo al muelle de Malibú. Yo hubiese escogido un lugar menos concurrido, pero no era momento de llevar la contraria a Jacob, bastante tiene ya con lidiar y asimilar todo lo que está pasando. Aparco cerca de la playa y camino hasta la entrada con una muy merecida incertidumbre y con un mal presentimiento. Quiero a Jacob y además es mi amigo, mi mejor amigo ahora mismo y no sé si estoy preparada para que se aleje de mí. Él ha sido mis pies y mis manos estos años y estaría perdida y sin rumbo sin su ayuda. Sin embargo, lo que más me preocupa son sus sentimientos y todo lo que le tiene que estar pasando por la cabeza.

Lo avisto en la lejanía entre varios grupos de personas que

pasean entre atracciones y puestos ambulantes. Él me ve cuando estoy a unos metros y no cambia el gesto de la cara.

—Hola.

—Hola, Ashley. —Suspira.

—¿Estás bien?

—Supongo que no.

—Yo... Lamento todo esto...

—Yo también.

En otro momento, nos hubiéramos abrazado y me hubiera refugiado en él. Le contaría mis desvelos y él me daría la clave para superarlos y me tranquilizaría.

—¿Damos un paseo? —propone.

—Vale.

Durante unos minutos, en los que llegamos hasta un banco de madera pintado, y me pide que nos sentemos, ninguno de los dos dice una palabra por miedo a estropear lo que sea que aún tenemos, porque lo tenemos, ¿no? Él es mi chico, mi novio, mi compañero... ¿O no?

—Verás, Ashley... He estado toda la noche dándole vueltas a lo que está ocurriendo.

—Yo tampoco he dormido. No podía dejar de pensar en ti.

—Ethan está... Está vivo... Para mí ha sido como... *wow*, pero ¿qué es esto?

—Lo sé.

—No me malinterpretes. Me alegro tanto de verlo, de que no muriera... Pero la sorpresa fue mayúscula cuando, además, vi lo que vi.

Se refiere a besándonos, por si cabe la duda.

—Lo siento tanto...

—¿Qué hay entre vosotros?

—No lo sé, Jacob. Es todo muy confuso. Es Ethan. Sabes lo enamorada que estaba de él.

—Me pregunto si... —Gira el cuerpo y me mira fijamente—. Me pregunto si lo sigues queriendo.

—Claro que lo quiero. Era... —Rectifico—. Es nuestro amigo.

—No me refiero a eso. Me refiero a si sigues enamorada de él.

—Jacob... —Trato de mantenerle la mirada, pero mi parte más débil me obliga a agachar la cabeza y cerrar los ojos.

—Supongo que eso es un sí.

—Es difícil explicar lo que siento por él. Hasta a mí me cuesta entenderlo a veces.

—¿Me quieres?

Alzo el mentón y llevo mis ojos hasta él. Se merece todo de mí y qué menos que le hable con el corazón.

—Por supuesto.

—¿Os habéis...? ¿Te has acostado con él?

Trago con mucho apuro.

—Sí.

Él cierra los ojos y constriñe el gesto. Se toma unos segundos para asimilar la respuesta y sigue:

—Lo entiendo, ¿sabes por qué?

Niego con dos lágrimas escapándose de mis ojos.

—Porque yo vi nacer y crecer vuestro amor. Sé lo que sentíais el uno por el otro. Estuve contigo cuando te despertabas con esas horribles pesadillas y llorabas. No puedo... —Traga—. No puedo reprocharte que le hayas vuelto a dar todo de ti, pero sí... Sí que no hayas sido sincera conmigo.

—Lo siento. Lo siento tanto... Perdona, Jacob. Sé que debería habértelo dicho, pero no sabía cómo...

—Quiero verlo —pide, y me deja noqueada sin saber a qué se refiere—. Quiero ver a Ethan. Es mi amigo.

Sonrío con esperanza.

—Él se alegrará mucho de verte.

68

LLÁMAME CUANDO VUELVAS

Nos despedimos en el aparcamiento del muelle. Él ha alquilado un coche y va a ir a Pasadena a ver a su familia y pasará la noche en su casa. El plan era darme una sorpresa anoche y trasladarnos hoy hasta allí y hacerle una visita a sus
padres.

—¿Qué vas a decirles?

—La verdad. Se alegrarán de que Ethan esté vivo.

—¿Puedo darte un abrazo?

Es él el que me rodea con sus brazos y me aprieta con
fuerza. Vuelven las ganas de llorar, pero las aguanto y me
prometo dejar brotar las lágrimas dentro del coche.

—Ten cuidado —musito.

—Sabes que lo tendré.

—Llámame cuando vuelvas.

Me da un beso en la mejilla y desaparece.

Me tranquilizo de camino a casa de los Parker. Es hora de dar
explicaciones a Ethan. ¿Cuáles? Voy a ser como Jacob e iré

con la verdad por delante. Se acabaron las mentiras y las omisiones.

Guadalupe me abre la puerta y puede decirse que no me da la bienvenida precisamente. Me pide que pase hasta el salón y no responde a mi pregunta cuando se la lanzo. Yo quiero ver a Ethan y ella me ignora por completo. No hay rastro de él, pero sí de Caroline. Su hermana me pide que tome asiento y su cara tampoco es tan amigable como siempre ni mucho menos.

—Ethan ha salido a dar un paseo —explica—. Lleva muy nervioso desde ayer por la noche. Vio a Jacob y su reacción. Y tú —me señala— saliste corriendo tras él.

—¿Qué querías que hiciera?

—Solo digo que las lagunas de Ethan no lo dejan comprender la situación y yo he tratado de explicarle...

—¿Qué le has dicho? —Me levanto, asustada.

—Tenía que saberlo.

—¡Caroline!

—Todos te advertimos que fueras sincera y tú...

—¿Todos? ¿Habéis estado hablando a mis espaldas?

—No quieras que nos sintamos culpables de esto. De esto no. Ethan se merecía saber que salías con otra persona.

—Yo... —Caigo derrotada sobre el sofá y me hundo en él.

—Está en la playa. Puedes ir a hablar con él si quieres, pero antes tenía que ponerte al tanto de la charla que he mantenido con él.

—¿Cómo... está? ¿Cómo se lo ha tomado?

—No muy bien a decir verdad. Está enamorado de ti.

—Yo también le quiero, Carol. Y quiero lo mejor para él.

—Piénsate muy bien lo que vas a decirle, por favor. Ya le cuesta asimilar la nueva información. No cambies de parecer de hoy a mañana.

—Lo haré.

Me quito los zapatos y los cuelgo de mi mano derecha. Meto mis pies descalzos en la arena y camino en su dirección. Está de pie junto a su silla vacía, demostrándose los avances que hace día a día. Me detengo a su lado y miro hacia donde él lo hace, hacia el infinito mar.

Cuento una decena de segundos hasta que uno de los dos habla. Es él, más valiente que yo.

—Algunas veces hacemos cosas sin pensarlas demasiado. Otras, las sopesamos tanto que se nos pasa la vida sin atrevernos a probarlas. Quiero meterme en el agua desde que desperté. Algo muy fuerte me une a ella, pero sé que si lo hago sin estar lo suficientemente preparado, me hundiré y me ahogaré. —Se detiene—. Sé que tengo que fortalecer mi cuerpo y mi mente para volver a surfear, pero contigo... Contigo no ha habido nada que me detuviera. Cuando te vi, fue como si un hilo muy fino nos uniera y una fuerza desconocida me empujara hacia tu luz y yo me lancé como un kamikaze porque algo me decía, a pesar de la posibilidad de que me hicieras daño, que merecería la pena. Y... ¿sabes qué? La ha merecido.

—Ethan, lo siento. Debí habértelo dicho. Siento no haber sido sincera. —Me da la sensación de que ya he mantenido esta conversación hoy, pero con otra persona. Y ha sido así, la única diferencia son los sentimientos que me sobrevienen.

—Morí. Y tú... Rehiciste tu vida. Era lo que tenías que hacer.

—Jamás te olvidé. Nunca logré olvidarte.

—Ni yo. —Se gira hacia mí—. Tú sobrevolaste mis sueños cada noche. Le diste luz a la oscuridad, alas a mi cuerpo inerte. Tú y tus mariposas volvieron a darme la vida. No recuerdo nada del coma, a excepción de correr tras mariposas azules a través de un túnel... Después... Un día... El túnel se abrió y yo desperté.

—No me lo habías contado.

—Lo recordé anoche. Mientras volvía a soñarte.

—Ethan... Te quiero tanto que haré lo que me pidas. Si no quieres volver a verme, me iré y desapareceré.

—¿Desaparecer? ¿Qué te hace pensar que es eso lo que deseo?

—Porque te he mentido. Porque no merezco que vuelvas a enamorarte de mí.

—Aún no lo has entendido, Ashley. No he vuelto a enamorarme de ti. Jamás he dejado de estarlo.

—Ethan... —sollozo.

Doy un paso hacia él y lo abrazo con todas mis fuerzas, con mi corazón y mi alma. Él me envuelve con sus cada vez más torneados brazos y me susurra al oído que soñar con mariposas le salvó de dormirse para siempre y que, pase lo que pase, me lo agradecerá hasta la eternidad.

Nos sentamos sobre la arena y vemos anochecer en silencio, solo roto por las olas deshaciéndose contra la orilla y el mar meciéndose y creando una preciosa melodía.

—Tengo que decirte algo. —Me mira—. Piénsalo antes de tomar una decisión. Jacob quiere verte. —No contesta y me explico—. Era tu mejor amigo y se alegra mucho de que estés bien. Pero si no quieres...

—Yo... No lo sé... —Se revuelve el cabello.

—Para él también ha sido toda una sorpresa verte. Y encontrarnos así... No quiero insistir. No tengo derecho a pedírtelo. Lo sé. Pero...

—De acuerdo. Me gustaría verlo —me interrumpe.

—¿Estás seguro?

—Sí. Si era mi amigo, sería por algo.

—Gracias.

—¿Por qué?

—Por entender que no todo sucede como se nos antoja y por... Por quererme aún estando dormido.

Unimos nuestras frentes y sonreímos con tristeza. Él me

acaricia el rostro y yo cierro los ojos para sentir su piel hasta en el alma.

Y la siento.

Vaya si la SIENTO.

69

¿ACASO IMPORTA?

CONNOR

Hace dos días que no veo a Madison y, ¡por el amor de Dios! La echo de menos. Me reconcome por dentro pensar que está con ese tal Gabe en algún sitio no demasiado lejos y me dan ganas de buscarlo y estrangularlo, aunque sé que sería una pésima idea; muy mala, sí, pero ¡qué bien me sentaría dar dos puñetazos al tío que la tiene ahora entre sus brazos! Quedar con Olivia solo acrecienta mi dolor de cabeza y las ganas de vomitar. ¿Cómo pude fijarme en ella? Se le da bien el sexo y siempre está dispuesta, pero yo nunca he buscado solo eso en una chica ¡ni mucho menos! Es importante que me haga reír, y Madison es graciosa y divertida. Me gusta. ¿Cómo no me he dado cuenta antes?

—Soy un jodido gilipollas —musito.

—¿Qué dices? —Olivia se pinta los labios, mirándose en el espejo de mi coche.

Conduzco por una de las calles aledañas a su casa. Acabo de recogerla para tomar algo y follármela, así de claro. Quiero arrancar de mi cabeza a la jodida Madison y pasar un buen rato con ella me sentará bien. O eso pensaba hasta que la oigo hablar y me doy cuenta de que ni siquiera soporto su voz. Bufo y pienso que ni Olivia, ese ser que solo piensa en gastar dinero en bolsos de marca y pintarse los labios para estar perfecta, se merece que la utilice de esa manera. Por ello, doy un giro brusco al volante y cambio de sentido.

—¿Qué haces? —Se agarra al salpicadero y me mira asustada.

—He recordado que tengo algo que hacer.

—¡Connor! ¡Habíamos quedado!

—Lo sé. Lo siento. Es algo que no puedo aplazar.

—Pero...

La dejo en la puerta de su casa antes de que pueda soltar otra queja y acelero hasta la mía. Voy a coger la tabla y hacer un poco de surf. Eso aclarará mis ideas o, por lo menos, me despejará la mente durante un rato. No es sexo, pero se le parece.

Escucho ruidos en el piso de arriba cuando entro en casa y pregunto quién anda ahí.

—¡Soy yo! —Es la voz de Ashley—. ¡Sube! ¡Necesito tu ayuda!

La veo arrodillada en el suelo junto a la cama de invitados y cerrando la maleta.

—¿Te vas?

—Voy a pasar los últimos días en casa de papá y mamá. Supongo que se lo merecen al fin y al cabo.

—¿Ya no estás enfadada? —Tomo asiento en la cama y suspiro.

—Con ellos no. Conmigo mucho. Y a ti... ¿qué te pasa?

—Nada.

—Es por Madison, ¿no?

—No, que va —contesto con la boquita pequeñita.

Toma asiento a mi lado y me rodea el brazo con el suyo.

—Gabe está aquí —informa con una ceja levantada, lanzando la piedra y esperando a que yo reaccione.

—Qué bien —mascullo.

—Te gusta, ¿verdad?

—¿Gabe? Me lo follaría.

—¡No! —Me da un golpe en el hombro—. ¡Hablo de Madison!

Reímos.

—Lo sé... —Bufo y cambio el gesto a uno angustiado—. ¿Acaso importa?

—¿Importa?

Lo pienso.

—Estoy... Estoy muy... muy confuso.

—Tal vez deberías hablarlo con ella.

—¿Para qué? Tú misma lo dijiste. Ella es feliz en Chicago. Allí tiene su vida.

—Madison no sabe que te tiene aquí.

—¿Me tiene? —La miro y sonrío triste.

—Eso deberías decidirlo tú. Yo creo que sí.

Agacho el semblante y lo admito.

—Deberías decírselo —aconseja.

—¿Para qué? ¿Qué puedo ofrecerle? Tengo una escuela de surf que casi no me da ni para pagar las facturas. ¿A qué se dedica Gabe? ¿Es médico, abogado, arquitecto?

—Estudió economía y derecho y se presenta a senador. Será el senador más joven de la historia del estado.

Abro los ojos y suelto una risa seca. A continuación, me refriego la cara y maldigo.

—¿Cómo voy a luchar contra eso? ¿Senador?

Mi hermana se levanta, se detiene frente a mí y me lanza una mirada de desprecio desde lo alto.

—Eres idiota.

—¿Me insultas? —Me señalo el pecho.

—¡Es que parece que no la conoces! —Alza las palmas de las manos—. ¡No conoces a Madison! ¿Desde cuándo le importan a ella esas cosas?

—Hemos crecido, Ash. Por Dios. ¿Va a dejar su trabajo en Chicago para venir a surfear conmigo? —Me levanto yo también—. ¿Senador? ¿En serio?

—¿Crees que sería una mala opción? —Traga con dificultad—. ¿Dejar su vida en la ciudad para mudarse a Los Ángeles sería un error? ¿Eso piensas? —Pone un brazo en jarra y duda al hablar. Algo me dice que no solo habla de su amiga y de mí.

—No digo... No digo que sea un error. Solo digo... Digo...

—¿Qué le digo a mi hermana pequeña? ¿Que ella dejara su trabajo y su prolífica carrera en Nueva York sería una mala decisión? ¿Lo sería para Madison? Me recompongo—. Tenemos que luchar por nuestros sueños y no puedo empujar a nadie a vivir con lo puesto en una casita junto a la playa.

—Con lo puesto. —Me parafrasea—. Creo que exageras.

—Míralo como quieras. No pienso interferir en las decisiones de nadie. Y Madison tomó la suya. Se fue a Chicago.

Cambio de tema y le pregunto si le ayudo a bajar la maleta. Me manifiesta que Jacob va a venir a recogerla desde Pasadena y la llevará a casa de nuestros padres.

Su teléfono suena mientras nos tomamos una cerveza en la cocina.

—Es Jacob. Hay retención en la autopista y va a tardar. ¿Me acercas?

—Claro, hermanita. —Doy el último trago a mi cerveza y la tiro en el cubo del vidrio como si estuviera metiendo una canasta.

Durante el trayecto me cuenta las conversaciones que ha mantenido con Ethan y con Jacob y doy fe de su nefasto manejo de la situación en general.

—Tú no lo has hecho mejor que yo —apunta.

—Desde luego. Los hermanos Campbell han metido la pata hasta el fondo —hablo de nosotros en tercera persona y le hace gracia—. ¿Cuándo vuelves a Nueva York?

—Tengo el vuelo para dentro de dos días. Jacob se ha encargado de todo.

—¿Vuelves con él?

—Volamos juntos, si te refieres a eso. Por lo demás..., no lo sé aún. Tenemos mucho de lo que hablar.

—¿Ethan sabe que te vas?

—Aún no se lo he dicho, pero supongo que... tarde o temprano tendría que marcharme.

Dejo el coche tras el de mi padre y apago el motor.

—Deberías ser feliz, Ashley. Uno de los dos debería serlo.

—Tengo mucho que arreglar antes de permitírmelo. Además, saber que Ethan no murió ya me hace feliz. Constantemente —puntualiza.

70

MUY OPORTUNO

CONNOR

Mi madre se alegra cuando nos ve entrar y Payton viene hasta mí y me da un abrazo que casi me tira de espaldas. Observo movimiento en la terraza y bastante ruido y le pregunto qué ocurre.

—He invitado a cenar a los Evans. Qué oportuno que vinieras. Toma. —Me da una fuente con verduras al horno—. Ten cuidado que quema. Coge por aquí. Llévala a la mesa. Ahora, Connor —me apresura, viendo que no me muevo.

Tengo los pies pegados al suelo. No quiero entrar en la terraza y encontrarme con lo que me espera. Lo único que deseo es dejar la fuente (que, por cierto, pesa como si fuera de piedra y hierro forjado) y largarme a mi casa y tomarme un par de chupitos de tequila. No obstante, y por si queda duda, mi madre me empuja hasta la parte trasera y me veo obligado a dar las buenas tardes a todos los presentes. Gabe y Madison entre los más aclamados.

William se levanta y me presenta a Gabe, el cual también

se levanta y me da un fuerte apretón de manos que le devuelvo casi sin ganas.

—Un placer conocerte —dice simpático. No parece alguien al que le guste la política. Pero ¿a mí qué me importa?

—Igualmente. Madison no nos dijo que salía con alguien —suelto, llevándome la mirada asesina de casi todos los presentes. Madison, mi madre y mi hermana incluidas.

—Bueno, le gusta mantenerme oculto por eso de que me presento a senador. —Entrelaza los dedos con los de ella y mi mirada vuela hacia allí para después viajar hasta los ojos de Madison y encontrarlos sobre los míos.

—Siéntate ahí. —Mi madre me indica con una ceja levantada y en modo aviso que tome asiento entre mis dos hermanas. Supone que ellas pueden hacer de muro de contención para un Connor que viene de mal humor. Si supiera por qué, me daba un par de azotes, y con razón.

La cena la pasamos escuchando las batallitas disputadas por el tal Gabe Johnson para llegar a postularse para senador por Illinois y todo los rabos que ha tenido que chupar para llegar a optar al cargo. Vale, esto último es cosa mía y lo más probable es que el chico no se haya roto las rodillas en cualquier despacho, pero es que lo odio hasta morir. Cuando la mira y le sonríe me dan ganas de saltar sobre la mesa y reventarle la dentadura perfecta que le adorna su cara de tez blanca a la que jamás le ha dado el sol. Seguro que se ha gastado un dineral en el dentista y lleva carillas para salir perfecto en esas fotos que se hacen los políticos para las campañas.

—Connor, Connor, pásame el puré de patatas. —Ashley me da un pellizco en el pecho, junto al pezón y pego un pequeño grito.

—¿Qué haces? —mascullo, fingiendo una sonrisa ante la mirada atónita de Uma.

—Estás en la parra y yo tengo hambre. Pásame el puré de patatas o te asesino con el cuchillo.

—A este lo asesinaba yo... —mascullo y le paso el cuenco con el puré a la pesada de mi hermana.

Ella suelta una risita porque con total probabilidad me ha escuchado y musita un «Te lo mereces» que me hace farfullar y pedir disculpas para levantarme e ir hasta el frigorífico a meter la cabeza, a punto de explotarme.

Abro una cerveza bien fría y me la bebo casi de un trago. Es la tercera desde que llegué, pero es que la voz de Gabe me chirría y tal vez un poco de alcohol calme mis ganas de taparle la boca con esparadrapo. Miro por la ventana de la cocina y veo que Madison cruza el umbral de la puerta que da al salón y la sigo. Entra en el baño y cierra la puerta, pero yo la paro con el pie, empujo y entro.

Cierro con pestillo, me giro y la miro. Ella me observa de frente bastante sorprendida y diría que asustada.

—¿Qué haces, Campbell?

No contesto. Solo deshago los pasos que nos separan, la empujo hasta que su espalda da contra la pared, rodeo su nuca con una mano, con la otra tiro de ella hacia mí desde la cintura y la beso con pasión. Al principio ella me empuja y trata de zafarse, pero solo pasan unos segundos hasta que me agarra del cuello, enrosca las piernas a mi cintura e introduce su lengua en mi boca para enredarla con la mía. Suelto un gemido al notarla tan entregada y ella sopesa la situación. Se aleja unos centímetros y me pide que pare.

—Para, Connor, para.

—No. —Le muerdo el labio y ella jadea—. No quiero.

La siento sobre el lavabo y me deshago de sus braguitas de un tirón. Paso mis dedos por su vagina y noto lo húmeda que está. No espero a más. Nuestras familias y su novio esperan abajo y no hay tiempo que perder. Me bajo el pantalón, me agarro la polla y la llevo hasta su entrada. La penetro de una estocada y ella echa la cabeza hacia atrás con los ojos cerrados. Le muerdo la barbilla, el cuello, los hombros, los pechos por encima de la ropa. Doy estocadas rápidas y certeras y Madison grita. Le tapo la boca con una mano y ella muerde mis dedos.

—Sshhh. Van a oírnos —musito entre gemidos y notando el calor de su respiración sobre mi piel.

Ella me clava la mirada y gime con fuerza, pero el sonido lo apaga mi boca que vuelve a la suya para besarla mientras se corre.

No tardamos mucho más. Siento cómo su sexo se contrae y me dejo ir dentro de ella. Apoyo la frente en su hombro y empujo con fuerza una última vez.

—Connor. —Ella me empuja hacia atrás y me aparta—. Tengo que irme.

Se pone el vestido y me pide que le dé las bragas que cuelgan de uno de mis bolsillos.

Se la doy de mala gana y veo cómo se la sube y se arregla un poco el pelo frente al espejo.

—¿Y ya está? —pregunto, mientras la observo comportarse como si no hubiera pasado nada. Si no la conociera, diría que le da igual lo que acaba de pasar. Pero no, sé cómo es Madison Evans y, además, el rubor de sus mejillas y el brillo de sus ojos me indican que le ha afectado.

—¿Qué quieres, Connor? —Se enfrenta a mí—. ¿Un aplauso?

—¿De qué cojones estás hablando?

—Adiós. Gracias por el polvo de despedida. —Trata de abrir la puerta, pero yo se lo impido—. Déjame salir.

—No. Vas a escucharme.

—Déjame salir.

—O me escuchas, o nos escuchan todos. Elige.

Ella bufa.

—¿Qué quieres decirme? Está todo muy claro entre nosotros.

—Yo no tengo nada claro —revelo.

—¿Qué quieres decir? —Frunce el ceño.

—No te vayas, Madi.

—Tengo que irme. Gabe está abajo. —Intenta rodearme. Yo le agarro de una muñeca y pego su pecho al mío.

—No me refiero a eso. No te vayas a Chicago.

—¿De qué hablas? —Pega las cejas al techo.

—No lo sé. Solo sé que no quiero que te vayas.

—¿Por qué?

—No... No lo sé.

—No lo sabes... No sabes muchas cosas —musita—. Déjame salir. Van a pillarnos.

—A mí no me importa.

—Pero a mí sí. Apártate, Connor. Te lo pido por favor.

—Te acabo de pedir que te quedes en Los Ángeles.

—Pero no me das una razón. Dame una razón y tal vez lo piense.

—¿Tal vez lo pienses?

Asiente con la cabeza y aprieta la mandíbula. Está decepcionada y enfadada. Me lo merezco. Soy un gilipollas que además no es capaz de expresar sus sentimientos, y que no sabe manejarlos porque son nuevos y muy fuertes. Todo un partidazo (ironía modo on).

—Yo... No... —Me revuelvo el cabello.

Ella me empuja, sale y se va.

—¡Joder! —masco, y le doy una patada al mueble del lavabo.

71

REENCUENTROS

Jacob me envía un mensaje ya de madrugada en el que me informa de que ha comido algo de camino y de que pasará la noche en el hotel que tenía reservado. Mañana nos veremos todos en una cafetería para recordar viejos tiempos y que su encuentro con Ethan no sea tan fortuito. Mejor si estamos todos y hacemos de la situación algo natural y ameno.

Me cuesta convencer a Connor para que nos acompañe. Al principio se niega en rotundo, pero cuando le digo que Gabe no estará porque tiene una reunión en la ciudad de Los Ángeles, se viene a razones y promete que no me dejará sola ante el peligro.

Quedamos en The Gump, una cafetería muy cerca del muelle de Malibú, y vamos casi todos por separado. Madison lleva su coche y Payton le acompaña. Jacob en el auto que alquiló cuando llegó, Connor desde su casa y yo con Ethan, al que he recogido una hora antes.

—¿Estás nervioso? —le pregunto mientras aparco el coche de mi hermana.

—¿Debería estarlo? —Dibuja una sonrisa tirante.

Apago el motor y pongo una mano sobre la suya para infundirle ánimo.

—Era tu mejor amigo. Seguro que conectáis. Ya lo hicisteis una vez. ¿Nos vamos? —Me dispongo a salir del coche, pero él tira de mi brazo y me detiene.

—No... No estoy preparado.

—¿Qué te preocupa?

—No sé qué hacer. ¿Cómo tengo que actuar?

—Sé tú mismo.

—Pero tú y él... —Da la sensación de que traga cristales.

—Eso ahora no importa, Ethan.

Nos miramos a los ojos con dulzura.

—Ashley, claro que importa. No hay nada más importante para mí. Tú... ¿me quieres? —Me destroza verlo dudar y con ese miedo.

—Más que a nada. Ya lo sabes.

—¿Más que a él? —musita.

Asiento con la cabeza varias veces y dejo sobre sus labios un beso corto, pero húmedo, que trata de explicarle todo lo que mi corazón siente cuando me toca.

Pega su frente a la mía y cierra los ojos durante casi un minuto. Espero a que él se aparte y dé el primer paso.

—Vamos.

—¿Estás seguro?

—Sí, pero no me sueltes de la mano.

Caminamos hasta la cafetería sin separarnos. No ha querido bajar la silla del coche. No sé si porque se ve lo suficientemente fuerte como para aguantar de pie, o le ha dado vergüenza, o se siente inferior por ello. Siempre le ha dado igual esto último, pero dadas las circunstancias creo que no voy mal desencaminada en mis cavilaciones.

—Va a llover —atisba Ethan.

Miro hacia el cielo y vislumbro un puñado de nubes regordetas y negras moverse con prisa a causa del fuerte viento.

Todos nos esperan dentro y es casi palpable la tensión entre Connor y Madison, que ni se miran a la cara. Solo les pido que dejen a un lado sus diferencias por unas horas y arrimen el hombro para que esto salga bien, o todo lo bien que puede salir.

Jacob se levanta de su silla y lo mira.

—Ethan... —De verdad se alegra enormemente de verlo. Sonríe y no sabe si darle la mano o un abrazo. Opta por esto último. Ethan se queda como un palo y yo le aprieto la mano—. Ethan... —Este lo observa con el ceño fruncido y Jacob se disculpa—. Lo... siento. Me he emocionado al verte. Soy Jacob, Jacob Stewart. Éramos amigos.

—Te he visto en fotos. Pero no te recuerdo.

Un silencio nos rodea y pido que nos sentemos. Ethan lo hace a mi lado y frente a Jacob.

—¿Queréis algo de beber? —Connor se levanta y va hasta la barra a pedir unos refrescos.

—Te veo..., bien —manifiesta Jacob.

—Cada día avanzo un poco más. Ashley me ha ayudado mucho últimamente. —Me mira y sonríe.

Jacob se da cuenta y nos observa con algo de envidia sana. Lo sé porque lo conozco.

—Me alegro de volver a verte. Fue muy duro para todos. —Mueve las manos nervioso.

—Supongo que tengo que darte las gracias —contesta Ethan. Jacob arruga el ceño y este se explica—. Tú la cuidaste en mi ausencia...

—Ethan... Respecto a eso...

—Lo digo en serio. Ashley me ha contado que no hubiese salido adelante sin tu ayuda. Te lo agradezco.

Se miran y no se atisba ni el más mínimo reproche.

—Y, dime. ¿Qué solíamos hacer? ¿Cómo nos conocimos?

—Coincidimos en la secundaria y nos hicimos inseparables. Me gustaba una chica y tú le gustabas a ella. Hiciste lo impensable para que saliera conmigo.

—¿Lo conseguí?

—¡No! Me dejó tirado y nos emborrachamos con latas de cervezas que le robamos a tus padres.

Ríen.

Jacob le cuenta algunas batallas más y, como vaticinaba, la conexión entre ellos reaparece y se hace palpable.

Una hora más tarde, Connor anuncia que tiene que marcharse y me pide que lo acompañe al coche.

—No ha ido del todo mal.

—Gracias por estar aquí, hermanito. —Le doy un abrazo de pie junto a su Ford y le pregunto por Madison.

—No hay nada que contar. Mañana se va a Chicago y yo me quedo aquí. Fin.

—El final en esta historia lo pones tú.

—Sea como sea se ha acabado.

Le suena el teléfono y me pide que espere un momento. Mientras lo hago, Jacob sale de la cafetería y viene hacia mí.

—¿Podemos hablar un momento?

—Claro.

—Ashley, quiero ser honesto contigo y solo te pido que tú también lo seas. Yo... —Saca de su bolsillo el anillo que me tendió en aquel restaurante pijo antes de desmayarme y me lo enseña—. Nunca llegaste a contestarme a mi pregunta. Sé lo que hay entre Ethan y tú, pero yo te sigo queriendo y tengo que intentarlo una última vez. Mi propuesta sigue en pie —afirma, rotundo.

—Jacob. Yo...

—No vas a volver, ¿verdad?

—No.

—Supongo... Supongo que ya lo sabía. Y... Solo he tenido que veros llegar juntos para recordar cuánto os queréis.

—Lo siento. Lo siento mucho.

—No lo sientas. Al veros... —Suspira—. Me dais envidia. Envidia sana. —Cómo lo conozco—. Quiero tener lo que tenéis. Quiero a alguien que me mire como tú lo miras a él.

—Encontrarás a esa persona, Jacob. Estoy segura.

—Voy a echarte mucho de menos.

—Y yo a ti...

Nos envolvemos en un abrazo apretado y me da un beso en la mejilla. Un beso que dura demasiado y que duele mucho más porque, aunque lo tenga decidido, él ha sido mi compañero de viaje estos últimos años y, a pesar de todo, lo quiero, de una manera diferente, pero lo quiero muchísimo.

Lo que sucede a continuación, transcurre muy deprisa y no reacciono. Jacob es apartado de mí de repente y veo que ha sido Ethan el que le ha dado un empujón.

—Pero... —A Jacob no le da tiempo a reaccionar. Ethan le da un puñetazo, lo hace caer al suelo y le da dos patadas en el costado.

Tardo unos segundos en darme cuenta de lo que pasa y le pido que pare, pero él no parece escucharme. Está fuera de sí y le golpea con una fuerza inusitada para su estado.

—¡Connor! ¡Connor! —Llamo a mi hermano a gritos porque yo no consigo separar a Ethan del cuerpo de Jacob, que se cubre con las manos y trata de ponerse de pie; y es él el que logra agarrarlo de la cintura y echarlo un par de pasos hacia atrás.

Me agacho para socorrer a Jacob y la sangre que brota de su nariz colorea mis manos de un rojo muy oscuro y me asusto.

¿Qué acaba de pasar?

Miro hacia atrás y Ethan intenta soltarse del amarre de Connor dando patadas y manotazos. Ayudo a Jacob a incorporarse y le pido disculpas.

—No sé qué le ha pasado.

Payton y Madison salen de la cafetería alertadas por los gritos y les pido que lleven a Jacob al hospital. Suben en el coche de Madison y desaparecen entre el tráfico.

Yo voy hasta donde Connor trata de tranquilizar a Ethan y le pregunto por qué ha hecho semejante barbaridad.

—¡Te estaba besando!

—¡Por Dios, Ethan! ¿Te has vuelto loco? ¡Solo se estaba despidiendo de mí!

—¡Estaba besando a mi chica! —grita, encolerizado y nervioso.

—Será mejor que os tranquilicéis —interviene Connor.

—¡Le has hecho daño! ¿En qué pensabas? —insisto, asustada por lo ocurrido.

—¡¡No lo sé!! ¿Vale? ¡¡No lo sé!!

—¡Es tu amigo!

—¡¿Mi amigo?! ¡¡No sé quién diablos es!! ¡¡A veces no sé ni quién soy yo!! ¡¡Ni quién eres tú!! —Me da un empujón y Connor lo sostiene.

—¡Ethan! —Mi hermano le chilla y está a punto de estamparlo contra la pared.

Él se percata de lo que acaba de hacer y trata de pedir disculpas.

—Yo... Yo... Lo siento. —Me mira—. Ashley, lo siento. No lo he hecho queriendo. No he sido yo. A veces pierdo los nervios, pero no quiero, no quiero... Yo jamás te haría daño.

Veo su arrepentimiento sobrevolar su rostro entre las lágrimas que salen desbordadas y me cubren las mejillas y los ojos.

—Será mejor que nos vayamos. Vamos, Ethan, te llevo a casa —casi ordena Connor.

—No, yo no... —Mi hermano lo agarra del brazo para llevárselo, pero este da un tirón y se suelta—. Mírame, Ashley, mírame —me pide, desesperado. Busca en mi mirada perdida algo que no encuentra—. Yo jamás te haría daño. Jamás te haría daño. Preferiría morir antes de hacerte daño —repite, pero no puedo articular palabra ni moverme del sitio.

Connor tira de él y consigue meterlo en el coche. Viene hasta mí y me pregunta si puedo llegar sola a casa. Asiento con la cabeza y le digo que se vaya.

72

NO PUEDO RESPIRAR

Caroline me llama al día siguiente preocupada por lo ocurrido y para saber cómo estoy. Por lo visto Ethan llegó muy alterado y tomó medicación para poder dormir por la noche y aún está bastante sedado.

—No sé qué le ocurrió, Carol. Todo iba bien...

—Ethan se pone muy nervioso cuando algo no le cuadra, ya te lo advertí.

—Estaba fuera de sí. Si Connor no llega a intervenir, Dios sabe lo que hubiera pasado. Podía haberlo matado. —Mis propias palabras se clavan en mi pecho y me dejan sin respiración.

—Ethan aún trata de recuperarse y... No sabe manejar según qué sensaciones. No es la primera vez que se vuelve violento.

—¿Le ha ocurrido antes? —musito.

—Una vez. Dos meses después de despertar. Le pegó a un enfermero. Nos dijeron que entraba dentro de lo normal, pero que había que enseñarle a controlar las emociones.

—Yo... Solo quería ayudarlo.

—Y lo has hecho muy bien. Ahora solo necesita un poco más de tiempo.

¿Tiempo? ¿Y qué necesito yo? ¿Una lobotomía para olvidar lo que ha sucedido y borrar de mi mente cómo casi mata a Jacob sin ninguna razón?

—Ashley, ¿qué vas a hacer? Nadie va a juzgarte —explica ante mi silencio.

—Caroline. No lo sé. Creo que no soy buena para tu hermano. Al menos por ahora. Mira lo que he hecho.

—Tú no tienes la culpa. Te quiere demasiado y no sabe qué hacer con lo que siente por ti.

—¿Te importaría...? ¿Te importaría despedirme de él? Yo no seré capaz...

—Está bien. No te preocupes.

—Dile que lo hago por él. Dile que es por su bien... —Suelto un sollozo que trato de acallar con el puño.

—Lo entenderá, Ashley. Tarde o temprano lo hará.

Cuelgo el teléfono y lloro sobre mi antigua cama tanto como lloré cuando murió y desapareció de mi vida. Y es que ahora va a ocurrir más o menos lo mismo. Mañana me iré a Nueva York y pondré tiempo y distancia entre los dos. Lo único que calma mi dolor es que él ahora vivirá.

Cojo un vuelo hacia Nueva York unos días después. Anulé la vuelta con Jacob para ordenar mis ideas y no hacer más dura la despedida entre los dos en un piso que ha sido nuestro durante más de dos años. Él está de viaje y yo recogeré mis cosas de nuestro apartamento para mudarme con Chloe, mi mejor amiga en esta ciudad, y con la que viviré hasta que encuentre algo decente y acorde con mis posibilidades económicas. Es ella la que me ayuda a embalar las cosas y me acompaña a esperar a la empresa de mudanzas para guiarlos hasta su casa. Un pequeño piso de dos habitaciones no muy lejos de aquí.

Me despido de Sam, el portero, con un abrazo y le prometo que me pasaré a verlo cuando salga a correr por las mañanas. Se le escapa una lagrimita cuando le digo adiós y me recuerda que soy el diamante más brillante de Nueva York.

Decido contarle a Chloe lo que realmente ha ocurrido en Los Ángeles y he de ser honesta y reconocer que es divertido ver la cara que se le queda ante tal extraordinaria y casi fantástica historia.

—¿Hablas en serio?

—Totalmente.

Deja la lata de cerveza que sostiene sobre la mesa y me abraza durante un minuto.

—¿Estás bien?

—No, pero no me queda más remedio que seguir viviendo. Si él lo ha hecho, yo también puedo. Tengo que hacerlo por los dos.

Vamos juntas al trabajo. Ella se queda en la recepción y yo camino hasta mi despacho a quitarle el polvo a las carpetas y ponerme al día. Dylan no se sorprende cuando me ve, sino que me carga de trabajo y me informa de que el señor Watson quiere verme dentro de una hora para ultimar los detalles del viaje.

—¿Viaje?

—Viajas a Madrid pasado mañana. Ya está todo preparado. Dime que no has perdido el pasaporte.

—No. Claro que no.

—Qué susto. —Se lleva la mano al pecho. Entramos en mi despacho y él cierra la puerta—. Ashley, tienes que dar todo de ti ahora. Caleb ha trabajado mucho en tu ausencia y se rumorea que va a quedarse con el puesto.

Reinicio la computadora. La de sobremesa y la que tengo dentro del cráneo y cambio a modo «Abogada con agallas a la que nadie, ni siquiera Caleb Bailey, va a amedrentar» y estudio los temas que se tratarán en España durante todas las horas del día y de la noche.

He de ser sincera y admitir que los primeros días en Nueva York se me hacen pesados y eternos, y que en lo único que pienso es en coger un avión (en sentido figurado) hasta Los Ángeles y ver a Ethan, pero sé que no sería buena para él, para su recuperación, ni para mí y mi salud mental y trato de olvidarlo. El compromiso de trabajo en la capital de España es breve. En pocas horas negociamos un acuerdo de colaboración ventajoso con un empresario encorsetado y atractivo. Tras la reunión, el señor Watson y el señor Wood, dueños y fundadores de W&W, aprovechan los dos días para verse con algunos amigos. A mí Madrid me enamora desde que la pisamos, así que ese tiempo lo disfruto haciendo turismo por aquella hermosa ciudad.

—Gracias, señor Fernández. Ha sido un placer hacer negocios con usted. —El señor Wood le da un apretón de manos.

—Llámeme Alejandro, por favor.

—Solo si usted me llama Clive.

—Por supuesto, Clive.

—¿Te importa recomendarnos un buen restaurante por aquí cerca? —le pide.

Estamos en la Torre de Cristal, por lo que he estudiado antes de venir. Un edificio muy moderno que alberga las sedes de las empresas más prestigiosas de Madrid.

—Por supuesto. Un coche os llevará. Siento no poder acompañaros. Mi familia me necesita hoy.

—No te preocupes. La familia es lo primero.

Me acostumbro a vivir en el piso de Chloe y, aunque busco otro apartamento, ella me lo quita de la cabeza y me convence de quedarme con ella con la excusa de que así los gastos los pagamos a medias y ella tiene más dinero para gastarse en *Cosmopolitan*.

Hablo con Caroline de vez en cuando y es ella la que me mantiene al día de los progresos de Ethan. Sé que mi hermano y mis padres están al tanto de sus mejoras, tanto físicas como emocionales, pero prefiero no preocuparlos y le pido a Carol que siga manteniendo en secreto mis llamadas.

—Pregunta por ti, Ashley. Está muy arrepentido.

—Gracias por todo, Carol. Tengo trabajo. Debo dejarte.

Así termino casi todas las llamadas. Las interrumpo con algún pretexto burdo y trato de centrarme en lo que tengo delante. Por norma, un montón de papeles con los que poder olvidarme de que mi corazón se quedó en una playa de Los Ángeles y desde aquí, con el tráfico y el bullicio, casi no lo escucho latir. Va desvaneciéndose con el tiempo... Poco a poco...

Bum, bum...

Bum, bum...

Bum...

73

DESPUÉS

CONNOR

Hace casi seis meses que Madison volvió a Chicago y ni un día he dejado de pensar en ella. Mis padres me preguntan qué me ocurre cada vez que me paso por casa a echar el rato. Desde que se marchó, no me apetece estar solo, y eso que la soledad para mí ha sido imprescindible desde que tengo uso de razón. Pero ella ha dejado una huella dentro de mí que me pide más, mucho más. Trato de suplir su falta con el surf, las clases que le doy a los chicos y alguna que otra cita los fines de semana. Sin embargo, nada ni nadie llena su vacío. A veces la odio. La odio por poner mi vida patas arriba y hacerme necesitar cosas que antes me pasaban desapercibidas.

Jodida Madison Evans.

—Connor, Connor. —Mi madre me despierta de la ensoñación en la que estrangulo a Gabe con mis propias manos y me quedo con la chica, y la miro—. ¿Cuándo vas a hacer algo?

Levanto una ceja y ella pone los ojos en blanco.

—¿Cuándo vas a ir a buscar a Madi?

¿Qué? ¿Cómo sabe mi madre...?

Me revuelvo el pelo y apoyo los codos sobre la encimera de la isla de la cocina.

—¿Crees que soy idiota?

—¡¿Ashley?!

—No te enfades con ella. Estaba muy preocupada y durante una llamada me lo dijo. Además, esa chica lleva enamorada de ti desde que los Evans se mudaron a la casa de al lado. Solo un necio como tú no se daría cuenta.

—¡Mamá! —me quejo.

—¿Has hablado con Ash? Dice que no puede venir a pasar la Nochebuena. Desde que consiguió el puesto en el bufete, no tiene tiempo ni para ir al cine, estoy segura.

—Es su trabajo. Si la hace feliz... —comento, sabiendo que, aunque le gusta ejercer la abogacía, echa de menos California.

—Al menos Pay vendrá —habla para sí misma.

Quedan dos semanas para Nochebuena y yo no tengo ganas de fiesta. Estoy apático. Soy un desecho humano que se arrastra de aquí para allá sin rumbo fijo y fingiendo que todo le resbala, pero no es así.

—Entonces ¿qué? ¿Vas a Chicago? —La señora Campbell vuelve a la carga. Y lleva un cuchillo en la mano, ojo.

—¿Qué se me ha perdido en Chicago?

—No sé, dímelo tú, que parece que eres tonto.

—¡Mamá! —vuelvo a quejarme.

—Es que yo crie a tres hijos que sabían luchar por sus sueños. No sé cuándo se os olvidó. —No me pasa desapercibido que habla en plural.

—Si tienes que decirle algo a Ashley, la llamas por teléfono y le das la vara a ella. Yo ya tengo bastante.

—Anda, pon la mesa. Solo comemos tú y yo. Tu padre tiene que trabajar.

Decido que la mejor manera de hacer la digestión es subido sobre una tabla y busco en el garaje una de las que guardo aquí. Le quito un poco el polvo y la limpio con un trapo que encuentro sobre una estantería. Mi padre tiene esto un poco desordenado. Me pillaré un día libre y lo arreglaré. Oigo el motor de un coche rugir y apagarse al otro lado de la puerta elevadiza y la abro. Veo a mi padre bajar de su Gran Cherokee negro con la cabeza gacha y el ceño fruncido.

—Hola, hijo. ¿Qué haces aquí? —me pregunta, cuando salgo del garaje con la tabla bajo el brazo.

—Mamá me llamó para invitarme a comer y he pensado... —Detengo mis explicaciones y le pregunto qué ocurre—. ¿Va todo bien?

—Algunas veces las cosas no salen como uno quiere.

Que me lo digan a mí.

—¿Un mal día?

—He perdido a un paciente. Tenía mujer y tres hijos.

—Papá, lo siento...

—No te preocupes. Debería estar acostumbrado, pero... Es difícil hacerse a la idea.

—¿Puedo ayudar en algo?

—No, no, estoy bien. —Da un paso hacia delante y mira la tabla de surf—. Connor, quizá puedas hacer algo por mí.

—Lo que sea, papá.

Veinte minutos después estamos los dos con el agua del mar cubriendo nuestros tobillos y mirando el mar en silencio.

—¿Estás seguro de esto? —le pregunto, mofándome un poquito de él.

—¿Crees que no podré? —finge estar ofendido.

—No lo sé. Puedes romperte algún hueso. —Sonrío.

—No me importaría. Solo quiero volver a sentirme vivo. Recordar lo que realmente importa.

—¿Se te olvidó?

Me mira.

—Lo aparté, pero nunca es tarde para recuperarlo. —No me pasa desapercibido el guiño.

—¿Vamos?

Le cuesta varios intentos quedarse de pie sobre la tabla, pero cuando lo hace, aunque solo dura unos segundos, puedo comprobar en su rostro el reflejo de la felicidad más absoluta. Cuando cae al fondo, tarda en subir y me preocupo. Voy en su busca y casi tengo que ayudarlo a salir a la superficie. Él boquea y escupe agua sin poder parar de reírse.

—¿Te has vuelto loco? ¿Quieres ahogarte?

—¡*Wow*, Connor! ¡A esto me refería! La felicidad merece la pena aunque solo dure unos segundos.

—Puedes volver a probar.

Una hora, una docena de olas y un montón de agujetas que tendrá mañana son suficientes para que el doctor Andrew Campbell dé por zanjada la jornada, tome asiento en la orilla mientras se entretiene observándome. Aprovecho que no tengo que preocuparme por él para coger un par de buenas olas antes de acompañarle. La última, en la que consigo meterme en un tubo, me escupe con fuerza al final, mi espalda se estrella contra el agua y mi propio peso ayuda a la inercia a empujarme hasta el fondo. La fuerte marea hace girar mi cuerpo unas cinco o seis veces mientras trato de buscar el equilibrio para poder impulsarme hacia la superficie, sin embargo, la fuerza del océano a veces es imposible de controlar y me arrastra unos metros hasta la orilla. Contengo la respiración y la falta de oxígeno me marea. No sé si por esto, por la charla de mi madre, o por el guiño de mi padre, pero veo la luz (y no es la del final del túnel precisamente).

Luchar.

Ser feliz.

Una vida plena.

Madison.

Sin lugar a dudas: ELLA.

74

FORASTERO

CONNOR

Bajo del avión en Chicago a eso de las diez de la mañana. Tengo la nariz y las manos congeladas. ¡Por Dios Santo, cuánto frío! Miro su dirección en la servilleta que garabateé en la cocina de mis padres cuando conseguí salir del agua y llamé a Ashley para contarle mis planes y convencerla de que me la diera. Casi ni se entiende. Estaba nervioso cuando la escribí. Tanto o más que ahora.

Cojo un taxi a la salida del aeropuerto y le pido que me lleve hasta allí. Observo casi con asombro y gran entusiasmo las calles nevadas, coloreando la estampa de un blanco estremecedor. Cuando bajo y espero a que el taxista saque mi equipaje del maletero, me pregunto si no estaré haciendo el tonto. ¿Qué va a decirme? ¿Correrá a mis brazos y dejará a ese tal Gabe? Es probable que no, pero no estoy aquí para matarlo a él y raptar a la chica. Estoy para abrirle mi corazón y revelarle mis sentimientos. Lo demás. El final de esta historia es cosa de ella.

Me detengo frente al que se supone que es su edificio y lo observo con detenimiento. Ladrillos grises, frío y aburrido. Una escalera de incendio que lo hace todavía más lúgubre y una puerta negra de doble hoja tras unos cinco escalones. Todo muy oscuro. ¿Y qué hago ahora? Madi debe de estar trabajando y ni Ashley ha sabido decirme dónde.

Me siento frente a su apartamento, en una cafetería desde la que puedo vigilar la entrada y esperarla mientras como. Lo cierto es que el viaje me ha dado hambre y un sándwich y un café me sentarán bien. Paso horas dándole vueltas a todo lo que puede suceder y la mayoría de las opciones no me gustan. Bufo, gruño, me refriego la cara, me tiro del pelo.

—¿Te encuentras bien? ¿Más café? —La camarera me mira con detenimiento y con la cafetera en la mano.

—Sí, por favor.

Vierte el café en mi taza con parsimonia sin levantar los ojos de mí.

—¿Nuevo en la ciudad?

—¿Tanto se me nota?

Ella asiente con la cabeza y sonríe.

—¿Necesitas una guía turística? Yo podría ayudarte... —plantea en un tono muy sexi.

Está buena. En otro momento le diría que me vendría de perlas y hasta puede que me la tirara en el almacén, pero de eso hace tanto tiempo que ni me acuerdo.

—Te lo agradezco, pero... —Voy a rechazarla de una manera muy cortés cuando, por el rabillo del ojo, a través de la ventana, veo una silueta envuelta en un abrigo, gorro y guantes, que me resulta extremadamente familiar—. Perdona, ¿me harías un favor? —Me levanto—. ¿Me guardarías la maleta? Tengo algo que hacer. —La dejo con las cejas pegadas al techo y salgo corriendo hacia la calle.

Madison está a punto de abrir la puerta y perderse dentro

cuando grito su nombre al llegar a la acera y ella se vuelve muy sorprendida.

—¿Connor? ¿Qué haces...? ¿Qué haces aquí?

—Tengo que decirte algo.

Varios metros nos separan. Eso y los escalones, con la diferencia de altura que conlleva. Ella arriba junto al edificio. Yo abajo con cara de lelo... En fin, para eso estamos aquí. Vamos allá.

—¿Y no podías decírmelo por teléfono?

—Esto no.

Mis ojos se clavan en los suyos y me es imposible no dibujar una sonrisa al tenerla tan cerca.

—¿Puedes venir? —Le pido que baje.

Ella deshace la distancia y también sonríe.

—Me alegro de verte, pero... No lo entiendo... —declara, confusa.

—Deja a Gabe. —Voy directo al grano.

—¡¿Qué?! —Si dejé a la camarera con las cejas pegadas al techo, las de Madi llegan hasta las nubes negras, premonitorias de lo que está a punto de caer.

—Que dejes a Gabe.

—¿Has venido hasta aquí para decirme eso?

—Sé que se postula para senador, que es un gran tipo y que podría hacerte feliz. Pero yo... Yo te quiero, Madi. ¡Te quiero! —Es liberador decirlo en voz alta—. Solo tengo una escuela de surf y un montón de deudas, pero sé que lucharía cada día por hacerte una mujer feliz. Vente conmigo. Volvamos al sol, a la arena. Vuelve conmigo a Los Ángeles, por favor. —Se me acaba el discurso y no sé qué más decir. Nunca he sido demasiado bueno en esto. Se me da bien la comunicación en modo distendido, sin embargo, esto me supera.

Ella sigue mirándome con una sonrisa de oreja a oreja.

—¿No piensas decir nada? Di algo... —suplico.

—Dejé a Gabe dos semanas después de llegar aquí.

El corazón me da un vuelco.

—¿Lo dejaste por mí?

—No te pases de listillo. No me veo como primera dama.

—Serías la primera dama más sexi de la historia.

—Lo dejé porque no lo quería. Estaba enamorada de otra persona.

—¿Y aún sigues enamorada de él? ¿De esa otra?

—¿Quién te dice que no es una mujer?

Río y la agarro de la mano para atraerla hasta mí. El vaho que sale de nuestras bocas se mezcla.

—Dime, ¿lo has olvidado? —insisto, bajo un susurro gutural.

—Es un chico difícil de olvidar.

—¿Alto, guapo y sabe surfear?

—Se cree el mejor.

—Seguro que lo es.

Nos reímos y nos envolvemos en un abrazo muy esperado, al menos por mi parte.

—Bésame ya, Campbell.

—Lo estoy deseando, Evans.

Llevo mis labios hasta los suyos y siento el frío de Chicago en ellos, pero pronto mi calidez los envuelve y los calienta. Primero varios besos en los que solo nuestros labios participan, después mi lengua, ansiosa por sentirla de nuevo, se abre paso para acariciar su interior, saboreándolo, abrigando cada rincón. Su lengua, abraza a la mía, demanda cobijo en ella, se aprietan, se buscan, se encuentran, una y otra vez, una y otra vez. Le doy un mordisco en el labio inferior y ella suelta un pequeño gemido.

—Me invitas a subir o te arranco la ropa aquí.

—Hace un poco de frío para lo último.

—No me había dado cuenta —bromeo. Tengo congelado hasta los huevos.

Reímos sin separar nuestros labios apretados.

Tira de mi abrigo y me susurra que es el segundo piso.

El viernes cogemos un vuelo y el destino no es Los Ángeles precisamente.

75

VISITAS INESPERADAS

—Que te den, Bailey. —Esto es lo que dije el día que me ofrecieron el puesto por el que optábamos los dos. Lo susurré, por supuesto, pero estoy segura de que me leyó los labios. Él se fue del bufete pregonando que tenía otras ofertas de trabajo que mejoraban esta y que ya nos veríamos algún día. Han pasado cuatro meses y no lo he vuelto a ver. Tampoco lo esperaba. Nueva York es inmensa y tal vez nunca coincidamos. Cuento esto porque no estoy segura de si hice bien al aceptar este trabajo. Quizá me hubieran hecho un favor al sacarme de aquí de una patada. Me apasiona el derecho, sin embargo, me agota, me asfixia. A veces siento que me prostituyo por unas leyes que podrían mejorarse y que tal vez nunca lo hagan. No siempre estoy de acuerdo con las decisiones que se toman y acatarlas me cuesta horrores. Chloe dice que debería salir más y trabajar menos y que unos días de vacaciones no me vendrían mal.

—Sabes cómo tengo mi mesa. No puedo.

—Vete a casa. Pasa la Navidad con tu familia —casi me ordena, con un *Cosmopolitan* entre nosotras y sentadas en la barra de un bar muy pijo al que me ha obligado a ir—. Tu mesa la quemo yo en tu ausencia y le echo la culpa a algún enchufe viejo.

Nos reímos.

—Ese tipo te mira. —Señala a la derecha.

Traje, gomina, atractivo.

—No me interesa.

—¡Pero si ni lo has mirado!

—No tengo tiempo para relaciones.

—Ni para relaciones ni para nada. Sigue así, que se te va a pasar la vida y no te vas a dar ni cuenta.

Suspiro y le doy un sorbo a mi copa.

Hasta arriba de papeles. Así sigue mi mesa porque Chloe aún no la ha quemado y Dylan sigue trayéndome carpetas y más carpetas.

Toc, toc. Escucho dos golpecitos en mi puerta abierta y miro hacia ella.

—Ahora no, por favor —le sugiero a mi secretario que se vaya por donde ha venido y no me dé más malas noticias. Cada vez que me visita es para darme más trabajo, para revelarme algún secreto de la empresa que ni me va ni me viene, o para pedirme que vaya al despacho de Watson o Wood a alguna reunión de la que no tengo ni idea porque no miro la agenda que él mantiene al día.

—Tienes visita.

Arrugo la nariz y a continuación busco en el ordenador el orden del día por si se me ha pasado algo.

—No está agendada. ¿Los hago pasar?

—Diles que estoy muy ocupada. Que pidan una cita. —Casi ni lo escucho.

Dylan desaparece de mi vista y respiro, pero antes de terminar de expulsar el aire por completo, vuelve e insiste.

—Dicen que es de vital importancia.

—¿Dicen?

—Dos personas. Un chico y una chica.

Escucho unas voces al otro lado y, de pronto, Connor cruza la puerta soltando alguna que otra queja.

—¿Tengo que pedir hora para ver a mi hermana? —Entra como un elefante en una cacharrería y me mira.

Me quedo con la boca abierta y sin palabras. Tras él, entra Madison con una sonrisa en el rostro y las mejillas sonrosadas.

—¿Qué hacéis aquí? —Me levanto y voy hasta ellos. Les doy dos abrazos, uno a cada uno y pido una explicación.

—Hemos venido a buscarte. Tienes que reaccionar y ser feliz —habla Connor, con voz formal y segura.

Miro a Madison con una ceja levantada y ella lee mi pensamiento.

—Ha tenido una revelación o algo así. A mí no me mires —contesta con las palmas levantadas.

—¿Por qué estáis aquí los dos?

—He ido a buscarla —explica mi hermano con orgullo.

Levanto una ceja y suelto una carcajada.

Les pido que tomen asiento y llamo a Dylan para que traiga unos cafés. Me cuentan lo acontecido durante los últimos días y, si no los tuviera en mi despacho frente a mí, no me lo creería. Me llamó para contarme sus planes y pedirme la dirección de Madi, pero creí que no sería capaz.

—Me alegro por los dos. Os merecéis ser felices.

—Y tú también, hermanita.

—Lo soy. ¿No me ves? Conseguí el puesto. Trabajo en lo que quiero.

—Qué bien. —No oculta el tono irónico.

—¿No me crees?

—Te creería si no tuvieras esa cara de estreñida.

—Me alegra saber que sigues siendo el mismo gilipollas —replico.

—Y tú te has convertido en una esnob.

—Está bien. No hemos venido hasta aquí para que discutáis. —Madi interviene. Le pide a Connor que se tranquilice y se dirige entonces a mí—. Ash, nos alegramos de que te vaya tan bien, de verdad, sabes que es cierto. —Connor se mantiene enfurruñado—. Pero queremos asegurarnos de que estás bien. Si nos aseguras de que esto es lo que quieres, nos vamos a Los Ángeles y le contaremos a tus padres que tu vida en Nueva York es plena.

—No estoy de acuerdo —replica Connor.

Madison pone los ojos en blanco y le pide que vaya a buscar esos cafés que tardan en llegar.

—¿Me estás echando?

—Te estoy pidiendo de una forma educada que nos dejes solas. Necesitamos una charla de chicas.

Farfulla y nos clava la mirada a las dos y se va. Cierra la puerta al salir.

—Ash, venga, soy yo. Sé sincera conmigo.

Me masajeo la sien y admito:

—No puedo dejar de pensar en él.

—¿Y qué haces a diez mil kilómetros de distancia?

—¿Se te ha olvidado lo que le hizo a Jacob? Casi lo mata.

—Ethan está mejor.

—¿Cómo lo sabes?

—Hablo con Caroline de vez en cuando. Ethan también es mi amigo. Me preocupo por él.

Me tiro hacia atrás en mi silla y soplo.

—Perdió los nervios. Cabía la posibilidad de que eso ocurriera y ocurrió. Carol debió advertirnos, pero no lo hizo y nos pilló desprevenidos. Ash, por favor. Lo conoces. ¿Vas a dejar que unos segundos acaben con lo que sientes por él?

—Eso es imposible. Nada ni nadie podría hacer desaparecer mis sentimientos, pero... No puedo.

—No quieres.

—¡Claro que quiero! ¿Crees que no me gustaría volver y ser feliz para siempre junto a él? ¡Claro que quiero! Pero nada es como antes. Él no es la persona que solía ser y yo no soy buena para su recuperación.

—Eso son solo excusas.

—¿Excusas para qué, Madi? Es la cruda realidad.

—La realidad es que estás muerta de miedo porque te aterroriza que nunca te recuerde. Y, ¿sabes qué? ¿A quién le importa? La vida es ahora, este momento. ¡Que le den a los recuerdos! ¡Cread unos nuevos!

—No soy buena para él. Nuestros sentimientos nos separan.

—He recorrido miles de kilómetros para escuchar estupideces. —Se cruza de brazos y su boca dibuja una línea recta muy fina.

—Quizá algún día... —musito.

—La vida es lo que pasa mientras te pierdes entre quizá.

Les hago de guía turística la semana que pasan en esta ciudad. Se hospedan en un hotel cerca del apartamento de Chloe y les pido disculpas por no tener espacio para acogerlos. En cierto modo me alegro de que el piso sea un cuchitril. Lo último que me apetece es escuchar gemir a mi hermano y a mi mejor amiga. Me alegro por ellos, pero tenerlos fornicando en la habitación de al lado no es algo que desee y está claro que estos dos están pasando esa época en la que te es imposible apartar las manos del cuerpo del otro.

Los despido dos días antes de Nochebuena. Querían quedarse a pasarlas conmigo, sin embargo, bastante tienen mis padres con que les falte una hija en la mesa; no puedo permitir que Connor se ausente por mi culpa. Me invento que acepté la invitación de los padres de Chloe y que ya no puedo echarme atrás. Sería de muy mala educación. Así consigo que se suban al avión sin sentirse demasiado culpables y vuelvo a mi apartamento a preparar cena para dos. Chloe me agradece los macarrones con queso y me sugiere el menú que podríamos preparar para Nochebuena.

—Creí que te marchabas.

—No pienso dejarte sola.

Sonrío y le doy las gracias.

76

SUPERACIÓN

ETHAN

Parpadeo varias veces. Abro un ojo y después otro y vuelvo a parpadear. Mis pupilas se acostumbran a la oscuridad como hacen cada noche tras despertarme del mismo sueño. Sus mariposas azules sobrevuelan mi habitación y me empujan hasta la playa en la que me subo a una tabla y consigo surfear una ola. Antes volvía de la nada entre sudores fríos y con miedo a lo desconocido. Ahora me relaja encontrarme con ella, aunque solo sea en sueños. Ha pasado casi un año desde que volví a encontrarla y aún la siento. Sus labios siguen vivos en los míos y sus manos, esas cálidas manos, siguen acariciando mi vientre.

Me levanto con facilidad, como si aquel accidente no hubiera existido, y camino hasta detenerme junto al alféizar de la ventana de mi dormitorio. Mi recuperación es casi total. He luchado mucho para llegar hasta aquí, con todas mis fuerzas, hasta las que perdí cuando Ashley se fue y me dejó varado en una playa. Así me sentí. Como esa tabla que rompí contra las rocas y que llegó a la orilla dividida en dos y que nadie recogió. A pesar de todo, no la culpo. Su instinto la hizo alejarse de un tío totalmente fuera de sí, violento y loco, destrozado, distinto a lo que recordaba. Por eso llevo meses tratando de volver a ser el que era, de recordar, de buscar las piezas del puzle y montarlo para poder ir a buscarla a esa maldita ciudad y traerla de vuelta al lugar al que pertenece. Pero ¿sabes qué? Que los recuerdos no regresan y las piezas del puzle siguen perdidas. No sé si vuelvo a ser el que era porque ni eso viene a mi mente. Así que en lo único que me centro es en ser mejor persona, en superarme cada día y buscar aquello que me hacía feliz y que, además, nos unía. Hacer surf me hace sentirla más cerca. Por ello, hace dos meses me armé de valor y con las piernas temblorosas me zambullí en el agua. Fue difícil al principio, sin embargo, todo seguía ahí sin yo saberlo. Tardé varias semanas en volar con libertad sobre una tabla, pero lo conseguí y sus mariposas azules volaron conmigo sobre esa ola infinita. Fue alucinante, mágico. Me sentí vivo, libre..., y Ashley casi podía susurrarme al oído.

—Encontraré la manera de que vuelvas a mí... —murmuro con la mirada puesta en las estrellas.

77

VERTE ME RECORDÓ POR LO QUE LUCHABA

Mi madre ya me ha llamado varias veces para advertirme de que pronto será el cumpleaños de Connor. Como para olvidarlo. Coincide con el Cuatro de Julio y aquí venden banderas del país en todos los quioscos para celebrarlo. No he hablado con ella, pero no lo necesito. Sé por qué me acosa, a mí y a mi secretario, al que tengo dicho que no me pase las llamadas y lo dejo morir de apuro, tanto que hasta llega a darme pena.

—Dylan, hoy salgo a comer. No me traigas la ensalada.

—De acuerdo.

Suelto el botón del manos libre que me conecta directamente con él y llamo a Chloe por si quiere acompañarme en el almuerzo. Me espera en recepción con el bolso colgado y retocándose los labios con un *gloss* rosado.

—Tú invitas. Estamos a finales de mes y me lo he gastado todo en zapatos —avisa.

Sonrío y pulso el botón del ascensor.

—¿Qué piensas comer? ¿Ganchitos?

—Los ganchitos son una gran fuente de proteínas.

—¿Dónde has oído eso?

—En el *New York Times*. —Y lo dice con tanta seguridad que parece cierto.

Salimos a la calle y la gran ola de calor que anunciaron hace unos días, y que ha llegado para quedarse, nos abofetea la cara con la mano abierta. De pronto, las ganas de sentir la brisa marina de la playa junto a Pacific Coast Highway se apoderan de todo mi ser y casi suelto un quejido. Añoro la arena entre los dedos de mis pies, el olor a sal, la luz, el sol...

Cruzamos los cuatro carriles de la avenida jugándonos el pellejo y caminamos tres manzanas hasta mi restaurante preferido desde que lo descubrí hace unos meses. Sirven pescado frito y, aunque no se permite (o no se aconseja, por miedo a ser expulsado de la zona de los Dioses de la Gran Manzana en la que todo son lujos y grandezas) comerlo con las manos, consigue que me sienta un poco más cerca de casa. De él.

—¿Ashley? —Alguien llama mi atención justo antes de cruzar la puerta que me lleva al paraíso del aire acondicionado.

—¿Jacob?

Nos quedamos mirándonos durante un puñado de segundos en los que me da tiempo de darme cuenta de que va muy bien acompañado y de que su mano agarra otra mucho más cuidada y delgada.

—¡Me alegro de verte!

—Yo también.

—Te llamé hace unos meses. Quería saber si estabas bien —revela sin dobleces.

—Yo... Sí. Ya sabes. Lo siento. Tengo mucho trabajo.

—Cariño, hace calor —se queja su acompañante.

—Sí, perdona. Ashley, ella es Leila, mi prometida. Leila, ella es Ashley, te he hablado de ella.

—Encantada —decimos casi al unísono. Nos damos un apretón de manos y ella vuelve a quejarse.

—Lo siento, pero este calor me baja la tensión y tengo que cuidarme. —Se acaricia el vientre formando círculos. Levanto levemente una ceja y miro a Jacob, que sonríe.

—Espérame en el coche. Solo tardaré unos minutos. —Le da un beso.

Yo me despido de ella de una manera muy cordial.

—Ashley...

—¿Vas a ser padre? —Lo corto.

Él se lo piensa y suspira.

—Sí.

—¡Felicidades!

—Gracias. Ha sido... Ha sido toda una sorpresa para mí, pero... —Da un paso hacia delante y me agarra de las manos—. Soy feliz. Soy muy feliz y te lo debo a ti. Llevabas razón cuando hablabas del amor y lo que te hacía sentir.

Sonrío yo también.

—Me alegro mucho por ti, Jacob. Te lo mereces.

—¿Y tú? ¿Qué sabes de Ethan?

—Jacob. Ethan y yo no... —Trato de explicarle la situación.

—Lo sé. Hablo con él de vez en cuando. —No me sorprende escucharlo—. Me refiero a cuándo vas a dejar de luchar por lo que desean los demás y vas a correr tras tus sueños.

—¿Tú también?

—¿Crees en el destino? —Ignora mi reproche—. ¿O piensas que conocer a Ethan fue casualidad? Yo creo que todo lo que hemos vivido tenía que pasar, así, tal cual. Tú, Ethan, Madi, yo... Estaba escrito en las estrellas, Ashley. Yo tenía que cuidarte para devolverte a él. Tu corazón nunca me perteneció, solo me lo prestaste para que yo también sanara mis heridas. Gracias a ti estoy aquí y he conocido a la mujer de mi vida. Mírame, voy a ser padre y ni siquiera sé atarme los cordones. —Sonreímos—. Estoy muerto de miedo, pero jamás me he sentido más completo. Hemos sufrido mucho durante estos últimos años. No me digas que nada de esto ha servido. No me digas que las lágrimas que hemos derramado no te son suficientes para darte cuenta de que tu vida no está aquí ni allí, sino en Ethan.

—Jacob... —musito.

Me envuelve entre sus brazos y me susurra al oído algo que jamás olvidaré.

—Vuela como solías hacerlo, Ashley, y las olas te llevarán a él.

—Sí, mamá, voy a ir —contesto, con el manos libre de mi despacho—. Mamá, ¿sigues ahí? —pregunto ante su silencio.

—Sí, sí. ¿He escuchado bien?

—Estaré allí el Cuatro de Julio.

—¿Qué me escondes?

—¿Por qué tendría que esconderte algo?

—¿Es una cámara oculta?

La imagino mirando hacia todos lados.

—Mamá, deja de decir tonterías.

La oigo reír.

—Entiende que me parezca raro que me digas que sí a la primera. Llevas semanas sin coger mis llamadas. ¡Y casi un año sin aparecer por Los Ángeles!

—Lo he pensado mejor. No volveré a ignorarte.

—¡Y lo reconoces!

Río yo también.

—Te dejo. Os enviaré la hora de llegada del vuelo para que vayáis a recogerme al aeropuerto.

—¿Ya me estás despidiendo? No me digas, tienes mucho trabajo.

Cuelgo y observo las paredes de mi despacho, vacías y sin vida.

—No tanto, mamá —susurro para mí, deteniendo la mirada en las cajas medio llenas que ocupan parte del suelo.

Dylan y Chloe me ayudan a terminar de guardar mis cosas y archivar todos los casos que dejo sin cerrar, pero del que se encargará otro compañero con el que llevo varios días de reuniones. No me voy unos días de Nueva York. Me voy para no volver. Tal vez Ethan no quiera saber nada de mí, quizá aún no esté preparado y cabe la posibilidad de que no lo esté nunca, pero yo quiero intentarlo. Veo a todos siendo libres y yo también lo deseo. Se acabaron los quizá, los tal vez y los cabe la posibilidad. La vida no me va a pasar desapercibida y mucho menos sin luchar.

78

UN ANILLO Y UNA TABLA

Corro por el pasillo de llegadas del LAX y me lanzo sobre los brazos de Connor que se abren para recibirme. Casi lo tiro al suelo por el impulso. Él me levanta unos palmos del suelo y da dos vueltas sobre él mismo sin soltarme.

—Por fin vuelves a casa —me dice cuando posa mis pies sobre el suelo.

Él y Madison son los únicos que saben que mi viaje a California no lo he realizado para disfrutar de unas merecidas vacaciones, sino que es una mudanza en toda regla.

Sonrío de oreja a oreja y le pido que vayamos a recoger mi equipaje. Lo cargo con cinco maletas y comienza a farfullar y a quejarse de camino a su coche.

—Venga, eres fuerte.

—Podías llevar al menos la pequeña.

—¿Y perderme tu cara?

Bufa y encaja los bártulos en el maletero.

—¿Has dejado algo en Nueva York? —comenta con sarcasmo. Dos gotas de sudor le perlan la frente.

«El miedo», pienso.

Conduce hasta casa de nuestros padres a una velocidad de vértigo. Le digo que quiero llegar viva, y él acelera y ríe.

—¿Cómo te va la vida de casado?

—No me he casado. Te hubiera invitado a la boda.

—Vivís juntos. Es lo mismo.

—No lo es.

—¿Cuándo vas a pedírselo?

—Un papel no va a representar mi amor por Madi.

—Claro. Tu miedo al compromiso no tiene nada que ver.

Él amplía la sonrisa y gira en nuestra calle para ir reduciendo las marchas y aparcar delante del garaje.

—Voy a ir bajando tus quinientas maletas. Ve delante y dile a papá que salga a ayudarme.

Cruzo la casa hasta la cocina donde mis padres hablan y beben una copa de vino.

—¡Ashley! ¡Has llegado! —Mi madre viene hacia mí y me da un abrazo. Mi padre la imita y le informo de que tiene tarea fuera.

—No me puedo creer que estés aquí. —Mi progenitora me mira con los ojos brillantes—. ¿Hasta cuándo te quedas? —Levanta una mano—. No me lo digas. No quiero saber cuándo voy a volver a despedirme de ti.

—Eso no va a pasar.

—¿Qué?

—He dejado mi trabajo. No vuelvo a Nueva York. Me quedo en California.

Durante unos segundos no reacciona. Después abre los ojos y salta de alegría.

—¿Lo dices en serio? ¡Qué alegría me das! ¿Cuándo has tomado la decisión? ¿Por qué no me lo has dicho hasta ahora?

Le cuento que tras varios meses sintiéndome muy sola y perdida y gracias a la visita de Madison y Connor y un encuentro casual con Jacob y su futura esposa, decidí que yo también quería y merecía ser feliz.

—¿Y va a ser padre?

—Tendrías que verlo, mamá. Está muy ilusionado y Leila es una preciosidad.

—Me alegro mucho por él.

Almorzamos, como es costumbre, en la terraza, casi sobre la arena y a orillas del mar. El olor a sal y los rayos de sol sobre la piel me calman y me hacen recordar por qué, al fin y al cabo, estoy en Los Ángeles. Este lugar es mágico, una estampa de cuento para soñar cada amanecer, pero es Ethan el que lo vuelve especial.

Al día siguiente llamo a Caroline para preguntarle cómo está su hermano.

—Ha salido. —La respuesta me sorprende.

—¿Ha salido solo? —Ella nota la confusión en mi voz.

—Hace meses que no llamas, Ashley. Ethan ha recuperado su vida.

¿Qué quiere decir con eso?

—Está preparado para saber de ti. ¿Quieres que le diga que has llamado?

—Eh... No. No. No es necesario. Me alegra que se haya recuperado del todo.

—Cuídate. Tengo que dejarte.

Ni siquiera le digo que estoy en Malibú. Ni lo ha preguntado ni se me ha ocurrido. No puedo negar que la corta conversación me ha desconcertado, pero la felicidad que me inunda porque él esté bien supera cualquier otra emoción.

Salgo de mi habitación y bajo las escaleras con una fijación: hablar con él, pero antes de eso tengo que volver a ser yo. Quiero ofrecerle una Ashley plena, segura y libre. Necesito dejar volar mis mariposas y que el viento las lleve hasta él.

Connor limpia una tabla sobre la mesa de trabajo y no se percata de mi presencia hasta que llego hasta él y le pongo una mano sobre la espalda. Da un grito que lo oyen hasta en Canadá y pega un salto hacia delante.

—La madre que te trajo... —suelta con la mano en el pecho.

—Estabas concentrado. —Río—. Has saltado como una ranita.

—¿No te han enseñado a llamar a las puertas?

—¿Y a ti a cerrarlas? —Miro hacia la entrada, abierta de par en par.

—¿Qué haces aquí?

—¿No puedo venir a ver a mi hermano? Además, ahora vives con mi mejor amiga. Reclamo verla. Quiero un tiempo con ella.

—Está en la playa. Dando una clase.

—¡Ashley! —grita Madi a nuestra derecha, bajando los escalones que vienen del salón. Nos damos un abrazo.

—¿Ya has terminado? —le pregunta mi hermano.

—Son casi las doce.

Él arruga el ceño y mira el reloj.

—¿Te quedas a comer? Connor va a preparar lasaña. —Se lleva una mano a la cara y se retira un mechón de la frente. Algo muy brillante me deslumbra y atrae toda mi atención. Le agarro la muñeca y la atraigo hasta dos centímetros de mis ojos.

—Pero... ¿es esto lo que creo?

Abro la boca y los ojos, que forman tres círculos perfectos.

Ella asiente con una sonrisa radiante y gritamos. Nos abrazamos de nuevo y damos vueltas agarradas de las manos.

—¡¡Felicidades!!

—¡Gracias!

—¡Connor, dijiste...! —le recrimino al más mentiroso de los Campbell.

Él se encoge de hombros y sonríe.

—¡Tenemos que celebrarlo! —apunto.

—Vamos a la cocina. Tengo una botella de vino esperando.

Nos disponemos a marcharnos, sin embargo, Connor me pide que espere un momento.

—Quiero hablar contigo.

—Voy sacando las copas. —Mi amiga nos deja a solas y me temo lo peor. ¿Ethan sale con alguien y él se siente obligado a decírmelo? Mi cabeza piensa en todo.

—¿Para qué has venido?

Su pregunta me serena y suspiro.

—Quería veros. ¿Por qué no me dijiste que os habíais prometido?

—Sabía que a Madison le hacía ilusión darte la noticia.

—¿Cuándo fue?

—Hace tres semanas.

—¿Tres semanas? He hablado varias veces con ella durante estas tres últimas semanas.

—Ha esperado a que estuvieras aquí. —Cuelga el paño en una puntilla clavada en la pared, junto a decenas de herramientas, agarra la tabla en la que trabajaba y la pone de pie—. ¿Te gusta?

—Es... preciosa... Cada vez lo haces mejor. —La parte de atrás, el alma, es una línea muy fina de color verde que va desde la punta hasta la cola dividiendo las quillas y que termina en la central. Pero es el dibujo de la parte frontal el que me deja sin palabras y sin oxígeno dentro de los pulmones: cinco mariposas azules dibujadas en movimiento desde el centro hasta el rocker.

—¿Qué...? ¿Qué es esto...?

—Es tuya. —Me la ofrece.

—No... Yo no...

—Ashley, no dudo de tus ganas de vernos y comer mi maravillosa lasaña, sin embargo, algo me dice que la necesitas, que esto es lo que te ha traído hasta aquí.

—Yo... Gracias. —Dos lágrimas surcan mis mejillas.

—Cógela, haceros amigas, hablad. Cuando estéis preparadas, yo os acompañaré si lo necesitas, pero has llegado hasta aquí, no creo que desees dar marcha atrás.

La acaricio con manos temblorosas durante unos segundos hasta que mi hermano mayor la suelta y la deja en mi pecho, literal y figuradamente hablando. La levanto y la miro. La observo con detenimiento y la palpo de principio a fin. Las lágrimas se mezclan con mi sonrisa mientras mi corazón bombea con más fuerza que nunca.

Es el momento.

Voy a luchar por mi libertad.

79

TÚ ME HACES VOLAR

La lasaña de Connor está exquisita y él se jacta de que, además de ser el que mejor surfea de esta casa y de toda California, también es el amo en la cocina. Madison y yo ponemos los ojos en blanco y nos carcajeamos de camino a la parte de atrás hasta que nos sentamos en el último escalón antes de pisar la arena y mirarnos.

—No sé qué le ves.

—No quieras saberlo.

Constriño el gesto y ella encoge los hombros.

—¿No vas a preguntarme por él? —lanza, solo unos segundos después.

—He hablado con Caroline. Está bien. Es lo único que necesito saber.

—¿Cuándo piensas ir a verle?

—No sé. Supongo que ahora soy yo la que necesita estar preparada.

—¿Preparada?

—Sí. He vuelto porque en Nueva York no soy feliz. Mentiría si no admitiera que estoy aquí por él, pero también lo he hecho por mí. Necesito recomponerme antes de ir a buscarlo.

Le basta mi explicación y la siguiente hora la pasamos recordando viejos tiempos. El día que nos tatuamos. Cuando aprendimos a conducir. Nuestros primeros besos con esos hermanos que no hemos vuelto a ver. El balonazo. Mi odio hacia el chico que casi me rompe la nariz. Nuestra primera fiesta universitaria. Todos los amaneceres metidas en el agua, con la sal pegándose de manera familiar a nuestra permanente piel morena...

—¿Sabes? —Lo pienso y me levanto—. Es hora de volar.

Madison se incorpora y su rostro no muestra asombro en absoluto, sino todo lo contrario. Lo esperaba.

—Volar es lo más, hermana. —Me da la mano y la aprieta—. ¿Te acompaño?

Niego.

—Esto debo hacerlo sola —musito.

Miro al horizonte desde la orilla a la vez que intento no atragantarme con mi propia saliva. El corazón está a punto de salírseme por la boca. Es una mezcla de ansiedad y ganas la que casi no me deja moverme y me mantiene con los dos pies clavados a la arena. Cierro los ojos y trato de centrarme en solo una cosa: llevar aire a mis pulmones y no caer desmayada al suelo. De fondo, la más bella de las melodías, el balanceo de un océano que siempre he amado y las olas morir al llegar a la orilla. Estoy tan ensimismada con el sonido del mar, su olor y su brisa que me pasa desapercibido el hecho de que alguien llega a mi lado y se detiene.

—Es mágico —dice.

Levanto los párpados y me congelo. Esa voz no pertenece a un desconocido. Con mucha lentitud, giro el cuello unos grados a la izquierda y veo a un imponente Ethan, más parecido al chico que conocí en la universidad, que al que dejé un año atrás.

—Es mágico, ¿no crees? —insiste.

Trago con dificultad y parpadeo esperando que solo sea un espejismo y desaparezca, pero no lo hace. Sigue a mi lado. Con el pelo rubio sobre la frente, el torso y los brazos torneados, un bañador verde que le cae bajo el vientre plano y esa sonrisa que tanto he añorado.

Asiento, alejando mi escepticismo y aceptando que Ethan se ha recuperado, y calco su sonrisa.

—¿No te atreves a meterte? No me digas; no sabes surfear.

Lo pienso.

—No. —Río.

—Si quieres, yo puedo enseñarte. —Me guiña un ojo.

—¿De verdad harías eso por mí? —Aleteo las pestañas.

Da un paso en mi dirección, deshaciendo el espacio que nos separaba, acaricia mis dedos con los suyos, sube dibujando un trazo hasta mis hombros y mi cuello, y me estremezco.

—¿Acaso lo dudas? —susurra a pocos centímetros de mi boca.

Entrelazamos las manos y ahora solo un centímetro se interpone entre los dos.

—¿Has logrado recordar? —musito.

—Muy pocas cosas... —Pega su nariz a la mía y la mueve con parsimonia—. Pero sigo soñando con mariposas. —Deja un beso sobre mis labios y un puñado de estrellas explotan dentro de mí—. Espero que me perdones, pero... No recuerdo nuestra historia.

Le agarro el rostro con ambas manos, lo separo lo suficiente para poder mirarlo a los ojos y le contesto algo que me dijo él una vez.

—No me importa. Que no lo recuerdes, no significa que no sea cierto. Ocurrió.

—Ocurrió... —repite, con esperanza.

Tiro de su cuello y apoyo mis labios sobre los suyos. Busco en el beso el refugio que tanto necesitaba y efectivamente lo encuentro, en él.

—¡Vamos, Ashley! ¡Confío en ti! —Ethan me da ánimos desde la orilla, cubierto de agua hasta la cintura.

Yo trato de subirme a la tabla unos veinte metros más al fondo. Agarro los bordes, salto sobre ella y me tumbo boca abajo para disponerme a remar. Miro hacia atrás, el pelo mojado se me pega a la frente y casi no me deja ver. Solo escucho mi respiración, el rugir del agua y el viento sobre mí. Todo ocurre a cámara lenta. Observo la ola que va cogiendo forma conforme se acerca, giro el cuello hacia delante buscando la posición adecuada, remo cuando siento llegar la onda, me muerdo el labio y me impulso hacia arriba con las manos y todo el cuerpo para conseguir ponerme de pie. No me lo puedo creer. Lo consigo a la primera. Se me corta la respiración al sentir el agua con vida bajo mis pies y danzo sobre ella siguiendo su trayectoria. Una euforia que hacía mucho que no me visitaba me golpea el pecho, se introduce en mi torrente sanguíneo y grito. ¡Grito!

—¡¡Síííí!!

—¡Bravo, Ash! ¡¡Bravo!!

Río con tantas ganas que el pecho me convulsiona.

Esto es la felicidad...

Y mientras surfeo esa impresionante y mágica ola, en mi piel se graba la palabra libertad.

Gracias, Ethan, por recordarme lo que significa volar.

EPÍLOGO

Nuestra historia, la de Ethan y la mía, la retomamos aquella tarde sobre las cristalinas aguas de Paradise Cove Beach, una de las playas más bonitas de Los Ángeles y a pocos metros del taller-escuela de mi hermano, el que propició aquel encuentro y nos empujó hacia el filo del precipicio del que al final decidimos lanzarnos agarrados de las manos sin saber si sobreviviríamos al golpe. Lo hicimos. Al llegar abajo, nos levantamos tantas veces como caímos. No fue un camino fácil, sino cargado de reveses y complicaciones, pero supimos solucionarlas y aprender de los errores. Aún tratamos de entendernos y controlar las emociones. Nuestro amor es tan intenso que hasta a nosotros nos sobrepasa.

A Ethan le atemorizaba enfrentarse a un pasado borroso que le hacía mucho daño hasta que aprendió que solo le daba miedo si solo recordaba el sufrimiento y el dolor. Así, se propuso pensar en las piezas del puzle que le hacían feliz e inventar el resto. Ahora no teme a los huecos que albergan su mente ni a esa época en la que no sabía controlar la rabia y la ansiedad. Me cuenta que nos imagina en nuestro pequeño apartamento y que me hace el amor sobre el suelo. Huele a café y canela y mi piel tiene el sabor del mar. Alucinó cuando le conté que estábamos prometidos y gritó que deberíamos casarnos. Esto fue hace nueve meses, justo al comienzo de nuestro viaje alrededor del mundo en una furgoneta que hemos comprado. Es vieja y de segunda mano, pero la hemos hecho tan nuestra que la sentimos como un hogar.

Ninguno de los dos tuvimos dudas cuando, con calma, hablamos y recapacitamos sobre lo que realmente queríamos hacer a partir de ahora. Yo tenía bastante dinero ahorrado (mi trabajo en Nueva York había estado dando muchos frutos) y él acababa de recibir la herencia de su abuela que dejó en fideicomiso para sus nietos. Nos dimos dos años sabáticos (en el peor de los casos). Lo alargaríamos si lo veíamos conveniente, pero no lo acortaríamos (si no existían causas mayores). Nos merecíamos dos años para nosotros después de todo lo que habíamos pasado.

—Ese era tu sueño —le dije, acariciando su torso desnudo.

—¿Y el tuyo?

—Acompañarte a todas esas playas.

Y así tomamos la decisión que nos llevó a donde estamos ahora. En Bells Beach, Australia. Una playa con olas infinitas como él indicó el día que me habló de ella muchos años atrás.

—Ash, ¡mariposa! Te estamos esperando —indica, y me saca de mi ensimismamiento.

Miro hacia atrás, hacia nuestro improvisado campamento sobre las dunas y me levanto de un salto revolviendo la arena bajo mis pies.

Ethan, Connor y Madi me esperan para comer. Mi hermano y mi ya oficial cuñada vuelan cada dos o tres meses en busca de las olas que encontramos y pasan un par de semanas con nosotros. Adoramos que nos visiten y disfruten del mar a nuestro lado.

Se casaron hace casi dos años, justo después de dejar mi trabajo en Manhattan y recuperar mi vida. Lo hicieron en la playa, con solo una treintena de invitados. Con ropa liviana y flores en el pelo. Tomamos cerveza e hicimos una barbacoa alrededor de una gran hoguera. Fue especial y mágico.

Ethan y yo aún no nos hemos comprometido, aunque como he dicho, él ya lo ha propuesto y está deseando volver a ponerme un anillo en el dedo. Pero todo a su tiempo. Ahora vamos a volar sobre olas de todo el mundo y después, cuando el mar se calme y tomemos tierra de nuevo, nos casaremos también descalzos sobre la arena.

—Es la hora —avisa Ethan, con una cerveza en la mano, sentado en una silla plegable y mirando cómo el sol comienza a esconderse y el cielo se colorea de un naranja muy tenue.

—¿Quieres que te dé otra paliza? —le contesta Connor, con ese tono chulesco y burlón porque cada día surfea mejor.

—Un día de estos te ganaré. —Lo señala con el dedo—. Y se van a enterar hasta en la Conchinchina.

—Jamás lo lograrás. —Se levanta de la hamaca en la que casi estaba tirado—. Soy el puto amo.

Madi y yo ponemos los ojos en blanco y nos reímos.

—¿No venís, chicas? —A Connor le extraña que hoy tampoco nos metamos en el agua. Así llevamos dos días, desde que mi amiga me pidió que la acompañara a la farmacia.

—Estamos en esos días... No nos apetece —finjo.

—Malditas gemelas Olsen —masculla Connor.

Ethan me da un beso y me pide que le desee suerte.

—Suerte. Y... hazlo por nosotras dos. ¡Túmbalo! —casi le suplico.

Observamos desde la playa cómo se introducen en el agua y buscan la primera ola.

—Connor hoy va a llevarse una cura de humildad —manifiesta Madi, arrugando el entrecejo. La miro y alzo una ceja—. ¿Quieres que tu chico gane?

—Estaría bien por una vez. El puto amo —lo parafraseo— cada vez se lo tiene más creído. Es insoportable.

—Ven. —Me insta a que la siga y no nos detenemos hasta que el agua casi nos llega a la cintura.

—¡Vamos, Ethan! ¡Tú puedes! —lo animo entre gritos y vítores y las manos levantadas.

La ola se acerca, se disponen a cogerla. Parecen demasiado pegados, pero con la distancia suficiente para no interponerse en el camino del otro. Se suben a la tabla, primero Ethan, luego Connor. La enfilan. Ethan coge velocidad y fuerza. Connor mantiene su estilo, atrevido pero seguro.

—¡¡Connor!! ¡¡Mi amor!! —Madi brama con las manos haciendo de altavoz delante de su boca—. ¡¡Vas a ser padre!! ¡¡Estoy embarazada!!

Mi hermano lo escucha, le cambia el rostro de color en una milésima de segundo, pierde el equilibrio, resbala de la tabla y cae al agua sin control.

Mi amiga y yo nos carcajeamos hasta que Ethan llega a nuestro lado sintiéndose vencedor y nos da las gracias por echarle una mano.

Connor aparece un minuto después, mascullando frases ininteligibles y arrastrando la tabla con una mano.

—Pero... —Llega hasta su mujer y se toca el cabello mojado—. ¿Qué...? ¿Qué acabas de decir? ¿Estás...? ¿Estás...?

—Estoy embarazada —termina ella.

Se aprietan en un abrazo muy sentido y se besan. Connor

le rodea el cuello y la cintura con las manos y le susurra sobre los labios cuánto la ama.

Ethan me mira, sonríe y me da la mano. Tira de mí y pega su frente a la mía.

—Anoche soñé mariposas —musita.

—¿Y hasta dónde te llevaron esta vez?

—Siguen el mismo rumbo. —Acaricia mis labios con sus labios—. Siempre me llevan a ti.

ESPECIAL

JACOB

El final y el comienzo

Muchas de las situaciones que vivimos y emociones que sentimos fueron tan sumamente intensas que quizá debería haberlas olvidado porque, admitámoslo, la mayoría dolía hasta casi hacerme gritar. Pero no ha sido así. Durante todo este tiempo las he tenido retenidas en mi memoria y las he ido rememorando cuando lo he necesitado, y no han sido pocas veces. No sé de qué manera explicarlo para no parecer masoquista, porque no lo soy. Solo soy una persona que cree firmemente que somos lo que somos por todo lo que hemos vivido y que olvidarnos de nuestro pasado significa matarnos a nosotros mismos. Y no pienso suicidarme de esa manera. Lo que le sucedió a Ethan..., bueno, eso es otra historia. Además, la mayoría de lo que viví junto a Ashley fue bueno, bueno para ella y para mí. Por eso me alegra tener entre mis manos la prueba de su felicidad y me emociona que desee compartirla conmigo. Vuelvo a leerla y una sonrisa de verdadera satisfacción y de hasta cierto orgullo se dibuja en mi rostro.

—Lo conseguisteis... —musito para mí mientras acaricio el trozo de cartulina celeste con olas en relieve.

Olas...

Olas rompiendo contra la orilla.

El rumor de las olas...

Y ese olor a sal impregnando cada momento...

Sabía lo que Ashley iba a decirme, pero aun así la llamé y quedamos en el bar que solíamos frecuentar antes de que todo aquello empezara y nuestras vidas, perfectas y tranquilas, se vieran abocadas a un desastre ordenado que consiguió guiarnos hasta un destino en el que nos sentíamos seguros. Yo fui ese destino para Ash y ella fue el mío, aunque en el fondo ambos sabíamos que no éramos el final. Admito que jamás habría apostado por cómo se desarrolló la historia de todos nosotros, no solo mía y de Ash, sino de Ethan, Connor y Madison, y de haberlo hecho, hubiera perdido hasta el último penique. Me hubiera gustado que alguien hubiera grabado la cara que se me quedó cuando llegué a la playa aquel Cuatro de Julio y vi a mi novia besándose con un fantasma, o una aparición, porque... eso es lo que pensé que era. O eso, o me estaba volviendo completamente loco; había perdido la cabeza. Sin embargo, solo tuve que reparar en los ojos de Ashley para saber que tenía al mismísimo Ethan a solo un par de metros de mí y demasiado cerca de los labios de la que hasta entonces consideraba mi chica. Fue una mezcla de sensaciones las que se agolparon en mi garganta: ira, alegría, sorpresa, rabia, desconcierto... Una montaña rusa de emociones que me ahogaron durante lo que se convirtió en los segundos más largos y densos que había experimentado jamás.

Y allí, sentado frente al mar y envidiando a las olas mecerse a su antojo bajo el radiante sol moví la cabeza varias veces hasta que logré desprenderme de la imagen que me taladraba el cerebro desde que llegué a Los Ángeles en busca de una respuesta a una proposición de matrimonio que había terminado en un hospital de Nueva York. Y no era la imagen de Ethan y mi novia besándose en la playa en una noche mágica la que me daba dolor de cabeza, sino la de Ethan completamente fuera de sí, sobre mi cuerpo, inmóvil en el suelo, y sus puños y toda su ira impactando sobre mi rostro.

Parpadeé justo en el momento en el que el camarero se acercó a mi mesa y me preguntó qué deseaba. Me quedé mirándolo mientras mi mente hizo una lista de deseos que comenzaba por tener una máquina del tiempo y volver cuatro años atrás e impedir que Ethan subiera a aquella tabla de surf por una estúpida pelea con un desconocido e impedir que chocara contra las rocas.

—Disculpe. ¿Le pongo algo, o prefiere esperar a su acompañante? —insistió ante mi falta de respuesta—. Puedo volver en unos minutos.

—Eh... Una botella de agua, por favor. Muy fría.

Hacía un calor asfixiante y, aunque bajo el entoldado no se apreciaba lo suficiente como para morir de una insolación, no quería terminar sudando la camiseta antes de que Ashley me viera.

En aquel momento aún confiaba en que lo nuestro se pudiera arreglar... Y qué equivocado estaba. Lo nuestro siempre fue una ecuación perfecta cuyo resultado nos benefició a los dos, pero de la que no formábamos parte. Una contradicción, lo sé. Pero una contradicción que nos hizo felices a todos durante... unos instantes.

—Hola. —Ash llegó solo un segundo después y tomó asiento frente a mí. Estaba nerviosa y no podía ocultar la tristeza que desprendía sus ojos—. Perdona. Payton me ha entretenido. —Movía sus dedos entrelazándolos unos con otros. Yo solo quería abrazarla y asegurarle que todo iba a salir bien, pero no estaba seguro de ello. No estaba seguro de nada.

—¿Aún no se ha ido? —No sabía ni qué decir, por dónde empezar, ni cómo convencerla de que volver conmigo a Nueva York sería la mejor opción, sobre todo porque hasta yo entendía que no la fuese.

—Se va pasado mañana. Ya la conoces... Es muy pesada... —Suspiró.

—Está preocupada por ti. —Acerté de lleno.

—No quiere irse sin asegurarse de que esté bien.

—Nuestro vuelo sale mañana. —Decidí ir directo al grano y dejar de andarme por las ramas porque algo me decía que esas ramas podrían partirse en cualquier momento y el golpe iba a dejarme hasta sin dentadura. Solo hacía unos días que Ethan me había vapuleado hasta casi matarme y no estaba dispuesto a que me dieran otra paliza ni en el sentido más figurado.

Y, aunque Ashley me rechazó, no me lo tomé como una derrota, sino como la razón que me empujó a buscar mi propio destino.

—Sabes que no voy a acompañarte. —Unió todas sus fuerzas y me miró por primera vez a los ojos desde que llegó al bar.

—Lo sé, pero... Nos merecemos una despedida.

—No puedo despedirme de ti... —Sus ojos comenzaron a brillar, y los míos lo imitaron.

—Ashley...

—Te quiero, Jacob. Siempre te voy a querer... —No pudo evitar que sus lágrimas rodasen por sus mejillas y mis manos arroparon las suyas con el cariño infinito que siempre le profesaron.

—Lo sé... No te he llamado para asegurarme de que lo nuestro no ha sido una mentira. Solo... —A mí también me costaba hablar—. Solo quería decirte adiós y... desearte lo mejor.

—¿Por qué eres tan bueno conmigo? Te he mentido.

—No vamos a volver a hablar sobre eso. Ante todo eres mi mejor amiga y yo también te quiero.

—¿Puedo pedirte algo?

—Claro...

—Abrázame.

Y así nos despedimos. La rodeé con mis brazos y ella se cobijó en mi regazo como llevaba haciendo años. Nos dimos cuenta de que la vida no te pregunta qué quieres, cuándo quieres que ocurra y cómo quieres que termine. La vida sucede sin más y depende de nosotros vivirla de cualquier manera, sentirla sea como sea y enfrentarla aún muertos de miedo.

La vida, simplemente, merece la pena.

No voy a decir que volver a un piso vacío de su presencia y lleno de momentos de nuestra vida juntos fue fácil. Tuve que salir a tomar el aire al balcón y llenar mis pulmones de oxígeno para no ahogarme en el mar de los recuerdos...

La primera noche que pasamos juntos bajo este techo cuando aún ni podíamos imaginarnos que seríamos el uno para el otro más que un amigo.

La primera vez que mi corazón dio un vuelco por el roce de su piel. Acababa de ducharse y decidimos ver una película en el sofá.

La primera vez que la besé muerto de miedo y de incertidumbre porque su reacción fuera partirme la cara. Pero me devolvió el beso y lo alargamos durante varios minutos.

La primera vez que rio de verdad, que rio desde dentro, que su carcajada hizo retumbar los cimientos del edificio e inundó de felicidad cada habitación.

La primera vez que hicimos el amor...

Tuve que armarme de valor para sobrevivir los primeros días sin ella. Sam, el portero, intentaba animarme; hasta me regaló un pastel que me había hecho su mujer cuando le contó lo que nos había ocurrido. No soy de los que cuenta su vida a cualquiera, pero Sam realmente estaba preocupado por mí y por la ausencia de Ashley y decidí ser del todo sincero. Él tampoco pudo ocultar su decepción y tristeza. Pero Sam, al igual que yo, la Tierra y el resto de los planetas, nos dejamos llevar por lo que sea que empuja el universo, desde lo más grande a lo más pequeño.

Y seguimos...

Se llama Leila

Y seguí porque me lo debía, a mí y a la vida. Seguí caminando, echando la vista atrás a veces, pero tratando de buscar mi propio camino y alejándome de ese destino que siempre supe que no me pertenecía. Ni por asomo creí que en el sendero me cruzaría con ella tan rápido; solo quería ser feliz conmigo mismo y encontrar alivio en las cosas simples y cotidianas del día a día. El primer café de la mañana, el saludo amigable de mis compañeros, una cerveza fría en el bar que había cerca de la oficina, las veces que me permitía salir a correr por Central Park y todas las que me detenía a admirar el paisaje del parque más importante de la ciudad. Y sin avisar, una de esas veces, la vi a ella. Estaba agachada junto a un árbol, le daba de comer a unas ardillas y el abrigo rojo que llevaba puesto le cubría el cuerpo casi por completo. Hacía frío, el invierno giraba la esquina y la primera nevada estaba a punto de caer. No sé por qué me acerqué a ella. Me percaté entonces de su cabello rubio, tapado con un gorro de lana blanco, pero con la suficiente longitud para que cayera sobre sus hombros y me dejara admirarlo. Una pregunta me allanó de pronto, y deseé darle repuesta de inmediato: será suave y olerá bien. Me dieron ganas de acariciarlo, aunque evidentemente me contuve.

Ella se levantó y se giró.

—Hola. —Saludó con una sonrisa.

Me sorprendió su naturalidad ante un extraño que se estaba tomando la licencia de abordarla sin ninguna razón aparente.

—¿Puedo ayudarte en algo? —siguió. No estaba asustada. Solo pretendía ser amable.

—¿Das de comer a las ardillas? —le respondí amigablemente, tal y como ella había hecho, sin utilizar los formalismos que utilizaba la mayor parte del día.

Se encogió de hombros.

—Les gusta mucho los cacahuetes y... bueno, yo he comprado demasiados. —No me pasó desapercibido su pronunciado acento. ¿Canadiense?—. ¿Quieres? —Alargó el brazo en mi dirección y abrió la palma de la mano.

—¿También vas a darme de comer a mí? —Sonreí.

—Lo haría si lo necesitaras, pero... No pareces demasiado hambriento; al menos de cacahuetes.

—A esta hora lo único que me apetece es un café bien cargado. —Eran las ocho de la mañana de un sábado de noviembre. Quedaban pocos días para Acción de Gracias y me debatía entre pasarlo solo en Nueva York o viajar a California para estar con mi familia. En todo caso, aún no sabía si el trabajo iba a permitirme elegir esta última opción.

—Ni que lo digas. —Se abrazó—. Será mejor que me vaya. No quiero morir congelada y ser el postre de las ardillas. —Se dispuso a marcharse.

—¿Te apetece un café? —Mi voz la detuvo—. Conozco una cafetería aquí cerca que lo sirve en tazas de medio litro. —Alzó las cejas—. ¿No me crees? Yo también me sorprendí cuando llegué a esta ciudad. No tienen medida.

—¿Los Ángeles? —Me señaló.

—Pasadena.

—Yo tampoco soy de Nueva York.

—¿Canadá?

—Ottawa.

—Vaya... Una chica de gran ciudad. No debió asustarte Nueva York.

—No demasiado. ¿A ti te costó adaptarte? ¿Hace mucho que llegaste? Si quieres..., puedo darte algunos consejos.

—Me ofreces comida, consejos... —Mi sonrisa se agrandó.

—Perdona, mi padre es predicador; llevo en la sangre lo de ayudar a la gente.

—Y te lo agradezco, pero ahora solo quiero un café y que te lo tomes conmigo. —Algo me atraía hacia ella y una voz dentro de mi cabeza me gritaba que no la dejara irse sin conseguir al menos su teléfono. Sus ojos caramelo y su pequeña nariz me tenían embobados.

Miró el reloj que llevaba en la muñeca y recé porque no utilizara la excusa manida de que se le estaba haciendo tarde y tenía que marcharse.

Ocurrió todo lo contrario.

—Me encantaría. Aún tengo una hora por delante.

—Estupendo. ¿Nos vamos? Es por aquí.

—Un segundo. —Se agachó y dejó el puñado de cacahuetes que aún tenía en la mano en un montoncito junto al tronco del árbol—. Listo. —Dio una palmada—. Ahora sí que podemos ir a tomar ese café.

Le señalé la dirección que debíamos tomar con la palma de la mano.

Durante el trayecto, que duró unos diez minutos, hablamos sobre el viento frío que provenía del norte y que presagiaba un invierno de heladas y tormentas de nieve.

—Me gusta la nieve. Tal vez sea ese el motivo por el que decidí mudarme a esta ciudad. En Ottawa los inviernos son muy duros, pero estamos acostumbrados.

Yo le conté que el frío era lo peor de esta ciudad a mi parecer y que prefería el invierno caluroso de Los Ángeles y poder surfear todos los días del año. Me emocioné mientras le hablaba de las playas que solía frecuentar y de que no había mejor sensación que sentir los rayos del sol en la cara mientras viajas sobre una buena ola.

—Creo que no sería capaz.

—¿A qué te refieres?

—A surfear. Estoy segura de que jamás podría hacerlo —insistió.

—Yo podría enseñarte.

Le abrí la puerta de la cafetería para que entrara antes que yo y el olor de su cabello impactó en mi pecho. Olía tal y como me había imaginado: a dulce, a melón, a azúcar y a un sinfín de posibilidades. Me olió a suaves besos, a caricias bajo las sábanas y a amaneceres de colores. Supe entonces que esa chica misteriosa era especial, al menos para mí, y era lo único que me importaba.

Pedimos sendas tazas de café americano doble y nos miramos a los ojos.

—Aún no sé cómo te llamas.

—Soy Leila. —Alargó el brazo hacia mí como lo había hecho cuando me ofreció cacahuetes, con la diferencia de que esta vez yo la imité y nuestras manos se unieron en un apretón cordial.

Piel con piel.

Y... todo explotó.

—Yo... —Se me hizo un nudo en la garganta que me impedía hablar con normalidad—. Me llamo Jacob.

No creía en el amor a primera vista. Me parecía algo ficticio, de película romántica, de novela. ¿Cómo amar a alguien que no conoces? ¿Qué amar de esa otra persona si no sabes nada de ella? No lo sabía. Lo único de lo que tenía certeza era del latido de mi corazón, desbocado ante su contacto, y de las ganas que tenía de saberla entera. ¿Atracción física? Posiblemente. Pero, entonces ¿por qué mi instinto solo deseaba protegerla y hacerla reír y no llevarla a mi cama?

Besa como los ángeles

Estuvimos quedando durante dos semanas todos los días. Coincidió que no tuve que viajar por motivos laborales y la llamaba para verla después del trabajo. Mi sonrisa se fue ampliando conforme conocía más de ella, mi corazón se prendaba a cada segundo y mis miedos desaparecían como una neblina espesa que se deshace en pocos minutos. Ella me enseñó que el cielo gris de un duro día de invierno puede ser del color que deseemos si lo miramos con el alma. Y eso es lo que hice. Le abrí mi alma para que pudiera mirar dentro de ella. Y lo mejor: ella me dejó que observara la grandiosidad de la suya. Hasta me invitó a celebrar Acción de Gracias con su familia en Cincinnati, Ohio, mientras asistíamos a un concierto de su banda de rock preferida: The Fox's Lair. Fue ella la que tres días antes se había presentado con dos entradas y afirmando que debía conocer la música de Pablo Aragón, un compositor español que había crecido en Londres y escribía en inglés, cuyas letras te llenaban el corazón de tantas emociones maravillosas que debía experimentarlas. ¿Cómo negarme a acompañarla? Allí estábamos, en medio de un montón de gente que cantaban a coro junto al vocalista que, llámame atrevido, pero no solo enamoraba por su música.

—Mis padres viajan a casa de mi hermano a pasarla con nosotros. No te dejaré solo en esta ciudad. Puede ser muy solitaria —gritó para que pudiera oírla.

¿Soledad? Me había acostumbrado a ella en pocos meses, pero desde que la había conocido no me apetecía estar solo.

—¿Me propones conocer a tus padres? ¿Tan pronto? —le dije, con mis pupilas clavadas en las suyas y la sonrisa bobalicona que se había instalado en mi rostro y que no desaparecía—. ¡Si ni siquiera nos hemos besado? —chillé, tratando de bromear, pero sus ojos brillaron con tanto ímpetu que se me borró la sonrisa y tragué con dificultad. Todo se detuvo.

Todo. Los más de cincuenta mil cuerpos que saltaban a nuestro alrededor, las luces, el tiempo, la música...

He de decir que hasta el momento no me había atrevido a acercarme a ella en ese sentido. Me daba pánico asustarla y que me alejara de su vida. ¿Y si Leila no estaba sintiendo lo mismo que yo?

—Pues hazlo ya. Estás tardando demasiado... —musitó, con su boca a pocos centímetros de la mía, tras ponerse de puntillas y agarrarse a mi abrigo azul marino.

La así de la cintura, la pegué más a mí y la levanté un par de centímetros, los justos para que sus labios rozaran los míos y me quedara sin oxígeno en los pulmones y sin sangre en las venas. Fue una sensación tan desconocida para mí que no sé definirla. Jamás la había sentido con nadie, ni siquiera con Ashley, a la que había querido casi más que a mí mismo. Pero comprendí, en aquel instante, en aquella milésima de segundo en la que nuestros labios se tocaron por primera vez, que no había conocido el verdadero amor, el grande, el infinito, el que se graba en la piel y se queda para siempre como un tatuaje invisible para el resto pero muy evidente para ti.

Sus labios eran cálidos, suaves y sabrosos, tal y como llevaba fantaseando desde el primer momento en que la vi. Besaba con fuerza, con ganas, con sentimiento, desde el corazón; como hacía todas las cosas. Leila vivía cada segundo como si fuera el último, pero con una tranquilidad asombrosa.

Leila era preciosa. Por dentro y por fuera.

Y sentí todas esas emociones de las que me había hablado mientras la letra de la canción nos llegaba desde todas partes, pero podría asegurar que el responsable de mi felicidad, excitación y bienestar absoluto tenía nombre de mujer.

Y nos regalamos continuos besos hasta que la canción terminó y el público estalló en un aplauso incontrolado.

Fue tal el miedo y la soledad al perderte,
que hasta un piano tocado por mil almas verdaderas
no me parecía una sinfonía sincera
para dos corazones enamorados...
Por qué será que sin ti mi música no suena.

Una estatua intentando ser modelada,
confundida y desesperada
por el solo motivo de la falta de tu ser.
Siento que floto en una niebla que va a la deriva,
que estoy solo y confundido, pido auxilio y nadie me escucha...
Solo quiero volver a sentir tu piel.

Oír flotando el miedo, la desesperación,
no poder decirle al mundo que te sigo amando...
una impotencia indefinible al no besar más tus labios.

Tal vez vuelva la locura que un día nos unió,
tal vez se vaya la razón que un día, sin quererlo, nos separó.

Ahora solo intento sobrevivir.
Conformarme con recordar que me moría con tus besos.
Menos mal que existen los recuerdos,
así jamás podré olvidarme de ti.

Viajamos en avión a Cincinnati. No pude negarme. Me armé de valor y me fui a conocer a los que se convirtieron también en mi familia. Me trataron como a uno más desde que llegamos y me sentí cómodo con ellos. Logan, su padre, era amable y atento, además de una persona extremadamente inteligente y culta. Predicador de una de las iglesias protestantes más importantes de Ottawa y un hombre que se preocupaba por el bienestar de los demás. De esto último solo tardé minutos en percatarme. Olivia, su madre, profesora de literatura en la Universidad de Carleton y amante de los clásicos. Estuvimos hablando de Oscar Wilde, Jane Austen y Mark Twain durante toda una tarde. No era un experto en el tema, pero había escuchado a Ashley contarme sus impresiones sobre los libros que leía y, curiosamente, le encanta estos autores. Lukas, su hermano, dos años mayor que ella y con un gran instinto de protección hacia su hermana que entendí desde que bajé del avión. Leila había estado saliendo con uno de sus mejores amigos y este la había dejado tirada justo antes del verano y se había largado con su ex. Ella misma me lo contó, como hablaba de todo, con mucha naturalidad.

—Lukas casi le rompe la nariz. No han vuelto a hablarse. Eso me disgusta —me dijo con tono apenado.

—Yo se la habría roto —admití—. Espero no encontrármelo nunca. —De pronto, quería matarlo, estrangularlo con mis propias manos porque le había hecho daño a la mujer de la que me había enamorado.

Fue Leila la que me animó a llamar a Ethan cuando le conté todo lo que había ocurrido y lo que había sido de mi vida durante los últimos años.

—Era tu mejor amigo. No debes dejarlo salir de tu vida. Es parte de ella. Él se alegrará al saber de ti.

—La última vez que nos vimos no terminó demasiado bien —le recordé, y una punzada de dolor se instaló en mi pecho al rememorar aquella tarde en la que Connor tuvo que separarlo de mi cuerpo antes de que me matara.

—Tú eres el que mantiene intactos vuestros momentos juntos. Es tu responsabilidad hacerle saber que estarás para lo que necesite siempre —alegó Leila, sentada en una de las banquetas del que ahora era también su piso y que había decorado dándole mucha vida.

Me temblaban las manos cuando cogí el teléfono y me

senté a la orilla de la cama de nuestro dormitorio. Estaba muy nervioso y eso que no lo llamé directamente a él, al menos la primera vez. Caroline no pudo ocultar la sorpresa cuando escuchó mi voz, pero la alegría también inundó la línea telefónica.

—Jacob, gracias por llamar.

—Solo quiero... Quiero saber si... ¿Crees que Ethan querrá saber de mí? ¿Ha recordado algo de nosotros?

—Lo siento. Sigue sin recordar, pero... Hemos estado hablando mucho durante estos meses. Os echa de menos. A todos.

—Ashley... —No sabía cómo preguntarle cuál era la relación que mantenían Ash y Ethan en la actualidad, pero no hizo falta, Carol lo supo y me respondió.

—No hablan desde que Ashley se marchó de nuevo a Nueva York, pero... la echa de menos y... Jacob... —llamó mi atención—, sé que siente mucho lo que pasó. Le gustaría que lo perdonaras.

—Oh, Carol. No hay nada que perdonar. Soy yo el que debería pedirle perdón. Era mi mejor amigo y me fui con su... con su... —No sabía cómo decirlo—. Me quedé con su chica.

—Deja de martirizarte con eso. Todos sabemos lo que ocurrió. Os hicisteis bien. ¿Quieres hablar con él? Acaba de llegar.

Se me paró el corazón en el pecho.

—Eh... Sí, claro. —Por supuesto. No iba a echarme atrás ahora. Para eso había llamado.

—¡Ethan! ¡Ethan, ven! ¡Jacob está al teléfono! —Escuché que le gritaba a una distancia prudencial del micrófono.

Tras unos segundos..., escuché su voz.

—¿Jacob?

—Ethan... Me alegra... Me alegra... —La lengua se me hizo un nudo dentro de la boca.

—Yo también me alegro de escucharte, Jacob. Quería pedirte disculpas por lo que ocurrió. Perdí los nervios y... Gracias por cuidar de ella durante estos años.

Sus palabras me dejaron helado. ¿Me estaba agradeciendo que hubiese cuidado de Ash mientras creíamos que él estaba muerto?

—Sé que me comporté como un loco celoso, pero eso es lo que era. Ahora... Ahora trato de controlarme —siguió explicando.

—Solo pretendía que volviera a ser feliz, pero... No lo fue hasta que no volvió a verte. —Se hizo un silencio tras la línea—. Siento que no estéis juntos, Ethan. Dale algo de tiempo.

—Tú la conoces mejor que yo. ¿Crees que volverá en algún momento? ¿Volverá a mí? —Noté que susurraba con temor.

—Ethan, ella volvió a ti aun cuando creía que habías fallecido. Ashley volverá a ti porque en realidad nunca se fue del todo. Cuando nos mudamos a Nueva York, una parte importante de ella se quedó en Los Ángeles y no lo entendí hasta este verano. Esa parte de ella sabía que no habías muerto y que debía acompañarte aunque no la reconocieras. Volverá, apostaría mi vida por ello.

—Me duele no recordarla, me duele no recordarte, pero Carol me cuenta historias y... Sé lo que erais para mí y no quiero perderos... A ninguno de vosotros. Gracias por llamarme.

—Gracias a ti por aceptar que debíamos seguir nuestras vidas.

Las llamadas se sucedieron y fueron cada vez más casuales. Le conté mi historia con Leila y gritó cuando le dije que estaba embarazada.

—Yo tampoco lo esperaba. Solo llevamos unos meses juntos y quizá no sea el mejor momento para nuestras carreras profesionales. ¡Voy a ser padre!

—¡Vas a ser padre! —repitió Ethan, tan asombrado como yo.

—¿Crees que sabré hacerlo?

—Ayer me contó Carol, a la vez que me enseñaba unas fotografías, que fuiste tú el que me enseñó a hacer nudos de pesca. ¿Y sabes qué? Que no se me han olvidado. Me enseñaste tan concienzudamente que ni el golpe contra las rocas ni el coma han conseguido borrarlo de mi mente. —Nos reímos—. Sabrás ser padre perfectamente.

—También te sacaba de algunos líos, incluso te alejaba de las broncas...

—¿Te comportabas como un padre conmigo?

—¡¿Qué dices?! ¡Pero siempre he sido más sensato que tú! —Nuestras conversaciones cada vez eran más relajadas y amigables, hasta que me sentí tan cómodo como para proponerle que fuera él el que diera el paso definitivo y buscara a Ashley.

—Ven a Nueva York. Puedes quedarte con Leila y conmigo.

—Yo... Aún no estoy preparado, pero no pienso volar el resto de las olas solo.

—¿Surfeas?

—Lo intento... Lo intento cada día.

Los ojos de Ash deberían volver a brillar

El verano se acercaba y en Nueva York hacía un calor de mil demonios. Durante esta época del año echaba de menos California de una manera que me arrancaba de las entrañas mis ganas de levantarme por las mañanas. Además, Leila también lo estaba pasando fatal con las altas temperaturas y su embarazo.

—Mudémonos a Canadá, por favor... —rogaba medio en serio medio en broma casi todos los días.

—Pronto será el Cuatro de Julio y podrás refrescarte en una playa de Los Ángeles.

Íbamos a visitar a mi familia dentro de un par de semanas y, tras pasar ese día en Pasadena, tenía pensado enseñarle las playas de Malibú y, tal vez..., presentarle a Ethan en persona, aunque ya habían hablado en varias ocasiones por teléfono.

—Vamos, hoy comeremos pescado. Os sentará bien —casi ordené, porque me preocupaba la alimentación de ella y de mi hijo aún no nacido.

Nos sentamos en un restaurante de Manhattan que solía frecuentar con Ashley. Me gustaba recordarla y en alguna ocasión la había llamado para asegurarme de que estaba bien, sin embargo, ella jamás me devolvió las llamadas. Lejos de enfadarme, la entendí. La conocía tan bien que supe que necesitaba más tiempo.

Terminamos de comer una hora después y salimos del local dispuestos a subir al coche que nos esperaba junto a la acera. No utilizaba mucho el chófer que la empresa ponía a mi disposición, pero desde que Leila se quedó embarazada me tranquilizaba que no utilizara taxis y que una persona de confianza la acompañara.

Abrí la puerta del restaurante y le pedí que cruzara el umbral que llevaba fuera.

Y vi a una de las mujeres que hasta entonces marcaron mi vida.

—¿Ashley? —No me lo podía creer. Era ella.

—¿Jacob?

La miré durante demasiado tiempo, pero quería asegurarme de que estaba bien. Juraría que hasta le conté las extremidades, medí su sonrisa y busqué ese brillo tan inusual en sus ojos y... no lo encontré.

—¡Me alegro de verte! —Intenté centrarme.

—Yo también.

—Te llamé hace unos meses. Quería saber si estabas bien —dije sincero.

—Yo... Sí. Ya sabes. Lo siento. Tengo mucho trabajo.

—Cariño, hace calor. —Leila se quejó a mi lado.

—Sí, perdona. Ashley, ella es Leila, mi prometida. Leila, ella es Ashley, te he hablado de ella.

—Encantada —dijeron a la vez y Leila se disculpó. Tenía mala cara y me preocupó.

—Lo siento, pero este calor me baja la tensión y tengo que cuidarme. —Se acarició el vientre y me miró con rostro cansado.

—Espérame en el coche. Solo tardaré unos minutos. —Le di un beso en la comisura de los labios y se marchó.

—Ashley... —Quería decirle tantas cosas que una por una se atascaron en mi garganta.

—¿Vas a ser padre? —me preguntó. Y, por primera vez desde hacía mucho tiempo, vi brillar, aunque fuera durante unos instantes, esos ojos maravillosos.

—Sí.

—¡Felicidades!

—Gracias. Ha sido... Ha sido toda una sorpresa para mí, pero... Soy feliz. Soy muy feliz y te lo debo a ti. Llevabas razón cuando hablabas del amor y lo que te hacía sentir.

Sonrió.

—Me alegro mucho por ti, Jacob. Te lo mereces. —Supe que lo decía con el corazón.

—¿Y tú? ¿Qué sabes de Ethan? —Sabía que no tenían relación directa, estaba al tanto de ello, pero quería presionarla de alguna manera para que me hablara de él y se diera cuenta del error que estaba cometiendo al no ir en busca de su felicidad.

—Jacob. Ethan y yo no...

—Lo sé. Hablo con él de vez en cuando. —Tuve que ser sincero porque con ella no me salía hacerlo de otra forma—. Me refiero a cuándo vas a dejar de luchar por lo que desean los demás y vas a correr tras tus sueños.

—¿Tú también? —Se enfadó de repente, pero no por ello me contuve de hablarle como necesitaba hacerlo. Ella y yo.

—¿Crees en el destino? ¿O piensas que conocer a Ethan fue casualidad? Yo creo que todo lo que hemos vivido tenía que pasar, así, tal cual. Tú, Ethan, Madi, yo... Estaba escrito en las estrellas, Ashley. Yo tenía que cuidarte para devolverte a él. Tu corazón nunca me perteneció, solo me lo prestaste para que yo también sanara mis heridas. Gracias a ti estoy aquí y he conocido a la mujer de mi vida. Mírame, voy a ser padre y ni siquiera sé atarme los cordones. —Sonreímos—. Estoy muerto de miedo, pero jamás me he sentido más completo. Hemos sufrido mucho durante estos últimos años. No me digas que nada de esto ha servido. No me digas que las lágrimas que hemos derramado no te son suficientes para darte cuenta de que tu vida no está aquí ni allí, sino en Ethan.

—Jacob... —susurró tras un sollozo casi inaudible.

La envolví entre mis brazos y sentí tanto cariño que me dio un vuelco el corazón. Quería que consiguiera ser feliz como yo ya lo era.

—Vuela como solías hacerlo, Ashley, y las olas te llevarán a él.

Ash se apartó unos centímetros y me clavó su mirada color miel. Le di un beso en la frente y le pedí que pensara qué quería realmente. Ambos sabíamos que Nueva York jamás la haría feliz.

Y creo que lo comprendió.

Vuelvo a mí tras perder la noción del tiempo lo suficiente como para que el sol se haya escondido tras el *skyline* de Nueva York. Entre las manos aún tengo la cartulina color celeste con olas grabadas y el sobre donde ha llegado por correo postal. Leo de nuevo: «¡Nos casamos! Y nos encantaría que volases junto a nosotros la ola más importante de nuestra vida». Así empieza la invitación de boda que Ethan y Ashley han enviado a sus familiares y amigos, entre los que me encuentro yo, mi esposa y mis dos hijos, Cameron y Olivia, nombre elegido para nuestra hija pequeña en honor a su abuela, fallecida unos meses antes de que ella naciera, hace ya más de un año.

—Cariño, la cena estará en diez minutos. —Leila sale de la cocina, se acerca a la ventana donde me encuentro y me da un beso en la mejilla—. Voy a comprobar que los niños se han dormido.

—Si quieres, puedo ir yo —me ofrezco para que descanse. Olivia da muy malas noches y es ella la que se ocupa la mayor parte de las veces. Por mi trabajo, sigo viajando muy a menudo y, ahora, esos viajes me pesan como si llevara botas de plomo las veinticuatro horas del día.

—No te preocupes. Ya sabes que Cameron se cree muy mayor para que su padre vaya a cuidarlo. Yo me asomo con sigilo.

—Como prefieras. —Sonrío, la agarro de la mano y acerco su boca a la mía—. Hoy estás preciosa —susurro sobre ella—. Como todos los días.

Ella también sonríe, anodina, y se aleja hasta perderse por el pasillo de los dormitorios. Vivimos en este apartamento desde que Cameron nació y nos dimos cuenta de que necesitábamos un lugar más grande para los tres. Y cuando llegó Olivia todo se multiplicó por cien; las preocupaciones, los cachivaches, la ropa sucia y los gritos. Esa niña tiene unos pulmones tan grandes como el puente de Brooklyn. No exagero. Me aventuraría a decir que de mayor va a ser cantante de ópera.

1 de julio

Hincho el pecho y lleno de aire los pulmones, pero no es de lo único que se colma, sino de dicha. Me siento completo y hoy más que nunca. Saber que Ethan y Ashley han decidido dar el paso definitivo provoca en mí una satisfacción desconocida e inesperada. Como si me desprendiera de una responsabilidad que durante mucho tiempo hice mía, y eso que hace varios años que nuestros caminos se dividieron y solo se han cruzado en contadas ocasiones, todas ellas premeditadas y estudiadas. Recuerdo la primera vez que nos vimos los tres después de aquel funesto Cuatro de Julio. No sé quién estaba más nervioso, si Leila o yo. Solo quedaban tres días para nuestra boda y decidimos pasarnos por California a impregnarnos de su calidez antes de volar hasta Ottawa a celebrar nuestras nupcias. Ethan y Ashley no podían asistir y dimos por buena la idea de vernos y tomar unas cervezas. El encuentro no pudo ir mejor y Ash y Leila se hicieron amigas casi al instante. Las miraba reír y era como ver delfines nadando junto a la tabla de surf.

Es curioso, pero desde que conocí a mi mujer me sobrevienen a menudo sensaciones inexplicables.

El amor tiene el poder de convertir lo normal en sensacional, lo cotidiano en extraordinario y en hacer simple lo más complicado.

Mis amigos se casan hoy en una playa junto a Pacific Coast Highway y por nada del mundo me perdería ese momento.

CONNOR

Me despierto con los primeros rayos del sol, como cada día desde que tengo uso de razón. El cielo aún lo cubre una fina capa de oscuridad y la luz se abre paso como en una guerra constante, llegando poderosa e imperturbable. Noto la cálida presión del costado de Madison contra el mío, y mi instinto me empuja a arrullarla entre mis brazos y atraerla más hacia mí. Escucho el diminuto suspiro de satisfacción que escapa entre sus sensuales labios y la polla me da una sacudida dentro de lo finos slips que suelo ponerme para dormir, aunque prefiero hacerlo completamente desnudo (hábito al que tuve que renunciar cuando nacieron nuestros hijos, aprendieron a andar y cogieron por costumbre visitar nuestra cama de madrugada o por la mañana). Refriego mi entrepierna en su trasero y dejo un reguero de besos por su hombro hasta que logro hacerla gemir y estremecerse entre mis manos. La agarro por la cintura estrecha y le doy la vuelta para dejarla bajo mi cuerpo. Aún tiene los párpados caídos y la mirada soñolienta, convirtiéndola en una presa fácil para mí. Trago saliva ante sus pechos desnudos, perfectamente redondos y bronceados, y atrapo uno de sus pezones con mis dientes para luego repasarlo y darle calor con mi lengua. Madison se revuelve de placer y jadea mientras abre sus piernas para mí. Desearía alargar el placer durante toda la mañana, pero nunca se sabe cuándo Damien y Etta pueden irrumpir como huracanes en nuestro dormitorio, así que me hundo dentro de ella y me contengo para no soltar un gemido ronco cuando siento la calidez de su humedad. Hacerle el amor a la mujer que amo es mejor incluso que coger olas, infinitamente mejor (aunque negaré haberlo admitido).

Acaricio el agua cristalina que imita una piscina de dimensiones infinitas mientras observo el amanecer que crece en el horizonte a horcajadas sobre mi tabla de surf. Me acompaña la melodía creada por el rumor de las olas y mi serena respiración, y no hay una banda sonora mejor para este momento.

Cierro los ojos durante unos segundos para poder sentir con más intensidad todos los sonidos, además de la brisa sobre mi piel mojada y el olor a salitre en el ambiente. Me zambullo en el agua poco después de remar con las manos sobre mi tabla y llegar a la orilla, donde me pongo de pie, la coloco debajo de mi brazo y camino hasta la arena, donde me esperan Madison y los niños para darme los buenos días.

Damien corre hasta mí, tiempo que aprovecho para clavar la tabla en el suelo, agacharme y cogerlo en brazos. Nunca le ha importado mojarse conmigo. Le revuelvo el pelo y me lo como a besos mientras él no para de reír y de abrazarme.

Hoy desayunamos en la terraza, no en la cocina, como suele ser habitual. Nos hemos tomado la semana libre para poder disfrutar de la boda de Ashley y Ethan. Aunque debo darme un poco de prisa si quiero que me dé tiempo a realizar todos los encargos de mis queridas hermanitas. Ash y Payton me tienen loco con los preparativos de la boda. Me siento dama de honor principal valorando todas las responsabilidades con las que me han cargado. Recoger la tarta, supervisar las luces que se han colocado en la playa, preparar las tablas de surf... Esto último es una sorpresa que hemos preparado para el final de la ceremonia; solo estamos al tanto Madison, Jacob y yo. Por cierto, recuerdo que tengo que telefonear y pedirle que me acompañe a colocar sillas sobre la arena.

—¿Hay algo que te preocupa? —Madi interrumpe mis pensamientos, o debería decir, mi lista de tareas para el día de hoy.

Está sentada frente a mí, con Etta sobre el regazo y un vaso de zumo de naranja en la mano que lleva hasta sus labios.

—¡Todo! ¡Parece que volvemos a casarnos! —respondo, con demasiado énfasis y como si nuestra boda me hubiera agobiado entonces.

Ella solo sonríe de lado, y sé que está recordando ese preciso instante en el que dijimos nuestros votos y prometimos amarnos para siempre; pasara lo que pasase, Madison y yo nos juramos hace ya cinco años que nos daríamos nuestro corazón y lo cuidaríamos tanto o más que a nosotros mismos.

—Venga, no puede ser para tanto.

Refunfuño y me levanto con desgana.

—Será mejor que me vaya, o habrá que posponer la boda para mañana.

—¿Quieres que Ash te mate?

—Respóndeme a una pregunta. —La señalo con el dedo—. ¿Por qué me da la sensación de que disfrutas con esto?

—¿Con qué? No sé de qué hablas. —Me rehúye la mirada y sé que está escondiendo una sonrisa.

—Sabes muy bien a qué me refiero.

—Deja de quejarte. —Pone a la niña en su silla alta y segura para bebés y comienza a recoger el desayuno. Se detiene a mi lado al pasar—. Venga, eres la dama de honor más importante. No puedes fallar. —Me da un beso en la mejilla y desaparece dentro de la casa desde donde aún puedo escuchar su risilla.

Me revuelvo el cabello a la vez que me quejo hasta que mi pequeña hija llama mi atención haciendo ruiditos y pompas con la boca. Y solo con su cara de ángel consigue relajarme.

¿Cómo he tenido tanta suerte?

ASHLEY

Cuatro años después...

Me despierta el ruido de las olas romper contra la orilla a pocos metros de la ventana de nuestro dormitorio. Estoy casi desnuda sobre las blancas sábanas en las que anoche hicimos el amor. Aún siento sus besos acariciando mis mariposas y a Ethan susurrando su color: «Azules...».

Vivimos en la casa que compramos hace casi cuatro años, justo después de nuestra boda. Nos costó sudor y lágrimas que el banco diera viabilidad a nuestro proyecto y nos concediera la hipoteca. Nos habíamos gastado todos nuestros ahorros visitando las playas de casi todo el planeta y solo nos quedaba la furgoneta y un millar de recuerdos maravillosos que habíamos creado juntos.

Sí... Mereció la pena.

A mí no me hubiese importado seguir viviendo en la *furgo*, pero Ethan pensaba que era hora de madurar y pisar tierra firme (en sentido figurado, porque pasamos sobre el mar y nuestras tablas de surf la mayor parte de las horas) porque, además, nuestros futuros hijos iban a necesitar estabilidad y ser aceptados en un buen colegio. Casi me atoro con el café cuando lo soltó sin más. Le eché la culpa de mi atragantamiento a la cucharada de canela, pero él no me creyó. Desde entonces está irreconocible, en el buen sentido de la palabra. Ha crecido, y eso, en sus circunstancias, me llena de satisfacción. Quizá no recordar el pasado le ha llevado a pensar demasiado en el futuro. No sé, a lo mejor es cosa mía, pero ha empezado a planificarlo demasiado.

Nos casamos en la playa que me vio crecer. Fue algo íntimo y rodeado de las personas que más amamos, donde no pudieron faltar Jacob, Leila, Payton, Carol, Connor, Madison y nuestros padres. Nos dijimos el «sí, quiero» cuando el sol se ponía sobre el horizonte y el cielo se dibujaba de intensos colores. No fue muy diferente a la boda de Connor y Madi, pero esta era la nuestra y el aire tenía un olor especial. Lo celebramos en bañador y subidos a nuestras tablas cuando el cielo se oscureció y se llenó de una miríada de estrellas diamantinas.

Nosotros, las olas y los astros...

Lo conseguimos.

Fue mágico.

Me incorporo y tomo asiento sobre el filo de la cama. La luz penetra por la ventana abierta inundando la habitación con esa aura tan especial, extraordinaria. Escucho risas en el piso de abajo y me asomo descalza a la terraza para observar a Destiny y a Eve caminar sobre la arena de la mano de su padre. Sé perfectamente adónde van.

Ethan no se equivocó y hemos tenido dos hijas maravillosas.

Destiny tiene tres años y Eve cumple dos dentro de una semana. Son rubias, de tez morena y ojos miel con motas verdes como los de su padre, y no es en lo único que se parecen. Son cabezotas, concienzudas y aman el zumo de limón exprimido con mucho hielo sobre todas las cosas. Supongo que esto último podría achacarse a que Ethan se lo dio a probar casi antes que la leche.

Me hago un café y me lo tomo en la terraza, observando a mis dos pequeñas sobre la tabla de surf de su padre. No sé quién disfruta más ante el hecho de que hayan aprendido a mantenerse de pie en una tabla antes incluso que a caminar, si ellas, Ethan o yo. Pensándolo bien... Gana Ethan. Solo hay que ver su cara de orgullo y la infinidad de vídeos y fotos de la memoria llena de su teléfono móvil. Connor les hizo un vídeo hace un mes y lo subió a la página web de su taller-escuela ¡y se hizo viral! Casi lo mato cuando fui consciente de que más de un millón de personas habían visto a mis hijas en menos de cuarenta y ocho horas. Pero me llevó a comer helado al muelle de Malibú y tuve que perdonarlo porque es mi hermano y porque Destiny estaba eufórica al enterarse de que se había hecho «famosa». A Ethan tuvo que invitarlo a muchas cervezas y ni por esas lo ha olvidado. Aún se lo reprocha.

ETHAN

¿Puede un hombre estar enamorado de tres mujeres a la vez? Por supuesto que sí. Mi corazón está perdidamente enamorado de las tres mujeres más bonitas del planeta y, créeme, lo he recorrido casi al completo y jamás, jamás, he visto algo más perfecto que mi mujer y mis dos hijas. No exagero. Ni la playa de Whitehaven en Australia ni Isla Tortuga en Costa Rica ni Pink Sands Beach en las Bahamas; ni el lago Moraina ni la isla de Aogashima ni las olas del desierto de Arizona. Nada. Absolutamente nada puede superar la belleza de mi familia.

Ashley dice que se parecen mucho a mí por el mero hecho de tener el color de mis ojos, pero son clavadas a su madre. Adoro el pelito rubio de Destiny, un poco ondulado; amo la piel morena de Eve, como la de la miel de abeja; y deseo a cada instante los labios de Ashley y su regusto a canela.

Las observo correr descalzas sobre la arena blanca y limpia de la playa en la que vivimos, Westward Beach. La elegimos por su agua cristalina y por la calidad de las olas para hacer surf. Si le preguntas a Ash te dirá que conté los puestos de socorrista que tiene para que nuestros futuros hijos se metieran en el agua con total seguridad; y te diré que eso es... verdad. Desde que nació Destiny tuve claro que quería que aprendiera a hacer surf, pero el instinto de protección me sobrepasaba, así que me alegré de haber elegido esta casa.

—Hola, mariposa. —Le doy un beso sobre los labios y me siento a su lado. Tiene una taza de café en la mano y la he visto desde el agua mientras las niñas y yo disfrutábamos de algunas olas durante media hora.

Me sacudo el pelo y ella se queja cuando la salpico con algunas gotas. En consecuencia, me arrimo más a ella y le muerdo el cuello.

—¡Ethan! —Su sonrisa me llena y me calma.

—¿Qué? —susurro en su oído—. Me gusta cómo hueles. —Acaricio la piel de su cuello y su hombro semidesnudo con la nariz.

Las risas de las niñas que juegan a pocos metros de nosotros se escuchan de fondo.

Le quito el café y le doy un sorbo.

—Ese es mi café —se queja.

—Está frío. —Hago una mueca de asco—. ¿Cómo puedes beberte esto? —Le devuelvo la taza.

Se encoge de hombros.

—Se me ha ido el santo al cielo mientras os observaba y se ha enfriado. ¡Destiny, por favor! ¡No empujes a tu hermana! —riñe a nuestra hija mayor.

Se levanta y coge a Eve en brazos, que llora y llora con el corazón encogido. Yo imito a Ash y voy hasta ellas. Me agacho frente a Destiny para ponerme a su altura y le pregunto por qué ha empujado a su hermana. Como respuesta comienza a temblarle el labio y también se echa a llorar. Se me parte un poco el alma y la cojo en brazos para abrazarla. No sé si las estoy maleducando, pero no puedo verlas llorar. En cuanto sean un poco más mayores y se den cuenta de mi debilidad, estaré perdido. Menos mal que tenemos a Ashley y ella sabrá cómo solucionar el problema, como siempre hace.

Eso es lo que ha hecho desde que la conozco. Guiarme hasta la luz. Y no hay luz más radiante que la de mis dos bebés y mi preciosa esposa.

—Ethan, ¿vamos? Las niñas deben tener hambre.

—¿Tienes hambre? ¿Hacemos tortitas? —pregunto a Destiny que sonríe y asiente y aplaude con entusiasmo.

—¡Con *chocodate*!

Entramos en la cocina por la puerta de atrás, la que da justo a la arena. Ashley sube a darle una ducha a las niñas mientras yo preparo las tortitas y corto un poco de fruta. Disfruto del efímero momento de silencio y paz, aunque debo admitir que prefiero el bullicio de una casa repleta de vida.

Se me escapa una sonrisa al escucharlas bajar por las escaleras como si una manada de elefantes viniera hacia mí dispuesta a aplastarme sobre el suelo si no me retiro a tiempo.

—¡Ahhh! —suelto un quejido al cortarme el dedo con la hoja del afilado cuchillo.

Lo acerco a mis ojos para comprobar cuánto daño me he hecho y la sangre, roja y candente, me catapulta a un mundo de imágenes para mí desconocido.

Su rostro entre mis manos.

Su nariz sangrante.

Su cuerpo dormido en una cama de hospital.

Una bandeja caer al suelo y el estruendo que provoca.

Su ceño fruncido.

Su cara de enojo.

Sus reproches en medio de una calzada porque... parece que casi la atropello.

Ella sobre una tabla de surf y todos los presentes aplaudiendo.

Ella riendo a mandíbula abierta.

Ella diciéndome que era persona *non grata*.

Ella contando las pecas de mi cara.

Ella suspirando mientras le hago el amor en una colina a los pies de una playa.

Ella gritando de alegría y saltando sobre mí, dejando besos por toda mi cara...

—¡Ya estamos aquí! —Ashley interrumpe mi línea de pensamientos, o debería decir mis primeros recuerdos nítidos desde que desperté del coma—. ¡Oh, Dios mío! ¿Estás bien? ¿Qué ha ocurrido? —Se percata del corte de mi dedo y viene casi corriendo hasta mí.

Me quedo mirándola mientras trata de detener la hemorragia con una servilleta de papel, la observo como si fuéramos las dos únicas personas del universo en este momento, a pesar de que las niñas no dejan de gritar, y me asombro de la ausencia de mi propio anhelo por recuperar mis recuerdos.

Esos recuerdos que tanto he codiciado...

No me hacen falta.

No los necesito.

Con ellas, ¿qué más puedo necesitar?

AGRADECIMIENTOS

Este libro, como todos los que escribo, salen de mi corazón. Ahí nacen, como un bebé que poco a poco va creciendo y se hace grande para formar parte de mí para siempre. Dejo en ellos trocitos de mi vida, de mis circunstancias, de mi día a día, de mi familia, de mis amigos, de mis experiencias, de las de conocidos. Pinto sobre ellos esquirlas de lo que sucede a mi alrededor y, tengo que aceptarlo, en mi yo interior.

Por ello, debo ser honesta y extenderme en los agradecimientos porque sois muchísimos los que aparecéis, sin saberlo, entre mis letras.

Mi hijo, la persona más maravillosa que conozco, con más valores, con más fuerza y valentía, con una personalidad que impresiona y con unas ganas enormes de ser, estar y dejar huella. Y la dejará, estoy segura.

Mi marido y su santa paciencia. (Risas muy maliciosas.)

Mis mosqueteras y nuestras conversaciones, surrealistas la mayor parte del tiempo. Almudena, Bella y Rocío.

Mis padres y mi necesidad de ellos. La admiración hacia mi padre, una persona que nació en los años cuarenta pero que ha sabido adaptarse a los tiempos y nos da lecciones todos los días. La templanza de mi madre, la forma de querernos y de cuidarnos y lo que se esfuerza a diario por hacernos la vida más fácil. Una supermujer que lucha por sus polluelos y que acepta y reconoce como buenas situaciones que antes nunca habría ni imaginado. Más personas como ella, por favor.

Mi familia. Mis primas y mis tías. La fuerza que emanan y también sus miedos.

Mis amigas. Las que están desde que tengo recuerdos y con las que comparto momentos conmovedores y las que han ido llegando para quedarse porque me han demostrado que merecen mucho la pena. Paqui, Auxi, Mari Ángeles, Merce, Estrelli, Rosa, Luisa, Penélope, Inma, Soraya, María José, María. Perdón si me dejo a alguna, pero tengo suerte y la vida me ha regalado mucha gente buena.

Javiera, creadora del club de fans y que me demostró casi sin conocerme que confiar y apostar por alguien que empieza merece la pena.

Mis seguidoras de Instagram y sus reacciones a mis historias, así como las conversaciones que mantenemos. También en Facebook. Todo ello lo guardo para plasmarlo de alguna forma sobre el papel.

Mi *coach manager* guion amiga guion terapeuta guion *community manager* Olga Andreu y nuestras largas charlas a través de WhatsApp sobre cómo podemos mejorar, pero sobre todo absorbo las risas y sus comentarios, mordaces y sinceros.

Mi portadista y amiga Amparo, una artista del diseño gráfico además de escritora.

Mis compis de despacho, José Carlos, Virginia y Rosa, nuestras comidas, donde las confidencias y las intimidades se cuentan sabiendo que van a dejar de ser secretas porque yo voy a contarlas en mis libros.

Mi amigo Johan, una diva entre las divas y una persona honesta y trabajadora que me ayuda, me escucha y me guía.

Eli y Belén y nuestra forma de animarnos cuando entramos en pánico por diferentes cuestiones que me niego a desvelar. Lo admito, me da vergüenza ajena. Elizabeth Bermúdez, también escritora de corazón y con arte en las venas, y con una bondad infinita. Belén Morez, futura reina de las letras en cuanto entienda que debe encontrar tiempo para escribir porque estoy segura de que es lo que realmente le hace feliz. Las locas por las letras nos reconocemos a leguas y Belén es una de ellas.

Y por supuesto, mi editora, Arantzu, por confiar en mí y en mis letras. Y la editorial Penguin Random House y el sello Vergara, por apostar por esta historia tan especial para mí.

A todos: GRACIAS por leerme y por vuestros mensajes de apoyo.

Os quiero.

Sed felices.

VIVID.

«Para viajar lejos no hay mejor nave que un libro.»

Emily Dickinson

Gracias por tu lectura de este libro.

En **penguinlibros.club** encontrarás las mejores
recomendaciones de lectura.

Únete a nuestra comunidad y viaja con nosotros.

penguinlibros.club

Penguin
Random House
Grupo Editorial

 penguinlibros